教育部人文社会科学研究青年项目（项目批准号：12YJC751077）
湖北省省级重点学科立项建设项目
湖北师范学院科研奖励资助项目

"今文学"与晚清诗学的演变

——以晚清"今文学"家诗学理论为中心

王成 著

中国社会科学出版社

图书在版编目(CIP)数据

"今文学"与晚清诗学的演变：以晚清"今文学"家诗学理论为中心/王成著. —北京：中国社会科学出版社，2015.9

ISBN 978 - 7 - 5161 - 6446 - 4

Ⅰ.①今…　Ⅱ.①王…　Ⅲ.①诗学—研究—中国—清后期

Ⅳ.①I207.2

中国版本图书馆 CIP 数据核字(2015)第 152499 号

出 版 人	赵剑英	
责任编辑	郭晓鸿	
特约编辑	席建海	
责任校对	石春梅	
责任印制	戴　宽	

出　　版	中国社会科学出版社	
社　　址	北京鼓楼西大街甲 158 号	
邮　　编	100720	
网　　址	http://www.csspw.cn	
发 行 部	010 - 84083685	
门 市 部	010 - 84029450	
经　　销	新华书店及其他书店	

印　　装	北京君升印刷有限公司	
版　　次	2015 年 9 月第 1 版	
印　　次	2015 年 9 月第 1 次印刷	

开　　本	710×1000　1/16	
印　　张	16.25	
插　　页	2	
字　　数	259 千字	
定　　价	58.00 元	

凡购买中国社会科学出版社图书，如有质量问题请与本社营销中心联系调换

电话：010 - 84083683

目　　录

绪　论

一　当前晚清诗学重要问题述评与反思

当我们把研究的视角转向"晚清",其实意味着我们将要面对的是一个复杂的、多元的,甚至多义的研究对象。而晚清诗学作为晚清社会文化变迁的主要体现方式之一,也经历了演变与转型的过程,其本来面貌与当下接受是研究者首先必须要面对的问题。对晚清诗学的地位问题、晚清诗学的"过渡性"问题,以及晚清"现代性"问题的认识和梳理,是我们研究晚清诗学的前提与基础。

(一) 晚清诗学的地位问题

清朝是中国古代封建社会的晚期,清代诗学也呈现出综合之势。清代诗学在"实学"背景下体现了对学问、世运、情性的重视,以及反思辨、重实学、重经史等方面的学术取向,这也正好印证了清代诗学的综合化逻辑发展理路。然而,在前代与当下的研究者看来,清代诗学的地位似乎并不高,其成就也难以与唐宋等前朝诗学相类比,学者们对其研究也显得不够深入和全面。而晚清诗学作为清代诗学的尾声,再加上处于中西两大强势话语张力的影响下,其在学术研究传统上受到忽视与轻视就成为题中之意了。从晚清以降的诗学研究成果来看,一方面,学者对晚清诗学的认识不足、重视不够已经成为一种学术研究惯性;另一方面,学者对于晚清诗学研究的开掘与拓展也多是集中在少数诗学大家身上,而缺乏一种整体视野和宏观认识,晚清诗学的整体地位仍然没有得到多少提升与重视。

关于有清一代文学(包括诗歌创作与主张),历来论者颇多。高旭在《答胡寄尘书》中这样总结清代文坛:"盖满清一代,所谓学士文人,大半依附末光。贼性灵,拜扬虏廷,恬不知羞,虽有雄文,已无当于大雅。"① 胡适也有过相似的评价:"更观今之'文学大家',文则下规姚、曾,上师韩、欧,更上则取法秦、汉、魏、晋,以为六朝以下无文学可言。此者百步与五十步之别而已,而皆为文学下乘。"② 而对清代诗歌创作与诗学主张,晚清诗人文廷式在其《闻尘偶记》中做出过如是评价:"国朝诗学凡数变,然发声清越,寄兴深微,且未逮元明,无论唐宋也……下此者,乃繁词以贡媚,隶事以逞才,品概既卑则文章日下,采风者不能不三叹息也。"③ 显然,学者对清代诗歌创作及其主张是颇有成见的。鲁迅在《致杨霁云》的信中说道:"我以为一切好诗,到唐已被做完,以后倘非能翻出如来掌心之'齐天太圣',大可不必动手。"④ 闻一多在《文学的历史动向》中也有类似的评价:"但是诗的发展到北宋实际也就完了。南宋的词已经是强弩之末。就诗本身说,连尤、杨、范、陆和稍后的元遗山似乎都是多余的,重复的,以后的更不必提了。我们只觉得明清两代关于诗的那许多运动和争论,都是无谓的挣扎。每一度挣扎的失败,无非重新证实一遍那挣扎的徒劳无益而已。"⑤ 鲁迅、闻一多以"新"为基点否认宋以后,乃至唐以后的诗歌成就,对后来的清代诗学研究产生了较大影响。学界对清代诗歌与主张尚且如此,而对作为"非主流"的晚清诗歌与诗学主张的评价就更为次之了:"又有不辟新境,全摹古人,若明、清二代诸家之复古,极其能事,不过'优孟衣冠',而其自身已无存在之价值,更何论乎性情之发展?别有挟古人之糟粕,当风化之己沫,断成新体,专刻皮樽。……宏治嘉靖复古之风,至今未斩。……明清复古之文,尤少谈之者。既无殊特之点,更无殊特之位置。"⑥ 以"复古"为中心的明、清两代诗歌及

---

① 高旭:《答胡寄尘书》,《中国近代文学大系》(1840—1919),上海书店 1994 年版,第694 页。

② 胡适:《文学改良刍议》,《回眸〈新青年〉》语言文学卷,河南文艺出版社 1998 年版,第 261 页;原载《新青年》1917 年第二卷第五号。

③ 中国社会科学院近代史资料编辑组编:《近代史资料》总 44 号,中国社会科学出版社1981 年版,第 39 页。

④ 鲁迅:《鲁迅全集》第十三卷,人民文学出版社 2005 年版,第 307 页。

⑤ 闻一多:《闻一多全集》第十卷,湖北人民出版社 1993 年版,第 18 页。

⑥ 傅斯年:《文学革新审义》,《回眸〈新青年〉》语言文学卷,河南文艺出版社 1998 年版,第 299 页;原载《新青年》1918 年第四卷第一号。

其主张在学者眼中都毫无位置可言，而晚清以来以"复古为解放"的诗歌创作与诗学主张就更加没有位置了。"而今之惑人犹复以步趋古人为名高，岂非大左乎？革新诸家，亦多诡词复古。"① 章炳麟从"诗性情"与"辞语"的辩证关系审视晚清诗歌及其主张的相关问题，其中也不免显露出对考据学影响下的诗歌发展路径的不满："今词又失其声律，而诗龙奇愈甚，考证之士，睹一器，说一事，则纪之五言，陈数首尾，比于马医歌括。……盖自《商颂》以来，诗歌失纪，未有如今日者也。"② 叶楚伧在《说诗》中也对清代诗歌，包括晚清以来的诗歌主张表现出极大的不满："然则虽谓清初无文，又何不可乎！同光体兴，好为奇僻，今世作者，类宗于此。而华采繁缛者，亦翔步中晚唐间。虽不足称，以视裨贩东西，驳不成章者，亦差善已。"③ 相对于否定晚清诗学地位的大多数学者而言，梁启超的评价最具有代表性：

> 其文学，以言夫诗，真可谓衰落已极。吴伟业之靡曼，王士祯之脆薄，号为开国宗匠。乾隆全盛时，所谓袁（枚）、蒋（士铨）、赵（翼）三大家者，臭腐殆不可向迩。诸经师及诸古文家，集中多亦有诗，则极拙劣之砌韵文耳。④

可见，梁启超对清代中叶以前的诗歌创作与诗学主张的评价是比较低的，即使是对处于"新变"中的晚清诗学及其诗歌创作，其态度也是有所保留的：

> 嘉道间，龚自珍、王昙、舒位，号称新体，则粗犷浅薄。咸同后，竞宗宋诗，只益生硬，更无余味。其稍可观者，反在生长僻壤之黎简、郑珍辈，而中原更无闻焉。⑤

① 傅斯年：《文学革新审义》，《回眸〈新青年〉》语言文学卷，河南文艺出版社 1998 年版，第 299 页；原载《新青年》1918 年第四卷第一号。
② 章炳麟：《国故论衡·辨诗》，《中国近代文学大系》（1840—1919），上海书店 1994 年版，第 673 页。
③ 叶楚伧：《说诗》，《中国近代文学大系》（1840—1919），上海书店 1994 年版，第 707 页。
④ 梁启超：《清代学术概论》，上海古籍出版社 1998 年版，第 101 页。
⑤ 同上书，第 101—102 页。

当然，梁启超是站在"欧洲之文艺复兴"的角度来审查有清一代之文学与艺术的，其在以"复古为解放"的意识下自然会走向一种倡导主"变"的文学艺术观，如其所述，"直至末叶，始有金和、黄遵宪、康有为，元气淋漓，卓然称大家"①，便是印证。总的来说，晚清至近代以来的多数学者对清代诗学大背景下的晚清诗歌及其主张的评价特别低，晚清诗学地位没有得到足够的重视与彰显。

清代诗学的历史接受如此，其研究状况又如何呢？关于清代诗学研究的问题，蒋寅先生的认识尤为深入："清代诗学所讨论的问题，基本包括全部古代诗史，治清代诗学很大程度上就是对全部诗史的摸索，过去掌握的知识和问题不知不觉就融会贯通起来。"② 相对于整个清代诗学，晚晴诗学作为传统与近代相关联的一个特殊关节点，其地位本应该更加重要才是。而事实情况则是，"在理论上，我们都懂得'后出转精'的道理，但实际研究中对清代诗学的投入非常之少，清代诗学研究的论著数量远远比不上《文心雕龙》。这是让人难以理解的"③。当前的学术界对清代诗学评价尚且如此，而既不处于正统地位，又缺乏全面、深刻的所谓现代特质的晚清诗学就更加不为学术界所重视了。从现有的研究成果来看，一方面，在治清代诗学的既有著作中，学者们大多对晚清诗学重视不足。目前所见的绝大多数清代诗学著作仅仅将晚清诗学作为中国古代诗学的尾声进行"史"的梳理，在对其进行客观知识追求的前提下仅有专章或专节的介绍。总体来说，关于晚清诗学研究的系统性专著目前还没有出现；另一方面，当前学界的晚清诗学研究成果主要体现为对个体诗人或群体诗派的集中梳理上，如龚、魏、黄、同光体诗学、"诗界革命"等，其研究理路与方法仍然是传统的，成果也仅仅限于局部研究与史学上的意义。当然，随着"晚清"作为一个特殊的视阈出现在当下文坛，学者们便开始以西方知识范式与学术范式来研究晚清问题，如晚清现代性、晚清文学转型、晚清文学场等，其研究理路似有方兴未艾之势，其中也涉及不少对晚清诗学相关问题的研究。但是，这种研究也只是零星点缀，并未形成一种学术气

---

① 梁启超：《清代学术概论》，上海古籍出版社1998年版，第102页。
② 蒋寅：《研究清代诗学的一点体会》，《古典文学知识》2003年第1期。
③ 蒋寅：《清代诗学研究之我见》，《江苏大学学报》（哲学社会科学版）2005年第3期。

候。显然，总体来讲，作为整体研究对象的晚清诗学没有得到学界的充分重视。

因此，无论从学者对晚清诗学自身状况的态度来看，还是从现有的学术研究成果来看，晚清诗学的地位都难以令人满意。学术研究比较注重研究对象自身的学理性与意义的现实性，我们认为，倘若晚清诗学本身没有多少成就，或者意义不大，学者对其不够重视当然在情理之中。倘若晚清诗学只是由于时代、历史、认识等方面的原因才受到遮蔽，其自身却还有深入研究与阐释的空间，那么，晚清诗学的地位理应得到足够的重视。显然，本书认为，晚清诗学当属第二种情况。

（二）晚清诗学的"过渡性"问题

"过渡性"往往用来表征一事物在转变为另一事物所需要经过量变或质变这一过程中具有的一种状态。"过渡性"是事物变化发展阶段中的必然特质，对"过渡性"本身的关注与反思，对于研究该事物意义重大。晚清社会处于中国传统社会的转型时期，各种传统的、腐朽的与异质的、新变的因子充斥在社会形态中，使其具有了明显的"过渡"性特质。而文学艺术作为社会形态的反映形式之一，也必然带有其"过渡性"特质。晚清诗学作为晚清文学的主要样式之一，其"过渡性"特征也是显而易见的。从清代诗学的发展历程来看，有清代中叶以前对诗学的综合总结在前，晚清诗学无论在形态与内容上都有所逊色。为此，晚清诗学注定会被视为下一个伟大时代——"五四"诗学时代来临的过渡点。正是如此，当下学者对晚清诗学的"新变"所带来的"过渡性"问题的认识与研究出现了一些倾向，并且在一定程度上影响了对于晚清诗学相关问题的深入研究。

关于晚清诗学的"过渡性"问题，王光明在《现代汉诗的百年演变》一书中有过具体的论述。他从诗歌体制与现代体验的张力出发，认为晚清诗学必然是"过渡性"的，因为"晚清诗歌最大的特点是以内容和语言的物质性打破了古典诗歌内容与形式的封闭性，是一种物质性的反叛"[①]。进而，从诗学的自身发展来看，他又对晚清诗学在如何缓解"内容"与"形式"张力的某种"过渡性"的努力进行了积极探讨。王

---

① 王光明：《现代汉诗百年演变》，河北人民出版社 2003 年版，第 33 页。

光明的论述是富有创见的,其虽然主要立足于对诗学自身规律的发现与阐发。然而,这本著作之所以有启发意义则在于它不首先框定历史,不预设维度,始终以一种开放的视角对晚清诗歌进行论述。也就是说,这种对晚清诗学的论述方式是较为客观的,并且尤为重视"传统"与"现代"的关联与作用。相对于此,我们当前学界对待晚清诗学的"过渡性"问题认识则颇为外在化和复杂化了。由于"过渡性"概念自身的含混与不确定性,这就导致对晚清诗学研究容易滑向两个端点,正如学者们所总结的:"由晚清以迄民初的数十年文艺动荡,则被视为传统逝去的尾声,或西学东渐的先兆,过渡意义,大于一切。"① 一方面,一部分学者们仍然将晚清诗学仅仅视为清代传统诗学的"尾声",认为这种"过渡性"还只是"传统"的"自为"衍化,并且对其体现出来的新质持极度保留态度。这种看法尤其体现在对晚清诗学"新变"的先声——龚、魏的诗学评价上:"如果我们再往前进步,就会真切地看到,从他们对于当时诗坛的时弊进行抨击和补救来说,他们是'革新'的;但如果从整个文学史进程来说,他们的愿望与行为又仅仅是'复旧'的。"② 即使极富创见的黄遵宪诗歌也被评为"取径实不甚高,语工而格卑;伧气尚存,每成俗艳……故其诗有新事物,而无新理致"③。因为"中国接受的时候,总是想作为自己过去传统的中国文化的一部分来理解,所以文化的本质丝毫不会变化。中国历代确实从外界进入了无数的各种文化。但这些几乎都未能成为使中国文化的本质发生变化的起因。这种不会带来本质变化的接受方式也许很难产生新的独创"④。日本学者所言,正好在一个层面上预示和反映了晚清诗学在现代接受中所遭受的历史境遇。为此,有学者做出这样的逻辑推理,"只就黄遵宪而论黄遵宪,如果他背离传统,不是得力于汉、魏乐府及杜、韩诸家以成其汪洋恣肆的风格,其在近代史上能否取得一席之地,也将是一个疑问"⑤。显然,

① [美] 王德威:《被压抑的现代性——晚清小说新论》,宋伟杰译,北京大学出版社2005年版,第1页。

② 杨四平:《由古典至现代:晚清诗论的过渡性特征》,《中国现代文学研究丛刊》2007年第2期。

③ 钱钟书:《谈艺录·补订本》,中华书局1984年版,第23—24页。

④ [日] 依田熹家:《日中两国现代化比较研究》,卞立强等译,北京大学出版社1997年版,第189页。

⑤ 陈邦炎:《诗界革命质疑》,《中国韵文学刊》1987年总第1期。

这种观点在当下仍然具有很强的认同度。在一些学者看来，晚清诗学始终处于传统话语的强势压力下，它与古典习性的暧昧和纠葛致使其终究无法摆脱传统诗学的深度影响与规约，这种似乎不够"变动"与"进步"的诗学形态直接导致学者们仍然习惯将晚清诗学置于所谓"自足"的传统诗学一脉相传的逻辑体系中。另一方面，面对西方学术范式和话语的当代显现，以及对"五四"诗学思潮的"寻根"与"探源"热的兴起，将晚清诗学作为一种西方化、学科化、体系化的研究对象予以探讨又成为学术界的热点。早在20世纪80年代，就有学者认为"诗界革命"理论并不是在两条诗歌发展道路（传统诗学内部）的斗争过程中出现的，它是"在欧洲资产阶级思想精神的刺激下，认识到了中国传统诗歌非有诗界革命，诗运殆将绝的紧迫情况，从而反映了中国知识分子向西方学习的愿望，代表了传统诗歌要求自我超越，以改革求发展的历史趋势"①。当下的晚清诗学研究在很大程度上仍然延续了这种思维指向，期望在一种既有的"前理解"（西方话语与体系结构）中来"想象"晚清诗学。因此，对晚清诗学的"当代阐释"就成为一种新的学术动向，如"'诗界革命'论无意识地成为全球化东扩的一种本土诗学工具，这就是说它无意识中以汉语诗歌革命的方式为全球化在中国的东扩起到推波助澜的作用"②。也就是说，当下学者对晚清问题，包括晚清诗学的研究在很大程度上又走向偏向于西方学术范式的研究路径，这种"以西格中"的学术惯性与同一性思维模式深层地影响着晚清诗学的当下研究和意义生成。

晚清诗学的"过渡性"问题所导出的两条研究路径不仅反映了晚清诗学的复杂性存在态势，而且也引发我们对既已形成的思维范式的反思——对晚清诗学进行简单的"传统"框定与"西化"阐释反而会遮蔽许多本源问题。因此，晚清诗学作为一种诗学"过渡"形态，本身就要求我们以"流动"的视野来关照，以一种"之间"意识来确立我们的研究基点，这甚至可以引入一种"边缘"意识，"'边缘'的意义指向是双重的：它既意味着诗歌传统中心地位的丧失，暗示潜在的

① 周颂喜：《论"诗界革命"理论的意义》，《求索》1988年第5期。
② 王一川：《全球化东扩的本土诗学投影——"诗界革命"论的渐进发生》，《北京师范大学学报》（社会科学版）2008年第2期。

认同危机，同时也象征新的空间的获得，使诗得以与主流话语展开批判性的对话①。晚清诗学有去"中心化"的倾向，这种既偏离"传统"又逐渐附有"西化"色彩的诗学发展路径体现的正是一种"边缘化"的动向。但是，在传统与近代之间的晚清诗学的"边缘化"本身是一个极具意味的话题。"边缘"不等同于不重要、无意义与无特色，对晚清诗学"过渡性"认识而带来的"边缘化"表征实际上暗示了传统与近代的潜在转换与演变。有学者指出："晚清诗歌变革通常被看作过渡时期的历史事件，因此虽不成功却意义重大……作为'过渡'的晚清诗歌变革这一历史事件很容易被看成一个踏板，历史踏着它、通过它，进入另一个时段。""晚清诗学变革更应该被看成一段台阶，它本身就处在现代诗学的发生阶段。"② 为此，就晚清诗学而言，我们"要避免用'五四'来'发明'晚清的陷阱，则必须把对象还原到它自身的现实纠葛中"③。也就是说，我们需要在具体的历史视阈中给"过渡性"的晚清诗学所应该具有的恰当地位。晚清诗学是中国古代诗学近代转向的重要时段，它同时混杂着中国古代诗学的功利性、审美性，以及近现代诗学的体验性与现代性等特征。因此，晚清诗学的"过渡性"问题不应该简单地等同于一种单向的历史事件，它自身就是包含着各种话语体系以及对话可以展开的"舞台"。在一定程度上可以说，晚清诗学的"过渡性"状态才是晚清诗学存在的全部意义。

（三）晚清"现代性"问题争论

晚清之所以备受关注，很大程度上是缘于"现代性"话语的介入。王一川指出："晚清在近代各门人文社会科学的现代性论域中已成为热门的话题，而它在中国文学现代性进程中的独特位置和作为，这次也成为我们探讨的焦点。"④ 晚清"现代性"问题在当下的学术界受到极大的关注，而晚清文学（包括诗学）的"现代性"也是一个众说纷纭的话题，"现代性"问题已经构成当下晚清研究最为重要的话语资源。

在不同的国家与民族、不同的社会形态与话语情境下，"现代性"

---

① 奚密：《从边缘出发——现代汉诗的另类传统》，广东人民出版社 2000 年版，第 1 页。
② 李玥：《在日常生活中遭遇现代性》，《江苏社会科学》2003 年第 2 期。
③ 荣光启：《现代汉诗的发生：晚清至"五四"》，首都师范大学博士论文，2005 年。
④ 王一川：《晚清与文学现代性》，《江苏社会科学》2003 年第 2 期。

具有不同的实现方式。从社会层面上来说，"现代性"是伴随着社会的现代化进程而出现的一种独特表征，往往体现为现代国家的产生与建构；从时空层面来说，"现代性"可以体现为一种进步的、不可逆转的时空观念，进而预构出一个未来的生存态势与理想时空；从精神层面上来说，"现代性"又体现了人文科学的旨趣，强调人的价值与发现。"现代性"在某种层面上还可以简单地概括为"启蒙现代性"与"审美现代性"的二维构成，也可以指向一种"现代化的精神本质"；……"现代性"原本就是一个欲说还休的话题，而中国的现代性话语的建构更是一个复杂的议程。因此，本书不打算展开各种"现代性"的说法及其所对应的晚清社会现实，而只是就当前的学术界关于晚清"现代性"的不同表述作总体的概括与评述。

对于晚清"现代性"问题，学界主要存在两种观点：一是晚清"现代性"是"五四"现代性的发端与开创；二是晚清"现代性"是一种"被压抑的现代性"。

首先，将晚清"现代性"看作"五四"现代性的发源与先驱，在20世纪50年代以来就成为一种普遍的看法。而且，"启蒙"也成为晚清此种"现代性"，包括文学现代性的主要表征。张颐武认为："晚清的文化当然有其不可替代的特征，但毕竟被'五四'巨人的身影所遮盖。它仅仅是'五四'的先导，是尚未明确的'现代性'的因子，由此它仅仅具有一种发生学上的含义。"① 实际上，从文学层面来看，晚清的这种"变革"及其"现代"色彩与"五四"的姻缘关系早就为前人所认知，晚清文学"为后来胡（适）、陈（独秀）、钱（玄同）、周（作人）一班人提倡白话文学的先导"② 的论述可谓比比皆是。也就是说，晚清可以称得上是中国文学现代性的某种重要阶段，但是，从文化、文学的历史观与进化论来看，晚清又往往被当作文学现代性的最初时段。况且，晚清文学的"现代性"是在一定的层面上展开的，它的显著"特征是立足于政治现代性追求而论证现代政治革命的优先性，从而确立为现代政治革命而文学革命的工具性思路"③。因此，无论是从社会文化层

① 张颐武：《晚清"现代性"：欲望的发现》，《江苏社会科学》2003 年第 2 期。

② 陈子展：《中国近代文学之变迁》，上海古籍出版社 2000 年版，第 19 页。

③ 余虹：《晚清文学革命的两大现代性立场》，《文学前沿》2000 年第 1 期。

面来看，还是从文学艺术层面来看，在特殊的时代语境与现实背景下的以"启蒙与救亡"为话语基点的"现代性"诉求自然容易得到学者们的一致认同，这也正好符合了西方对"现代性"问题言说的某种逻辑体系。在当前关于现代性阐发的各种西方话语中，对现代性肇始于启蒙时代这一客观历史的看法与论断，学界还是较为认同的。在对晚清"现代性"问题研究的相关成果中，启蒙话语一直居于主流话语地位，"启蒙现代性"的表达成为晚清"现代性"的主要话语选择及其与"五四"相关联的内在根基，即"晚清现代性在此就是'五四''现代性'的启蒙/救亡工程的源头"①。

其次，面对长期以来关于晚清"现代性"问题的"启蒙"表达话语范式，学者王德威等人又提出晚清"现代性"是一种"被压抑的现代性"的话语范式，并由此"颠覆"了人们对晚清"现代性"话语的传统阐释："我的讨论如有时代错置之嫌，因为它志在搅乱（文学）历史线性发展的迷思，从不现代中发掘现代，揭露表面的前卫中的保守成分，从而打破当前有关现代的论述中视为当然的单一性与不可逆性。"② 王德威认为：在光鲜的"五四"背后，晚清那种新旧杂陈、多声复义的现象与情境，却往往被误认为落后与腐朽了；其实不然，"五四"精英的文学口味太过于单纯和简单，并且将前人的开拓引向了更为狭窄的空间。由此，他从"文学传统内生生不息的创造力""文学及文学史写作的自我检查及压抑现象""不入（主）流的文艺实践"③ 三个方面来"指陈"晚清那种"被压抑的现代性"的各种表征，进而指出"既名'压抑'，上述的诸般现象其实从未远离我们而去，而是以不断渗透、挪移及变形的方式，幽幽述说着主流文学不能企及的欲望、回旋不已的冲动"④。王德威是从"现代性"的"反思"（非单一性和非不可逆性）涉及晚清"现代性"的，虽然其对晚清"现代性"问题的论述颇具启发意义与学理意义。但是，这里其实还暗含着某种特定的时代文化背景与思维逻辑——消费文化时代及其文化心态的深层动因。王德威的阐发将中

---

① 张颐武：《晚清"现代性"：欲望的发现》，《江苏社会科学》2003年第2期。
② ［美］王德威：《被压抑的现代性——晚清小说新论》，宋伟杰译，北京大学出版社2005年版，第29页。
③ 同上书，第10—11页。
④ 同上书，第11页。

国的现代性问题研究导向了另一种维度,即晚清现代性与消费文化的关联。为此,有学者对王德威的这种思维逻辑提出了质疑,指出王德威所要构想的晚清文学现场似乎只是一种想象的真实,其本身缺乏足够的历史真实性和现实可能性,因为"在王德威的论述中,并没有完全摆脱他所想打破的单一的思维方式,仅仅在时间的框架里兜圈子,只是以一种思维方式代替另一种思维方式,缺少一种时空结合的开阔视野,存在着诸多可以对话的空间"①。但也有学者指出:"具有后现代色彩的消费文化的兴起,在一定程度上是对现代性精英文化的一次抗争与复权行动。这种新的话语形式,或者说曾经在中国现代历史长河中一直被压抑的各种异质性话语力量,都以反现代性的姿态重新出现在了历史舞台上。"②王德威似乎是以消费文化时代的心态去审视晚清"现代性"的,而这种致思方式在当下的中国也是比较容易被接受的。也就是说,王德威的这种思维方式为那种曾经受到压抑和排挤而在当今社会中又重新燃起的异质文化提供了活动的舞台,特别是大众消费文化的兴起,更是对以往的现代性认知和研究具有某种强烈的反思与颠覆意义。因此,"被压抑的现代性"之说在以消费为主导的价值诉求中逐渐被合理化与合法化了,甚至成为反思"现代性"的一种新的"历史意识"。王德威等人关于晚清"现代性"的阐释与开拓是值得肯定的,即使他们的论述多少带有某些"解构"与"想象"的意图。但是,他们毕竟给我们展现了一个更为开放与喧哗的"僭越"舞台,并且意味着另外一套话语与价值体系的"发现"与"生成",而这本身就是一个极大的贡献。

"现代性"话语的建构将"晚清"重新作为一个研究对象推向了历史的前台,不管是作为"启蒙与革命"的现代性,还是作为所谓的"颓废""滥情""虐仿"的现代性,都在不同层面上试图接近晚清现实(包括文学、诗学现实),以便在传统与现代之间寻找到一个可能的观测视点,从而完成对历史的当下叙述与建构。

总的来说,晚清诗学相关问题的研究有逐渐走向显学的趋势,而晚

① 田祝、刘浪:《被压抑与未被压抑的现代性——〈被压抑的现代性——晚清小说重新评价〉质疑》,《中文自学指导》2005年第1期。
② 石天强:《晚清是如何被想象的?——当代中国晚清文化研究一瞥》,《中国图书评论》2007年第7期。

清诗学不受重视与认同的地位在当下多元化、多义化的研究态势下也将会得到进一步的提升与关注。晚清诗学"过渡性"问题既是晚清诗学研究的逻辑起点，又是晚清诗学研究的关键所在。而晚清"现代性"问题的研究成为晚清文学、诗学新的理论增长点。但是，问题的关键在于，晚清诗学地位的确立、晚清诗学的"过渡性"、晚清的"现代性"等问题，都需要面对"传统"，离不开对"传统"的抉择与态度，甚至依赖于我们对"传统"的可能阐释才得以全面展开。正如有的学者所说的："我们其实是经常地处于传统之中，而且这种处于绝不是什么对象化的行为，以致传统所告诉的东西被认为是某种另外的异己的东西——它一直是我们自己的东西，一种范例和借鉴，一种对自身的重新认识，在这种自我认识里，我们以后的历史判断几乎不被看作为认识，而被认为是对传统的最单纯的吸收或融化。"① 可以说，如何对待"传统"，成为我们做出判断与结论的重要维度。晚清诗学相关问题的研究实际上是将我们的研究视点潜在地引向了传统维度，如何理解"传统"？如何确定"传统"在晚清诗学演变过程中的地位与作用？"传统"向"现代"的转换何以可能？"传统"作为一种资源如何被"发现"？……因此，如何寻找到一个恰当的角度观照"传统"，并以此为基点来审视晚清诗学的演变或转型，就具有十分重要的学理意义与现实意义。"重要性""过渡性""现代性""传统"等构成了当下晚清诗学问题的关键词，而且对其进一步的思考也促生了笔者关于"晚清诗学演变"选题的最初萌芽。

二　晚清诗学的研究现状

作为中国古代社会形态向近代社会形态转换的关键时期，晚清不仅意味着一种时空上的错综与复杂，而且体现为意义的混杂与多元。而处于这一特殊历史转折时期的晚清诗学理应具有十分重要的地位。因此，前面我们对晚清诗学重要问题的思考与梳理也变得极为重要，它不仅能够使我们进一步深入地了解研究对象的特征，而且易于将研究的视角转移到关注晚清诗学本身以及"传统"与诗学的关系上来，在思维指向与

---

① ［德］加达默尔：《真理与方法》，洪汉鼎译，上海译文出版社 1999 年版，第 361—362 页。

理论基点上对深入研究本选题极具启发意义。然而，当前晚清诗学的整体研究还很不够，其研究现状主要体现在以下几个方面：

1. 将晚清诗学作为中国古代诗学的尾声进行"史"的梳理。这一种研究状况更多地体现为对客观知识的追求，历代诗学理论史著作中不乏有关晚清诗学的专章或专节介绍。如刘诚的《中国诗学史》（清代卷）（陈伯海、蒋哲伦主编，刘诚著，鹭江出版社 2002 年版）全面梳理了有清一代的诗学理论，包括从明末到晚清的诗学发展理路，其在著作的最后两章"新旧交替之际的诗学""中国古典诗学的终结"中比较集中地论述了晚清诗学。萧华荣的《中国古典诗学理论史》（华东师范大学出版社 2005 年版）就有关于晚清诗学的专章——"移花接木"，论者对"诗界革命"、"同光体"诗学、鲁迅早期诗学、王国维诗学等晚清诗学问题进行了相关梳理。李壮鹰、李春青主编的《中国古代文论教程》（高等教育出版社 2005 年版）在"近代的文学理论批评"一章中梳理过梁启超的"诗界革命"、王国维的文学理论及其相关问题。陈良运的《中国诗学批评史》（江西人民出版社 2007 年版）系统地梳理了三千年中国诗学发展的脉络，并且以"'诗界革命'时代的到来"专章介绍了晚清主要诗学家龚自珍、黄遵宪、梁启超、王国维的诗学理论。霍松林主编的《中国诗论史》（上、中、下）（黄山书社 2007 年版）按历史时期分编，然后以年代设章分节，对历代诗歌理论家进行了逐次分析评价，其在第七编"晚清诗论"中系统地分析和评述了晚清各种诗学理论及其流派。总体来看，除上述少数章节涉及晚清诗学理论的著作外，极大一部分关于清代诗学的专著都几乎没有涉及晚清诗学的相关问题，关于晚清诗学研究的体系性、全面性专著还处于一种缺失状态。铃木先生的《中国诗学史》（［日］铃木虎雄著，许总译，广西人民出版社 1989 年版）对上自远古尧舜时代，下迄清代乾嘉时期的有关诗学做了系统而全面的把握，但是并没有多少内容真正提及我们所认为的晚清时期的诗学理论。周伟民的《明清诗歌史论》（吉林教育出版社 1995 年版）从史（包括诗歌史与文化史）的角度论述了明清文化转型时期的诗歌形态，却将晚清诗歌划归近代范畴，因而没有论述鸦片战争以后的诗学理论。张健的《清代诗学研究》（北京大学出版社 1999 年版）比较全面地梳理了从明清之际儒家诗学精神复兴到清末翁方纲、袁枚等的诗学理论，以高屋建瓴之势，展现了清代诗学发展的脉络，并且按照历史时期分别评述了各个阶段主要诗学流派的诗歌理论。但是，并没有涉及道光以后的晚清诗学理论。作为21世纪中国语言文学系列教材，且具有重要影响的高等学校教研成果，黄保真等人的《中国文学理论史》（清代卷）（黄保真、蔡钟翔、成复旺著，中国人民大学出版社2009年版）主要阐述了明清之际至鸦片战争前夜的文学与诗学理论。但是，其对晚清文学与诗学理论基本上没有涉及。目前清代诗学的这些研究成果几乎都没有将晚清诗学纳入某种独立的诗学体系，而近现代诗学研究也缺乏对晚清诗学的足够认识，这不仅是因为晚清在时间上的难以归属，更体现出研究者对晚清诗学成就认识不充分、重视不够的学术态度和思维惯性。

2. 以某一特定的视角切入对整个清代诗学的研究，包括对晚清诗学的研究，如从思潮、格调、话语、现代性等维度对清代诗学进行学术研究。张健的博士论文《清代诗学思潮的历史演变进程》（北京大学1993年博士论文）全面梳理了清代诗学思潮，其中也涉及一些晚清的诗学思潮。王顺贵的博士论文《清代格调论诗学研究》（上海师范大学2004年博士论文）回顾了清代格调论发展演变的历史轨迹，并且在一种历史视阈中审视清代格调论诗学的传承与发展，其中也涉及一部分晚清诗学家，如刘熙载、王闿运等的格调诗学观。李剑波的《清代诗学话语》（岳麓书社2007年版）通过对清代各个诗派诗学的"话语规则"的"共性"特点的探讨（其中自然也包括晚清诗学话语特征），力图从总体上认识清代诗学的本质和基本规律。王一川的《中国现代性体验的发生》（北京师范大学出版社2001年版）从"体验"切入中国文学的"现代性"进程，其中重点观照了晚清诗学家王韬、黄遵宪等人的诗学"现代性体验"。陈希的《中国现代史学范畴》（中山大学出版社2009年版）也将中国现代诗学的起源追溯到晚清，并从发生学意义上论述了"中国现代诗学的发生"阶段的"诗界革命"等诗学理论。郁敏的硕士论文《晚清诗论现代性问题初探》（重庆师范大学2003年硕士论文），从"现代性"的价值尺度入手探讨了晚清诗学家黄遵宪、龚自珍、梁启超等人的诗学现代性特质。以上是对晚清诗学从不同角度切入研究的一些相关学术专著和学位论文的简单勾勒，当然，关于这方面的单篇论文还有一些，其主要基点还是以比较具体的维度局部地探讨晚清诗学的相关问题，在此就不一一枚举了。

　　3.对晚清某一具体诗论家的研究。这种研究大多是一种个案分析，目的在于发掘晚清某一诗论家的整体诗论状况，并做出系统而全面的梳理与审视，这也是目前晚清诗学研究成果最为丰硕的领域。晚清诗学家数量比较多，但是，由于晚清诗学的地位还没有得到足够的重视，学界关于晚清诗学家的具体研究还主要集中在一些诗学大家身上，龚自珍、魏源、王闿运、黄遵宪、梁启超、早期鲁迅、王国维等人的诗学观受到的关注尤多，在此可以作一个大致的梳理。关于龚自珍诗学的研究成果主要有：梁文宁的《龚自珍诗歌意象散论》（天津社会科学院出版社2000年版）从诗歌意象的角度分析了龚自珍的诗歌特点；其他一些专著，如《龚自珍研究文集》（龚自珍纪念馆编，浙江古籍出版社1994年版）、《剑气箫心——龚自珍传》（陈铭，浙江人民出版社2005年版）、《龚自珍评传》（陈铭，南京大学出版社2007年版）等在全面研究龚自珍的同时，也涉及他的一些诗学理论。此外，还有大量的学位论文及相关学术文章。关于魏源诗学的研究成果主要体现为一些学术论文，例如：洪途的《魏源诗歌的爱国主义精神》（《文汇报》1975年第19期）；李汉武的《论魏源的诗和诗论》（《船山学刊》1987年第2期）；霍有明的《魏源文学主张及诗歌创作刍议》［《陕西师范大学学报》（哲学社会科学版）2001年第4期］；于光荣的会议论文《魏源诗歌的美学风格》（纪念魏源诞辰210周年国际学术研讨会，2004年）；于光荣的《论魏源诗歌的美学格局》（《求索》2005年第8期）；等等。关于王闿运诗学理论研究的成果主要有：萧晓阳的专著《湖湘诗派研究》（人民文学出版社2008年版），比较集中地论述了王闿运的诗学理论。其他的学术成果如：谌兵的《现代进程中的"真古董"：在传统与现代之间的王闿运诗学理论》（北京师范大学2005年硕士论文）与庄静的《王闿运诗歌研究》（苏州大学2008年硕士论文）等，都是以王闿运诗学为研究对象的学位论文。此外，还有大量的学术期刊论文。关于黄遵宪诗学理论的研究成果主要体现为一些著作中的专章专节，以及数量众多的学术期刊论文。刘冰冰的《在古典与现代性之间：黄遵宪诗歌研究》（山东大学2003年博士论文）比较集中地研究了黄遵宪的诗歌创作与诗学理论。其他有代表性的学术论文有：郭真义的《黄遵宪诗学思想综论》，李卫涛的《黄遵宪诗学实践和新诗关系再定位》(《理论学刊》2004 年第 12 期);关爱和的《黄遵宪的诗学理论》(《东岳论丛》2005 年第 2 期);王飚的《独立风雪中的清教徒——黄遵宪诗学观的发展及其在诗歌近代化历程中的地位》(人大复印报刊资料,《中国古代、近代文学研究》2006 年第 8 期),等等。关于梁启超、早期鲁迅、王国维等人的诗歌理论研究成果较多,作为学术史上具有重要地位的大家,自然也受到异常的关注。因此,比较具有代表性的成果也较多,笔者不一一列举与概述,在此从略。总的来说,这些研究成果将关注的焦点主要放在对具体的某位诗学家的诗学理论研究和梳理上,偶尔也注意到他们与时代、文化的关联,以及由此生成的"新变"。但是,目前的学术界还没有在整体上形成对晚清诗学理论发展脉络的宏观视野,以及在诗学"传统"与"现代"关联方面进行较为系统的研究与探讨。

4. 以传统思想形态(主要是传统儒学)为中心,对传统思想与晚清诗学进行某种关联性研究。这种交叉式与复合式研究也是当前学术界的一大热点与增长点。由于文化研究的兴起,学者们开始将传统诗学放在文化的大背景下进行观照,力图在知识与意义的双重探寻中更为全面地把握研究对象,如易学、子学、汉学、佛学、玄学、理学、心学、朴学、西学等思想形态与文学、文论的关联研究①,都成为当前学者们关注的热点与重点。而晚清诗学也在这样的学术背景下受到一些学者的重新关注与审视。相对于以往对晚清诗学与经学的关联研究仅仅将经学视为考察背景不同,一些学者形成了一种"影响"研究的学术套路,陈居渊、马睿、刘再华等人在这些方面具有较大开拓与贡献。陈居渊的《清代朴学与中国文学》(百花文艺出版社 2000 年版)在丰富的文献资料基础上,比较全面地梳理了清代朴学与文学两者之间相互影响、相互转化的内在规律,分别以"清代朴学的萌发和清初文学的经世特征""清代朴学的鼎盛和乾嘉文学的多元嬗变""清代朴学的衰微和晚清文学的时代精神"三编从纵向与横向两个维度突破了长期以来研究清代文学(包

---

① 张岱年主编的《中华学术与中国文学研究丛书》,由百花文艺出版社出版,其中包括《周易与中国文学》《先秦诸子与中国文学》《两汉经学与中国文学》《魏晋玄学与中国文学》《隋唐佛学与中国文学》《宋明理学与中国文学》《清代朴学与中国文学》《近代西学与中国文学》等专著,这些学术成果可以看作是对思想形态与文学、文论关联研究的集中体现与最新探寻,视野也比较开阔,且极具学术意义与现实意义。

括诗学）的旧有评述模式，为清代文学与文论的研究开辟了新途径和新视野。马睿的《从经学到美学：中国近代文论知识话语的嬗变》（四川民族出版社 2002 年版）从"知识话语"的角度比较系统地研究了晚清文论从经学（包括朴学、宋学、今文经学）到美学的话语转换，并且以一种相对平等的姿态或开阔的视野论证了经学话语与美学话语对晚清文论（包括诗学）的建构和启示，以文论的"虚构性和选择性"的"主观解释方式"评述了作为不同民族话语的经学文论与美学文论，对晚清文论的全面深入研究进行了有益的尝试。刘再华的《近代经学与文学》（东方出版社 2004 年版）全面探讨了晚清经学与文学的关系，以今文经学家的文论、古文经学家的文论、综合性经学家的文论，以及桐城派古文理论、宋诗理论、常州词学理论等为具体章节，对晚清经学文论做了系统的梳理。相对于已有的学术成果，该书在研究范围与材料运用上更为全面，而且指出了经学这一本土资源在与西学的抗衡竞争过程中所体现出来的"保守"与"现代"，在文学、文论的转型方面也有较为深入的思考与论证，是晚清经学与文论相关研究的第一部较为全面与系统的学术专著。总的来看，目前关于晚清文学、文论（包括诗学）与经学的关联研究中，学者们已经注意到了经学作为一种意识形态与学术范式所应具有的地位与作用，而且也有了一定的辩证性思维，其整体框架也有了进一步的开阔，为后来晚清相关问题的研究提供了新的理论视野与学术范例。

但是，我们应该看到，在既有学术成果前提下，晚清文学、文论的相关研究还需要进一步地拓展与深化。首先，晚清诗学作为晚清文论的主要形态之一，在当下的学术视野下并没有得到更多的关注和重视。相对于晚清其他文学样式的理论研究，晚清诗学的研究则明显相对冷清，晚清小说的相关研究却更多地占据着当前的学术资源与学术精力。为此，如何选择一个恰当的视角对晚清诗学进行深入研究，就显得十分必要了。其次，处于过渡时期的晚清诗学具有"传承性""一致性"与"突破性""变异性"等特征，目前的晚清诗学研究似乎仍然缺乏一种动态的生成理念与历史意识，即使在某些梳理晚清诗学演变的传统底蕴与变革维度的成果中，也缺乏一种传统文化本位主义思考和当下意识。最后，作为经学视野下传统文论主要形态的诗学理论，在晚清出现了什么样的发展变化？这种诗学发展究竟只是西方学术范式的"投影"，还是有其自身的原因？这种演化与传统，尤其与经学系统之间存在着一种怎样的关联？当前的相关研究显然还需要进一步地深入与细化。因此，无论是从晚清诗学的研究广度来看，还是就其研究的深度而言，目前的研究成果都是远远不够的，晚清诗学还具有广阔的阐释空间与研究维度。

三　相关问题说明及概念界定

（一）本研究的意义

1. 本书以"演变"为基点来审视晚清诗学，不仅是基于晚清诗学本身发展的逻辑事实，更加体现了一种学术研究的历史意识与生成理念。长期以来，我们都习惯以"静态"的学术视野来考察研究对象，如对晚清具体诗学家的研究、某一诗派的研究。尽管纯粹知识性的探寻是十分必要的，但是，这种研究范式往往容易割裂研究对象之间的相互联系，缺乏一种宏观视野和整体意识。更为重要的是，面对晚清诗学的具体情况（处在一种双重话语体系中，并且体现了某种"流变"特质），这种研究就显得既不够科学，也难以深入和全面。

2. 诗学转换古今衔接维度研究的缺失。以"传统"视角切入晚清诗学的演变研究，力图为我们以往的研究补上传统文化本位主义的思考。当前兴起的文化研究与文论转换的问题意识，在一定程度上能够加深我们对晚清诗学的理解。"传统"与"现代"之间是一个相互关联和影响的范畴，中国两千多年的诗学发展史形成了一套固有的"传统"价值体系，而诗学的"新变"显然不可能与"传统"瞬间决裂；在一定程度上来看，"传统"也可以通过转换成为"现代"的因子。晚清处于中国古代社会向近代社会转型的特殊时期，因此，无论从政治思想或诗学思想来说，"接轨"都是双方面的。在晚清诗学理论发展史上，一方面，由于来自西方现代文明的刺激与启示，再加上沉重的社会苦痛与人生苦难，以传统精神所建构起来的诗学价值得到了进一步的扬弃；另一方面，各种"现代"的因子也逐渐深入传统诗学领域，并且推动着晚清诗学演变的大幕。我们当前的晚清诗学理论研究在注重其转换与"新变"

的同时，往往将其界定为西方"现代性"特质的引入，而忽视了中国古典的思维模式与诗学理论自身的发展规律，更加忽视了传统文化对其的规范与匡正。事实上，这种诗学理论的新变过程并非是平地惊雷，而是经过了一个并不短暂的酝酿时期，最初的表现不是外在力量的冲击，而更多的是学术自身的内在裂变，进而波及诗学本身。然而，当前我们对晚清诗学的研究往往受到局限，在整体上仍然缺乏一种传统文化的本位意识，很少将晚清诗学的演变作为一个整体放置于"传统"视阈中加以审视，而多是将其归结为"西学"冲击下的"必然结果"，这恰恰在一定程度上对其认识"外在化"了。本书以"今文学"与诗学的关联为切入点，发掘"传统"与晚清诗学演变在某些方面的同构对应关系，进而厘清晚清诗学在传统视阈下的历史演进与发展理路，力图为当下的晚清诗学研究提供新的学术视角和理论阐释维度。

3. 相对于已有的研究成果，本书选取以"今文学"与诗学的关联为中心进行晚清诗学演变研究，在对象上就更为典型，而且目前在这方面还没有学者全面深入地进行研究，这就使本选题具有一定的开拓型与创新性。一方面，当前学术界关于晚清诗学与儒学不同形态的关联研究还只是处于起步阶段，如朴学与文论（陈居渊的《清代朴学与中国文学》）、经学与文论（马睿的《从经学到美学：中国近代文论知识话语的嬗变》与刘再华的《近代经学与文学》中仅有专章介绍晚清今文学家的文论思想）等，而"今文学"作为儒学中更具"变革"意义的形态，与晚清诗学演变的关联可谓更为紧密，值得关注与深入探究。另一方面，诗学一直以来都被作为中国传统文论的主要形态，而晚清特殊的社会背景以及多种文论，尤其是"边缘"文论形态的发展，造成了晚清诗学相关研究的相对薄弱。为此，我们对晚清诗学的此种研究就极具学理意义和现实意义。也就是说，将"今文学"与晚清诗学的演变进行关联研究，无论是在研究对象的选择性上，还是研究意义的现实性上，都是一个较新的尝试与开拓。

（二）本研究的研究方法

由于目前从"今文学"角度研究晚清诗学演变的相关成果较少，而且没有全面、系统、深入的学术专著。因此，本书在研究方法上需要遵循以下原则：第一，采用历史与逻辑相结合的方法，在细读文本的基础上，突出历史意识与发展维度。第二，由于本书是以"传统"为着眼点，需要将研究对象放在"传统"的视阈中加以审视，在比较的视阈中把握晚清诗学的演变过程。为此，在具体论述中特别重视比较学的视野与研究方法。第三，研究对象的演变可能是多重原因合力的结果，晚清诗学的演变自然也不例外，本书选取的"今文学"角度也只是其众多因素中具有基础性作用的因素之一。因此，本书在叙述过程中尤为强调要尊重历史现实，将宏观与微观、系统与局部相结合，力求达到一种较为客观公正的叙述立场。第四，本书探讨的是意识形态和一般学术思潮与诗学的关系，这就特别需要文化诗学与阐释学维度的介入。为此，在学术视野上，本书也尽量做到开阔与全面。

（三）本研究相关概念的界定

任何研究要在学理上首先成立，就必须在研究对象上有明确的范围与内涵。因此，我们有必要对本选题的相关概念作一定的界定。

首先，本书以"晚清"为时间范围，在此特指 1821—1911 年这一时间段。按照以朝代更迭为参照的习惯划分法，晚清可以指 1840 年鸦片战争到 1911 年辛亥革命这段时间①，本书在时间段的选择上与传统分法大致重合。但是，在上限上之所以追溯到 1821 年，主要是基于本研究对象的特殊性，即以学术思潮（"今文学"）对诗学产生实质性影响为起点。②

其次，关于"诗学"的界定。当前的学者们习惯于在广义上使用诗学，将其等同于文学理论。本书取狭义的诗学概念，即关于诗歌的理论，"晚清诗学"就是指晚清的诗歌理论。需要特别说明的是，本书虽然在狭义上讨论诗学，但是狭义的诗学也是比较宽泛的，既包括形上层

---

① "晚清"的界定是一个颇具争议的问题，费正清将 1800—1911 年称为"晚清"，中国一部分学者也习惯将"戊戌"到 1911 年称为"晚清"，即在"清末"的意义上使用"晚清"概念；也有学者把晚清限定为 1895 年到新文化运动兴起这一时间段，如单正平的《晚清民族主义与文学转型》（人民出版社 2006 年版）等。

② 显然，本研究的逻辑起点为"变"，从清代中后期的社会文化发展演变及其一般学术思潮变动的历史进程来看，晚清"今文学"至道光年间开始深刻地渗透到清代文化艺术领域，包括诗学领域；如汪辟疆所指出的："有清一代诗学，至道咸始极其变，至同光乃极其盛。"（汪辟疆：《汪辟疆文集》，上海古籍出版社 1988 年版，第 275 页。）王国维对清代学术三变也有深刻认识，并且指明了道咸之后清代的学术转向，"国初之学大，乾嘉之学精，道咸以降之学新"。（王国维：《王国维遗书·观堂集林》卷 23，上海古籍出版社 1983 年版影印本，第 26 页。）

面关于诗歌的性质、功用、审美、价值等的认识与观念，也包括形下层面关于诗歌具体的语用、格调、手法、文体、修辞等问题的阐释。考虑到本书的宏观视野与所选取的理论基点（意识形态与学术思潮），以及晚清诗学演变的客观现实（重于形上层面而轻于形下层面），本书侧重于前者，即对狭义诗学做较为形上层面的探讨。

最后，关于诗学"演变"与"今文学"的界定。"演变"是本书对晚清诗学研究的着眼点，这里面隐含着两个问题：一是晚清诗学是否真的出现变化？显然，处于社会转型时期的晚清诗学的发展变化是不言而喻的。二是晚清诗学领域出现了传统诗学（主流诗学）与"新变"诗学的两条发展路径，本书既然立足于演变，其实对研究对象又有了进一步的框定，即与主流诗学相区别且处于"新变"中的晚清诗学。那么，以"同光体"等为代表的传统主流诗学就不属于本书的讨论范围了。虽然传统诗学仍是处于主流和正统地位。但是，晚清"今文学"家的诗学无疑更具活力与张力，其成为中国古代诗学向近代转换过程中不可忽视的环节，尤值得重视。"今文学"出自梁启超的《清代学术概论》一书，指清代肇始于考据学而又发生分裂与变化的今文经学，本书就在此层面上使用"今文学"概念，特指晚清今文经学，用以区别汉代的今文经学。关于"今文学"的具体论述将在本书的正文部分详细展开。经过以上相关概念的界定，本书的研究对象就比较具体和明朗了，即从晚清"今文学"发展与诗学演变的同构关系入手，对1821—1911年这一时间段相对于主流诗学而处于"新变"的诗歌理论（具体来说，主要是指晚清今文学家的诗歌理论）做宏观的形上把握与探讨。

四　本书的逻辑结构

本书主要从晚清"今文学"发展和诗学演变的同构关系入手，对1821—1911年这一时间段内相对于主流诗学而处于"新变"的晚清"今文学"家的诗学理论做宏观的形上把握与探讨。在基本框架上，本书主要分为绪论、正文、结语三个部分。绪论部分主要对当前有关晚清诗学的重要问题进行简单的评述和反思，梳理晚清诗学研究现状，提出本研究的意义与方法，并且对相关概念进行界定，确立本书的逻辑结构。正文部分共分为五章，第一章主要梳理了晚清从社会层面、文化层面，再到具体的思想与学术层面所形成的"主变"发展趋势，并且从宏观上确立了从"今文学"视角研究晚清诗学演变的合理性与科学性。第二章主要论述了晚清"今文学"家龚自珍、魏源的诗学思想。第三章主要考察了晚清"今文学"家王闿运的诗学思想。第四章主要阐述了晚清具有"今文学"学术底蕴的维新派诗人的诗学思想。第五章主要围绕晚清诗学演变的历史反思与诗学知识范式的嬗变进行了相关论述。结语部分主要表明了两个基本立场，并且对本书写作的意义做进一步的延伸与展望。这样，本书以晚清"今文学"价值体系对诗学的蔓延、渗透、规约为中轴，以晚清"今文学"家的诗学理论为中心，以一种有机性与开拓性维度来实现对晚清诗学演变的研究和探讨。

晚清处于中国古代社会向近代社会转型的特殊时期，无论晚清文化状况或诗学思想都发生了深刻的变化与转型。本书从晚清"今文学"发展和诗学演变的同构关系入手，对晚清"今文学"家诗学思想进行深入分析，力图在"今文学"价值体系对诗学蔓延、渗透、规约的过程中发掘一条晚清诗学演变一以贯之的路径，从而揭示出作为一种知识范式的"今文学"之于晚清"今文学"家诗学演变的基础性意义。

本书研究发现，晚清诗学无论如何演变，首先都是基于其主要知识范式的。也就是说，当"今文学"的权威和神圣光环还没有退却前，它仍旧是晚清"今文学"家诗学存在及其发展所必须遵循的金科玉律。

第一章　晚清诗学演变的历史因缘

　　"文学作为一种活动，始终都要以广阔的社会生活为舞台，它总要或直接或间接地与各种各样的社会因素发生联系，现实生活中的文学始终是在审美和非审美、'纯粹'和不'纯粹'的张力下运作和存活的。"[①] 由此可见，作为一种文学形态的晚清诗学，其演变进程也不是由某个单一因素促成的，而是在一个极其复杂的过程中由多种合力作用的结果。因此，面对"更高地悬浮于空中的思想领域"[②] 中的晚清诗学，我们只有充分考虑到它的演变与社会文化的广泛联系，明确它在整个社会体系中的地位，以一种宏观视野与流动意识考察其存在的具体情境，才能够更为深入地洞见其发展演变的本源与实质。具体来讲，从社会层面、文化层面，再到具体的思想与学术层面，晚清都形成了"主变"的发展趋势。清代中后期的社会现实与文化现状构成了晚清诗学演变的大背景，而晚清"今文学"作为一种学术思潮与意识形态，对晚清诗学的演变产生了深层的影响，甚至在一定程度上具有基础性的作用。本章不仅探讨了晚清诗学演变的社会、文化背景，而且对晚清"今文学"的发展与诗学演变的关联，及其相关问题进行具体分析与梳理，以期确定从"今文学"视角研究晚清诗学演变的合理性与科学性。

---

　　① 刘安海、孙文宪：《文学理论》，华中师范大学出版社 1999 年版，第 318 页。
　　② ［德］恩格斯：《致康·施米特》，《马克思恩格斯选集》第 4 卷，人民出版社 1972 年版，第 484 页。

第一节 清中后期的社会现实

中国古代封建社会在经历了几度兴盛与衰落更替过程之后，到清代中后期的道光、咸丰年间，出现了"数千年未有之巨劫奇变"，这种变局不仅是封建社会发展到晚期的必然结果，而且体现出沉重的民族灾难与社会苦痛。内外交困的政治、经济形势，以及由此引发的文人心态，推动着古代社会向近代社会的转型。由此，中国社会开始了漫长而艰辛的现代化进程。

一　内外交困的晚清封建社会景象

清代社会发展到"康乾盛世"之后，逐渐由盛转衰。无论是从国内的政治、经济、阶级矛盾、思想文化等情况来看，还是从其所面对的外部环境与遭受外族入侵的现实来看，清代中后期的社会已经是危机四伏。正如有的学者所说："中国在 19 世纪的经历成了一出完全的悲剧，成了一次的确是巨大的、史无前例的崩溃和衰落过程。"① 从国内情况来看，首先，清代中后期的土地兼并和农民破产的现象十分严重，土地的高度集中迫使农民从事一定的家庭手工业劳动。而以自给自足为核心的小农经济严重阻碍了生产力的发展，并且加重了生产关系的恶化与衰退。可以说，清代中后期的社会经济领域可谓矛盾重重，封建主义的经济基础面临着土崩瓦解的危险。其次，清代中后期中央集权的封建君主专制制度高度发展与极限膨胀，政治黑暗，统治者腐败不堪，阶级矛盾突出。清代中后期的专制制度已经成为镇压民众和结党营私的主要手段，各地群众的反抗斗争此起彼伏。而统治阶级却沉醉于卖官鬻爵、贿赂公行与贪污成风，并且依然做着"天朝上国"的美梦。清代中后期比较重大的群众起义，如清末不断兴起的天地会起义、1796 年的白莲教

---

① ［美］费正清、刘广京：《剑桥中国晚清史》上卷，中国社会科学出版社 1985 年版，第 4 页。

起义、1813 年的天理教起义、1851 年开始的太平天国运动、1898 年的义和团运动等，都促使清王朝的统治处于风雨飘摇之中。与此相关，清王朝的军队也极其腐败，不仅装备陈旧、作风腐化，而且队伍素质也极低，基本上丧失了国防能力，似乎只能在勉强镇压国内农民起义的举动中聊以自慰。此外，由于清王朝是少数民族政权，为了便于稳定政权，他们极力推行文化专制主义政策，大兴文字狱，迫使一些读书人远离社会现实，成为统治阶级的御用文人。而这种极端的思想文化钳制发展至清末，则有过之而无不及，从而造成了思想文化领域的一种颓败与萧瑟气氛。总之，清朝中后期的国内情况极为复杂，社会矛盾层出不穷，经济基础面临瓦解，政治极度黑暗，这些都似乎预示了一场变革的即将到来，"由于两千多年君主专制统治累积了诸多弊端，依靠其自身的力量已经难以消除，到此时完全暴露无遗，导致社会矛盾达到了总爆发的程度"①。

从外部环境来看，清代中后期的社会发展已经落后于世界潮流，并由此形成了落后挨打的局面。14 世纪末到 17 世纪初，欧洲国家相继发生了资产阶级革命。到 17 世纪中叶以后，许多国家走上了资本主义道路，并开始引领世界发展的潮流，进行资本的原始积累和对外殖民扩张与掠夺的侵略行径。1840 年第一次鸦片战争爆发，西方的洋枪火炮敲开了清王朝的国门。从此，中华民族开始了漫长的民族屈辱史和血泪史。面对已经千疮百孔的晚清政权，西方列强通过各种武力战争，对其进行疯狂的掠夺，在经济、国土、军事、外交等方面全面控制了清政府。他们不仅通过各种不平等条约大肆掠夺黄金、白银，如通过《广州和约》搜刮 670 万两、《南京条约》2100 万两、《北京条约》约 1300 万两、《天津条约》约 600 万两、《马关条约》2.3 亿两、《辛丑条约》4.5 亿两等，而且还利用武力最大利益化地取得了在中国进行贸易与走私的权利。此外，他们强迫清政府割让商埠和港口，将中国领土一步步蚕食。并且控制清政府的军事和外交，逐渐使中国彻底沦为半殖民地半封建社会，"如果综观帝国主义列强在整个晚清时期的侵华行径，被其攫取的权益有：领事裁判权、协定关税权、开商埠权、租借领土权、外国军队驻扎权、内河航运权、铁路

---

① 陈国庆：《晚清社会与文化》，社会科学文献出版社 2005 年版，第 3 页。

修筑管理权、银行权、矿权、商业权、农业权、海关权、文化教育权、支配内政权、外交指挥权、司法权等等"①。外国势力的强势涌入,使清王朝面临着沉重的外来压迫与民族灾难,清政府在各种不平等条约的签订中丧权辱国,不仅使本来就处于风雨飘摇的社会形势更加复杂和动荡,而且深层地影响了传统的社会生活方式。也就是说,西方的物质文明伴随着坚船利炮进入中国,"打乱了中国社会发展的固有周期,如错剪到中国历史拷贝上的'蒙太奇',强行将西方已经先行一步的'现代文明'引入中国社会,从而对传统的社会生活造成巨大冲击,引发了城乡冲突、公私冲突、新旧冲突、强弱冲突和华洋冲突,这几类冲突又往往交织在一起,呈现出错综复杂的局面,构成了近代中国复杂的社会景象"②。

中国封建社会发展到晚清,也似乎走到了历史的尽头,内忧外患的社会现实勾勒出了一幅封建社会的末世景象:政治腐败、经济凋敝、社会混乱、国防衰败、殖民侵略加剧、阶级矛盾与民族矛盾激化……此种极度黑暗的社会现实,必然孕育着新的历史契机,"晚清中国社会的剧烈动荡和外国势力的涌进,猛烈地冲击着传统的社会生活,造成了几千年未有之历史巨变"③。显然,从各个层面来看,内外交困中的晚清社会正在经历着一场"惊奇巨变"的历史演变。

二 变革图强的晚清士人心态

作为士人阶层的中国古代知识分子,不仅掌控着知识话语权力,而且充当了一股整合社会的中间力量,"士人阶层恰恰就是社会动荡、分化的产物,因此,重新安排社会秩序、为天下立法就成为这个阶层与生俱来的历史使命"④。因此,动荡社会中的士人阶层往往走在历史的前列,以较为开明和积极的姿态游走在正统与异端之间,在协调矛盾、整合社会力量的场域中巩固既有的封建政权。清代中后期,民众生活于水

---

① 史革新:《中国社会通史·晚清卷》,山西教育出版社 1996 年版,第 594—595 页。
② 苏生文、赵爽:《西方物质文明与晚清民初的中国社会》,《文史知识》2008 年第 1 期。
③ 陈国庆:《晚清社会与文化》,社会科学文献出版社 2005 年版,第 23 页。
④ 李青春:《文学理论与言说者的身份认同》,《文学评论》2006 年第 2 期。

深火热之中，这种残酷的社会现实催生了一些文人志士心态上的变化。无论是传统儒家伦理中的"经国之志"，还是近代国家意识中的"实业兴邦"，都体现出晚清文人志士在社会现实面前的某种"变革"心态。他们致力于思索社会的发展和民族的振兴，以一种"变革图强"的心态彰显出强烈的民族意识与担当精神。他们或力主"开眼看世界"，或主张"师夷长技以制夷"，或提倡"变革保种"，成为一批具有"近代"意识的新型知识分子。

中国传统士人的心态变化，是与清代中后期的社会现实紧密关联的。长期以来的闭关锁国政策，不仅割断了中国与世界的联系，而且造就了中国古代士人保守与自足的心态。即使是面对鸦片战争的沉重打击，中国传统士人最初仍然在天朝上国的观念下严守"华夷之辨"，以极其守旧与顽固的心态坦然面对社会的动荡。然而，面对"数千年未有"的历史大变动，晚清社会已经呈现出难以实现"大一统"的政治局面。理想与现实之间的巨大差异，促使一些眼光深远的晚清士人表现出背离传统价值取向的内在要求，开始"开眼看世界"，如魏源"师夷长技以制夷"口号的提出，就首先在器物层面体现了文人志士的此种心态转变，彰显了这一时期士人阶层在理智与心理上的矛盾张力。一方面，他们憎恨社会的黑暗与传统的约束；另一方面，他们又对西式的东西保持一定限度的崇仰与拒斥。正像有的学者指出的那样："他们又为了个人人格心理的某种平衡，也为了消除某种文化失重感，往往游离于传统与现代之间，成为中国早期现代化发展中最具双重人格的典型群体。却也正是这种双重人格的身份又致使晚清知识分子开始得以从传统知识群体中剥离出来，以极强的民族忧患意识，开始直面中西文明的交锋。"① 而随着社会矛盾的加剧，以及西方器物文明的不断涌进，晚清文人志士也在心态上更加容易接受西方文明。近代中国长期以来的受挫意识使他们感受到，一味地沉迷于传统的朽木已经断然不能除祛民族的忧患与危机。从"夷务"转向"洋务"的观念变化，就体现了传统士人阶层的心态变更。② 为此，以学习西方器物文明

---

① 王韵秋：《论晚清知识分子人文精神的文化归属问题》，《甘肃社会科学》2007 年第 6 期。

② ［美］费正清、刘广京的《剑桥中国晚清史》（中国社会科学出版社 1985 年版）认为特定的术语反映了特定领域内的历史进程，晚清社会一些关键性术语的使用与变化体现了对西方理解的进步与改变。显然，从"夷务"到"洋务"在深层次上体现了晚清士人阶层心态的变化以及对传统的某种"离异"态度。

为主的"洋务运动"在 19 世纪后几十年里如火如荼地兴起了。以奕䜣、曾国藩、李鸿章、左宗棠、张之洞、王韬、马建忠、郑观应等人为代表的洋务派与改良派,积极创办实业,发展商业,兴建各种近代政府机构,发展民族经济。洋务运动开启了晚清社会现代化的第一个高潮,而且从一个侧面反映了士人阶层在思考民族自强的基础上,逐渐松动了其固有的保守心态,并且流露出渐趋理性的知识视野与观念意识。然而,以清王朝统治者及其权力机构所推动的"洋务运动",并没有实现抵制外侮的初衷,中日甲午战争的惨败,使那些仍然抱着国盛民强理想的文人志士重新反思自我,寻求新的救国路径。从器物层面的模仿到制度文化层面的接受,不仅符合接受的习惯,而且体现了晚清士人心态的相对成熟与稳重。从戊戌变法到清末新政,晚清士人表现出对西方政治文化极度崇仰以及对传统文化力主变革的心态。诚如费正清等人所说:"新知识分子作为一群从政治制度层面思考中国问题的'边际人',在政治文化方面表现出新的趋向:一是对西方近代民主政治学说的体认;二是对中国传统政治文化之载体——科举制的离异。"① 虽然他们的选择带有强烈的功利性与焦虑性,对传统的转换和对西方的接纳之间还缺乏足够的深入体验和辩证意识。但是,晚清士人心态的演变进程却是积极与深化的,这种变化也是他们从中国古代传统士人阶层向"近代知识分子"转换的必然环节。

面对动荡的时局与残酷的社会现实,晚清以降的文人志士的心态发生了明显的变化。从最初的华夏中心观念下的极端守旧与闭塞心态,到"中体西用"观念下的相对保守与进取心态,再到背离与变革传统的激进心态,晚清士人在一种变动的社会场域与文化语境中,以"世变"为主线,不断地营造与修正自身的心理态势,并且努力承担着以"变革图强"为中心的民族发展与振兴的宏图大业。

三 晚清社会的转型与现代化

关于社会的转型,学界向来有不同的看法。从现象层面来看,社会

---

① 赵泉民:《清末新知识阶层政治文化心态探析》,《社会科学辑刊》2000 年第 6 期。

的转型常常伴随着一系列复杂的表象运动；从时空层面来看，社会的转型在短期内不一定表现为时空的线性演进；从精神特质及其表现层面来看，社会的转型往往体现为某种"过渡性"特质与"中间"意识。由于"转型"理念的特殊性，当下学者习惯从三个方面来界定社会的转型：一是体制的转变；二是社会结构的转变；三是社会形态的变迁。考虑到晚清社会的特殊性，我们可以从宏观与微观两个层面来审视晚清社会的转型。

从宏观方面来看，晚清社会的转型有两个明显的向度：一是国内不断兴起的起义和变革对晚清传统社会体制与结构的冲击所导致的社会转型。晚清近百年的历史进程充满了激烈的阶级矛盾，封建制度及其腐败成为众多有志之士抨击和反对的对象，他们通过各种方式掀起了晚清社会的变革风云。洪秀全领导的农民阶级的太平天国运动以"当开创新朝"为宗旨，虽然他们"并没有摆脱改朝换代的传统轨迹"，"只能是改换了自身枷锁上的印记而已"，"用洪姓的'天朝'去代替爱新觉罗氏的'清朝'"①，最终必然走向失败的命运。但是，他们所发起的起义，却对摇摇欲坠的晚清封建政权是一种沉重的打击，更加速了晚清社会的转型。晚清义和团运动高举"扶清灭洋"的口号，针对西方传教士及中国基督教徒进行了大规模的暴力活动，虽然没有将矛头直指晚清政府，却极大地削弱了晚清政府的统治势力，对晚清民族意识的觉醒具有警示作用，也促使晚清社会在半殖民地半封建的泥淖中越陷越深。19 世纪末的晚清社会又出现了有名的戊戌变法运动，以康有为、梁启超、严复、谭嗣同等为代表的维新派，试图将西方的君主立宪制引入晚清政治领域，在"君民共主"的法制政体中实现晚清社会的近代转型。然而，即使是风靡一时、激荡人心的变法运动，也由于传统势力的反对与镇压，以及晚清社会所固有的顽疾而不治而终。资产阶级改良派的"君不甚尊，民不甚贱"（严复《原强》）的美好愿望也最终落空了。

当然，维新派揭露了封建专制的"赘疣"，他们在为挽救晚清社会政体做最后努力的同时，也为其唱响了挽歌。晚清社会的真正转型肇始

---

① 郑师渠：《社会的转型与文化的变动：中国近代史论》，商务印书馆 2006 年版，第 28 页。

于辛亥革命，资产阶级的民主革命以建立共和国为宗旨，力图将"三民主义"深入人心，最终铲除了封建君主专制政体。由于历史的局限，他们的革命果实容易被篡夺。但是，晚清社会作为一个政治上的概念已经不复存在了，中国两千多年的封建帝制就此结束，晚清社会也由此实现了真正的历史转型。二是国外殖民势力的入侵和殖民对晚清传统社会体制与结构的冲击所导致的社会转型。19世纪的欧美已经处于资本主义快速发展的时期，从自由资本主义向垄断资本主义的过渡，促使众多西方列强开始了全球扩张与殖民侵略。西方列强对晚清的殖民给中国人民带来极大的灾难与民族苦痛。但是，西方国家的政治文化、经济方式、价值观念、文明进程等"西学"因子，也伴随着他们的殖民活动输入中国，客观上加速了晚清社会的历史转型，"鸦片战争的炮声使西学在硝烟的掩护下强行注入了中国的政治、思想领域，晚清知识界的价值观乃至世界观的转变成为整个社会思想文化结构变化的先导，进入近代以来的半个世纪内，西学以动摇中国传统精英阶层的传统价值观，以及促使其新价值观的萌生而强化了它的影响"①。可以说，"西学"的入侵几乎是全方位的，对于晚清社会的转型，它与"坚船利炮"一样，具有十分明显的功效。

从微观方面来看，晚清社会的诸多变化不只是一种简单的社会结构调整，而是孕育和显现了社会转型的某些复杂与多变的新动向。我们可以明显地感受到，在晚清时期，以君主专制为主体的政治权威受到了各方面的质疑与挑战，以家庭为中心的社会模式受到西方学说与政治哲学的冲击而逐渐走向瓦解。以一些城市为中心的资本主义工商业的崛起挑战着长期以来自给自足的小农经济，买办与军阀作为新的阶层颠覆着传统的权利分配与政治格局。以道德伦理为中心的传统价值观念受到了疏离与审判而成为一种不断生成与抉择的理念置换……晚清社会的这种转变实质上是一种社会转型的表征，是中国古代社会向近代社会过渡，进行现代化努力和发展的必然趋势。

此外，晚清社会的转型是伴随着社会的现代化进程的，现代化是晚清社会转型的突出特征。关于什么是现代化，学界有不同的看法。如有

---

① 陈国庆：《晚清社会与文化》，社会科学文献出版社2005年版，第225页。

的学者认为，"现代化即是现代性在物质的、制度的、观念的三个层面的增加和扩展"①。也有学者把现代化"看作是一个在科学和技术革命影响下，社会已经或正在发生着变化的过程"②。但是，现代化并不是西方的特产，"1500 年以前，中国有一些早熟的现代性因素，比如，技术的'四大发明'，中央集权的管理体制，民众忠诚集中于国家层面，等级身份的流变，文官考试制度（科举考试），尊重知识与学习，平等的社会价值取向，等"③，只不过中国的现代化没有形成一股潮流，最终迷失在强大的封建专制政体之中了。到晚清时期，由于国内矛盾的高涨，以及外来势力的入侵，中国社会政治、经济、思想、文化等领域出现了剧烈的变动，中国的现代化进程才得以真正起步，"中国现代化的启动始于 19 世纪 60 年代的自强运动（即洋务运动）"，"19 世纪下半叶到 20 世纪初，即从自强运动经过维新运动到立宪运动，大约半个世纪，这是中国现代化运动的初始阶段"④。由于晚清的现代化进程在表面上是一种"晚发外生型"，为此，一方面，晚清社会内部领域，如政治结构、经济结构、社会一体化、知识和教育等方面，都体现出现代化的一般化表征；另一方面，"原有的和外来的要素都在一个国家实行现代化的道路上起着作用"⑤，西方文明的"这种冲击同时也使中国输入了现代化发展所必需的因子，使中国的现代化进程得以起步"⑥。也就是说，内在的与外在的原因共同推动了晚清社会的现代化进程。而晚清社会的现代化进程是具有其特殊性的，它与社会的转型及其变动更加紧密地结合在了一起，"在中国的历史条件下，革命化不仅仅是中国巨变的四大趋向之一，而且是中国现代化的一种特殊表现形式"⑦。因此，就中国现代化进程的主体而言，摆脱民族生存危机，建立一个现代化的政治共

---

①　尹保云：《什么是现代化：概念与范式的探讨》，人民出版社 2001 年版，第 5 页。

②　[美]吉尔伯特·罗兹曼：《中国的现代化》，上海人民出版社 1989 年版，第 3—4 页。

③　尹保云：《什么是现代化：概念与范式的探讨》，人民出版社 2001 年版，第 8 页。

④　罗荣渠：《现代化新论续篇——东亚与中国的现代化进程》，北京大学出版社 1997 年版，第 108 页。

⑤　[美]吉尔伯特·罗兹曼：《中国的现代化》，上海人民出版社 1989 年版，第 6 页。

⑥　陈勤、李刚、齐佩芳《中国现代化史纲——无法告别的革命》（上卷），广西人民出版社 1998 年版，第 37 页。

⑦　罗荣渠：《现代化新论续篇——东亚与中国的现代化进程》，北京大学出版社 1997 年版，第 115 页。

同体，无疑是其基本理路与发展趋势。晚清社会的现代化进程与晚清社会的转型一样，在顺应社会发展进程与规律的同时，体现了晚清社会文化"主变"的历史形态和内在诉求，晚清时期的"中国社会开始了其以大规模的社会解体和文化解体为特征，并伴随着持续、剧烈的社会动荡与变迁的过程"[①]。

第二节　清中后期的文化现状

清代中后期的文化发展状况打破了中国传统文化的单维演变进程，西方的文化观念以前所未有的强势姿态冲击着传统的文化价值观念，"西学东渐"成为当时世界文化发展的客观态势。而清代中后期的传统文化却仍然试图以其特有的方式保存着自身的特色，文化民族主义越来越成为一种深层的民族意识与立场。面对社会的动荡与转型，晚清的文化变动也是在情理之中的，经世致用的文化观念伴随着民族主义的张扬而日益高涨。

一　"西学东渐"的文化趋势

"西学东渐"一词，一般是对西方文化传入中国这一过程的形象表述。所谓"渐"，取浸染、慢慢流入之义，"近世西学东渐的过程是以渐进、浸润和'徐行'的方式进行的，而且这符合历史的事实"。[②] 晚清时期，中西文化发生了激烈的碰撞；但是，由于中西文化处于不平等的非常态地位和氛围之中，占据主导与支配地位的西方文化以强势与霸权的方式，促使文化的交流趋向主要表现为从西方文化流向与渗透到中国晚清传统文化，"西学东渐"便成为晚清时期文化发展的显著趋势和特征。

---

① 陈勤、李刚、齐佩芳《中国现代化史纲——无法告别的革命》（上卷），广西人民出版社 1998 年版，第 78 页。
② 何一：《"西学东渐"的历史机理与表象》，《文史杂志》2003 年第 3 期。

　　中国的"西学东渐"进程于四百年前的明末清初就开始了，但由于其主要发生在极少数个体中间，对中国传统思想文化的影响着实有限。而晚清时期，无论是国际大环境，抑或国内社会文化状况，都发生了巨大的变化，"西学东渐"也表现出与先前情形极大的不同。从文化输出者的角度来看，19世纪的西方社会正在经历资本主义的快速发展时期，文化的扩张是伴随着经济的掠夺和军事的占领强势地渗透到东方文化世界的，文化的强权与优越性成为"西学"能够"东渐"的内在驱动力。从文化接受者角度来看，晚清社会已经不再具有"天朝上国"的神圣光环，即使是作为"荣耀"的传统文化，也直接受到西学的冲击和挑战，晚清文人在对传统文化的坚守与疑虑，以及对西学的拒斥与接纳的二元抉择中始终举棋不定。而在中西文化冲突的过程中，西学在经过长时间的"浸染"后，也在晚清文人心中逐渐形成了一种强势地位。当然，从文化碰撞与交流的现实情况来看，处于弱势地位的文化也会对强势地位的文化产生一定的影响与作用；虽然当时文化交流的主要态势是"西学东渐"，但是文化反向传播的趋势也值得注意。当然，我们不是要对"西学东渐"的传播方式与形态及其历史作用做出某种适时的评价和定位，而只是从整体上和一般意义上，以"西学东渐"来概述晚清文化发展进程中所出现的"新变"与"新质"，并以此切入晚清文化发展的客观现实。关于晚清时期的"西学东渐"发展进程，学者们有不同的看法，如有学者将晚清"西学东渐"分为四个阶段①，并且统计出在晚清百年的"西学东渐"进程中，学者们共翻译西学书籍（不包括纯粹的宗教书籍）达2490余种。也有学者以三个阶段来划分晚清西学东渐历程，并且作了具体的简述和论证。② 无论是三段式还是四段式的划分，一个很明显的事实就是，"西学东渐"已经成为贯穿晚清百年历史进程的主流文化趋势。而正是在这一时期，西方的哲学、政治学、宗教、经济学、历史学、医学、文学、社会学、教育学和各类自然科学纷纷传入晚清，有的直接进入晚清文化形态，有的与晚清文化相交流与融合，有的作为一种

---

　　① 熊月之在《西学东渐与晚清社会》（上海人民出版社1994年版）一书中将晚清"西学东渐"划分为了1811—1842，1843—1860，1860—1900，1900—1911四个阶段。

　　② 郑权在《简述近代中国的"西学东渐"历程》[《延安大学学报》（社会科学版）2004年第4期]一文中以"1840—1860：舰炮撞开的裂缝，1860—1895：'奇技淫巧'的诱惑，1895—1911：'物竞天择'的反思"三个阶段来论述晚清时期的"西学东渐"进程。

元素被晚清文化所部分吸收，有的被晚清文化所抵制与拒斥……"竭诚欢迎者有之，全力排拒者有之，完全相信者有之，全然不信者有之，疑信参半者有之，始疑后信者有之，阴奉阳违者有之。总的趋势是，受众疑忌逐步消解，反对声音渐趋弱小，西学影响日益扩大。"① 从马礼逊东来，到晚清封建统治结束，"西学东渐"近一百年，这一时期的晚清社会文化发生了极大的变动；从文人志士疑忌的文化接受心理，到逐渐信赖的文化接受心理；从对传统文化统治地位最大限度地护卫和固守，到对西方文化的"偏激主义""西学中源""中体西用"等观念的产生；从对西学吸收次序上先物质层面再制度层面的顺序，到从思想、思维层面的认同与接受；从西学影响下的反抗意识、危机意识、忧患意识，到"新学"背景下的批判意识、反省意识、开放意识。晚清社会文化在西学的冲击下以渐进、徐行的方式发生着深刻的变化。从某种程度上来说，晚清文化的这种"西学东渐"的发展态势，也成为西方资本主义文化全球化扩张趋势下的东方"影像"与形态表征。总的来说，"'西学'为主位，它'东渐'到中国来了，来做什么？启蒙，即把中国文化传统启蒙到西方的现代化轨道上去"②。

西学的强势输入，经过晚清文人志士的被动或主动地构筑，逐渐改变了中国传统的封建文化结构，对中国的社会文化历史进程产生了深远的影响。无论是中国社会的解体与转变，还是封建政体的颠覆与嬗变，抑或思想文化领域法治与科技的诉求，都是中国社会"变迁"与"重建"历程的重要表征。而这一过程显然离不开西学价值的侵入与压迫。

二　晚清的文化民族主义

晚清时期，民族主义总是作为一种显学思潮深刻地影响着社会历史文化的发展与变动。而作为次生形态的文化民族主义常常伴随着晚清政治民族主义与经济民族主义的"幽灵"，在西学与传统之间艰难地游走，成为晚清文化发展历程中不可忽视的重要因素。

---

① 熊月之：《西学东渐与晚清社会》，上海人民出版社 1994 年版，第 710 页。
② 张志扬：《"唯一的"、"最好的"，还是"独立互补的"？ ——"西学东渐"再检讨》，《现代哲学》2007 年第 2 期。

一般认为，民族主义最早出现于 18 世纪后期的欧洲，以法国式和德国式的表现形态为主要特征。从本质上讲，民族主义"就是民族自我意识的现实表现"①，它"以民族作为最高效忠对象的心理状况，它包含着本民族优越于其他民族的信仰"②。而关于文化民族主义的提法，学界至今还存在着一定的分歧。就国外研究现状来看，一些学者认为，仅从心理、文化层面理解民族主义是片面的，如安东尼·史密斯在《全球化时代的民族与民族主义》中就持这种观点。当然，也有许多学者是认可文化民族主义概念的合理性的，并做了具体的论述与实证，如美国学者海斯、科恩、柏林，以及以色列学者埃尔·塔米尔等。我们认为，文化民族主义是现实存在的，它以弘扬民族历史文化传统为目标，"认同文化传统，并要求从文化上将民族统一起来"③；它是民族文化心态的现实显现，是民族精神团契的文化形态，是民族团结的内在动力。对此，学者费正清有着比较清晰的认识："当一个世纪前近代压力促使中国广泛的民族主义上升时，它可能是建立在一种强烈的认同感和文化优越感基础之上的，我们应当把它称之为文化民族主义。"④ 由此可见，在多数情况下，文化民族主义与政治民族主义是互为表里的，而晚清时期的民族主义就体现了此种特征。也就是说，晚清的文化民族主义往往流露出强烈的政治运动倾向和主张，而每一次的政治变革，几乎都会体现出一定的文化民族主义倾向，这是符合晚清文化发展的客观现实的。

我们认为，特殊的时代背景与国内外环境，促进了晚清文化民族主义的兴起与发展。总体来看，晚清的民族主义主要经历了两个发展阶段：从鸦片战争到甲午战争前夕为第一阶段，甲午战争到辛亥革命为第二阶段。当然，伴随着晚清民族主义所衍生出来的文化民族主义，则要复杂得多了。在第一个发展阶段，晚清的文化民族主义主要体现为一种传统的文化姿态，政治民族主义与经济民族主义才是这一时期民族主义的主流表现形态。从早期的"夷夏之辨"，到"西学中源"，再到"中体西用"，晚清的文化民族主义都显现出较强的保守心态与大国文化情结，

---

① 单正平：《晚清民族主义与文学转型》，人民出版社 2006 年版，第 31 页。

② ［英］G. P. 古奇：《民族主义》，转引自郑师渠《社会的转型与文化的变动：中国近代史论》，商务印书馆 2006 年版，第 2 页。

③ 郑师渠：《社会的转型与文化的变动：中国近代史论》，商务印书馆 2006 年版，第 3 页。

④ ［美］费正清：《美国与中国》，商务印书馆 1987 年版，第 74 页。

尤其以洋务运动的文化民族主义为代表："洋务运动这样一种'官僚民族主义'或经济民族主义，对当时的文学创作和欣赏批评，就不可能产生什么重大影响。中国文学仍然在古老的儒家意识形态的传统轨道上缓慢运行。"① 不仅仅是文学，当时晚清的整个文化几乎都处于传统意识形态的规约中。而学者对西学的接受还大多停留在一种表层形态，甚至体现出一种拒斥的姿态，"当本民族文化受到外来文化威胁（潜在的或实际存在的）、发生认同危机之时，沉淀于民族成员心理深层的'我族优越意识'就会被激活、引发出来，并转化为一种极力抵御、消解外来文化影响，维护本土文化独立性的强烈意识"②。因此，这一时期的晚清文化民族主义还体现出浓厚的守旧倾向与"排外"情结，基本上类似于德国式的文化民族主义，即"在文化层面上表达的对外来文化入侵的愤恨，对德意志民族的歌颂与赞扬，以及对德意志统一的期望，构成了一种文化民族主义"③。第二个阶段的晚清文化民族主义的实际情况就更为复杂了，其发展进程更具有近代特征与意识。而传统知识分子的转型，以及近代知识分子群体的诞生，也为晚清文化民族主义注入了新的活力与生机。戊戌时期，维新派欲立孔教，明确提出"保国、保种、保教"的口号，反对基督教，主张传布西学与变法。如有的学者指出："在西方文化的冲击下，中国的知识精英，其变法图强的出发点都是突出一个'保'字——保种、保教、保国、保民。在'保'的前提下进行'变'，在中国的旧'体'的框架下引进西方的器用。"④ 虽然他们对文化冲突问题的理解尚属肤浅。但是，他们已经流露出明显的文化危机意识，并且将问题提高到了文化反侵略的层面上来。相对于维新派比较温和的文化民族主义，激进的革命派的文化主张更具鼓动性，"爱国存学"的观念也逐渐深入人心。激进的革命派的文化民族主义意识是建立在对民族存亡的深刻认识上的，他们"相信文化危机是更本质更深刻的民族危机"⑤，主张"存学"以救国。但是，他们在大力弘扬民族文化的同

① 单正平：《晚清民族主义与文学转型》，人民出版社 2006 年版，第 45 页。
② 杨思信：《文化民族主义与近代中国》，人民出版社 2003 年版，第 12 页。
③ 李宏图：《西欧近代民族主义思潮研究》，上海社会科学院出版社 1997 年版，第 112 页。
④ 李毅、张凤江：《选择与裂变——传统文化与现代化关系的历史探索》，辽宁教育出版社 1996 年版，第 8 页。
⑤ 郑师渠：《社会的转型与文化的变动：中国近代史论》，商务印书馆 2006 年版，第 7 页。

时，也具有很强的"排满"倾向与激进意识。此外，介于二者之间的国粹派的文化主张，其影响也较为深远，而且长期处于衰而不绝的状况，并逐渐发展成为与占据主导地位的激进西化派相对峙的一股力量。国粹派的文化民族主义以"国学"为文化理论核心，将"陶铸国魂"作为文化的归宿，以"古学复兴，此其时矣"为己任，力图融合中外文化精粹，振兴和发扬民族精神以自强，"国粹派文化民族主义是一种批判的保守主义，即试图在批判东西方文化中寻找、发现、确立中国文化的独特价值。它是独立思考而行中庸之道的结果，因此，反思的、辨证的、持中的态度和结论就是它的基本特征"①。从第二阶段的晚清文化民族主义的发展逻辑来看，它显然在民族情绪全面爆发的氛围中做出了适时的调整与发展，且学者们的文化视野更为宽广，文化心态也更趋成熟。为此，在晚清社会文化的转型中，文化民族主义发挥着重要的导向作用，"其实，文化民族主义的兴衰构成了中国现代化的一个重要的侧面。研究它的历史和趋势是我们理解中国现代命运的一个有效的途径"②。

总的来说，晚清的文化民族主义是处于不断的变动与调整之中的，它在静与动、变与守、进与退、体与用、西与中等文化张力中艰难地游走。晚清文化民族主义虽然不可避免地存在着时代的局限性和恋古情结。但是，在晚清封建君主专制政体下，文化民族主义不仅揭示了文化体系的相对独立性与民族个性，而且为晚清文化的现实发展开辟了新的思路与空间。

三　晚清经世致用的文化观念

中国传统文化十分注重文化的伦理道德和功用特性，《周易·贲卦·彖传》云："文明以止，人文也。关乎天文，以察时变，关乎人文，以化成天下。"就是强调"人"要在"文"的面前仰观止步，接受"文"的规范与教化，这就从原初思维和价值取向上显现出中国传统文化较强的伦理教化维度。在中国文化的历史发展进程中，文化的此种伦理教化

① 单正平：《晚清民族主义与文学转型》，人民出版社 2006 年版，第 79 页。
② 康晓光：《"文化民族主义"随想》，《孔子 2000》2004 年 6 月 27 日。

维度也得到了进一步传承。以传统儒道文化为例，儒家文化以血缘与泛血缘为关系纽带，以此来建立一个具有等级差别与威严的宗法社会。而道家学说以"道"为至上存在，采取静观的方式超越现世束缚，在个体的绝对自由的前提下来实现某种纯粹的人性社会理想。可以说，儒道文化都渗透出浓厚的伦理和功用色彩。晚清时期，由于社会文化的变动，以及由此带来的民族危机与个体危机，文化的功用观得到了进一步的张扬和发展，经世致用的文化观念成为晚清文化发展变化的又一显著特征。

从思想渊源上看，经世致用是儒学内部的一种思潮与观念。其往往致力于解决和阐释社会所存在的现实性问题和矛盾，并且会随着社会的腐败与矛盾的激化而逐渐凸显，而且也会因此得到文人志士们的重视和提倡。晚清经世致用思潮兴盛，文化领域似有"故凡文之不关于六经之指，当世之务者，一切不为"①之势。而整个晚清统治阶级也试图将经世致用作为面对内忧外患的一种基本思路与选择，因为19世纪的中国封建腐朽政体及其所导致的社会衰败，是汉宋之学所无法担当与解决的。在此，我们尚且不论经世致用与汉宋之学的关联，仅从晚晴社会文化领域来看，经世致用的呼声就一度不绝于耳。晚清经世致用思潮的缘起是有其原因的：一方面，传统文化的实用主义发展路径一直存在于封建社会的发展进程中，经世致用的文化观念也因此长期存在，"这个思潮不绝如缕，只要儒学被视作统治思想，几乎就可以找到它的影子"②。另一方面，晚清社会文化不再是单纯地顺延"传统"而演进，西方势力入侵给原本就千疮百孔的晚清社会造成了极大的伤害，一种维护自身文化尊严与变革图强的社会文化心理时常回荡在晚清社会之中，"但是一旦外在情况有变化，特别是在政治社会有深刻的危机时代，'经世致用'的观念，就会活跃起来，正像是：'喑者不忘言，痿者不忘起'一样"③。从早期的"师夷长技"，到"体用之辨"，再到"新学"，无不在物质层面透露出较强的实用倾向与功用意识。而晚清文化学术从乾嘉时期的分裂，到"今文学"提倡经世致用，再到晚清末期传统的通经致用

---

① 顾炎武：《与人书》三，《顾亭林诗文集》，中华书局1983年版，第91页。
② 袁伟时：《晚清大变局中的思潮与人物》，海天出版社1992年版，第24页。
③ 余英时：《中国思想传统及其现代变迁》，广西师范大学出版社2004年版，第197页。

观的式微，以及功用化的西学接受理路，都贯穿了中国传统文化以"内圣"与"外王"为核心价值体系的实用发展路径。我们也应当看到，晚清知识分子的这种由考据向经世致用之风的转变，无论在学术上还是政治上，都是一种十分睿智的举措。具体落实到文化实践的主体上，表现出种种不同的务实态度。例如：常州学派便是"关注社会与民生问题，企图从经学研究中找到解决社会危机的良方"①；龚自珍则强调"通乎当世之务"；魏源提倡"真汉学"的晚清"今文学"而"以经术为治术"和"开眼看世界"；洋务派倡导"师夷长技以制夷"而在统治层面维护封建帝制；维新派强烈要求托古改制以求从"据乱世""升平世"而到"太平世"；张之洞等人以"应世事"为基点而宣扬"中体西用"的功用文化观……也就是说，整个晚清文化在物质层面上力图切入社会实际，大力倡导发展实业以自强；而他们在学术层面上也自觉地求实而反对空疏与迂执，在义理层面上主张"通经"以确立经世致用的渊源与根基，在精神层面上以"致用"为核心，将"救国图强"的民族理想与抱负发扬光大。总之，"经世致用派以匡济天下自命，讥讽时政，倡言变法，研讨河工、漕运、盐法，改革科举，切望整饬吏治、军队，严禁鸦片，谋求富国强兵。总之，凡一切与国计民生有关的实务，均是经世致用派议及的对象"②。当然，晚清经世致用的文化观念还带有儒家经典的深刻印记，即大多强调宗经、通经的文化致思路径，而且还具有较强的偏执热情和非理性色彩，"清末士人过分地将学术与现实政治挂钩，强调其实用价值，很大程度上否认了学术相对于社会问题背景而仍然应当具有的独立性、自主性和'纯度'较大的学科的'滞后性'，客观上助长了此后民国学术史上的偏激狂热、强调学术为政治工具方为'有用'之倾向"③。但是，随着通经与致用的相互抵牾和背离，晚清经世致用思潮也进行了相应的置换与变动。如经世致用观念在对传统文化的转换，对西学的摄入，以及思维方式的转变等层面上都有具体的调整和体现。

---

① 汪高鑫：《论"通经致用"的经学传统》，《安徽大学学报》（哲学社会科学版）2009年第2期。

② 田永秀、刘斌：《经世致用思想由传统向近代的转变》，《四川师范大学学报》（社会科学版）1994年第3期。

③ 陈康：《清末经世致用学风得失探析》，《河南师范大学学报》（哲学社会科学版）2009年第6期。

从整个晚清经世致用思潮的发展演变来看，它还是遵循了"穷则变，变则通，通则久"（《周易·系辞》下）的传统文化发展观念的。相对于传统的经世致用观念，晚清社会显然赋予了其更为广阔的内容与选择。无论是传统文化内部的裂变及其意义的缺失，以及对黑暗社会现实的批判和控诉，还是西学的涌入与意义的彰显，都将经世致用的文化观念与晚清社会的变动和转型紧密地联系在了一起。因此，晚清经世致用的文化观念不仅是对传统文化资源的传承与转换，更体现出一种开拓意义和时代精神。

第三节　晚清朴学的裂变与"今文学"的兴起

纵观晚清社会、文化的发展趋势，"求变"仍然是其各个阶段的话题与主旨。而且"言变"的社会发展主题还渗透到一般思想领域，"一部晚清史，从某种意义上说就是一部社会变革史，晚清思想界就民族独立与社会进步所提出的一切观念、思想和主张以及发生的一切争论甚至斗争，实际上都是围绕要不要变革，如何变革，以及变革的目标、方向和途径展开的。……'言变''求变'既是晚清各个时期思想界的共同话题，也是晚清思想史的一个重要特点"①。晚清思潮的变动是全方位的，具体到晚清学术思潮的发展现实，以朴学为表征的晚清学术思潮出现了裂变，"亦学术之事，每转而益进，途穷而必变"②。"今文学"又再度兴起与发展，这种学术思潮的演变不仅是对传统学术思想的"否定之否定"，而且在具体的情境下得到了进一步的张扬和凸显。

一　清中后期的朴学发展概况

清代的经学形态一直处于某种分裂与自我分裂的矛盾运动中，而经学内部的异端思潮也贯穿于清代学术思想发展的始终。由于特殊的时代

---

① 郑大华：《晚清思想史》，湖南师范大学出版社 2005 年版，第 9—10 页。
② 钱穆：《钱宾四先生全集》第 22 册，经联出版实业公司 1998 年版，第 592 页。

背景与学术情境，作为汉学一脉的朴学又成为清代学术思潮发展的主流形态。然而，朴学的发展所带来的学术成就，并没有成就清代学术的一统局面与渊源长流，而被清代文化专制政策与风气"驱赶入专鹜考据的狭小天地里"的"汉学家们何尝以饾饤式的征实为满足？"① 清代中后期朴学的式微为晚清学术思潮的演变提供了有利契机。

清代学术之所以称为朴学，主要是指它在方法运用上以经史考证为基础，而其在学术风格上则立足于文字音韵、章句训诂而显得严谨朴实。当然，清代朴学的兴起是有其特殊背景的，作为以少数民族身份入主中原的满族贵族，他们主张采取"以夷制夏"的统治策略，长期以来的文化专制政策使文人志士们逐渐远离了社会现实。而加之"当时社会认为，考据是一种能够验证并延续古典智慧的可行性话语"②，皓首穷经的学术理路又重新成为有清一代学者的现实选择。此外，从中国经学的发展逻辑来看，通经致用的学术立场造就了清代文人志士对理学、心学空谈误国的反思与批判，"明末清初的社会批判思潮与否定理学末流的明道救世精神相呼应，是理学向朴学转轨的最直接的内在动力"③。为此，一种倡导实际的学术思潮孕育而生，从实学向朴学的路径转换，就是在学术立场与现实情境的矛盾张力下的现实选择，"伴随整个社会环境和历史条件的变化，明末清初崛起的实学思潮也循着自身内在矛盾运动的理路，逐渐转向朴实的考经证史的途径，最终演变成一代朴学，亦即清代汉学复兴乃至鼎盛的局面"④。

从学术思潮的发展阶段来看，清代朴学经历了萌发、发展与衰微三个阶段。在清代朴学的萌发阶段，理学的衰颓和实学的兴起发挥了极大的作用，阎若璩与胡渭是其代表。他们以翔实的证据和考据方法考辨了《古文尚书》《传》《河图》《洛书》等古籍，为后世朴学的兴起开辟了道路。

清代朴学的发展，大致经历了确立、高峰与总结三个过程。惠栋

---

① 朱维铮：《中国经学史十讲》，复旦大学出版社 2008 年版，第 58 页。

② ［美］艾尔曼：《从理学到朴学——中华帝国晚期思想与社会变化面面观》，江苏人民出版社 1995 年版，第 254 页。

③ 李海生：《社会批判思潮与明末清初的学术转变》，《华东师范大学学报》（哲学社会科学版）2001 年第 3 期。

④ 黄爱平：《朴学与清代社会》，河北人民出版社 2003 年版，第 40 页。

与吴派学者为朴学的确立奠定了坚实的基础。惠栋首倡汉学，其与吴派学者大多致力于对汉代儒家经典的发掘、阐发和推进，确为朴学的发展起到了引领风气的作用。清代朴学到戴震与皖派学者那里得到了进一步发展，并且使有清一代学术得以达到高峰，"凡此皆千余年不传之绝学，及戴氏（震）出而集其成焉"。[①] 阮元与扬派学者则在传承前人的基础上，试图审视一代学术，并力图有所突破，最终实现了对清代朴学的总结。

任何学术思潮似乎都要经历由发展到衰微的客观过程，清代朴学同样如此，"18世纪晚期，考据学派发展到顶点，但是，即使在反义理之风充斥于多数考证著述之时，含蓄的不满声音已经出现"[②]。就清代经学发展历程来看，理学与朴学的矛盾冲突就一直长期存在，晚清文化专制策略并没有彻底摒弃宋学，"由分裂的文化心态导引出的分裂的文化政策，在我看来是解释清代经学史的一个关键"[③]。也就是说，由分裂的文化与心理所造成的门户纷争，在一定程度上消解了朴学发展的内在动力。此外，朴学发展到清代中后期出现了衰微，这不仅是朴学自身发展的归宿，也是清代社会历史发展的必然产物。至清代中后期，文化专制主义背景下的朴学业已发展到了极限，其自身面临着一些难以逾越的困境。朴学家把全部精力都集中在古籍的整理与考订之中，既远离提倡心性义理的儒家"内圣"之道，又漠视主张治国平天下的儒家"外王"之道与士人精神，而这恰恰形成了一种闭塞与狭隘的学术风气，以及较为空虚的学术价值取向。为此，朴学的这样一种程式化、琐碎化、书斋化的学术路径也受到越来越多的冲击和挑战，"国初诸家，其学征实不诬；其弊也琐。要其归宿，则不过汉学、宋学两家互为胜负"[④]。因此，"当雍乾时代密集的文字狱造成的恐怖氛围略有淡化，汉学内部便必定要分化出自身的对立物，首先被否定的就是把音训考辨当做学问归宿的取向"[⑤]。更有甚者，清代中后期还面临着极为严重的社会危机及其所

① 凌廷堪：《汪容甫墓志铭》。
② ［美］艾尔曼：《从理学到朴学——中华帝国晚期思想与社会变化面面观》，江苏人民出版社1995年版，第233页。
③ 朱维铮：《中国经学史十讲》，复旦大学出版社2008年版，第55页。
④ 纪昀：《四库全书总目·经部总叙》，中华书局影印本1965年版。
⑤ 朱维铮：《中国经学史十讲》，复旦大学出版社2008年版，第59页。

联动的社会转型，而朴学的价值取向与学术风气，则已经远离了清代中后期的社会现实。"说起清代的学术来，有几位学者总是眉飞色舞，说那发达是前所未有的，证据真够十足：解经的大作，层出不穷……但失去全国的土地，大家实足做了二百五十年奴隶，这买卖，究竟是赚了利，还是折了本呢?"[①] 当清代中后期的文人志士再次将民族危机与现实矛盾作为自身学术的一种"担当"时，如"经世致用作为一种潜质埋藏在士人古色古香的学术外壳内，隐而不彰"[②]。那么，狭窄陈腐的朴学，其意义危机、价值危机和生命力的枯竭，终究会使其遭到抛弃与奚落。也就是说，朴学发展到清代中后期，面临着极为严重的困境，它"提供了带有科学因素的方法和整理古籍的具体成果"，"却不能提供系统的思想体系"[③]。义理的缺失、价值的失落、形式化的弊病等，都在一定程度上决定了其必将会发生裂变的历史命运。

作为经学在清代学术思潮中的主流形态，朴学发展至清代中后期逐渐衰微，"传统"与"主流"的话语受到越来越多的质疑和冲击。而晚清新的学术取向与价值抉择，也正是在朴学的此种困境中才得以重新孕育与生成的，"长期的文化专制主义，不只是造成了官方的控制言论的习惯做法，而且也造成了文化界的自我拘束、眼光狭窄的学风。这就是说，清代中期文化界面临着一个必须解放的局面"[④]。因此，朴学在清代中后期的发展遭遇，实际上为晚清学术思潮的演变奠定了坚实的理论基础与内部话语转换的情境。

二　"今文学"的提出及源流分析

晚清学术思潮发生了裂变，一些传统学者开始质疑和反思清代正统学术思潮的代表——朴学。随着清代中后期学术观念的演进，学者们已经逐渐发觉到传统学术的弊端，并试图扭转学术本身浓厚的尊古、嗜古情结在清中后期的过度膨胀所造成的限制与伤害。早期朴学家的自觉反

---

① 鲁迅：《花边文学·算账》，《鲁迅全集》卷五，人民文学出版社 1980 年版，第 542 页。
② 冯天瑜：《道光咸丰年间的经世实学》，《历史研究》1987 年第 4 期。
③ 戴逸：《简明清史》第 2 册，人民出版社 1982 年版，第 488 页。
④ 丁伟志、陈崧：《中体西用之间》，中国社会科学出版社 1995 年版，第 14 页。

思，角度是从传统内部开始的，方法仍然是立足传统的。为此，他们提倡"今文学"，即侧重自我阐释的汉代以后之经学。晚清"今文学"肇始于朴学，进而从朴学中决裂，再经过了自我丰富与发展，成为晚清学术思潮演变中最为突出的历史事件。

"今文学"的概念出自梁启超的《清代学术概论》一书，用来指称从晚清朴学思潮中分裂与演变出来的一种经学形态。从理论渊源上来讲，"今文学"与汉代今文经学具有历史传承性，晚清学者提倡"今文学"，也正是借用了汉代经学发展史上今、古文经学争斗的实际情形而切入到晚清学术思潮的发展现状的。梁启超提出"今文学"概念，是基于对清代学术思潮发展历史的梳理与确证基础上的客观认识：

> 有清一代学术，可纪者不少，其卓然成一潮流，带有时代运动的色彩者，在前半期为"考证学"，在后半期为"今文学"，而今文学又实从考证学衍生而来。①

梁启超对清代学术思潮的二元划分在整体上是符合清代儒学发展形态的客观现实的，而对于"今文学"肇始于清代中后期的朴学裂变，梁启超的认识也尤为深刻：

> 道、咸以后，清学曷为而分裂耶？其原因，有发于本学派之自身者，有由环境之变化所促成者。
>
> 所谓发于本学派自身者何耶？其一，考证学之研究方法虽甚精善，其研究范围却甚拘迂。就中成绩最高者，惟训诂一科，然经数大师发明略尽，所余者不过糟粕。……其二，凡一有机体发育至一定限度，则凝滞不复进，因凝滞而腐败，而衰谢，此物理之恒也。……其三，清学家既教人以尊古，又教人以善疑。既尊古矣，则有更古焉者，固在所当尊。既善疑矣，则当时诸人所共信者，吾曷为不可疑之？
>
> 所谓由环境之变化所促成者何耶？其一，清初"经世致用"之

---

① 梁启超：《清代学术概论·自序》，上海古籍出版社 1998 年版。

一学派所以中绝者，固由学风正趋于归纳的研究法，厌其空泛，抑亦因避触时忌，聊以自藏。……其二，清学之发祥地及根据地，本在江浙。咸同之乱，江浙受祸最烈，文献荡然，后起者转徙流离，更无余裕以自振其业，而一时英拔之士，奋志事功，更不复以学问为重。……其三，"鸦片战役"以后，志士扼腕切齿，引为大辱奇戚，思所以自湔拔，经世致用观念之复活，炎炎不可抑。①

清代中后期朴学的分裂，一方面是由于自身的学术困境，另一方面也缘于晚清复杂的社会文化环境。"因而随时出现的实用需求，包括时君的意向，时髦的幻想，矛盾的愿望，驳杂的信仰，便会不断被装入'经学'的篮子里。直到它溢满而变质，就是说旧形态的变异，当然必定伴随着新旧形态的长期而渐趋激烈的冲突"②。晚清一部分传统学者从朴学的内部矛盾出发，结合学术思潮发展的外部环境，进行了积极的反思与尝试。在传统与现实之间最终选择了"今文学"，用以重振晚清学术及其精神旨趣。"今文学"思潮的兴起，在推动晚清学术思潮的演变与发展的同时，也较为广泛地影响到晚清社会历史文化的发展进程，"在政治上有力地抨击封建专制的罪恶，冲击旧制度的根基，推动社会的变革。在思想学术上，冲破正统思想禁锢下'万马齐喑'的局面，为迎接西方进步思想的输入和创立'新学'推波助澜"③。

作为从朴学内部分裂而出的晚清"今文学"，其出现不是一蹴而就的，它与汉代今文经学具有明显的渊源关系。中国经学形态发展至汉代，出现了今、古文经学之争。古文经学以秦统一以前的儒家经书为基础，基于民间藏书与出土文献，否定与怀疑西汉以来学术研究经典的完善性与真实性。它往往强调文字训诂之于治经的重要性，便形成了一种古文经传的学术传统，其代表人物主要有刘歆、贾逵、马融等。今文经学以汉代通行的文字为据，以经秦焚书坑儒后且在汉初流传下来的经典为基础，注重义理的阐发，将学术取向与汉代天人感应的神权观念相结合，形成了一套有关汉代经学正统的学术传统。今文经学在汉代设有

---

① 梁启超：《清代学术概论》，上海古籍出版社 1998 年版，第 70—72 页。
② 朱维铮：《中国经学史十讲》，复旦大学出版社 2008 年版，第 46 页。
③ 陈其泰：《清代公羊学》，东方出版社 1997 年版，第 3 页。

"博士",深受统治阶级的支持。虽然其至西汉中后期一直处于与古文经学的斗争中,但"自武帝立五经博士,开弟子员,设科射策,劝以官禄,迄于元始,百有余年,传业者浸盛,支叶蕃滋,一经说至百余万言,大师众至千余人,盖禄利之路然也"①。今文经学作为汉代的官方学术,其发展过程也经历了不断地演变。西汉初年,今文经学还主要盛行于民间,并且保持着较为质朴的学术特征;时至董仲舒,其将经学与阴阳、五行学说相比照和参附,使今文经学发生了重大的转变;尔后的石渠阁会议,今文经学逐渐神学化,并且在政教合一的模式中被披上了神圣的外衣;东汉白虎观会议以后,今文经学被掺入了谶纬之说,其形态与意义也都发生了极大的变化。从整个汉代儒学发展形态来看,其内部的今、古文经学虽然在字体、文字、名物、制度、解说、方法、学术取向、价值观、世界观等方面有所差异,而且它们各自还试图在学术传统上树立自身的权威与正统地位。但是,其争斗的实质却是"禄位之争,是对古学官的位置的争斗"②。也就是说,汉代今、古文经学的论争已从单纯的学术研究渗透到汉代社会文化生活的方方面面了。汉代的今、古文经学的争斗到汉末走向了合流,经学大师郑玄最终完成了二者的融合。而"郑学"的产生正是两汉今、古文经学斗争和融合的历史产物,其在取得了民间学术中独尊地位的同时,也宣告了今、古文之争的基本结束。此后,随着经学的谶纬化和烦琐化,以及中国社会形态的变迁,儒学形态也发生了显著的变化,汉代经学相继走向衰亡,"及桓灵之间,党议祸起,太学罢难,所诛党人,十九皆太学生也。官学之徒,一时几尽,党人既诛,其高名善士,多坐流废,或隐居乡里,闭门授徒,从初平之元,至建安之末,天下分崩,人怀苟且,纲纪既衰,儒道尤甚"③。而今文经学直至晚清才又得以重新燃起。显然,同样作为儒学内部形态的晚清"今文学"的兴起,与汉代今文经学之间具有内在的渊源关系。首先,"清代的经今文学,是以回到西汉中叶出现的《春秋公羊传》的研究为开端的",④ 它在学术经典选择、治学理路、方法

① 班固:《汉书·儒林传》卷八十八,中华书局点教本 1962 年版,第 3620 页。
② 张岱年:《汉代的古文经学和今文经学》,《学术月刊》2006 年第 4 期。
③ 马宗霍:《中国经学史》,上海书店 1984 年版,第 61 页。
④ 朱维铮:《中国经学史十讲》,复旦大学出版社 2008 年版,第 164 页。

论、价值取向等方面，都与汉代今文经学具有明显的传承与呼应关系。其次，从学术研究层面来看，晚清"今文学"是对朴学学术取向的突破与否定，这与汉代今文经学和古文经学的学术取向与旨趣的差异化具有某种相似性。而且晚清"今文学"甚至常常被看作是对汉学的"否定之否定"，即在对宋学、心学学术取向和以考据训诂为特征的朴学学术取向的双重否定中，走向注重微言大义和适度面向客观社会现实的"今文学"，如"有清一代，论者号为经学复兴，以为承元明积衰之后，而能轹宋超唐以上跻两汉之盛也"① 的看法，则为多数后世学者所共有。

当然，晚清"今文学"是被称为"西汉博士的裔孙"② 的，但是，其在发展演变过程中却体现出了自身的特殊性。首先，晚清"今文学"产生于特殊的背景与语境下，直接原因在于清代学术的自我分裂，客观上则是社会历史文化的发展对学术义理缺失的纠偏和扬弃。而这显然不同于西汉今文经学的学术发展理路。其次，晚清"今文学"传达的是有清一代的学术传统和价值抉择，并且在一定程度上超越了单纯的学术层面，在政治层面上也往往产生了忽左忽右的功效，而且具有较强的现实性、政治性和阐释性。再次，晚清"今文学"思潮少了汉代今文经学的宗教神学意味，即天人感应的唯心论与神秘主义色彩，其理论归宿在总体上与社会现实和政治关系更为紧密。最后，晚清"今文学"思潮体现了较浓厚的批判精神和创新精神，并且逐渐走向一种异端之学，为西学的进入提供了有利契机。总的来说，晚清"今文学"思潮虽然从汉学中演变而来。但是，其仍然在"变"中彰显了自身的学术情境与发展维度，从而在客观上符合与适应了整个晚清社会文化发展演变的历史现状。

从中国经学形态的发展逻辑来看，晚清"今文学"显然在发展道路上传承了汉代的今文经学，并且从汉代今文经学的学术传统中获得了宝贵的话语资源与价值旨趣。但是，作为后世重新开始兴起的一种学术思潮，晚清"今文学"又具有自身的学理内涵与特殊属性。

---

① 马宗霍：《中国经学史》，上海书店 1984 年版，第 139 页。
② 周予同：《〈经学历史〉序言》一，《经学历史》，中华书局 1981 年版，第 2 页。

三　晚清"今文学"的发展变化

晚清学术思潮的演变是处于复杂的环境中的，"今文学"的兴起和发展不仅源于清代学术思潮自身的裂变与对以往学术的"否定之否定"，而且与晚清社会、政治、文化等的变迁息息相关。"今文学"作为晚清最具时代特色的学术思潮，其嬗变大致经历了四个阶段，并且体现出有清一代的学术特色与精神理路。

关于"今文学"在清代的起始，学界尚有一些异议，有学者认为，"康熙、雍正、乾隆三帝，都把《春秋》的'微言'，当作'帝学之本原'，列为经筵必讲的经典"① 的做法，客观上成为清代"今文学"的滥觞。但是，就清代"今文学"兴起的实际学术理路与客观现实情况来看，学者们还是大多认同"晚清的今文经学者，多半归'宗'于庄存与"② 的看法。晚清"今文学"发展的第一个阶段就是常州学派的崛起，其标志着晚清学术思潮的一变及"今文学"的兴起。常州学派于乾隆、嘉庆年间出现，代表人物庄存与、刘逢禄、宋翔凤等人以常州为中心，遵奉《春秋》，倡导微言大义与经世致用的学术传统，独崇《公羊》。他们以复兴汉代今文经学的举动，试图扭转清代以来的陈腐、琐碎的考据学风，"18世纪今、古文之争的重新出现使一些清代学者从新的角度审视儒学传统。常州学者是第一批探讨西汉今文经学的学者……内在而深刻的无法调和的差异在崇尚经典考证的汉学序列中出现了。常州今文经学家引发了汉学自身的分裂"③。庄存与"不专为汉宋笺注之学，而独得先圣微言大义于语言文字之外"④。他不拘汉宋门户之见，其《春秋正辞》取法致用，对晚清"今文学"具有开创之风。刘逢禄治群经却专取法今文经学，治《春秋》而专宗董仲舒、何休之说，反对东汉许慎、郑玄等古文经学的为学理路，并且对烦琐、陈腐、古板的乾嘉考据之学着力批判，真正扬起了"今文学"的大旗。而宋翔凤则以《论

---

① 朱维铮：《中国经学史十讲》，复旦大学出版社2008年版，第164页。
② 同上书，第166页。
③ ［美］艾尔曼：《经学、政治和宗族——中华帝国晚期常州今文学派研究》，赵刚译，江苏人民出版社1998年版，第4页。
④ 阮元：《庄方耕宗伯经学序》，《味经斋遗书》，上海古籍出版社1996年版，第1页。

语》研究来实践"今文学"的微言大义和介入晚清社会现实批判，把"今文学"思潮向前推进了一大步。

　　龚自珍、魏源的"今文学"思想是晚清"今文学"发展的第二个阶段，"今文学之健者，必推龚、魏"①。"龚自珍、魏源都从刘逢禄学习'公羊学'，继承今文经学阐释经书的方法论，想从前人对经书的阐释中找出符合本阶级利益的思想材料，'救裨当世'。"②龚自珍的"今文学"思想，其治经范围进一步扩大；他对《公羊》"三世说"、《尚书·洪范》、《春秋》等的发挥，都是在微言大义的基础上而大放高论，并据此批判封建社会的各种弊端，倡导变革主张与思想解放，"晚清思想之解放，自珍确与有功焉……然今文学派之开拓，实自龚氏"③。魏源对乾嘉学派进行了不遗余力的批评，其《书古微》《诗古微》集中体现了其"今文学"思想。他充分发挥了以经议政和干预社会的学术旨趣与现实立场，主张"今日复古之要，由训诂声音以进于东京典章制度，此齐一变至鲁也；由典章制度以进于西汉微言大义，贯经术、政事、文章于一，此鲁一变至道也"④。龚自珍、魏源对晚清"今文学"的再造，使其与社会现实和政治的联系更为紧密，在文化学术界激起了较大的影响，"故后之治今文学者，喜以经术作政论，则龚、魏之遗风也"⑤。

　　鸦片战争后的晚清"今文学"进入第三个发展阶段，皮锡瑞、廖平是这一时期的代表人物。皮锡瑞精研群经，力图通达古今之变而主张经世致用和变法，"通经所以致用，汉人治经，皆切于时用，故经学莫盛于汉。以《春秋》断狱，以《禹贡》治河，以《诗》三百五篇当谏书，以《洪范五行传》警人主，此皆汉儒微意。若谓谈经学不必及时事，则五经真同刍狗，而经义可废矣"⑥。为此，皮锡瑞的《经学历史》《经学通论》等著作，也都在经学发展史上产生了重要的影响。作为晚清著名经学大师的廖平，其一生思想经历了多次变化（一般认为有"六变"：

---

　　① 梁启超：《清代学术概论》，上海古籍出版社 1998 年版，第 76 页。
　　② 汤志钧：《近代经学与政治·序》，引自冯天瑜、邓建华、彭池《中国学术流变》（下），华东师范大学出版社 2003 年版，第 611 页。
　　③ 梁启超：《清代学术概论》，上海古籍出版社 1998 年版，第 75 页。
　　④ 魏源：《西汉经师今古文家法考叙》，《魏源集》上，中华书局 2009 年版，第 152 页。
　　⑤ 梁启超：《清代学术概论》，上海古籍出版社 1998 年版，第 77 页。
　　⑥ 皮锡瑞：《师伏堂日记》，转引自吴仰湘《通经致用一代师——皮锡瑞生平和思想研究》，岳麓书社 2002 年版，第 59—60 页。

平分古今、尊今抑古、古大今小说、天学人学、天大人小、以《黄帝内经》释《诗》和《易》等）。他不仅总结了晚清"今文学"家的研究成果，而且将晚清"今文学"思潮推向了一个新的高度。然而，廖平越变越暗的"今文学"理论，也似乎暗示了晚清学术思潮的潜在演变，即"今文学"思潮需要予以变化和改造，才能在获得新的活力与激情后而得到进一步的发展，"先生在中国经学术上，既具有相当地位，而在晚清思想史上，亦握有严重转捩之革命力量。由先生而康南海而梁新会而崔觯甫，迄至今日如疑古玄同、马幼渔、顾颉刚诸先生，均能倡言古文学之作伪，更扩大而为辨伪之新运动"①。

以康有为为中心的维新派接过了晚清"今文学"思想发展的大旗，以传统的形式装载新的内容，最终导致"今文学"从多彩走向了异端，从而构成了晚清"今文学"发展的第四个阶段。康有为的思想比较庞杂，其经历了古文经学到"今文学"的嬗变，又好心学与佛学，而对西方资产阶级的学说也大力提倡。总的来看，他的"今文学"思想是以传统经学为旗号的，并且托古改制，以孔子为招牌和权威进行"今文学"思想体系的建构。康有为的经学代表作《新学伪经考》和《孔子改制考》就从正反两个方面阐明了其"今文学"思想，"《新学伪经考》的主要方法是指明东汉以来所传的儒家经典大部分是刘歆所伪托，从而湮乱了孔子的'微言大义'，目的是为了恢复今文经学的权威，这种做法带有摧毁经学旧殿堂的性质。而《孔子改制考》则是以'六经'为孔子的'托古改制'之作，从正面来阐明孔子的'改制大义'，树立孔子改革家的权威，这又具有筑造儒家经学新殿堂的味道"②。再加上其"三统""三世"说的历史进化观，以及其他的经学著作，都在总体上为他的变法维新做了思想上的准备。梁启超早年好"今文学"，"对于'今文学派'为猛烈的宣传运动者，则新会梁启超也"③。梁启超师承康有为的"今文学"思想，将变法维新作为"今文学"运动的内在动力，其对《春秋》《孟子》《论语》《左传》《诗经》等的论述，也都暗含了"今文学"的价值旨趣。而且，尔后他又将"今文学"与西学相结合，促

① 侯锷：《廖季平先生评传》，《大公报·文学副刊》1932年8月1日。
② 李开、刘冠才：《晚清学术简史》，南京大学出版社2003年版，第203—204页。
③ 梁启超：《清代学术概论》，上海古籍出版社1998年版，第83页。

使"今文学"思潮进一步异端化。但是，中后期的梁启超不似其师那样保守，"然其保守性与进取性常交战于胸中，随感情而发"而"倡革命排满共和之论，而其师康有为深不谓然，屡责备之"①。以康有为为中心的晚清"今文学"思潮，不仅有力地推动了维新变法运动的兴起，在学术上也产生了深远的影响，"二十年来，都下经学讲《公羊》，文章讲龚定庵，经济讲王安石，皆余出都以后风气也"②。而且也为西学的进入打开了缺口和提供了有利契机，"在三十年来，新有的东西固然是对于外国的文化比较吸引而后成的，但是在中国原有的学问上——'朴学'、'史学'、'经济'、'今文派'——的趋势看来，也是向这方面走去"③。显然，"今文学"思潮的异端化走向在西学与中学之间架构起了一座桥梁。

第四节　"今文学"与晚清诗学演变之关联考察

前面我们集中论述了晚清社会、文化与学术思潮的变动。由此可以看出，无论从物质层面还是到精神层面，晚清都面对着同样的"主变"潮流。晚清诗学作为一种处于较高精神层面的形态，其所受社会、文化等方面的影响是显而易见的。也就是说，晚清社会的转型、文化的位移、学术思潮的裂变等，都在一定层面上构成了晚清诗学演变的动因。在此，我们无意从社会学和文化的角度来一般化地探讨晚清诗学的演变，而是选取与诗学演变关系最为直接与密切的学术思潮——晚清"今文学"为切入点，对"今文学"发展与晚清诗学演变进行关联研究。因为思潮的变动必然牵动着文学艺术的演变，而对文学、诗学影响至深的学术思想的裂变则往往更具有根本性和基础性意义。作为一种学术思潮与意识形态的晚清"今文学"对诗学的影响是显著的，这是基于中国传统学术思潮转换与诗学演进

---

① 梁启超：《清代学术概论》，上海古籍出版社 1998 年版，第 86 页。
② 张之洞：《张文襄公全集·诗集四·学术》卷 227 第 4 册，中国书店影印本 1990 年版，第 1005 页。
③ 顾颉刚：《中国近代学术思想变迁观》，《中国哲学》1919 年第 11 期。

相关联所做的客观历史论断。因此，本研究力图将晚清"今文学"与诗学相关联，确立研究视角的合理性与科学性，从而发掘出晚清"今文学"与晚清诗学演变的内在一致性和同构对应性。

一　学术思潮与诗学传统

学术思潮往往隶属于某一特定的社会系统，并且以一种相对稳定的方式与其他形态共同发挥着作用。相对于政治、道德、宗教等形态对诗学影响的"强迫性"，学术思潮对诗学的影响更为温和与潜移默化。但是，中国传统学术思潮却总是与社会政治、道德伦理相关联，这使学术思潮对诗学的影响更为深广，传统学术思潮的演进在一定程度上促进了中国诗学传统的生成与发展。

（一）学术思潮在社会系统中的地位与作用

作为社会意识层面的学术思潮总是与一定社会形态相关联的，并且作为一种社会存在客观反映社会现实。一般来讲，它是自律性与他律性的统一。即一方面作为自为存在的学术思潮，另一方面则显现于一切社会形态中，与社会形态紧密相连。学术思潮所具有的这种双重本质特征决定了它在社会系统中的地位与作用。

艾德加·莫兰的"复杂性思维范式"有助于我们理解学术思潮在社会系统中的地位与作用。他强调，"一个社会可以被设想成是一个总体上的系统，密不可分地联系着其生成机制和现象机能"①。而我们所论述的学术思潮自然是这个系统的基本构成要素之一，并且遵循着社会系统的运行机制；但是，他同时认为，"社会就是由一整套经济、心理、文化等等的交互作用所构成的体系，这个体系中包括有控制和检查的机制，机制的最高层是国家，国家又反作用于交互作用，交互作用的存在又有赖于这种反作用"②。为此，学术思潮又必然接受社会系统的规约，受社会系统的"控制"，并发挥着一定的反作用。因此，我们大多时候所看到的是，作为社会系统权利机制的国家往往掌控着经济、心理、道德、政治、文化等社会意识形态，并且在它们的相互张力下推动着社会

---

① ［法］艾德加·莫兰：《社会学思考》，阎素伟译，上海人民出版社 2001 年版，第 96 页。
② 同上书，第 68—69 页。

历史的发展进程。当然，社会还包含有一种"分裂的统一"，这里隐含了经济、心理、道德，特别是极易处于变动地位的文化等社会意识形态之于社会系统的反作用。而最容易走向分裂与"反组织"的，则是处于变动中的文化思想要素（包括学术思潮），其既保持着对社会的矛盾张力维度，同时又保持着被社会驯化与整合的维度，并与经济、政治、道德、伦理等相互作用，决定了社会系统的动荡裂变或长久统一。也就是说，学术思潮作为文化思想中较为活跃的因素，既遵循着社会系统的"法则"，受其规定与约束，又以自身特有的维度反作用于社会系统。它甚至作为社会系统中的一种"紊乱"，形成了社会中的分裂"镜像"，构成了社会发展的内在驱动力，"我们不仅可以将紊乱作为社会组织可以容忍的或不可避免的一部分纳入系统，还可以把紊乱看作是社会存在的密不可分的参与者。社会，尤其是最为复杂的人类社会，在不断的分裂／重组的过程中，将紊乱整合进自己的系统，将其驯化、'恢复'，总之一句话，将紊乱社会化"①。这里显然包含了学术思潮与社会系统的双重关系。

　　中国传统学术思潮与社会系统的关系更为复杂，它不仅具有学术思潮与社会系统一般意义上的双重关系，而且能够和政治、道德、伦理等其他社会意识形态相互转换，成为具有统治权威与主流地位的话语形态，最终承担起统治阶级意识形态的整合与控制功能。"文化正是政治舞台被建立的方式"②，从中国传统学术发展史来看，学术思潮作为文化的一个突出部分，向来都是历代统治阶级赖以存在的基础。中国封建统治阶级往往将学术思潮等文化因素纳入到阶级意识中，用以实现文化上的专制与统治，即以价值、传统、观念、机制等形式作为阶级意识的一种呈现方式。也就是说，学术思潮和政治、道德、伦理相互关联，并且在不断地冲突与融合中去迎合统治阶级的意识形态，"在这样的一个冲突中，每一方都需要把自己合法化为正当的、合法的宗教守卫者，并且冲突经常既是公开暴力的冲突又是文化的冲突"③。春秋末期所兴起

---

① ［法］艾德加·莫兰：《社会学思考》，阎素伟译，上海人民出版社 2001 年版，第 88 页。

② ［英］阿雷恩·鲍尔德温等：《文化研究导论》，陶东风等译，高等教育出版社 2004 年版，第 221 页。

③ 同上书，第 236 页。

的中国第一个学术思潮——子学思潮，其一方面承担着当时士人阶层的立说与言志之意，另一方面更是体现了"为天下法"的政治与伦理道德意向。在一定程度上讲，治术就是治国。而春秋诸侯国君也善于以不同的学术派别，如儒家、道家、名家、墨家、法家等，作为治理国家的准绳。因此，子学思潮不仅体现为学术层面上的冲突与融合，而且也导致了政治立场与经国之路的差异。从中国传统学术思潮与社会发展进程的总体趋势上来看，儒家学术与社会系统之间的关系最具代表性。从汉代"罢黜百家、独尊儒术"开始，经宋明理学和心学，再到清代朴学，儒家学术思潮基本上都与政治紧紧地捆绑在一起，而且也是封建伦理道德得以生发的土壤。无论是谋取功名利禄，还是修身养性，抑或"齐家、治国、平天下"，儒家学术及其所附带的价值体系，都是整个社会系统运行的基本法则与内在机理。我们看到，儒家学术已经不再是一种单一的学术问题，它更多地担当了形成统治阶级意识形态的历史使命，并且将社会道德、伦理、心态、信仰等问题也融入自身的视阈，进行相互消解与转换，最终成为一个极具包容性、扩张性、权威性的社会意识形态，成为全社会共同遵循的典范，"一个政治代表（无论是民主的还是权威主义的）必须把他们自己和他们的原则、信念和观点表征为他们声称所代表的那些人的意象"①。

对于中国历代学术思潮的发展演变态势而言，不只是子学思潮、儒学思潮具有这样的意义旨归，道家学术思潮、玄学学术思潮、佛学学术思潮等也在特定的社会形态中担当了同样的历史使命。中国学术思潮与社会系统的特殊关系，是符合中国学术思潮生存的具体情境，以及封建社会系统内在发展机制的。

（二）学术思潮与中国诗学传统的生成

中国古代诗学作为中国古代文论最为重要的组成部分，与学术思潮的关系尤为紧密。中国传统学术思潮不仅作为一种学术传统规约了诗学的发展，而且作为社会主流意识形态的生发土壤与构成要素决定了诗学的价值取向。更有甚者，它与社会道德、伦理、心态、信仰等相转化，在共同撑起整个社会系统内在价值体系的同时，对诗学的发展起着基础

---

① ［英］阿雷恩·鲍尔德温等：《文化研究导论》，陶东风等译，高等教育出版社 2004 年版，第 235 页。

性的作用。因此，可以这么说，中国古代诗学几乎是在传统学术思潮的浸润下才得以生成与发展的。

中国古代诗学拥有自身独特的话语表征方式，这种话语维度不仅体现为民族话语形式，而且在特定的学术思潮的规约下又烙上了文化政治话语的色调，"学术思潮是学术史的主流、思想史的灵魂、时代的精神"①。具体来说，中国古代诗学缘于对学术思潮的集中反映，是在文学艺术领域对学术生态的传承和发展。中国古代诗学十分注重体验方式的表达，从先秦远近游目之"观"，到汉代之"谏"，到魏晋南北朝人物品藻之"品"，再到唐代"味外之味"之"味"，直至宋代以后的"参悟"之"悟"，都体现了中国古代诗学在遵循特殊学术思潮发展路径下浓厚的民族话语特色。当然，这种划分还只是粗略上的区分。特别是在各种学术思潮共生的语境下，有些体验方式相互之间也是交融渗透的，只是在某一历史时期某种体验方式居主导地位罢了。而且，这种民族话语的体验方式还关涉另外一种话语背景——文化政治话语。子学学术思潮充溢于先秦社会，诸子们的学术取向往往具有向上和向下两个维度，即"观世俗"与"观天象"。而这又主要体现为以《诗经》和《周易》为基点的学术研究。先秦能"观"之人往往通过"观"来把握时空动态系统，获取对事物的认知与各事物之间的联系与本质。并且在对文化的仰观俯察中，揭露与彰显宇宙的真谛，"万物并作，吾以观其复"（《老子》）。而子学学术生态背景下的先秦诗学在"诗以言志"和"诗言志"的逻辑转换中，也走向尤为注重"观"的价值取向与话语抉择。汉代经学思潮居于主流地位，"依经立义"往往成为汉代学者从事学术研究的前提。他们以经书为楷模，匡正有汉一代之学术，建构起以经学为基础的学术氛围与理路。而汉代诗学在汉代经学学术思潮的规约下体现为主文谲谏、润色鸿业的价值追求与表现方式。魏晋南北朝玄学流行，玄心洞见、妙赏深情成为魏晋南北朝士人阶层的行为方式，并由此孕育出"品"这种极具概括性的话语表征方式。魏晋南北朝是中国士人意识空前凸显的时期，士人阶层在对家国同构一体的整合中，在对文化的传承与创造中，往往以精练性词组和类似性想象为特色的"品"的方式对诗

---

① 尹继佐、周山：《中国学术思潮兴衰论》，上海社会科学院出版社 2001 年版，第 2 页。

学加以表征。"品"从政治学进入美学，以及发展成魏晋南北朝诗学一个相对固定并且独具特色的话语方式，与这一时期士人阶层的学术思潮背景密不可分。为此，魏晋南北朝诗学对当时诗歌所表现出来的悲凉苍远、缘情绮靡时代特征的认同，就体现出特定学术思潮背景下中国古代诗学独特的思维方式和语言观。唐朝是中国古代文化最鼎盛辉煌的时代，随着三教并重下的学术思想自由，士人阶层开始扩大而且充满朝气，并积极投入到学术的创作与传承之中。就学术思潮的繁荣来说，这种现象造就了文化和学术的大众化、多样化。流动性、开放性的学术氛围也得以形成，中国古代诗学"味"的理论话语表征方式就体现了一种包容并蓄、容纳四海的开放胸怀。魏晋南北朝时期人们就开始谈"味"，如"大羹之遗味""澄怀味象""味之无极"等。但是，这些说法都没有成为某一时期诗学的核心范畴。"应美之境，绝于甘口"，"味"是一种感觉的综合，在本质上它体现的是对一种复杂的、多义的、富于意蕴的诗美的追求，即"意境"美的构建与营造。唐代士人阶层的扩大与成熟，学术思潮自由与争鸣所形成的文化政治话语，也深刻地影响到了唐代诗学，而以圆融化合、深远慰藉为表征的诗学特质也印证了唐代学术思潮的整体风貌与气势，并且推进了中国古代诗学相关理论话语向纵横方向的拓展与深化。宋以后，儒学思潮开始"向内转"，起作用的由外在的"礼"转向内在的"理"与"性"，即从具体对象转向人的心灵，"反求诸己"代表了这一时期的致思方向。宋代及后世，中国封建社会出现转型，就如同人到中年后心态沉稳趋老一样，整个社会趋向一种内敛与淡雅，学术思潮更加倾向于对"理趣""心性"的探讨，中国古代诗学"悟"的体验方式就很好地表征了这种文化政治背景。诗论之"悟"，"从历时性讲，与先秦的'观'，魏晋南北朝至唐代的'目'、'品'、'味'相比更接近艺术的核心，也更显出了艺术与哲学的相通；从共时性讲，它与'兴'相连，又把'兴'提高到一种艺术的最高境界"①。更进一步说，宋明诗学更多地体现为对一种含蓄深远、理趣情真价值取向的追寻。"悟"不仅在诗学传统上传承了宋明学术思潮的发展路径，而且也在政治上回应了社会转型所具有的内在特质。由于特殊

---

① 张法：《中国美学史》，上海人民出版社 2000 年版，第 247 页。

的政治文化语境,清代朴学学术思潮大行其道,一种注重辞章、考据、义理的学术传统被清代学者所普遍接受。清代诗学以"学"为话语方式的理路就很好地显现了其朴学学术风貌,并且体现出朴实质厚、逃唐归宋的诗学特征,"清代的诗论家,无论属于哪一个纷纭的流派,几乎无一列外地重视学问,强调性情要根底于学问,即使主'神韵'的王士禛、主'格调'的沈德潜、主'性灵'的袁枚也不例外"①。当然,清代中后期的诗学取向发生的一些转变,也同样离不开学术思潮的影响。而这将是本书研究探讨的中心,将在下节具体开展论述。

综上所述,中国古代诗学的生存空间,是离不开其学术思潮所营造的民族式的、文化政治式的学术生态及其话语传统的。我们对中国古代诗学的考察,需要以当时代的学术思潮为准绳,才能真正彰显中国古代诗学发展的逻辑理路。

二 "今文学"与晚清诗学演变之关联

学术思潮与中国诗学传统的关联是显而易见的,晚清诗学一些新质的出现,同样将我们的视角引向晚清学术传统的演变。当然,就"今文学"与诗学演变之关联而言,它们之间本身就是错综复杂、纠葛异常的。但是,我们仍然发现,晚清"今文学"的兴起和发展与诗学的演变存在着某种必然性、一致性、对应性的关联。虽然相对于"今文学"与诗学演变之关联的复杂性、多维性而言,这还只是一种粗略的划分与考究。然而,它仍旧为我们之于这种"关联"研究提供了一种宏观视野和学理保证。

(一)"今文学"与晚清诗学演变相关联的必然性考察

作为一种学术思潮,"今文学"对晚清诗学的影响是双重的,它不仅具有一般学术法则对诗学发展的规约性,而且也在意识形态领域决定了晚清诗学的发展演变。也就是说,"今文学"具有经学传统和学术传统两个维度,这使其与晚清诗学的关联具有某种必然性。

自汉代儒家学说大行其道以后,一方面,作为传统学术基本知识范

---

① 萧华荣:《中国古典诗学理论史》,华东师范大学出版社 2005 年版,第 279 页。

式的经学，已经不只是一般的文献考据与义理阐发，而是具有一种普适传统与模范意义；另一方面，经学也通过自身地位的获得而建构起与政治哲学、伦理哲学相一致的知识话语，构成了统治阶级意识形态的一部分，并逐渐向体制化方向发展，演变成为一种匡正天下之术，"中国古代社会，经的权威意义，与封建统治的合法性并轨，因此，经学从来不是纯粹的学术"①。因此，从汉代起，中国传统经学就从显性层面具有了双重功能，既在文化层面制约学术研究的展开，又在意识形态层面主导着社会的发展进程。在中国古代文化发展史上，"原道、征圣、宗经"几乎成为古人思维中的金科玉律，对儒家经典的遵循是把握"道"与接近"圣"的现实途径与理想选择。虽然经学在长期的发展演变中形成了不同的派系，但是，"依经立义"的治学传统和治国方略始终贯穿于多数中国封建王朝。而晚清"今文学"作为对汉代今文经学的"复兴"与衍化，在源头上自然秉承了传统经学形态的相关特征，特别是意识形态与学术法则这种双重特性的持守。在意识形态方面，汉代今文经学通过不断的"微言大义"，不仅参与了新"大一统"封建王朝意识形态的建构，而且逐渐发展成为在汉代政治、思想文化领域具有神圣权威与独尊地位的治国之术。"《春秋》大一统者，天地之常经，古今之通谊也。今师异道，人异论，百家殊方，指意不同，是以上亡以持一统；法制数变，下不知所守。臣愚以为，诸不在六艺之科、孔子之术者，皆绝其道，勿使并进。"② 当然，晚清"今文学"也以"变易"观为基点介入晚清社会政治意识等层面，其"变易性和评论时政的特点正好在政治上符合时代的需要，所以显示出所向披靡的力量"③。在学术传统上，今文经学的兴盛推动了汉代学术的蓬勃发展，博士官的设立，以及依经取士的制度，都使治今文经学者不计其数。这也客观上形成了汉代学者独特的学术取向与理路，如他们对《诗经》的解读、对屈原及其《楚辞》的阐释等，都渗透出浓厚的今文经学的价值抉择。晚清"今文学"在对朴学的背离中开辟了一条特殊的意义指向，以符合晚清社会价值变迁的理路，倡导学术与现实、政治的相关联，并且形成了一股强劲的学术思

① 尹继佐、周山：《中国学术思潮兴衰论》，上海社会科学院出版社 2001 年版，第 458 页。
② 班固：《汉书·董仲舒传》卷五十六，中华书局点教本 1962 年版，第 2523 页。
③ 陈其泰：《清代公羊学》，东方出版社 1997 年版，第 323 页。

潮，"到了清代的中末叶，因为社会、政治、学术各方面趋势的汇合，于是这骸骨似的今文学忽而复活，居然在学术界有'当者披靡'的现象"①。晚清"今文学"体现了经学传统和学术传统的统一，这也决定了它不同于一般的学术思潮，而是具有中国传统学术思潮的内在特质，并且深刻地渗透到其他意识形态，特别是文学艺术诸形态。从文学艺术的发展规律来看，作为文学艺术形态之一的诗学的发展演变，必然受到社会主流意识形态与学术思潮的双重影响。因此，"今文学"与晚清诗学演变的这种关联是具有历史必然性的。

总的来说，从"今文学"与经学、汉代今文经学的同源性及其传承性来看，晚清"今文学"不仅在政治意识形态层面具有特殊的地位与作用，而且在学术层面具有引导风气的意义。作为文学艺术层面的晚清诗学的演变，自然离不开社会政治意识形态的制约，也必然受到学术风气的转变，及其所生成的学术传统的规约。

（二）"今文学"的兴起与晚清诗学新变的一致性考察

作为一种学术思潮与意识形态，"今文学"在道光年间开始深刻地渗透到诗学领域。从发生学与关系学上来讲，"今文学"的兴盛与晚清诗学的新变往往表现出同构对应、共振同行的关系。从整体来看，具有新变特质的晚清诗学在诗学生态、诗学主体、诗学行为、诗学接受、诗学价值等层面，都与"今文学"保持着高度的协调性和一致性。

清代的学术思潮是由"明人的'尊德行'回复到宋人较为重视客观知识的'道学问'，又由宋人的明心见性之学回复到东汉的训诂考据之学"②的，尔后，朴学才真正成为清代学术的主流。清代诗学的发展趋势总体上与一般学术思潮相呼应，出宋入汉，体现为性情、学问的相统一，"由性情而合之学问，此事遂超诣今古矣"③，并且逐渐发展成为以考据为诗，高谈"肌理"的朴学诗风。然而，朴学的发展至极却造成了尊古、嗜古情结在清中后期的过度膨胀，构成了对学术的限制和伤害，并由此形成了晚清学术生态的基本特征，即反思传统学术理路，批判与

---

① 周予同：《〈经学历史〉序言》一，《经学历史》，中华书局1981年版，第2页。

② 萧华荣：《中国古典诗学理论史》，华东师范大学出版社2005年版，第282页。

③ 翁方纲：《徐昌谷诗论一》，《复初斋文集》卷四，《近代中国史料丛刊》，台北文海出版社1963年版，第355—356页。

超越旧有的学术范式，寻找新的学术取向，这就是"今文学"的兴起与发展。晚清诗学也在这种学术生态下出现了转变，以往那种重视知识与学问的诗学价值取向，已无法在精神层面承担起清代士人的"经国之志"与"学为世用"的理想抱负，其也不再一味地强调"胸中无书，腕底无力"的以学问为诗。为此，清代诗学又从浓厚的嗜古情怀与烦琐的故纸堆中回流到了诗歌的现实土壤里，将"阅历"与"山川风物之变"都纳入到诗歌创作中，确立了诗学的世运价值维度。"夫诗文之道，萌折于灵心，蛰启于世运，而苗长于学问"①。而这又以晚清"今文学"家的诗学理论为突出代表。因此，"今文学"的兴起，实际上改变了清代中后期的学术生态，并造成了晚清诗学的跟风与模仿，才由此导引了晚清诗学的发展与变化。从诗学发展的内外环境来看，晚清诗学生态是对学术生态的传承与发展。

诗学主体作为诗学理论的建构者，对诗学的形成具有直接的影响。中国历代诗学家常常具有不同的学术背景，学术取向上的差异十分容易导致其诗学上的分歧。就晚清具体情况而言，经学无疑是晚清诗学家最为重要的知识话语与信仰体系，而作为活动的主体又往往兼经学家与诗学家于一身，"其时的诗论家甚至诗人大都身兼学者，或者身为学者而谈诗、作诗"②。就本研究的具体对象来看，晚清提出新变诗学理论的诗学家大多又同时是"今文学"家，从而体现了学术主体与诗学主体的某种普遍重合性。清中后期开始，一些学者开始质疑和反思清代正统学术的代表——朴学，而走向了晚清"今文学"。他们不仅以新式的学术研究试图扭转已经陈腐不堪的学术风气，而且力图以诗歌创作及其主张打破已有的诗学传统，担当起学术和诗学复兴的双重使命。如龚自珍从古文经学转向"今文学"的学术理路，并形成了诗学风格上的某种转变——批判诗学的生成；魏源由"今文学"研究所导出的通经致用观，及由此转化而来的"自道其情"诗学理念；王闿运相对沉稳的"今文学"研究形成了其诗学的"复古"倾向与致用维度；黄遵宪等人的弃经学而取近事的学术取向与其诗学开放意识的形成；维新派的"今

① 钱谦益：《题杜苍略自评诗文》，《牧斋有学集》卷四十九，上海古籍出版社 1996 年版，第 1594 页。
② 萧华荣：《中国古典诗学理论史》，华东师范大学出版社 2005 年版，第 278 页。

文学"改造及其诗学观念的更新与西化，等等，都体现了学术主体与诗学主体的重叠与共生。由自在主体到社会主体，到学术主体，再到诗学主体，晚清士人在主体层面上基本保持着相对一致与统一。总的来说，晚清士人以"今文学"为切入点来试图扭转学术风气，形成了新的学术主体人格与内涵，也同时塑造了新的诗学主体。学术主体与诗学主体的有机统一，是中国学术史与诗学史相关联的重要桥梁，这也为我们从主体的维度考察"今文学"与晚清诗学演变的关联性提供了一个有力的视角。

由于长期受实学与朴学的浸染，清代诗学形成了重实学，重考据，重学问的风气，并与宋代诗学产生了深刻的共鸣。虽然清代诗人的环境与宋代大为不同，"厄运危时"也常常伴随诗人左右，反映时事与情性的诗学理论仍然时有出现。但是，清人作诗的行为实质上是以一种做学问的方式传达出各自的诗学主张，总体上基本脱离了中国早期诗学的发生学意义，即不再追寻"诗言志"进而"不平则鸣"与"诗缘情"的创作宗旨。而这种以学问、史迹、理致为诗的理路束缚了清代诗人的诗学行为与创造力，从而导致了其诗歌创作与主张在摒弃明诗后长期处于唐宋之别的争论中。晚清"今文学"的兴起，从主体心理、政治意识形态、思维方式等层面调整了诗学家的诗学行为，一种更为实际与现实的创作心理和诗学主张逐渐抬头，诗学家们不仅形成了一种开放、务实、变动、积极介入社会现实的心态。而且以诗论世、以诗达情、以诗救世，也开始成为一部分诗学家作诗论诗的动力与源泉。也就是说，晚清"今文学"的兴起在一定程度上对诗学家的诗学行为进行了某种干涉——文化心理上的潜移默化、政治意识形态上的修正、思维方式上的突破，使诗学家的诗歌创作与主张更加贴近现实、切入社会、关涉政治、着力评判、勇求创新。我们可以清晰地看到，无论是龚自珍、魏源的诗学，还是后来的维新派诗学，都在诗学行为上与清代中前期的宋诗派诗学具有明显的差异，而晚清"今文学"显然在这一层面发挥了不可替代的作用。

在晚清"今文学"的开创阶段，其影响与接受还仅仅停留在家学渊源与学派支系中，庄存与常州学派的"今文学"思想虽然表现出与朴学迥异的学术风气。但是，在当时的环境下，其影响始终有限，"故世之语汉学者显称道之"①。晚清"今文学"向批判专制、讥议时政、力求变异等维度的转换，才最终形成了学术思想领域的"当者披靡"现象，其接受者与传播者才逐渐增多，并且在学术思潮的接受过程中深层地影响了诗学的接受。作为晚清"今文学"大家兼诗学家的主要代表，龚自珍、魏源、王闿运、康有为、梁启超等，正是在接受"今文学"的学术思潮的过程中，实现了诗学观念的转换与建构，并且以其诗学价值体系与知识话语结构影响了其他诗学受众，从而在诗学领域产生了较为深广的影响。以龚自珍为例，其虽"不可纯称今文，以其附经于史与章学诚相类"②，但正是他向"今文学"的思想转向，才在一定程度上为其创造出尊情、讥世的诗学理论提供了思想基础和内在动力。而龚自珍这种标新立异的诗学风格在当时的社会产生了极大的影响。"光绪间所谓新学家者，大率人人皆经过崇拜龚氏之一时期。"③ 其在诗学上的意义也大致类似于此，"龚氏是全力改革文学，无论是教导诗文词，都能自成一家，思想亦奇警可喜，实是新文学的先驱者（龚氏的文体，实在发源于诸子）"④。当龚自珍以批判和尊情的诗学主张和诗歌创作问世，就在当时的诗坛引起了极大的反响与共鸣，"总之，嘉、道间之诗人，龚定庵实为第一，但不足为浅见寡闻者道也"⑤；并且其诗学也为后世的维新派诗学、南社诗学所推崇和模仿，在诗学接受领域形成了一场"追近龚定庵"诗学的波流。因此，晚清"今文学"的兴起对诗学接受的影响是比较显性的，它不仅从诗学创作主体的角度影响着晚清诗学的演变，而且从新变诗学之于受众与传播的角度扩大了其影响。而这种双重影响的功效又进一步推进了晚清诗学的演变。从诗学接受的角度来看，晚清"今文学"与诗学的新变之间存在着同振共行的关联性。

　　"今文学"与晚清诗学演变的内在一致性还主要体现在价值层面上，晚清诗学价值立场的生成离不开诗学家以"今文学"为主导的价值体系

---

① 魏源：《武进庄少宗伯遗书序》，《魏源集》上，中华书局 2009 年版，第 238 页。
② 章太炎：《章太炎先生论订书》，引自支伟成《清代朴学大师列传》（上），岳麓书社1986 年版，第 5 页。
③ 梁启超：《清代学术概论》，上海古籍出版社 1998 年版，第 75 页。
④ 时萌：《曾朴研究》，转引自孙文光、王世芸《龚自珍研究资料集》，黄山书社 1984 年版，第 156—157 页。
⑤ 朱杰勤：《龚定庵研究》，《现代史学》1935 年第二卷第 4 期。

的确立，其诗学话语资源与权利的获得即是对"今文学"价值体系遵循的必然结果。单从中国诗学的存在方式来看，它既没有独立的理论形态，又没有独立的价值归宿，"传统文论对自身价值的期许，并不在于发现文学活动的规律，解释审美经验的奥秘，而在于'敷赞圣旨'、'枝条经典'，这种价值归宿显然是依托经学而建立起来的"①。晚清诗学的价值取向在总体上取决于晚清的经学形态及其价值体系，而"今文学"的兴起显然给演变中的晚清诗学价值的建构提供了价值期许与设定。特别是当"今文学"形成了"当者披靡"的学术风气与思潮氛围的时候，其意义也就不断扩展和渗透到诗学思想中，使晚清诗学的演变弥漫着经久不散的"今文学"气息。早期的龚自珍、魏源的诗学将治"今文学"的学术价值取向与经世致用相结合，切入社会现实，批判政事，其诗学理论的"今文学"烙印是非常明显的，并且承担起了恢复以经议政的士林之风以及关注现实的知识阶层历史使命。龚、魏的这一诗学价值转变在当时是非常必要的，也是晚清"今文学"所极力倡导的价值法则。因而，"今文学"的兴起也就成功地在启蒙的角色上预设了晚清诗学演变的价值维度。尔后，随着"今文学"影响的扩大，具有"今文学"学术背景的晚清诗学家的诗学价值取向也更为鲜明与丰富。但是，无论其诗学以何种方式展现，其诗学价值的"今文学"底蕴都是显而易见的。"今文学"的价值取向向晚清诗学价值渗透，为其提供了一种依经立义且彼此交织重合的诗学价值生发维度，从而形成了独具特色的晚清诗学价值磁场。

（三）"今文学"的转变与晚清诗学演变的对应性考察

"今文学"的兴起不仅引发了晚清诗学的演变，其发展与衍化还牵引着晚清诗学的进一步演进。"今文学"的发展与晚清诗学的演变存在着极其相似的对应性进程，"今文学"与晚清诗学演变从大放异彩到一损俱损的同一发展理路，也再次印证了二者相互关联的必然性和一致性。

晚清时期，经学思想的分野为晚清诗学的演变奠定了基础，"今文学"的发展历程在一定程度上决定了晚清诗学的演变过程。无论是早期龚、魏等人的批判诗学，还是王闿运的复古诗学，抑或是康、梁等人的

① 马睿：《从经学到美学：中国近代文论知识话语的嬗变》，四川民族出版社 2002 年版，第 29 页。

革新诗学，都与晚清"今文学"的发展保持着高度的对应性。第一阶段的晚清"今文学"由朴学中分裂后，学者对其还主要立足于学术研究。庄、刘等人对"今文学"确有开创之功，但其诗学理论影响甚少，其学术理路大多影响于后来的常州词派。在龚、魏时代，"今文学"开始走向以经议政和学以致用的学术与价值立场。而龚、魏的诗学话语也以其学术话语为基础来反省和批判既有的诗学，并形成了一股新的诗学风向。无论是龚自珍的"尊情"说与"主逆"说，还是魏源的"言志"说与"达情"说，都在传统诗学的"外衣"下注入了新的因子。早期"今文学"的批判维度与变易思潮所形成的学术发展历程，与龚、魏的诗学话语形成了某种同构对应的关联性。为此，龚、魏所开创的诗学风气也都得以大放异彩。晚清"今文学"的发展并不是以新的学术理路来替代既有的经学传统，以"复兴"西汉经学为旗帜的晚清"今文学"在发展演变中自然会出现回溯到传统的怪圈，如廖平、王闿运等人的经学研究。在诗学方面，王闿运的"今文学"学术研究虽然取得了较大的成就。但是，其依经立义的诗学传统，却最终导致其诗学话语被植入汉魏诗学的深度装置中，表面上似乎难以见出时代的气息与新的诗学转向（实际上有深厚的现世维度）。晚清"今文学"发展至康、梁之际，已经在较大程度上作为一种传统文化结构的核心话语而被用来应对晚清所面对的各种危机。我们姑且不论"今文学"的文化资源何其有限，以及其在面对西学冲击时所显现的荒诞离奇面向。它毕竟"努力寻找社会变革和应对西方文明冲击的正确道路，吹响了近代中国文化启蒙与救亡的双重变奏"①。这一时期的晚清诗学的演变也紧跟"今文学"的发展脉搏，康、梁等人在其托古改制、援采西学的"今文学"学术立场下倡导了一种新的革命诗学话语与形态，并由此导演了一场"诗界革命"运动，从而对后来诗学的发展演变产生了深远的影响。康、梁等人虽然怀有极强的政治倾向与文学工具论色彩，其诗学取向也常常被人指责为"旧瓶装新酒"。但若撇开政治话语的屏障，他们的诗学话语实际上仍然传承了中国诗学的依经立义传统，是尽"今文学"之所能来开创诗学的新局面，力图在西学的浸染和冲击下实现中国文学的近代转型。也就是说，

---

① 刘再华：《近代经学与文学》，东方出版社 2004 年版，第 26 页。

康、梁等人的诗学虽然极大地依附于其政治抱负，但是其发展理路却体现出与"今文学"惊人的相似与趋同，当晚清"今文学"再无力承担诗学的阐释模式与价值维度的时候，也是晚清诗学彻底由传统走向近代的临界点，晚清"今文学"也成为牵引诗学一损俱损的内在根源与价值基础。

由此可见，晚清"今文学"不仅现实地影响着晚清诗学的演变，而且动态地规约着晚清诗学的历史演变进程。晚清"今文学"的发展变化与晚清诗学的演变具有对应性关联，它们在历史的发展进程中实现了同构与共生。从宏观方面来看，我们不仅厘清了晚清诗学演变的社会文化背景与现实基础，而且对晚清"今文学"与诗学演变的关联性进行了全面考察，进一步确立了本研究的合理性与必要性。而从微观方面来看，晚清"今文学"与诗学演变的关联性则主要体现为"今文学"家的诗学思想，这将在下面的章节中具体展开论述。

第二章 批判以尊情 传变以经世："今文学"浸染下的晚清批判诗学

道光初年，朴学逐渐衰微，学术理路开始折入"今文学"。晚清思想文化领域也随之发生了重大的变动，这时期的晚清诗学也显现出不同的发展向度。虽然乾嘉朴学之风在道、咸间远未歇绝，诗学的朴学底蕴仍然极为厚重。但是，一股诗学新风始终作为潜流而涌动着，并且昭示了传统诗学观念的解体，以及新的诗学观念的萌生。从诗学发展史观之，朴学浸染下的诗学观念出现了严重分裂，诗学观念的盛世镜像在诸多方面仍然得以延续，但已经明显受到"性灵"说等诗学观念的讥弹，晚清诗学观念面临着重建的契机。一方面，"祢宋"诗学主张得以张扬，其以性情、学问、世运相杂糅，将传统诗学的价值取向及其光辉愈演愈烈；另一方面，具有"今文学"底蕴的诗学家以独特的批判视野和价值维度，掀起了晚清诗学新变的大幕。龚自珍的"今文学"批判立场，促生了其"尊情"的诗学观念与诗学实践；魏源将"今文学"的治术立场延伸到诗学领域，形成了以经世为核心的诗学观念。他们的批判诗学理论，构成了"今文学"浸染下晚清诗学演变的第一个阶段。

第一节 "一大关捩"：晚清诗学观念转变的多重面向

陈衍在《石遗室诗话》中说到，"前清诗学，道光以来，一大关捩"[1]，

---

① 陈衍：《石遗室诗话》卷三，人民文学出版社 2004 年版，第 41 页。

66

本意是指清代诗学至道光年间始"变"，即"祢宋"诗学的发展与兴盛。在此，本书借用"一大关捩"来指代晚清诗学的生存态势，即晚清诗学的发展走到了历史的转折点。这里既流淌着前清诗学的余脉，又潜藏着"祢宋"诗学的潮流，亦涌动着批判诗学的气息。

一 "肌理"诗学的兴衰与诗学观念的重建

（一）"肌理"诗学及其发展面向

清代最具时代学术底蕴的诗学，当属翁方纲的"肌理"说，"翁方纲以考据为主导，以义理为核心，以细密美与质厚美为美学追求目的的'肌理'说，实可视为清代乾嘉朴学在诗歌领域里最为直接的反映"①。他的"为学必以考据为准，为诗必以肌理为准"②"诗必研诸肌理而文必求诸实际"③的诗学主张，已成为当时诗学界的理论高标。

总体来看，翁方纲倡"肌理"诗学，是要以学问考据入诗，如"至我国朝，文治之光乃全归于经术，是则造物精微之秘，衷诸实际，于斯时发泄之"④，就十分强调要以训诂考据来传达诗家的"文心"。为此，有人称其诗"自诸经注疏，以及史传之考订，金石文字之爬梳，皆贯彻洋溢其中。论者谓能以学为诗"⑤。综观"肌理"说产生的时代学术背景，朴学之风可谓大行其道，且学术取向大都倾向于一种整合之势，"学问之事有三端焉，曰，义理也，考据也，文章也。是三者，苟善用之，则皆足以相济；苟不善用之，则或至于相害"⑥。翁方纲显然深受影响，"士生今日，经学昌明之际，皆知以通经学古为本务，而考订训诂之事与词章之事未可判为二途"⑦。因此，"肌理"说主张义理、辞

---

① 陈居渊：《清代朴学与中国文学》，百花洲文艺出版社 2000 年版，第 176—177 页。
② 翁方纲：《志言集》，《复初斋文集》卷四，《近代中国史料丛刊》，台北文海出版社 1963 年版，第 212 页。
③ 翁方纲：《延晖阁集序》，《复初斋文集》卷四，《近代中国史料丛刊》，台北文海出版社 1963 年版，第 207 页。
④ 翁方纲：《神韵论》下，《复初斋文集》卷八，《近代中国史料丛刊》，台北文海出版社 1963 年版，第 348 页。
⑤ 赵尔巽：《清史稿》卷四百八十五，列传二百七十二，中华书局校点本 1977 年版。
⑥ 姚鼐：《述庵文钞序》，《惜抱轩全集》卷四，中国书店 1991 年版，第 46 页。
⑦ 翁方纲：《峨术篇序》，《复初斋文集》卷四，《近代中国史料丛刊》，台北文海出版社 1963 年版，第 192 页。

章、考据为一体的诗学标准，不仅与当时的文章理论不谋而合，而且也是对朴学学术理路的内在遵循。当然，翁方纲的"肌理"说试图起到"以实救虚"的诗学反响，即"以充实的考据内容来补'神韵'说的'超脱玄虚'，以切于实际的文理来救'格调'说的'泥古不化'"①，但其提出和盛行，更是对乾嘉年间文化高压政策和朴学之风向诗学领域进行渗透的直接应对与回应，"即运用经术之学的方法攻治诗学，使诗歌这个一向玄妙莫测的领域变得水落石出"②。

也就是说，"肌理"诗学事实上形成的是一种"学术"诗及其僵化的诗学传统，"翁方钢考据为诗，饾饤书卷，死气满纸，了无性情，最为可厌"③。这也在客观上为后世诗学观念的演变敞开了路径。

（二）"性灵"诗学的讥弹与诗学观念的重建

作为"盛世雅音"的"肌理"说，自翁方纲"拈举以后，影响所及，几披靡清季整个诗坛"④，此不可不谓与朴学之兴盛密切相关。尔后，随着朴学在清代中后期的衰微，晚清诗学观念出现了明显的变动与转换。

几乎同时期的"性灵"诗学，则彰显出一股人文思潮，其不仅背离了清代中前期的"雅正"诗风，而且对诗学的朴学底蕴进行了有力批讽，构成了清中后期诗学领域的另一番景象。以袁枚为首的诗学家高举"性情之外本无诗"⑤的大旗，强调"提笔学化工，一味活泼泼"⑥的诗歌之灵动魅力，将人之"才性"以诗歌艺术的方式本真地表达出来了，从而形成了清代一个较大的诗学流派——"性灵"诗学。我们姑且不深论"性灵"诗学的历史功过⑦，但是，它正是诞生在过于强调政治道德理性的时代氛围，以及过于烦琐且缺乏生气的诗学生态中的，其存在必

---

① 李世英、陈水云：《清代诗学》，湖南人民出版社 2000 年版，第 238 页。
② 黄保真、成复旺、蔡钟翔：《中国文学理论史——明清鸦片战争前时期》，台北洪叶文化公司 1994 年版，第 586 页。
③ 朱庭珍：《筱园诗话》，卷二，《清诗话续编》，台北艺文印书馆 1985 年版，第 2364 页。
④ 朱东润：《中国文学批评家与文学批评》，台湾学生书局 1984 年版，第 2 页。
⑤ 袁枚：《寄怀钱玙沙方伯予告归里》，《小仓山房诗文集》卷二十六，上海古籍出版社 1988 年版，第 658 页。
⑥ 袁枚：《遣楼杂诗》，《小仓山房诗文集》卷三十一，上海古籍出版社 1988 年版，第 582 页。
⑦ 有学者认为其诗学弥补了儒家诗教的缺陷，或者认为其产生了理论上的偏差：如艳情、低俗的诗学取向，或者将其理论放在反封建纲领的体系中加以肯定。

然具有一定的合理性。总体来看,"性灵"诗学对"盛世雅音"的"格调""肌理"之说的讥弹,本身就触动了当时的诗学根基,具有"瓦解"与"分裂"诗学取向与价值抉择的功效,"袁枚以文学的眼光审视当时的诗坛,发现其最大流弊在于诗歌主体的失落。于是正本清源,廓清诗歌与考据的根本不同,以正风气"①。袁枚对以考据之学为诗的路径是深恶痛绝的,他说道:

> 人有满腔书卷,无处张皇,当为考据之学,自成一家。其次,则骈体文,尽可铺排,何必借诗为卖弄?………近见作诗者,全仗糟粕,琐碎零星,如剃僧发,如拆袜线,句句加注,是将诗当考据作矣。虑吾说之要害之也,故续元遗山《论诗》,末一首云:"天涯有客号泠痴,误把抄书当作诗。抄到钟嵘《诗品》日,该他知道性灵时。"②

袁枚在此批判了翁方纲等人的诗学主张,将"考据之学,离诗最远"③的立场做了进一步的张扬。从中国诗学发展史来看,"肌理"说的朴学底蕴的立足点,是将"诗言志"传统从以情感为中心转移到以知识、义理为中心上来。而"性灵"说则反其道而行之,并且做了尺度上的延展与发挥,这正好体现了中国诗学传统不断调整与融合的发展进程。也就是说,翁方纲的诗学主张受到质疑,既是学术理路的困境,也是诗学传统使然,"这种调整意义重大,它使得本来蕴涵在抒情诗学中的一种倾向真正独立出来有了一种理论系统,成为与抒情诗学相抗衡的诗学传统。但是抒情传统的力量是巨大的,翁方纲的诗学提出后,很快就受到袁枚等人的批判"④。

"肌理"诗学顺应时代学术潮流而形成了"以学为诗"的诗学主张,"性灵"诗学批讽时代学术弊病而形成了"以情为诗"的诗学主张,二者皆因时代学术氛围而各抒己见,形成了诗学发展的二重张力。更为重

---

① 石玲:《袁枚诗论》,齐鲁书社 2003 年版,第 32 页。
② 袁枚:《随园诗话·上册》卷五,人民文学出版社 1998 年版,第 78—79 页。
③ 袁枚:《随园诗话补遗》卷一,人民文学出版社 1962 年版。
④ 张健:《清代诗学研究》,北京大学出版社 1999 年版,第 725 页。

要的是，矛盾的双方有时并不以矛盾的最终解决为归宿，面对"肌理"诗学过于理化和"性灵"诗学过于俗化的价值偏向，诗学家的诗学观念将有待于重新建构。由此看来，清代诗学发展的这种矛盾张力，恰恰为后世诗学敞开了更为宽广的发展向度，诗学传统也面临着被"突破"与"超越"的可能。因此，无论是后来极为兴盛的"祢宋"诗学，还是具有新变因子的批判诗学，都是在正视诗学逻辑发展的前提下，对诗学观念的重新审视与建构。

二 "祢宋"诗学的返照与跃进

"肌理"诗学的兴盛和遭到讥弹的发展过程，无疑对晚清诗学的影响极为深远。作为诗学观念重构面向之一的"祢宋"诗学，就是诗学家们在综合前期诗学优弊的前提下所进行的客观选择，"此期'祢宋'诗学的泛滥是由各种合力造成的，是各个诗派各种诗论的交叉与汇集"①。"祢宋"诗学融会贯通了传统诗学的价值取向，构成了晚清诗学繁盛的一大景象。

清初的诗学家大都对"清谈误国""袖手谈心性"的明代诗学批判极甚，而宋诗强调根底学问、研理日精、论事痛快的诗风，则更容易在"天崩地裂"的时代变局和"经世担当"的士人中产生共鸣。从清初伊始，清代诗坛就一直充斥着一股"祢宋"之风，钱谦益、黄宗羲、顾炎武、厉鹗、朱彝尊……也都"多染宋习"，"自钱受之力诋弘、正诸公，始宋人余绪，诸诗老继之，皆名唐而实宋，此风气一大变也"②。从广义上讲，清代诗学总体风貌是"以学为诗""以文为诗"，其在思想旨趣与艺术特色上都潜藏着"宋诗"的身影，"近宋"始终是清代诗学发展不可回避的问题。而时至晚清，"祢宋"诗学又开始兴盛，甚至出现泛滥的趋势。这不仅是清初以来"祢宋"诗学的返照，而且体现了晚清诗学观念重构过程中的某种客观选择，即对"肌理"说与"性灵"说所形成的晚清诗学张力的一种创造性的传承和发展。一方面，"肌理"说将诗学中心转移到知识、义理上来，本身就在传承宋诗传统的基础上，为

---

① 萧华荣：《中国古典诗学理论史》，华东师范大学出版社 2005 年版，第 342 页。
② 乔亿：《剑溪说诗》卷下，见《清诗话续编》，上海古籍出版社 1983 年版，第 1104 页。

"祢宋"诗学的再接纳与繁荣创造了条件,"翁方纲提出理的问题,主要意义就在于他从理论上否定了自严羽以来的'非关理也'、'不涉理路'说,确立理在诗歌中的本然地位,正面地把理作为诗歌的本质。……严羽、七子派等以'诗有别趣,非关理也'排斥宋诗,而翁方纲从理论上推翻了这一理论命题,则排斥宋诗就没有道理了"①。另一方面,"性灵"说对以考据之学为诗的讥弹,以及对"肌理"说的指弊,又给后世诗学的发展增添了新的可能维度与较为宽广的视野。晚清的"祢宋"诗学就明显地以融合的姿态,将性情、学问、世运相杂糅,在诗学价值与艺术风貌上较前期诗学有了一定的跃进。这虽然是时代与各个诗派诗论交叉影响的共同结果。但是,"肌理"说与"性灵"说所造成的张力作用,显然是不可忽视的。

因此,我们可以这样认为,晚清的"祢宋"诗学的返照,也当是发生在晚清诗学观念的重建过程中,虽然它具有浓厚的复古倾向与传统意识,但其仍然可以看作晚清诗学演进的主要路径之一,"道、咸以来,何子贞(绍基)、祁春圃(寯藻)、魏默生(源)、曾涤生(国藩)、欧阳磵东(辂)、郑子尹(珍)、莫子偲(友芝)诸老喜言宋诗"②。而且,"同光体"诗学作为"祢宋"诗学在晚清的后继者与尾声,也在旧诗苑中流传不衰,闽派、江西派、浙派等诗学皆以"祢宋"为基本方向,共同见证着晚清"祢宋"诗学运动的跃进与衰竭。无论"同光体"诗学在后期革命时代浪潮中如何保守与落伍,其诗学精神取向如何苍白乏力与生涩消沉,它毕竟对长期以来"肌理"说与"性灵"说所造成的诗学张力在传统规范里做了很好的融会和回应,显现出晚清诗学观念重建的基本面向之一,即诗学观念在衍续传统中采取了一种折中调和之策,"尤其是人与诗的合一、学问与诗歌的互济为用以及师古之法的完善精细等话题的阐述,仍可见出在诗学传统的范围内寻找出路的意图"③。

三　批判诗学的兴起与繁盛

面对晚清诗学观念的重建议题,"祢宋"诗学试图在传统诗学范围

---

① 张建:《清代诗学研究》,北京大学出版社 1999 年版,第 689 页。
② 陈衍:《石遗室诗话》卷一,人民文学出版社 2004 年版,第 4 页。
③ 刘诚:《中国诗学史》,鹭江出版社 2002 年版,第 269 页。

内寻找解决矛盾的途径,"然而作为晚清儒家文艺思潮回光返照的'祢宋'诗学,并没有完成对传统文学观念的超越,更没有提供出具有近代意识与近代色彩的诗学思想"①。诗学观念真正厕身于社会现实,逐渐走出传统的藩篱,进行社会批判与干预的价值取向,则是晚清"今文学"家诗学理论的鲜明特征。晚清诗学在"今文学"学术底蕴的庇护下,首先走出了一条批判诗学的发展路径。

长期以来,清代诗坛凝聚着一股浓厚的复古思潮,诗学发展历程往往陷入唐宋之别的论争中而不得休停。而晚清的社会文化又是一个"近代化"的发展趋势,其迫切需要在文化思想领域出现新的特质,以迎合晚清社会文化的变迁。就诗学领域而言,批判诗学的出现无疑担当了这种角色,即晚清批判诗学在回应社会文化变动的同时,也开创了晚清诗学观念转换的基本面向之一。从批判诗学出现的原因来看,晚清社会不仅为批判诗学提供了现实土壤与时代氛围,而且为其提供了必需的学术底蕴——"今文学"思潮,"学术思想的变迁,无疑是社会变化的晴雨表。而文学作为社会变化的一种特殊表现形态,也同样可以在学术思想中寻求其内在的逻辑联系"②。晚清"今文学"倡导"变易"的历史观,注重阐释维度和批判维度的建构,对传统学术理路具有反思与突破的精神向度,客观上为文学艺术形态的变动营造了适时的学术氛围和价值抉择。因此,晚清"今文学"与批判诗学的兴盛具有内在的相关性与逻辑性。从批判诗学的发展过程来看,龚、魏的诗学起了引领风气和中流砥柱的作用,"在他们的视野中,情感和艺术个性的张扬以对现实的批判而不是颂美作为主要职责,是最重要的诗学论题"③。他们的批判诗学反对以朴学为诗的传统理路,主张以诗论世和以诗补世,在突破传统经学藩篱的过程中,体现出诗学逆反世俗的时代精神和气息。

相比于晚清"祢宋"诗学融合传统的意图,作为晚清诗学观念建构面向之一的批判诗学则显然要激进得多,其对晚清诗学观念的建构也更具实质性与影响性。虽然龚、魏的诗学观念存在着诸多不同。但是,他们在几乎一致的学术底蕴下,为晚清诗学观念的转变提供了新的突围路

---

① 陈居渊:《清代朴学与中国文学》,百花洲文艺出版社 2000 年版,第 399 页。
② 同上书,第 346 页。
③ 刘诚:《中国诗学史》,鹭江出版社 2002 年版,第 268 页。

径,并且在当时产生了重大的诗学影响和时代效应。

第二节 龚自珍的经学批判及其诗学思想

19世纪上半叶的中国,是一个多元矛盾激化的时代。然而,"民族国家正在变化的本质和它衰落的权力已为一个新时期的开始举行了庆典"①。在大多数人都安于现状、抱残守缺的时候,却有一批先进的中国人"但开风气",游走在传统与反传统、顺从与反抗的复杂社会文化矛盾中。作为晚清最具个性与影响的人物,龚自珍在"万马齐喑"的哀世,以"五十年中言定验"②的勇气,对时代做出了自信的预言和批判。龚自珍的思想体系是极其复杂的,朴学、"今文学"、佛学等思想在其身上皆有体现。但是,纵观龚自珍的学术轨迹与诗文创作,"今文学"无疑具有举足轻重的地位,而且对其诗学观念的生发与转变也更具基础性意义。龚自珍由古文经学折入"今文学",在对古文经学的阐发与突破的基础上建立了以批判为中心的"今文学"体系。批判不仅是龚自珍学术思想的中心,也是其诗学理论的核心。他的"今文学"批判立场也促生了其"尊情"的诗学观念、诗学实践与美学追求,并且体现出其诗学话语独特的批判态势和价值抉择。

一 "今文学"的批判立场与诗学批判维度的生成

龚自珍生于乾隆五十七年(1792)杭州的一个望族世家,浓厚的家学渊源使他在早期走上了朴学的学术道路。龚自珍的外祖父段玉裁以"以经说字,以字说经"的考据学方法相教导,为他打下了深厚的古文经学思想基础,正如龚自珍晚年所总结的:"图籍移从肺腑家,而翁学本段金沙;丹黄字字皆珍重,为裹青毡载一车。"③1819年,28岁的龚

---

① [英]阿雷恩·鲍尔德温等:《文化研究导论》,陶东风等译,高等教育出版社2004年版,第233页。

② 龚自珍:《己亥杂诗》,《龚自珍全集》,上海古籍出版社2007年版,第516页。

③ 同上书,第537页。

自珍师从刘逢禄学习"今文学",并从此成为晚清"今文学"的健将之一。直到此时,龚自珍才真正为其学术和思想的批判维度找到了依据与武器。"昨日相逢刘礼部,高言大句快无加。从君烧尽虫鱼学,甘作东京卖饼家。"① 面对"颓波难挽挽颓心,壮岁曾为九牧箴。钟簴苍凉行色晚,狂言重起廿年瘖"② 的晚清现实,具有强烈批判精神的龚自珍最终走向以变易、经世等为特征的"今文学"学术理路,也就具有历史合理性和必然性,而这也在客观上生成了其批判的诗学维度。

(一)龚自珍的"今文学"学术研究及其批判立场的生成

龚自珍"今文学"批判立场的建构,可以从两个方面来把握,即对古文经学的阐发与突破,以及对自身"今文学"体系的建构。龚自珍是拥有深厚古文经学家底和批判视野的学者,他对古文经学的阐发和突破是其"今文学"体系建构的重要组成部分。

首先,对于晚清今、古文之争,龚自珍明确反对汉宋之别,主张取消门户之见。作为倾向于"今文学"思想而又掺杂古文经学底蕴的龚自珍,其对今、古文之长深有体会。他认为,今、古文分别在"尊德行"与"道问学"方面阐发了经籍中的义理,但二者却实为同源,"今文、古文同出孔子之手,……惟读者不同,故其说不同。源一流二,渐至源一流百"③。龚自珍在给江藩《国朝汉学师承记》一书所作的序中,更以立汉学的"十不安",明确批评了学术研究的门户之见:

> 夫读书者实事求是,千古同之,此虽汉人语,非汉人所能专,一不安也。本朝自有学,非汉学。有汉人稍开门径而近加邃密者,有汉人未开之门径,谓之汉学,不甚甘心。不安二也。琐碎饾饤,不可谓非学,不得为汉学。三也。汉人与汉人不同,家各一经,经各一师,孰为汉学乎?四也。若以汉与宋对峙,尤非大方之言。汉人何尝不谈性道,五也。宋人何尝不谈名物训诂,不足以概宋儒之心,六也。近有一类人,以名物训诂为尽圣人之道,经师收之,人

---

① 龚自珍:《杂诗,己卯自春徂夏,在京师作,得十有四首》,《龚自珍全集》,上海古籍出版社 2007 年版,第 441 页。

② 龚自珍:《己亥杂诗》,《龚自珍全集》,上海古籍出版社 2007 年版,第 510 页。

③ 龚自珍:《大誓答问第二十四》,《龚自珍全集》,上海古籍出版社 2007 年版,第 75 页。

师摈之,不忍深论,以诬汉人,汉人不受,七也。汉人有种风气,
与经无与,而附于经;谬以神灶梓经之言为经,因以之汩陈五行,
矫诬上帝为说经。大《易》、《洪范》,身无完肤,虽刘向亦不免,
以及东京内学,本朝何尝有此恶习,本朝人又不受矣。本朝别有绝
特之士,涵咏白文,创获于经,非汉非宋,亦惟其是而已矣,方且
为门户之见者所摈。九也。国初之学,与乾隆初年以来之学不同;
国初人即不专立汉学门户,大旨欠区别,十也。①

　　龚自珍以变动的眼光,反对一成不变的汉学和僵化的学术派别之
分,这对于当时仍然大行其道的古文经学来说,是极大的挑战与突破。
由于师法往往成为学术研究不可逾越的雷池,并且这个传统至汉代以来
尤甚,"汉人最重师法。师之所传,弟之所受,一字毋敢出入,背师说
即不用"②。而龚自珍则在其"经有家法夙所重"③的情形下,敢于突破
师法、家法,对长期以来的门户之见采取较为辩证和通融的态度,实则
对清代中前期"有文无质"的古文经学一统格局的学术理路进行了有力
的非难,体现出一定的批判维度和视野。
　　其次,龚自珍以古文经学的治学方法,重新考证了一批经学典籍,
以辨"真伪",对以往古文经学成果进行了积极的推进和批判。如对古
文经书《左传》《周礼》等的考证。龚自珍所撰《左传决疣》虽然认同
了《左传》的价值及其与《春秋》相配的事实,但他仍然认为,《左传》
尚有不足信的地方,若还原原典的本来面貌当"宜删去刘歆窜益"。而
至于《周礼》,龚自珍在其《六经正名》中给予了较为严厉的批判,其
在考据学方法的基础上指出,《周礼》之所以被后世称为经,当是为述
刘歆,而并非述孔子,并由此批判其多有"伪作"之疑。龚自珍对古文
经书的探讨,是严格遵循了考据学诠释儒家经典,注重归纳排比的学术
理路的,"努力探求原始儒学的务实性与民主性,是龚自珍继承了先辈
考据学派对先进思想的传统"④。但与其不同的是,龚自珍在经书考据

①　龚自珍:《与江子屏(藩)书》,《龚自珍全集》,上海古籍出版社 2007 年版,第 347 页。
②　皮锡瑞:《经学历史》,中华书局 1981 年版,第 77 页。
③　龚自珍:《己亥杂诗》,《龚自珍全集》,上海古籍出版社 2007 年版,第 515 页。
④　李开、刘冠才:《晚清学术简史》,南京大学出版社 2003 年版,第 3 页。

中融入了更为强烈的现世意识和批判精神。

　　最后，在古文经学研究的路径上，龚自珍还形成了"六经者，国史之宗子也"的史学观。在理学盛行的时代，经书常常被推崇为道德纲要和神学教义。而经学发展至晚晴，这种风气仍然大行其道。即使在古文经学中，在学问家的烦琐堆砌中，经书的神圣外衣也是越发闪亮与厚重。面对已经干枯与腐化的学术风气，龚自珍却以"以字说经"的古文经学研究推演出批判和革新的史学观。在《古史钩沉论》中，他提出：

　　　　史之外无有语言焉，史之外无有文字焉，史之外无有人伦品目焉。史存而周存，史亡而周亡。是故儒者言《六经》。经之名，周之东有之。夫《六经》者，周史之宗子也；《易》也者，卜筮之史也；《书》也者，记言之史也；《春秋》也者，记动之史也；《风》也者，史所采于民，而编之竹帛，付之司乐者也；《雅》、《颂》也者，史所采于士大夫者也；《礼》也者，一代之律令，史职藏之故府，而时以诏王者也；小学也者，外史达之四方，瞽史谕之宾客之所为也。宗伯虽掌礼，礼不可以口舌存，儒者得之史，非得之宗伯；乐虽司乐掌之，乐不可以口耳存，儒者得之史，非得之司乐。故曰《六经》者，周史之大宗也；诸子也者，周史之宗也。①

　　显然，龚自珍将一切文字记载都当作历史资料来看待，力图以历史的眼光来进行学术研究。其不仅冲破了封建神学和教条的束缚，而且流露出晚清学术（经学）嬗变的迹象。在《尊史》篇中，龚自珍又将史籍、史学、史官、人才一并纳入"史"的范围，强调"出乎史，入乎道，欲知大道，必先为史"②的思维逻辑和意义归宿，跳出了"号为治史则道绌"的流俗和结穴，体现出考据和史料相互结合与印证的学术理路。从而在批判与革新的视野下，把古文经学的学术研究意义进行了横向和纵向的拓展。

　　龚自珍对古文经学的探索与突破，实现了其"今文学"体系建构的"破"面，在学术视野、学术理路、理论创新等方面，为其走上"今文

---

①　龚自珍：《古史钩沉论二》，《龚自珍全集》，上海古籍出版社 2007 年版，第 21 页。
②　龚自珍：《尊史》，《龚自珍全集》，上海古籍出版社 2007 年版，第 81 页。

学"学术道路奠定了坚实基础。而在"今文学"体系的"立"面，他比较彻底地贯穿了其批判的立场，将"今文学"的变易观与微言大义的阐发模式进一步发扬光大，并从理论的高度站在社会现实的前沿进行了呐喊和批判。

首先，龚自珍阐发了新的"三世说"，并以此作为考察晚清社会历史变迁的崭新理论依据。由于《公羊传》中反复三次地讲到了"所见异辞——所闻异辞——所传闻异辞"的"三世异辞"思想和理论模式，西汉大儒董仲舒就据此加以发挥，从而提出了"所传闻世——所闻世——所见世"的"三世说"。东汉何休又对其进行了创造性的拓展，将其总结为"据乱世——升平世——太平世"的理论模式。从此，公羊"三世说"就成为管窥社会历史发展的重大理论来源和基础。龚自珍在前人的基础上保留了"三世说"的理论模式，却在内容上融入了其批判的维度和现世精神；并且对其进行了大胆的革新和改造，提出了"治世——衰世——乱世"的新"三世说"。在《乙丙之际著议第九》篇中，他有过这样的论述：

> 吾闻深于《春秋》者，其论史也，曰：书契以降，世有三等，三等之世，皆观其才；才之差，治世为一等，乱世为一等，衰世为一等。①

龚自珍的"三世说"是具有深厚的批判精神和现实基础的。按照其理论模式构成，他将康乾盛世视为治世，认为"国家治定功成日，文士关门养气时"②，当为一派和谐祥和的景象。但是，其所处的时代（嘉庆、道光时期）则正好是衰世，"衰世者，文类治世，名类治世，声音笑貌类治世。……当彼其世也，而才士与才民出，则百不才督之缚之，以至于戮之"③。而衰世继续向下发展，则要进入乱世，"然而起视其世，乱亦竟不远矣"④。龚自珍根据其所处时代背景，结合"今文学"

---

① 龚自珍：《乙丙之际著议第九》，《龚自珍全集》，上海古籍出版社 2007 年版，第 6 页。
② 龚自珍：《辛巳诗三十九首》，《龚自珍全集》，上海古籍出版社 2007 年版，第 457 页。
③ 龚自珍：《乙丙之际著议第九》，《龚自珍全集》，上海古籍出版社 2007 年版，第 6 页。
④ 同上书，第 7 页。

的阐发模式，以批判的视野建构起了关于社会发展史观的"今文学"思想。更为甚者，龚自珍将其"三世说"运用到社会领域和文化领域，并且进行激烈的社会文化批判，"龚自珍不仅在'指天划地'、经邦济世的政论、杂文、奏议中恰当地运用'三世说'，而且在其他许多诗文中也巧妙地运用'三世说'"①。在"与梦为邻"的沉闷时代，他终以"五十年中言定验"②的呐喊，发出了晚清社会的最强时代音符。

其次，龚自珍进一步发展了《公羊》等经典的进化史观，将重变易、主进化的"今文学"思想发扬光大，在对人类文明的历史考察中，处处彰显着批判的维度和变革的意图。关于人类文明的起源，龚自珍遵循了阶段发展论的思想。他强调，生产、生活、人伦、政治、刑法、军事等方面的相关制度，都应当是一定阶段的产物，正所谓"三世之法谁法也？答：三世，非徒《春秋》法也。《洪范》八政配三世，八政又各有三世"③。任何有关文明的发生和发展，都是遵循一定规律而变易进化而来的。为此，龚自珍批判"俗儒颠倒了历史的关系，否认等级、制度、政权、礼乐、刑法是由社会生活的变化而逐步产生的，最后出现高高在上的王权，而毫无根据地归于圣王创造"④的愚见和臆想，明确了"儒者失其情，不究其本，乃曰天下之大分，自上而下。吾则曰：先有下，而渐有上。下上以推之，而卒神其说于天"⑤的客观历史论断。其不仅在对人类文明的历史考察中凸显了"今文学"的变易观和阐发维度，而且在批判的视野下具有改造旧思想，进行变革举新的现实功效。

最后，龚自珍的"今文学"体系的建构，还主要体现在对《春秋》大义的阐发。龚自珍所作《春秋决事比》就是对《春秋》大义阐发的经典之作。然而，其中大部分已佚，现仅存《春秋决事比答问》五篇。在这些现存资料中，我们发现，龚自珍极为强调对《春秋》根本大义的阐发：

　　《春秋》之狱，不可以为故当；《春秋》之文，不可以为援；

---

① 管林、钟贤培、陈新璋：《龚自珍研究》，人民文学出版社1984年版，第129页。
② 龚自珍：《己亥杂诗》，《龚自珍全集》，上海古籍出版社2007年版，第516页。
③ 龚自珍：《五经大义始终答问一》，《龚自珍全集》，上海古籍出版社2007年版，第46页。
④ 管林、钟贤培、陈新璋：《龚自珍研究》，人民文学出版社1984年版，第178页。
⑤ 龚自珍：《农宗》，《龚自珍全集》，上海古籍出版社2007年版，第49页。

《春秋》之义，不可以为例；《春秋》之训不泽，一告而已，不可以再；或再告而已，不可以三。是故《春秋》之指，儒者以为数千而犹未止，然而《春秋》易明也，易学也。①

龚自珍在此明确指出，要理解《春秋》的精神实质，无须拘泥于它的狱、文、义、训等既有"成规"，而要根据实情加以灵活运用。因此，龚自珍对《春秋》大义的阐发就具有较强的个性色彩和批判精神。无论是变易与恒常的认识论，还是以经议政、批判现实的理论创造，抑或是凭主观臆想而获得的牵强附会等，都体现出龚自珍以批判为中心，而对公羊学说所做的创造性解读和发挥，如对"夫不定律者，权假立文也""不屑教矣"常变之"《春秋》之常律也"等的阐释。除此之外，龚自珍还以《春秋》大义为轴进行了多方面的论述，如"《春秋》至所见世，吴、楚进矣。伐我不言鄙，我无外矣"②的"大一统"思想，"修《春秋》，大书日食三十又六事，储万世之历，不言凶灾"③的反谶纬之说，等等。

总之，龚自珍在"今文学"思想体系的建构上很好地融合了其对社会、文明、历史、政事等诸方面的阐发与发挥，将批判的视野做了进一步的贯穿和凸显，从而在"立"面实现了其"今文学"的理论构成与价值旨趣。

龚自珍通过"破"面和"立"面，较为全面地建构了他的"今文学"理论体系，在整体上形成了独具特色的学术理路。具体来讲，一方面，他不固守传统和家法，独以己意、己见、己闻为中心进行学术探索，体现了较为独立的知识分子人格和个性精神。另一方面，他主"变"，以进化论看待社会文化的变迁，在面对"衰世"的晚清社会现状之时，其学术研究也渗透出浓厚的感伤怀世情结和激愤高亢的主观精神。更为重要的是，龚自珍以批判为基础，将学术价值进行了高扬，不仅对传统学术理路和价值进行了疏离和颠覆，而且充溢着革新和启蒙的

---

①　龚自珍：《春秋决事比答问五》，《龚自珍全集》，上海古籍出版社 2007 年版，第 63 页。

②　龚自珍：《五经大义终始答问七》，《龚自珍全集》，上海古籍出版社 2007 年版，第 48 页。

③　龚自珍：《乙丙之际塾议第十七》，《龚自珍全集》，上海古籍出版社 2007 年版，第 9 页。

踪迹，具有很强的现世精神与未来意识。

（二）"今文学"影响下诗学批判维度的生成

作为对其学术理路和价值的传承与延续，龚自珍的诗学思想明显地打上了"今文学"的烙印。总的来看，龚自珍不守传统，以"己"为轴进行学术探索，将批判的视野作为其学术的逻辑起点，形成了较为彻底的批判立场。与此相适应，龚自珍"今文学"的批判立场为其诗学批判维度的生成奠定了学术底蕴和思想基础。就诗学领域而言，其批判的维度则主要是以"情"的凸显、个体人格的张扬、"启蒙"的姿态等内涵来表达的。龚自珍以批判为中心的"今文学"学术研究促生了其以"尊情"为中心的批判诗学，二者之间存在着客观对应性和相互关联性。

首先，龚自珍从事"今文学"学术研究而体现的人格和个性精神，同样体现在其诗学领域。个体人格魅力与个性精神的张扬，成为贯穿其学术研究和诗学创造的重要维度，体现了学术主体与诗学主体相一致和统一的传统学术生态。

其次，龚自珍在"今文学"的学术探索中所蕴藏的感伤怀世情结和激愤高亢的主观精神也渗透到其诗学之中，并且逐渐衍化成一种悲怆与狂诞之情，成为其"尊情"批判诗学的核心构成要素之一。

最后，龚自珍治"今文学"的批判视野，也是其诗学生发的方法论和本体论属性。龚自珍诗学的创新意识、启蒙姿态和异端色彩等，都是在批判的维度下得以实践与彰显的，是对其"今文学"批判视野的有效传承与对接。因此，龚自珍的诗学思想实际上秉承了其"今文学"的价值旨趣，将诗学的主体维度（和人格、情感、创造等）放在批判的场域来展现，体现出诗学自身厚重的学术底蕴和较强的批判意识。也就是说，在一定程度上讲，龚自珍的"今文学"批判立场为其诗学批判维度的生成提供了理论渊源与价值基础。为此，我们将在后面的章节中对其批判诗学进行具体的展开和阐释。

二 "尊情"的诗学观念及其建构

正如前面所述，晚清诗坛一直沉寂在朴学影响下，为浓厚的复古氛围所笼罩。无论是宗唐诗派，还是"祢宋"诗学，它们大都被束缚在传统的囹圄中，经营着琐碎的意象或缥缈的义理，其最终结果无疑容易滋生出一种书斋苦吟式的诗学游戏。而晚清诗学新风的出现，以及诗学观念的重建，龚自珍确有奇功。虽然他"口绝论文"，留下的诗学话语不多。但是，他还是以丰富的诗学实践和独具特色的诗学主张，彰显了"三百年来第一流"（柳亚子语）的诗家风范。龚自珍的诗学观念是和其"今文学"的学术体系一脉相承的。为此，批判就自然构成了其诗学主张的核心话语。龚自珍的批判诗学，不是一种简单化的直白、浅显和单纯的论战式批判模式，其主要是以"情"为中心来进行诗学观念的建构的。总的来说，"尊情"是进入龚自珍批判诗学的关键，也是其批判诗学的主体构成。而批判则是其诗学的逻辑起点，也是其诗学价值衍化与推进的重要方式。

（一）"尊情"诗学观念的理论体系构成

关于"尊情"说，龚自珍自己有过这样的具体论述：

> 情之为物也，亦尝有意乎锄之矣；锄之不能，而反宥之；宥之不已，而反尊之。龚子之为《长短言》何为者耶？其殆尊情者耶？情孰为尊？无住为尊，无寄为尊，无境而有境为尊，无指而有指为尊，无哀乐而有哀乐为尊。情孰为畅？畅于声音。声音如何？消瞀以终之。如之何其消瞀以终之？曰先小咽之，乃小飞之，又大挫之，乃大飞之，始孤盘之，冈冈以柔之，空阔以纵游之，而极于哀，哀而极于瞀，则散矣毕矣。人之闲居也，泊然以和，顽然以无恩仇。闻是声也，忽然而起，非乐非怨，上九天，下九渊，将使巫求之，而卒不自喻其所以然。①

在此，龚自珍对于他所认定的"情"似有以下定论：首先，这种"情"不为社会所容，正所谓"有意锄之"。其次，此"情"不得不"尊"，是人所固有之情。再次，此"情"无拘无束，也无刻意而为之印痕。最后，此"情"虽"无指"，却似乎仍然指向某种独有之情，即生

---

① 龚自珍：《长短言自序》，《龚自珍全集》，上海古籍出版社 2007 年版，第 232 页。

命哀情。龚自珍的"尊情"说是极具个性特色的，考虑到其诗学理论的杂散状态及其具体诗学实践，可以结合他的其他诗学话语方式做进一步的考察。在龚自珍的诸多诗文中，"我"作为一个特殊话语形态常常出现：

> 众人之宰，非道非极，自名曰我。我光造日月，我力造山川，我变造毛羽肖翘，我理造文字语言，我气造天地，我天地又造人，我分别造伦纪。①

此外，在他的诸多诗歌中也经常出现"我"，如"我论文章恕中晚，略工感慨是名家"（《歌筵有乞书扇者》）"我劝天公重抖擞，不拘一格降人才"（《己亥杂诗》）"我有一筐书，属草殊未成，塗一迤一纪，甘苦万千井"（《邻儿半夜哭》）"吉祥解脱文殊童，著我五十三参中"（《能令公少年行》）"饴我客心苦，驱我真气远"（《东陈硕甫，并约其偕访归安姚先生》）"万人严中一握手，使我衣袖三年香"（《投宋于庭》）"我闻色界天，意凝离言说"（《后游》）……显然，龚自珍极为自觉地标榜"尊我"论。他将真实存在和具有创造力的"我"作为主体，其意图在于在"悲风骤至"的"衰世"中寻找到能够得以张扬的"情"之主体。也就是说，在本质上，其"尊我"论应该指向"尊情"说，龚自珍在诗歌创作与主张中所展现的尊我任侠的主体维度，仍旧是其"尊情"诗学的具体展开。当然，龚自珍的"尊情"说还包含了一个重要的论题——"童心"。在他看来，诗之情，理应像"童心"般纯洁与真挚：

> 不似坏人不似禅，梦回清泪一潸然。
> 瓶花贴妥炉香定，觅我童心廿六年。②

> 少年哀乐过于人，歌泣无端字字真。
> 既壮周旋杂痴黠，童心来复梦中身。③

---

① 龚自珍：《壬癸之际胎观第一》，《龚自珍全集》，上海古籍出版社 2007 年版，第 12—13 页。

② 龚自珍：《葵末·午梦初觉，怅然诗成》，《龚自珍全集》，上海古籍出版社 2007 年版，第 466 页。

③ 龚自珍：《己亥杂诗》，《龚自珍全集》，上海古籍出版社 2007 年版，第 526 页。

按照发生学的逻辑，"情"应生于"心"，而"心"本源于"我"，三者构成了一个逐渐生发的整体。"童心"是龚自珍所苦苦追寻的，它不仅以"我"为载体，而且能够推衍出"无往为尊，无寄为尊"之"情"，并以此生成"自然天成"的理想艺术。从形式和结构上来看，龚自珍基本确立了其"尊情"说的基本框架，但对于这样一个整体生发范式，他又提出了"完"的诗学标准与美学规范：

> 皆诗与人为一，人外无诗，诗外无人，其面目也完。益阳汤鹏，海秋其字，有诗三千余篇，芟而存之二千余篇，评者无虑数十家，最后属龚巩祚一言，巩祚亦一言而已，曰：完。何以谓之完也？海秋心迹尽在是，所欲言者在是，所不欲言而卒不能不言在是，所不欲言而竟不言，于所不言求其言亦在是。①

龚自珍要求诗文创作力求完全地、不受阻隔和束缚地展现主体之"情"，将"诗与人为一"作为"情"之彰显与"诗"之诞生的理想状态和最高境界，从而最终完成了其"尊情"诗学的整体建构。也就是说，从外延上来看，龚自珍的"尊情"说包含了"情""我""童心""完"等诸多诗学范畴，只不过它们集中地以"情"态的面貌来显现（诗人之情与诗文之情），并最终融化在那充满矛盾张力的衰世，以及充满想象与偏执的诗情之中去了。

（二）"尊情"诗学观念的内涵及其现代意义

厘清了龚自珍"尊情"说的理论体系构成，我们有必要进一步介入对其诗学内涵的探寻。关于"尊情"说的本质构成，学界一般存在着"三层面"说和"四层面"说②。显然，他们都竭力以"先驱者"或"启蒙家"的身份，还原龚自珍的个体人格和反叛精神，从而将其诗学

---

① 龚自珍：《书汤海秋诗集后》，《龚自珍全集》，上海古籍出版社 2007 年版，第 241 页。

② 如左鹏军的《龚自珍"尊情"三层面说》[《华南师范大学学报》（社会科学版）1995 年第 3 期]一文从生理心理层面、社会政治层面、哲学文化层面来剖析龚自珍的"情"，突出其"情"是一种多维构成的矛盾统一体，具有独特的个体维度和创新特色。柯贵全、方贵生的《龚自珍尊情说的美学内涵及其价值》（《人文杂志》1993 年第 2 期）一文更加细化地分析了龚自珍的"情"，分别以批判封建腐朽衰世的激愤之情、抵御列强侵略的豪迈之情、引人积极向上而追求理想社会的热切之情、追求理想人格的执着之情四个方面来涵盖其本质内涵，并从美学的高度阐释其现实意义和历史价值。

价值的核心倾向于归结为一种"不平则鸣"和"发愤疾书"的诗教传统
与个性人格张扬的启蒙精神。当然，龚自珍的"尊情"诗学观念是具有
较强的批判视野的。无论是具有深刻批判之势的"狂剑之气"，还是具
有浓厚忧患意识的"怨箫之声"，抑或是对眷眷爱国真情与真实生命存
在的表达，不仅为当时"死寂"的诗坛投掷了一颗重弹，而且现实地彰
显了诗人较为彻底的批判立场与生命在场感受。当然，对封建衰世的批
判、对传统权威的漠视、对人性压抑的痛斥、对理想人格与个性的张扬
等，都是其诗学批判的重要旨趣。而这与其以批判为中心的学术理路是
相统一的，在一定程度上也主要是由其"今文学"的学术价值体系所孳
乳而出的。因此，对于学界对其"尊情"说既有的界定，我们应当予以
充分的尊重和肯定，在此也不再赘述。

　　但是，作为一个具有"先觉"意识和天赋的诗学家，龚自珍呈现给
我们的又是一个极为朦胧与待定的诗学世界，其自身充满着无限阐释的
可能，正如他自己所称道的，"如是鞫已，则不知此方圣人所诃欤？西
方圣人所诃欤？甲、乙、丙、丁、戊五氏者，孰党我欤？孰诟我欤？故
自宥也，以待夫覆鞫之者"①。龚自珍所执着的，是一个不同于传统与
常规的世界，而蕴藏在其中的诗学观念亦是独特而深沉的。在这种不与
现世同流的豪迈与洒脱中，龚自珍似乎要传达给我们一出继往开来的诗
学大幕。如何揭开龚自珍"尊情"诗学观念背后的独特价值？基于学术
思潮与诗学观念的关系，本书还是立足于首先回归其学术价值理路。如
前所述，龚自珍折入"今文学"，才在思想渊源和价值基础上找到了新
的批判武器。为此，他充分发挥"今文学"的阐发模式与变易思想，进
行了较为彻底的社会批判和文化批判。龚自珍所建立的以"今文学"为
价值体系的批判立场不是对旧世界无关痛痒地鞭笞，而是深入骨髓的悲
愤和痛心，"多情谁似汝？未忍托襄巫"②。而且，其批判的结果，也不
只是在于唤醒衰世中沉睡的民众，更为重要的是激活了诗人强烈的生命
存在意识和感受。可现实是，"我"在批判的视野下终究如水上的浮萍
漂泊无寄，诗人彻底地批判社会文化却滋生出了主体自身沉重的幻灭
感，"这种矛盾、痛苦、孤独与无奈，使他在心灵深处产生一种人生幻

---

①　龚自珍：《宥情》，《龚自珍全集》，上海古籍出版社 2007 年版，第 90 页。
②　龚自珍：《丙戌·赋忧患》，《龚自珍全集》，上海古籍出版社 2007 年版，第 478 页。

灭感"①。理想与现实、抗争与无奈、痛彻与缅怀、持有与虚无……敏感与才情合一的诗人裂变出诸多无法调和的矛盾张力,而这显然已经超过了其"今文学"的价值批判体系所能承担的限度,"依经立义"的诗学法则也同样成为诗人欲发扬而又欲背离的艰难抉择。"进退两无依,悲来恐速老。愁魂中夜驰,不如其为道。"② 面对传统的经学资源,无法释怀的批判立场与无法安定的身心,促使龚自珍必须寻找到新的理论资源来委身任化,进退自如。也就是说,龚自珍的"今文学"批判立场所衍化出的彻底批判精神,已经超越了经学本身,它使诗人获得了经学以外的特殊感受——关乎生命存在的言说与体验。面对这一新的时代音符,龚自珍却以一种宗教麻醉(佛学)来寻求自我的存在和解脱:"观河生百喟,何如泛虚舟。当喜我必喜,当忧我辄忧。尽此一报形,世法随浮沉。"③

龚自珍的此种抉择,与其说是对经学话语的放弃,不如说是"今文学"的批评话语模式在这位才子型诗人身上的变异和衍化。遗憾的是,他未能找到恰当的理论资源来思考与面对这种变动所带来的身心创伤,"龚自珍的社会批判,是尖锐、有力而且生动形象的。另一方面,由于他的批判缺乏坚实的理论基础,因此,人们在为他那些辛辣生动的文字所激动、兴奋时,却无法从中找到更深刻的理论思维"④。或许,龚自珍的批判精神不但属于过去,也应该属于现在和未来。在他批判立场背后所蕴藏的生命存在意识,是无法用其所处时代的经学教义来框定的。具体到龚自珍的诗学观念,其"尊情"说更为深刻的价值旨趣,也似乎指向了对生命存在的认同、感受、彰显与诉说,而这也是其诗学批判的必然旨归和结穴。

基于以上分析,我们再来面对龚自珍诗学观念中的人才、贵创、"泄天下之拗怒""尊隐""尊情"等范畴,似乎于批判的立场下更有一种生命张扬的维度。那不仅仅是诗人个性人格的高扬,更是对生命在场

---

① 李振纲:《论龚自珍的批判意识与启蒙精神》,《燕山大学学报》(哲学社会科学版)2001年第2期。

② 龚自珍:《辛巳·东陈硕甫,并约其偕访归安姚先生》,《龚自珍全集》,上海古籍出版社2007年版,第454页。

③ 龚自珍:《庚辰·戒诗五章》,《龚自珍全集》,上海古籍出版社2007年版,第452页。

④ 陈铭:《龚自珍评传》,南京大学出版社1998年版,第160页。

意识的发掘，以及对生命此在的呼告。且以龚自珍的"泄天下之拗怒"为例，他在《送徐铁孙序》中这样论述：

> 于是乃放之乎三千年青史氏之言，放之乎八儒、三墨、兵、刑、星气、五行，以及古人不欲明言，不忍卒言，而姑猖狂恢诡以言之之言，乃亦正撷证之以并世见闻，当代故实，官牍地志，计客籍之言，合而以昌其诗，而诗之境乃极。则如岭之表，海之浒，磅礴浩泅，以受天下之瑰丽，而泄天下之拗怒也，亦有然。①

在此，龚自珍极力主张"言之"，勇于言古人所不忍言，将儒家经学所建构的"发乎情、止乎礼义"的诗教传统予以批判和突破，以一种"拗怒"之情，将个性张扬和批判旨趣发挥到了极致。龚自珍的"拗怒"应该是一种怎样的情感呢？悲、怨、痛、疾、哀、慨、愤、怒、嗔等皆有。龚自珍认为，诗歌必须体现人所具有之一切情感，而不只是那种经过"礼义"净化后的"温情"，"定庵才气，一时无两，好为深湛之思，而中周、秦诸子之毒，有时为彼教语，亦非真有得于彼教，聊以佐其荡肆而已。刻深峭厉，既关性情；荡检偷闲，亦伤名教"②。为此，他在其诗作中大放厥词，不惜将"情"进行极度泛化与高扬。当然，龚自珍也不是一个单一的唯情论者，他的"尊情"诗学观念是以批判为基点的，其首先是要对这个丧情、无情的社会进行彻底的批判。然而，令他始料不及的是，他的这种彻底批判的结果，却导致了个体沉重的幻灭感和悲剧感，即便"放之乎三千年青史氏之言"也找不到知音。社会的急剧变动，及其深藏的矛盾冲突，让他看不到个体生命存在的空间。因此，龚自珍在以"岭之表""海之浒""天下之瑰丽"来表征诗情，并继而批判传统之后，此种"拗怒"，或许更是他以异端的方式在诗学中保持个体生命存在意识的有效途径之一。龚自珍的诗歌中充满了"剑走偏锋"的意象和情愫，"诗亦奇境独辟，如千金骏马，不受继，美人香草

---

① 龚自珍：《送徐铁孙序》，《龚自珍全集》，上海古籍出版社 2007 年版，第 166 页。
② 朱一新：《无邪堂答问》，转引自孙文光、王世芸《龚自珍研究资料集》，黄山书社 1984 年版，第 109 页。

之词,传遍万口。善倚声。道州何子贞师谓其诗为近代别开生面,则又赏识于弦外弦味外味矣"①。如"风雷""孤花""落花""落月""夕阳""美人""梦""心灯""剑""箫"等意象,及其所展现的极度孤独、悲恸、感伤、激昂、宣泄、怒吼……不仅将诗人的主观世界彻底敞开,而且也是其以"情"为武器,对"悲风骤至"的社会所做的极力批判,或许更是其以"情"为手段,对个体生命存在的有力确证和彰显。虽然龚自珍的此种以"情"补世、以"情"证生的努力过于孤傲和悲壮。

综上所述,龚自珍的"尊情"诗学观念主动延续了其"今文学"价值体系的批判立场,将"情""我""童心""完"等作为反思传统诗学和批判现实的武器,极大地扬弃了儒家温柔敦厚的诗教观念,确为晚清诗学观念的演变提供了新的面向。然而,龚自珍的"尊情"诗学观念本身是充满张力的,浪漫思潮、佛教理念、经学传统等在其诗学上皆有所体现,也内在地构成了其诗学的各种可能向度。但是,就其诗学存在的土壤及其所依据的主要知识范式而言,"今文学"对其批判诗学的生成和发展无疑更具基础性意义。一方面,龚自珍在诗学领域运用"今文学"批判维度的同时,却最终走向了对经学的反思和对佛教的虔诚,这不得不说是一个悖论,也似乎昭示了其批判立场的"僭越"行为与二律背反。另一方面,如同其学术思想的批判与创造维度一样,龚自珍的批判诗学在保持对既有诗学观念批判与革新的同时,又在一种幻灭感中走向了对个体生命存在的发现和张扬,并试图以一种异端的方式表征个体生命的"在场"。因此,我们看到的是,龚自珍在跨出传统诗学观念的经学藩篱的一刹那,却没有找到经学话语以外合适的诗学理论资源。这不仅仅是龚自珍的局限,更是时代的局限。

三　崭新的诗学实践与美学追求

龚自珍建构了以"尊情"为核心的批判诗学观念,并且围绕其展开了独具特色的诗学实践与美学追求。在诗歌的内容和形式上,他强调尚奇求新,以独特的手法拓展了诗歌的表现空间。在诗歌的美学追求上,

---

① 林昌彝:《射鹰楼诗话》卷十,上海古籍出版社 1988 年版,第 217 页。

他力主反俗求真，以新的审美风貌开掘了诗歌的想象空间。龚自珍的诗学实践与美学追求在彰显独特个性的同时，也延续了他一贯的批判立场，并且践行了其"但开风气"的诗学旨趣。

（一）龚自珍的诗学实践及其突围

关于其诗学实践，龚自珍有过这样的感慨：

> 周任史佚来斌斌，配食漆史与楚臣；六艺但许庄骚邻，芳香侧悱怀义仁。荒唐心苦余所亲，我才难馈仙官贫。①

> 庄骚两灵鬼，盘踞肝肠深。古来不可兼，方寸我何任？②

显然，在诗歌创作上，龚自珍是极为欣赏《庄子》和《离骚》的，并且在自己的诗歌中明显地传承了庄、骚那种汪洋恣肆的诗歌想象和瑰丽雄奇的诗歌意象。"盖定庵之诗，纯以古文之法行之，字字古雅，语语惊人，出入庄、骚，超乎尘俗。"③ 而这也充分体现了其在诗学实践上尚奇求新的努力。

首先，龚自珍在诗歌的创作手法上运用了象征和隐喻，将诗歌所表现出来的"仙侠间"、"梦境"、清净世界，及其所承载的理想作为批判现实的依据，以一种复杂矛盾的心情在张扬个性、寻求解脱中体验生命存在的自我感受。《己亥杂诗》《伪鼎行》，以及诗歌散文《病梅馆记》《尊隐》等，就充分运用了象征和隐喻的手法，在现实批判中彰显了诗人独具特色的创作手法。"龚诗中天上人间的奇妙想象，香草美人的比兴，奔放的精神，瑰丽的文辞，都深有骚体的痕迹。"④

其次，龚自珍诗歌内容和形式方面的尚奇求新，则主要体现在诗歌意象的创造和形式的复杂嬗变上。龚自珍诗歌的意象是极其丰富的，如"仙家鸡犬"、天上星宿、"天公"、"风雷"、雨电、花、龙凤、灯、美人、秋心等，都体现出其在诗歌内容方面的独特经营。当然，其中最为

---

① 龚自珍：《癸未·辨仙行》，《龚自珍全集》，上海古籍出版社 2007 年版，第 469 页。
② 龚自珍：《丁亥·自春徂秋，偶有所触，拉杂书之，漫不诠次，得十五首》，《龚自珍全集》，上海古籍出版社 2007 年版，第 485 页。
③ 朱杰勤：《龚定庵研究》，《现代史学》1935 年第二卷第 4 期。
④ 管林、钟贤培、陈新璋：《龚自珍研究》，人民文学出版社 1984 年版，第 77 页。

引人注目的当是"剑"与"箫"这组意象:

经济文章磨白昼,幽光狂慧复中宵。来何汹涌须挥剑,去尚缠绵可付箫。①

绝域从军计惘然,东南幽恨满词笺。一箫一剑平生意,负尽狂名十五年。②

气寒西北何人剑?声满东南几处箫。斗大明星烂无数,长空一月坠林梢。③

少年击剑更吹箫,剑气箫心一例消。谁分苍凉归棹后,万千哀乐集今朝。④

罗袜音尘何处觅?渺渺予怀孤寄。怨去吹箫,狂来说剑,两样消魂味。两般春梦,橹声荡入云水。⑤

"剑"与"箫"大概是龚自珍的至爱,它们也成为其诗歌中闪现频率较高的意象。学界一般认为,"剑"乃龚自珍批判锋芒和浪漫气质的表征,而"箫"则是龚自珍哀怨伤情和柔情个性的表征,二者构成了诗人面对衰世的主要情感体现方式。事实上,龚自珍在此是要渲染一种剑箫合一的诗歌意象,并且以主观情感统摄具体物象,在以意驭象的模式中形成了自身独特的诗学话语。也就是说,龚自珍的意象塑造方法不同于传统,"如果说传统诗歌的这种意象结构模式是既重意亦重象的话,龚自珍诗中的意象则表现出以意驭象乃至意大于象的新的特点"⑥。由

① 龚自珍:《庚辰·又忏心一首》,《龚自珍全集》,上海古籍出版社 2007 年版,第 445 页。
② 龚自珍:《癸未·漫感》,《龚自珍全集》,上海古籍出版社 2007 年版,第 467 页。
③ 龚自珍:《丙戌·秋心三首》之一,《龚自珍全集》,上海古籍出版社 2007 年版,第 479 页。
④ 龚自珍:《己亥杂诗》,《龚自珍全集》,上海古籍出版社 2007 年版,第 518 页。
⑤ 龚自珍:《怀人馆词选·湘月》,《龚自珍全集》,上海古籍出版社 2007 年版,第 565 页。
⑥ 汪龙麟:《尊情与刺世——龚自珍的诗学追求与诗歌创作》,《大连大学学报》2004 年第 5 期。

此，我们再来审视其"剑"与"箫"，其似乎于物象之外、传统诗词之外有一种特殊的表现意图。龚自珍的"剑"无疑首先是锋利无比的，是对一切丑恶、淫邪之风的断然拒绝与斩斥，其包含的批判精神是毋庸置疑的。然而，龚自珍在撕破假象的同时，也给自己的身心套上了深重的负担——生命存在的幻灭感。为此，龚自珍的"箫"，与其说是龚自珍个性与身世的表达，或许于此之外，更体现了诗人在自己捅破虚假面纱后深感个体无处逃遁的幻灭感和悲剧意识。"大宙南东久寂寥，甄陀罗出一枝箫。箫声容与渡淮去，淮上魂须七日招。"① "剑"与"箫"所展现出来的情感是相互影响与对生的，"狂"与"怨"不时地缠绕在诗人周围，所谓"两样消魂味""两般春梦"，二者的价值理路和其"尊情"的诗学观念可以说是一脉相承的。因此，龚自珍的诗歌在内容上极力挖掘一些奇特、新颖的意象，"定庵瑰奇，不落子尹之后"②。一方面是为展现其彻底批判现实和表达独特个性的意图；另一方面也是将其身上的矛盾困境最大限度地宣泄出来了。与此相一致，龚自珍在诗歌的形式方面也是不遵诗法，处处可见其"豪不就律"的诗歌形式。尚奇求新的诗歌形式追求，无疑契合了龚自珍诗歌的内容表达，它们共同承担起诗人所建构起来的诗学世界，"龚自珍对传统诗格的改造，体现了尊情说对形式的覆盖……对诗格的隐性改造却愈见出叛逆精神的全方位渗透"③。以《己亥杂诗》为例，有人做过统计，得出其 315 首诗中不谐于律者多达 50 余首。此外，龚自珍的诗歌在形式上也多是复杂嬗变的，一首诗可以四言变五言，再变七言，甚至八言、十余言等，形成了长短不一的诗歌形式。正如他自己所言："自周迄近代之体，借用之；自杂三四言，至杂八九言，借用之。"④ 结合龚自珍诗歌的内容特色，我们发现，他的这种诗歌形式选择，显然是为了抒"情"的需要，即在无情的批判和个性张扬中凸显出一种不得不发的存在意识与在场感受。

最后，龚自珍尚奇求新的诗学实践在于表达前人未能表达之情感。为此，无论是其创作手法，还是其诗歌内容与形式的追求，都是为彰显

---

① 龚自珍：《己亥杂诗》，《龚自珍全集》，上海古籍出版社 2007 年版，第 518 页。

② 陈衍《石遗室诗话》卷三，人民文学出版社 2004 年版，第 42 页。

③ 沈检江：《"能创"与"叛逆"——龚自珍诗歌语言技巧和形式革新浅议》，《学习与探索》2008 年第 1 期。

④ 龚自珍：《跋破戒草》，《龚自珍全集》，上海古籍出版社 2007 年版，第 243 页。

诗人难以诉说与排遣的情愫所营造出来的那种独特诗学空间。龚自珍的诗学实践是要实现其批判的诗学价值旨归的，而批判的结果却带来了个体生命意识的觉醒，这些前贤诗人所不具备的矛盾张力在龚自珍的身上鲜明地显现出来了。因此，龚自珍的诗歌就较多地体现出批判现实与传统，以及彰显个性与个体生命存在状态的多重诗学意图。就龚自珍的诗歌本身而言，其所营造的诗学空间往往给人一种复杂的感觉。抑或是电闪雷鸣般的"刺世"与"疾邪"，如"避席畏闻文字狱，著书都为稻粱谋。田横五百人安在，难道归来尽列侯"①；抑或是豪情万丈式的"勇儒"与"担当"，如"功高拜将成仙外，才尽回肠荡气中。万一禅关砉然破，美人如玉剑如虹"②；抑或是哀怨深沉般的"伤情"与"缅怀"，如"寥落吾徒可奈何！青山青史两蹉跎。乾隆朝士不相识，无故飞扬入梦多"③；抑或是无奈惆怅般的"幻灭"与"悲生"，如"病骨时流恕，春愁古佛知。观河吾见在，莫畏镜中丝"④。……它们都在同一层面上展现了诗人内心深处的矛盾张力，而尚奇求新的诗学实践，无疑是诗人此种情态的最好表达方式，即夸张的诗歌意象和自由的诗歌形式使诗人的内心情感得到了极大的宣泄与安抚，个体生命也因此而得以存在与显露。

也就是说，龚自珍的诗学实践将尚奇求新的诗歌追求完好地融入其诗学话语中了，并且开启了诗人关于衰世的彻底批判及其关于生命存在的探寻。虽然它们本身存在着难以调和的矛盾与冲突，"沉思十五年中事，才也纵横，泪也纵横，双负箫心与剑名。"⑤ 但是，其毕竟极大地拓展了诗歌的表现空间，将诗人"尊情"的诗学观念具体而鲜明地呈现出来了。

（二）龚自珍诗学的美学意蕴

在诗歌的内容和形式方面，龚自珍既然尚奇求新，那么，其在审美风貌上追求一种反俗求真的诗美，则是顺其自然的了。龚自珍的"反俗"诗歌美学追求，首先是"反理"，即对"义理"压制的不满，并以"情"与之相抗衡。作为传统儒家社会形态的晚清，其文化现状仍然长

---

① 龚自珍：《乙酉·咏史》，《龚自珍全集》，上海古籍出版社 2007 年版，第 471 页。
② 龚自珍：《癸未·夜坐》，《龚自珍全集》，上海古籍出版社 2007 年版，第 467 页。
③ 龚自珍：《辛巳·寥落》，《龚自珍全集》，上海古籍出版社 2007 年版，第 453 页。
④ 龚自珍：《庚辰·才尽》，《龚自珍全集》，上海古籍出版社 2007 年版，第 451 页。
⑤ 龚自珍：《小奢摩词选·丑奴儿令》，《龚自珍全集》，上海古籍出版社 2007 年版，第 577 页。

期处于"存天理、灭人欲"的教条约束下，即使清人已经在学术上对"义理"的流弊作了一定的更正与调整——朴学的兴盛，也难以从根源上剔除程朱理学的影响。而这一时期的诗学，也无非从"性命"之学转为"学问"之学，毫无半点生机与活力。因此，龚自珍的"反理"，本质上是力图铲除诗学身上沉重的精神枷锁，还原诗学的主观用心和本来面目。其次，"反俗"就是要反常规。龚自珍的诗歌创作与主张往往不走寻常路，无论是新奇的诗歌内容与形式，还是悲怆激昂的诗歌情感，都力图发古人之所未发，体现出不同于传统而反常规式的诗歌美学追求。最后，"反俗"是为了贵独创。龚自珍强调，诗歌创作须以反因循而贵自立为前提，充分发挥诗人的主体性和创造个性，营造出不"以古为是"的诗学审美空间。在《文体箴》中，龚自珍也表达过类似的想法：

> 予欲慕古人之能创兮，余命弗丁其时！予欲因今人之所因兮，余茆然而耻之。耻之奈何？穷其大原。抱不甘以为质，再已成之纭纭。虽天地之久定位，亦心审而后许其然。苟心察而弗许，我安能颔彼久定之云？①

显然，龚自珍在此主张打破传统与权威，强调其所认同的事物必须是经过自己审视过的。这无疑是极具批判特色和创新精神的，也为他在诗歌美学追求上的贵独创提供了思想基础与理论来源。在诗歌美学追求上，龚自珍的"反俗"是以"求真"为主轴的，而"求真"反映在诗学创造上就是要求"艺术的真实"。而体现在诗学价值上则是要求"真情"。在诗歌创作上，龚自珍虽然喜欢另辟蹊径，营造诸多怪诞离奇的诗歌意象。但是，他并没有一味主观臆想，而是在自身阅历的基础上创造一种"艺术的真实"，"不是无端悲怨深，直将阅历写吟成；可能十万珍珠字，买尽千秋儿女心"②。龚自珍诗歌中的一些意象，如"江鱼""针神""风伯""天花"等，都几乎完全打上了龚自珍本人所独有之"阅历"的深刻烙印。其在夸张新奇的表象下所追求的，是一种合乎艺

---

① 龚自珍：《定庵八篇·文体箴》，《龚自珍全集》，上海古籍出版社 2007 年版，第 418 页。

② 龚自珍：《癸未·题红禅室诗尾》，《龚自珍全集》，上海古籍出版社 2007 年版，第 470 页。

术的真实性。可以说，“真情”是龚自珍诗歌美学追求的主旨，也是其以批判为核心的“尊情”诗学观念在美学上的具体体现。因此，无论是真实可见的衰世镜像，自由可感的主体人格与理想，还是悲怆狂诞的情感宣泄，孤独无奈的个体生命感受，都是龚诗“真情”美学风貌的内在追求，也是其诗学话语的必然旨归。

　　总的来看，作为晚清时期“特立独行”的文人与思想家，龚自珍的诗学话语确实在诸多方面做到了“但开风气”。但是，其最终还是无法逃离当时社会经学风气的影响。所不同的是，龚自珍力图以“今文学”的批判立场反对和颠覆既存经学话语体系下的诗学传统与权威，这显然是“以子之矛，攻子之盾”，其所获得的结果也注定是矛盾的、悲壮的。龚自珍的“尊情”诗学观念及其诗学实践与美学追求处处彰显出“出入经学内外”的矛盾张力，在“悲风骤至”的晚清，这也是作为诗人的龚自珍为先觉所必须要承担的代价。

第三节　魏源的“以经术为治术”及其诗学思想

　　相对于龚自珍对一切固有模式和束缚的彻底批判，晚清其他一些先进文人所显现出来的批判立场，则要柔和得多，其主张也更具操作性和建设性。作为衰世中的知识阶层，他们显然也意识到了晚清社会政治、经济、文化、思想、军事、外交等方面的内忧外患，也显露出对社会的强烈不满和批判意识，也明白社会转型与民族危机的不可避免。然而，他们并没有以否定一切的批判立场来抛弃社会，而是以一种担当精神来补时救世，以经世致用为己任，思考民族国家与文化的出路。魏源就是这样一位先进文人，他不仅以一个“睁眼看世界”的先觉者姿态进行了“师夷长技以制夷”的现实抉择，而且在对传统学术思想文化的考量中选择了“今文学”，建构起了以经世为中心的“今文学”价值体系。魏源“今文学”的经世立场明显地传承了中国古代的传统学术价值取向，而其由此导出的诗学思想也明显带有儒家传统诗教的套数。然而，魏源的“今文学”思想力主重新阐释和发挥儒家传统经典之义理，其始终贯穿着“以经术为治术"的时代要求和现世主张。因此，魏源的学术研究也必然对以往的学术传统保持着一定限度的空间和张力——既保留又批判，既选择又补充，既传承又突破……与此相对应，魏源的诗学思想在基本留有正统儒家诗学面貌的同时，也在一些面向上做了合乎时代和现实的开拓，透露出传统诗学自我认同的现实危机，以及诗学观念转变的历史必然性。

一 "今文学"的经世立场与诗学传统的传变

晚清时期，社会矛盾加剧，危机四伏，再加上沉重的民族苦难，如"晚侨江、淮，海警飚忽，军问沓至"①，经世致用的思潮又再度兴起。所不同的是，以魏源为代表的文人志士，不仅主张经世致用的现实精神，而且建构起了一种对抗"饾饤文字"与空疏无用的汉宋之学的学术体系——"今文学"。魏源的"今文学"学术体系是以经世为中心的，他力图在对儒家经典地重新发掘和阐释中为其经世致用取得合法的与正统的地位，并以此介入晚晴社会文化的现实，从而发挥"今文学"的微言大义与变易思想，用以针砭时世和倡导变革图强。而魏源的诗学观念延续了其以经世为中心的学术价值体系，充分发扬了诗学的社会干预功能，其主张遵循传统的"言志"诗学观念，从而确立了诗学观念的经世立场。但是，魏源在寻找经世致用合法性渊源的同时，也潜在地突破了传统诗学的囹圄，在传承传统诗学观念的过程中彰显出某些被长期压抑与掩盖的诗学美学特质。

（一）魏源"今文学"学术研究及其经世立场的生成

魏源生于乾隆五十九年（1794），一生历经乾、嘉、道、咸四朝。其好时务，倡经世致用。魏源的著述也极为丰富，涉及经学、子学、西学、佛学等领域。就经学研究而言，他尤尊"今文学"，建构了以经世为中心的"今文学"学术体系。

总的来说，首先，他恪守"以经术为治术"的学术理路，强调以"为治"为中心的经学研究。为了凸显新的学术标准与规范，魏源对本朝前人的朴学之风进行了种种非难，如对戴震与段玉裁等人的批评：

---

① 魏源：《圣武记叙》，《魏源集》，中华书局 2009 年版，第 166 页。

今《四库全书》分贮在扬州文汇阁、金山文宗阁者，与刊本无二，是戴氏在《四库》馆时先睹预窃之明证，其后聚珍官板刊行又在其后。……戴氏臆改经注字句，辄称《永乐大典》本，而《大典》现贮翰林院，源曾从友人亲往翻校，即系明朱谋玮等所见之本，不过多一郦《序》，其余删改字句，皆系伪托《大典》，而《大典》实无其事。①

段氏校《史》、《汉》、《孔传》本，异同甚核，惟于《尚书》经师家法不明，专据马、郑为真古文，因以《史记》之不同马、郑者，皆武断为今文，此条知《史记》作"云土"、"梦"，同于《汉书》，则臆度马、郑本，当不同于《史记》，而同于伪孔，遂以作"云"、"梦"者为古文，重纰她缪，乖违经义。②

在此，魏源批评戴震有剽窃他人成果之嫌，而攻击段玉裁则是"不明家法"。虽然其非难之论难以成立，且有越出学术研究之外而专注批评之意。但是，就对朴学的态度而言，魏源所要做的就是对腐朽的、烦琐的、故纸堆式的乾嘉朴学进行有效责难。从这一层面上来看，魏源显然达到了其目的。魏源不满乾嘉朴学，主要原因在于认为其不能"为治"，即难以经世致用；而在他看来，"夫西汉经师，承七十子微言大义"③，则最能贯彻"以经术为治术"的学术宗旨。为此，他认定"今文学"必胜于古文经学：

士之能九年通经者，以淑其身，以形为事业，则能以《周易》决疑，以《洪范》占变，以《春秋》断事，以《礼》、《乐》服制兴教化，以《周官》致太平，以《禹贡》行河，以三百五篇当谏书，以出使专对，谓之以经术为治术。曾有以通经致用为诟厉者乎？以诂训音声蔽小学，以名物器服蔽三《礼》，以象数蔽《易》，以鸟兽草木蔽《诗》，毕生治经，无一言益己，无一事可验诸治者乎？④

---

① 魏源：《书赵校水经注后》，《魏源集》，中华书局 2009 年版，第 225—226 页。
② 魏源：《释云梦》，《魏源集》，中华书局 2009 年版，第 562 页。
③ 魏源：《两汉经师今古文家法考叙》，《魏源集》，中华书局 2009 年版，第 151 页。
④ 魏源：《默觚·学篇九》，《魏源集》，中华书局 2009 年版，第 24 页。

> 今世言学，则必曰东汉之学胜西汉，东汉郑、许之学宗六
> 经，呜呼！二君惟六书、三《礼》并视诸经为闳深，故多用今文
> 家法。及郑氏旁释《易》、《诗》、《书》、《春秋》，皆创异门户，
> 左今右古。[①]

魏源对西汉今文经学的"为治"特色是极为认同的。一方面，他认为，古文经学以及沿袭训诂考证之风的当世朴学，是难以达到经世致用的目的的；另一方面，西汉的今文经学的微言大义所引发的通经致用，则正好符合其"以经术为治术"的学术理路。因此，魏源之于汉代今、古文经学的态度就十分明了了。事实上，魏源的此种做法实际上表明了其为自身的学术研究寻找理论依据和权威保证的初衷，即为经世致用的学风寻求体系上的合法性地位。显然，魏源是将经世致用的学风扣在了"今文学"的学术体系上，"以今文经为凭藉，来为经世致用取得正统地位"[②]。尔后，"今文学"不仅在与汉学的对垒中更具锋芒与威力，而且也为晚清经世致用的思潮提供了理论支持与发展动力。

其次，魏源"今文学"学术体系的建构，还体现为借"复古"而阐发《春秋》之微言大义。尊"今文学"者大多以《春秋》为重心，魏源亦撰有《公羊春秋论》。在其论著中，他不仅有力地回应了古文经学派的责难，而且进一步阐发了《春秋》之微言大义，并且在壮大"今文学"派势力的基础上确立了相关学术主张。魏源借"复古"而期望继绝学（刘逢禄《公羊春秋》）之事业，力图以《春秋》之义理开创晚清学术之新风貌：

> 今日复古之要，由训诂声音以进于东京典章制度，此齐一变
> 至鲁也；由典章制度以进于西汉微言大义，贯经术、政事、文章
> 于一，此鲁一变至道也……有潜心大业之士，矻矻然，笃笃然，
> 由董生《春秋》以窥六艺条贯，由六艺以求圣人统纪，旁搜远
> 绍，温故知新，任重道远，死而后已，虽盛业未究，可不谓明允

---

① 魏源：《两汉经师今古文家法考叙》，《魏源集》，中华书局 2009 年版，第 151 页。
② 李少军：《迎来近代剧变的经世学人：魏源与冯桂芬》，湖北教育出版社 2000 年版，第 40 页。

笃志君子哉?①

　　魏源在此表明,学术风气之扭转须以"复古"为依托,而《春秋》义理的阐发则是解决现实问题的有效途径。具体来看,魏源将学术的复兴推衍到西汉,再借《春秋》义理之于现世的争论来推进"今文学"的学术影响,从而进一步建构起自身的学术体系。在《公羊春秋论》中,他对贬低《春秋》义理之言论进行了辩驳:

　　　　嘉定钱詹事论《春秋》曰:"《春秋》之法,直书其事,使善恶无所隐而已。鲁之桓、宣,皆与闻乎弑,其生也书公,其死也书葬,无异词;文姜淫而与乎弑,其生也书夫人,其死也书葬,无异词;公子遂弑其君,季孙意如逐其君,亦书卒,无异词。"……钱氏以《春秋》无书法也,则隐之不葬,桓之不王,宣之篡先书子、卒不日,胡为者?②

　　魏源反对古文经学家将《春秋》仅仅视为一般史书的看法,而认为其必定存在着奖善惩恶之分,是一部微言大义之作。为此,他还将《公羊》与《左氏》进行了比照:

　　　　《左氏传》详于事,而《春秋》重义不重事;《左氏》不言例,而《春秋》有例无达例。惟其不重事,故存什一于千百,所不书多于所书;惟其无达例,故有贵贱不嫌同号、美恶不嫌同词,以为待贬绝不待贬绝之分,以寓一见不累见之义。如第以事求《春秋》,则尚不足为《左氏》之目录,何谓游、夏之莫赞也?如第执一例以绳《春秋》,则且不如画一［之］良史,何必非断烂之朝报也。③

　　很明显,从二者学风之异的角度,魏源肯定了《春秋》微言大义的

---

① 魏源:《刘礼部遗书序》,《魏源集》,中华书局 2009 年版,第 242—243 页。
② 魏源:《公羊春秋论上》,《魏源集》,中华书局 2009 年版,第 130 页。
③ 同上书,第 132 页。

主旨，将寓褒贬作为阐发《春秋》的重要准绳，从而确立了自己的"今文学"学术立场。在为自己的"今文学"学术立场进行辩护的同时，魏源对《春秋》的义理也做了一定程度的阐发：

> 《春秋》因鲁史以明王法，改周制而俟后圣，犹六书之假借，说《诗》之断章取义。……《春秋》立百王之法，岂为一事一人而设哉？①

魏源将孔子修《春秋》的行为，界定为是借其微言大义而主经国之业，且认为后世阐发《春秋》亦可以此为据，而无须拘泥于文字所载一事一物。事实上，魏源是从根源上高扬了"今文学"的阐发模式与价值体系，并且在经世致用与《春秋》之微言大义二者之间建立起了有效的连接，为"今文学"学术体系走上前台做了理论上的准备。

最后，魏源将"今文学"的学术研究对象做了横向的拓展，将其学术立场渗透到了更多的儒家经典中，其所著《诗古微》《书古微》即是这方面的代表作。《诗古微》作为魏源将"今文学"引入诗经研究，且用以扩大其影响的产物，不仅较为明确地体现了魏源在"今文学"研究方面的努力，而且也是其诗学思想的重要体现。为了论述的方便，我们这里仅就《诗古微》的"今文学"相关观点做简单的梳理，其所体现的诗学观点将在下节做重点探讨。《诗古微》阐发了齐、鲁、韩三家《诗》之微言大义的立场，并且从师承关系的考证方面确立了三家《诗》的重要地位。其意图在于突破长期以来《毛诗》的正统地位，为"今文学"的价值体系开拓出新的空间：

> 《诗古微》何以名？曰：所以发挥齐、鲁、韩三家《诗》之微言大义，补苴其罅漏，张皇其幽渺。②

魏源将受古文经学家怀疑的三家《诗》予以重新论证和肯定，使《诗经》的阐释模式具有了多种向度与可能。也就是说，魏源在主观上高扬了"今文学"的学术立场，在动摇《诗经》已有阐发模式权威的基础

---

① 魏源：《公羊春秋论上》，《魏源集》，中华书局 2009 年版，第 134 页。
② 魏源：《诗古微序》，《魏源集》，中华书局 2009 年版，第 120 页。

上,更加接近了《诗经》的"本来面目"与接受"真相"。当然,《古诗微》的一大贡献在于,它破除了《毛诗》的"美刺"说,"清除了古文学者给《诗经》层层涂抹上去的宣扬纲常伦理的封建卫道色彩,重新使古代诗篇获得活泼的生命,从而为近代学者解诗打开了一条新的途径"①。

为此,魏源指出了《诗经》意义系统生成的复杂性,认为正是作者之义、采《诗》者之义、编《诗》者之义、说《诗》赋《诗》者之义等,才共同构成了《诗经》的意义系统,而不仅仅是依靠专注于"美刺"的《毛诗》自身义理之阐发。魏源的此种发现,无异于将《诗经》纳入其"今文学"的价值体系。因此,我们无论对《诗经》作何种层面上的微言大义,也都将具有某种可行性和现实可能性。《古诗微》的另一大贡献,就是提出了孔子乃"正乐之功"而"无删诗之事"的观点:

> 古者乐以《诗》为体,夫子自卫反鲁而乐正,《雅》、《颂》各得其所,则正乐即正诗也。②

魏源将孔子的删诗说界定为"正乐",是"诗乐合一"的典范。其以为孔子删诗之目的,实则是"制礼正乐之用心于来世也"。这样,魏源就进一步推衍出《诗经》微言大义的历史权威性,即借孔子之名来树立新的标准与权威,为"今文学"的价值体系的具体运用寻找历史典范与模板。总的来看,魏源的《诗古微》在晚清学术史上确有扭转学术风气的意义,其对"今文学"的兴盛与壮大发挥了至关重要的作用。而魏源的另一部专著《书古微》,同样具有这样的历史意义。《书古微》主要表明了两种观点,一是重提西汉今文《尚书》,阐发其微言大义;二是批判古文《尚书》以长"今文学"研究之气势。正如他自己所言:

> 《书古微》何为而作也?所以发明西汉《尚书》今、古文之微言大义,而辟东汉马、郑古文之凿空无师传也。③

---

① 陈其泰:《清代公羊学》,东方出版社1997年版,第217页。
② 魏源:《夫子正乐论上》,《魏源全集·诗古微》,岳麓书社1989年版,第176页。
③ 魏源:《诗古微序》,《魏源集》,中华书局2009年版,第109页。

魏源明确地阐述了作《书古微》的目的，并且从源流上重塑了今、古文《尚书》：

> 司马迁亦常从安国问故，是西汉今、古文本即一家，大同小异不过什一，初非判然二家也。自后汉杜林复称得漆书《古文尚书》，传之卫宏，贾逵为之作训，马融作传，郑玄注解，由是古文遂显于世，判然与今文为二。动辄诋今文欧阳、夏侯为俗儒，今文遂为所压。及东晋伪古文晚出，而马、郑亦废。国朝诸儒知攻东晋晚出古文之伪，遂以马、郑本为真孔安国本，以马、郑说为真孔安国说，而不知如同见马牛之不可相及。①

对古文《尚书》的质疑，魏源细数出五大弊端，并且最终将其归结为"上诬三代，下欺千载，今既罪恶贯盈，阅实词服，即当黜之学校"②。而其意图也自然离不开"阐西汉伏、孔、欧阳、夏侯之幽，使绝学复大光于世"③ 的初衷。魏源对今文《尚书》进行微言大义是富有成效的，与《诗古微》一样，它在破除古文经学如同坚冰式的学术正统地位的同时，也现实地推动了晚清"今文学"的进一步发展和壮大。

魏源的"今文学"学术体系，是沿着"以经术为治术"的学术理路延展的，其借"复古"而阐发《春秋》之大义，并且在对儒家其他经典的阐发中扩大了"今文学"的研究领域。值得注意的是，魏源的"今文学"学术体系的建构虽然以"复古"为起点，其经世致用合法地位的获得也是以传统儒家义理为基点的。然而，魏源在具体的研究过程中又时常逸出了其研究理路，表现出超出和背离传统经学旨归的一些新动向。

（二）"今文学"影响下的诗学传变

围绕着经世立场，魏源建构了自己的"今文学"体系，将微言大义的阐发模式做了进一步的延展，也为其经世致用的主张找到了稳固且可靠的学问体系。以此为基点，魏源在诸多方面的经世致用观点就有了"源头活水"，并且由此生发出以经世为中心的诗学观念。

---

① 魏源：《书古微序》，《魏源集》，中华书局 2009 年版，第 109—110 页。
② 魏源：《书古微例言上》，《魏源集》，中华书局 2009 年版，第 115 页。
③ 同上。

　　具体来讲,魏源的"今文学"体系与其诗学观念具有以下关联性:其一,魏源的"今文学"学术研究,本身就介入了其诗学思想的探索,二者之间存在着同构关系,如其《诗古微》之于学术思想与诗学观念的双重建构。其二,魏源以经世为中心的"今文学"价值体系与其诗学的经世致用观念是相统一的。也就是说,在整体上来看,魏源的诗学观念可以视为是其"今文学"的价值取向在诗学话语里的延伸。其三,从发生论角度来看,魏源诗学观念的产生,与其以复古为手段的"今文学"学术研究具有异曲同工之妙,即都是力主回归传统,以复古为革新。所不同的是,魏源的"今文学"思想体系是以回归儒家经典以求微言大义,而其诗学思想则是恢复儒家传统"诗教"理论以经世致用。其四,魏源诗学思想的构成离不开其"今文学"学术体系对传统的开掘与突破。而"今文学"微言大义的阐发模式与变易的思想,显然为其诗学观念的转变提供了内在机缘。魏源以"今文学"来回归传统学术经典以求革新,却在客观上造成了对传统的认同危机——在回归过程中怀疑与批判传统。具体到诗学领域,则是对传统"美刺——教化"诗学观念的认同危机。我们看到,魏源在将古代诗学的"言志"、教化、勇儒、"经国之业"等形态与其经世致用诗学观念相对接的同时,却没有实现完全的无缝弥合,反而在这种寻求认同的过程中凸显了传统诗学的危机,将原本已经意识形态化的诗学观念中某些被压抑的新质暴露出来了,如诗学自身审美的、纯艺术的因子。从整体上看,魏源的诗学观念,其面目虽然是传统的,理论内核也是基于传统已有的经世致用。但是,它却在这种传承中无意识地溢出了传统诗学的囹圄,显现出诗学之于审美、之于近代的某些新面向,而这种诗学观念的转变,则自然离不开其背后的学术体系——"今文学"之于传统的开掘与突破。对于魏源这一诗学观念的转变,我们也会在后面的章节中予以具体论述。

　　因此,魏源"今文学"的经世立场对其诗学观念的传变影响重大。在一定程度上来看,其"今文学"的价值体系是其诗学意义得以生发的源泉。

二　经世的诗学观念及其建构

　　魏源的诗学观念是传承了其"今文学"的价值体系的,即以经世致用作为诗学价值的归宿，将儒家的"诗教"观念做了进一步的发掘与张扬。经世是贯穿魏源诗学思想的主线，而其也遂以复古为手段，在以经世为中心的诗学观念中"集古贤之长而自成一家"，充分展现了其诗学话语所具有的时代特征与理论内涵。魏源的诗学观念尚不能仅以经世为唯一特征来全部网罗，当然，经世是其诗学观念建构的初衷和重点。但是，魏源在恢复与发扬传统诗学观念的同时，却触动和彰显了诗学新的特质，在对传统诗学观念的认同危机中走向了对诗学传统的背离——对诗情和诗美的表达和张扬。魏源诗学观念的建构是较为复杂的，儒家传统诗教观念所演变而来的诗学经世致用话语与批判传统而流露出来的诗学美学话语，构成了其经世诗学的二元矛盾张力。也正是这种传统诗学观念在内部的矛盾异化与认同危机，恰恰昭示了晚清诗学观念转变的不可避免性。

（一）魏源诗学经世立场的传变

魏源的经世诗学思想首先深受儒家正统诗教观念的影响，在《默觚上·学篇二》中，他对文学（包括诗学）之用作了明确的规定：

> 文之用，源于道德而委于政事，百官万民，非此不丑；君臣上下，非此不腩；师弟友朋，守先待后，非此不寿。夫是以内蠹其情而外纲其皇极，其缊之也有原，其出之也有伦，其究极之也动天地而感鬼神，文之外无道，文之外无治也；经天纬地之文，由勤学好问之文而入，文之外无学，文之外无教也。执是以求近日售世哗世之文，文哉，文哉！《诗》曰："巧言如簧，颜之厚矣！"①

可以看出，魏源是具有强烈的"文以载道"思想的，其诗论首先是以儒家诗教为出发点和归宿的。为此，他坚决反对华而不实的文风，主张以文学、诗学厚重的社会伦理道德、经世关怀和功用意识等作为文学价值的根本旨趣。由此可见，"从其重功利、重教化的文学思想出发，魏源所强调的文学的特点，不是在美，而是在真与善；不是重视文学的愉悦功能，而是重视文学的社会政治作用"②。而在其诗学思想中，此

① 魏源：《默觚上·学篇二》，《魏源集》，中华书局 2009 年版，第 8 页。
② 霍有明：《魏源文学主张及诗歌创作刍议》，《陕西师范大学学报》（哲学社会科学版）2001 年第 4 期。

种观念尤甚:

> 诗以言志,百世同揆,岂有欢愉哀乐,专为无病代呻者耶?①

> 自《昭明文选》专取藻翰,李善《选注》专诂名象,不问诗人所言何志,而诗教一敝;自钟嵘、司空图、严沧浪有《诗品》、《诗话》之学,专揣于音节风调,不问诗人所言何志,而诗教再敝;而其与会萧瑟嵯峨,有古诗之意,其可得哉!②

> 诵诗论世,知人阐幽,以意逆志,始知《三百篇》皆仁圣贤人发愤之所作焉,岂第藻绘虚车已哉?……古今诗境之奥阼,固有深微于可解不可解者乎!至于因比兴而论世知人,如古诗九首为枚乘讽吴,汉《乐府》皆汉初朝政所系,以及阮公、陶令、郭景纯、傅休奕、鲍明远、庾子山、江文通及杜、韩之忧世,而陈伯玉、李太白、储光羲之大节被诬,此笺皆表章出之,如浴日星出沧海而悬之中天之际。③

显然,魏源的经世诗学思想融会了传统诗学"诗言志"的理论主张,"盖诗乐之作,所以宣上德而达下情,导其郁滞,作其忠孝,恒与政治相表里,故播之乡党邦国,感人心而天下和平"④。此种诗学观念与立场,不仅将作为经学家的诗人重"道"轻"文"的诗学倾向鲜明地显现出来了,而且体现出诗人深沉的现世情结与道德高标。在延续传统诗学价值的维度上,魏源强调诗学有补于世的功用观念,在晚清诗坛产生了重大的影响与广泛的认同。总的来看,魏源的经世诗学是具有很强的目的性的,其表面上打着复古的旗号,而实质却是要借"古"来确立自己的诗学标准,即发掘与发扬诗学中有补于世的经世传统,"默深所为诗文,皆有裨益经济,关系运会,视世之章绘句藻者,相去远矣"⑤。

---

① 魏源:《齐鲁韩毛异同论》(中),《魏源全集·诗古微》,岳麓书社 1989 年版,第 166 页。
② 魏源:《诗比兴笺序》,《魏源集》,中华书局 2009 年版,第 231 页。
③ 同上书,第 232 页。
④ 魏源:《御书印心石屋诗文录叙》,《魏源集》,中华书局 2009 年版,第 244—245 页。
⑤ 林昌彝:《射鹰楼诗话》卷二,上海古籍出版社 1988 年版,第 36 页。

但是，另一方面，魏源的经世诗学虽然是复兴儒家"诗教"传统，却是有所选择地继承和发扬，其诗学的价值维度"不在于他以道德原则为文之准绳，提倡'文更古于诗，人更古于文'的复古主义，而在于他以现实主义的态度，立足于当前的社会变革提倡传统的理论。换言之，就是用传统的文学理论论证文学为社会政治变革服务的正确性和合理性"①。也就是说，魏源经世诗学在传承儒家传统诗学价值的同时，也体现出一定的变化，"默深先生喜经世之略，其为学淹博贯通，无所不窥，而务出己意，耻蹈袭前人。人知其以经济名世，不知其能诗，而先生之诗顾最夥"②。

首先，魏源的经世诗学不能仅仅等同于传统的"道统"诗学，他并没有完全将抽象的道德义理作为诗学的价值基础，而是试图从形而下的生活层面来彰显诗学的现实功效。正如其所言：

> 民谣但溯《国风》初，三百篇中即谏书。湖水久闻中泽雁，《周南》频赋汝坟鱼。要知江畔行吟句，半出田间疾苦余。为讯还朝陈独坐，乌台封事夜如何?③

我们可以看出，魏源诗学的经世主张所选取的路径不是那种由既成义理到诗学实践的衍生方式，而是一种从社会现实到诗教的由下而上的衍生方式，而这恰恰使他的经世诗学在复兴儒家诗教传统的过程中渗透着浓厚的现世精神与革新意识。

其次，我们也应该看到，魏源所处封建衰世，其经世诗学已不再是"汉唐盛世"下"勇儒"型士人以图建功立业的单纯的志向表白，而更多的则是对悲风已至的衰世做最后的补救与缅怀。也就是说，魏源的诗学是以现实主义品格为基调的，而不是完全依附于封建伦理纲常的价值体系。而这种现实主义品格不仅体现为诗学价值的高扬，而且也体现为诗学主体性的高涨。

（二）"诗以言志，取达性情为上"的诗学张力与诗美显现

魏源的经世诗学在传统面目下又似乎显现出只有诗人才特有的诗学

---

① 陈其泰、刘兰肖：《魏源评传》，南京大学出版社 2005 年版，第 574 页。
② 郭嵩焘：《魏默深先生古微堂诗集序》，见《魏源集》，中华书局 2009 年版，第 946 页。
③ 魏源：《题陈岱霖云石诗存》，《魏源集》，中华书局 2009 年版，第 935—936 页。

话语，本文暂且将其归纳为"诗以言志，取达性情为上"①的诗学原则。事实上，"诗以言志，取达性情为上"构成了魏源经世诗学的核心层面。一方面，"诗以言志"迎合了魏源诗学的"经世"主旨，体现了其诗学强烈的时代特色和功用诉求；另一方面，"取达性情为上"又对"志"作了补充和说明，其不仅突破了诗学"发乎情、止乎礼义"的"美刺"与教化传统，而且表明了诗人之于诗歌创作主体、诗歌艺术与美学的独特思考。也就是说，"诗以言志，取达性情为上"是魏源经世诗学的一体两面，它们共同在"经世"的面目下彰显了魏源诗学的内在张力。

值得注意的是，魏源经世诗学的建构，本身似乎无意突破既有的诗教传统，而是企图将诗学的根基建立在"经世"这棵古树盘根上以显当代诗学之本色。但是，正如他的"今文学"学术研究一样，其在"复古"之名下却显现出求新之实的变革主张。具体到诗学领域，则是他在以经世为中心，将"言志"的诗教传统作合乎当下社会情境的阐发的同时，却感受到了传统诗学的认同危机，体现出诗学新的发展向度。虽然，魏源以"诗以言志"与"取达性情为上"一以贯之地来调和这种内在矛盾张力。但是，他的这种"情"已经不是经过"义理"净化之情，其"志"也不是简单的道德说教，我们分明意识到传统诗学观念动摇与萎缩后魏源诗学体系中所留下的广阔诗学空间。魏源关于经世诗学的建构主要体现在《诗古微》中，其经世诗学的"诗以言志"面向在前面已有论述，而其"取达性情为上"的诗学面向则体现了其新的诗学追求。魏源在《诗古微》中主要对"美刺"说进行了破除，从而在诗歌的意义层面论证了"情"之多元构成：

> 　　美刺固《毛诗》一家之例，而说者又多歧之，以与三家燕越也。夫《诗》有作《诗》者之心，而又有采《诗》、编《诗》者之心焉；有说《诗》者之义而又有赋《诗》、引《诗》者之义焉。作《诗》者自道其情，情达而止，不计闻者之如何也；即事而咏，不求致此者之何自也；讽上而作，但蕲上寤，不为他人之劝惩也。②

---

① 魏源：《致陈松心信》，《魏源集》，中华书局 2009 年版，第 933 页。
② 魏源：《齐鲁韩毛异同论中》，《魏源全集·诗古微》，岳麓书社 1989 年版，第 166 页。

魏源之所以清除《诗经》身上的"美刺"传统，一方面固然是为阐发经世主张寻找合法性依据与权威保证，他对孔子正乐之功的阐述即是例证；另一方面，魏源在对"美刺"说的质疑中越发感受到作诗者之义的被遮蔽，而如何直面作诗者之本义，以图直面诗歌所表现之现实生活与真实情感，为经世主张的现实主义立场寻找到主体维度，也是其重要的动机之一。当然，魏源的此种做法是比较容易达到初始目的的。但是，其对于传统的破坏力，也是极其巨大的，"必将使文论重新思考文学的定义和定位，重新理解文学的阐释模式，也必将带来作者写作态度和自我认同的变化"①。就其对魏源诗学的影响而言，其以经世为中心的诗学观念本是要以"诗以言志"为模板，但是，"情"的多元构成又使他不得不对"志"作合乎个性的阐释——以"取达性情为上"而求作诗者之真情实感。这种做法虽然体现出作为诗人的魏源善于求变的诗学努力，却更加显现出传统诗学观念自身所面临的严重认同危机。魏源诗学的困境是其所处时代文化的必然表征，也是他企图复兴传统诗教而又必须面临新旧文化冲突的现实显现，其诗学的近代色彩也在这种现实纠葛中得以彰显。具体来讲，魏源诗学观念建构的近代面向主要体现为诗学美学话语的凸显：

其一，魏源诗学十分注重诗人情感的表达，反对将创作主体的性情进行约束与限制，明确反对以礼义来节制情感，"说之者曰：'发乎情，止乎礼义。'乌乎！情与礼义，果一而二，二而一耶？何以能发能收，自制其枢耶？"② 因此，魏源主张诗歌"自道其情"而"不为他人之劝惩也"，实则在传统诗学观念的面貌下高扬了诗学的个体情感特质，体现出诗学在面对衰世而转为以主体情感为近代转向之突破点的现实选择。魏源诗学的此种近代面向往往为后世所赞许，有人甚至称其为"深合'为文艺而作文艺'之旨，直破二千年来文家之束缚"③。

其二，魏源的诗学观念还透露出一种"主逆"的精神个性，在看似传统的诗学观念中，往往体现出诗人强烈的批判立场与背离传统而求变

---

① 马睿：《从经学到美学：中国近代文论知识话语的嬗变》，四川民族出版社 2002 年版，第 185 页。

② 魏源：《默觚上·学篇四》，《魏源集》，中华书局 2009 年版，第 11 页。

③ 梁启超：《清代学术概论》，上海古籍出版社 1998 年版，第 62 页。

的思想旨趣:

> 其道常主于逆,小者逆谣俗,逆风土,大者逆运会,所逆愈
> 甚,则所复愈大。大则复于古,古则复于本。若君之学,谓能复于
> 本乎? 所不敢知,要其复于古也决矣。①

在此,魏源十分认同龚氏诗文的"逆",他主张在"复古"的基础
上将诗文暴露现实、展现异质、张扬个性、寻求变动的维度和现世相关
联与印证,从而生发出一种背离传统后的诗学批判精神。魏源诗学的此
种近代面向,不仅与同时代的龚氏诗学相共鸣,而且也在对传统诗学的
缅怀中寻求到了踪迹,如其对《离骚》《诗三百》等发愤之作的认同与
强调。所不同的是,作为近代诗学家的魏源,其诗学的"逆"则是相对
温和与平稳的,而这也与其诗学观念以传统为根基来进行自我调整、转
换、变动的初衷与动机密切相关。

其三,魏源诗学在美学上追求一种自然天成的境界,在儒家诗教传
统的枝干上现出了诗学的审美空间:

> 窃谓此有三要:一曰厚,肆其力于学问性情之际,博观约取,
> 厚积薄发,所谓万斛泉源也。一曰真,凡诗之作,必其情迫于不得
> 已,景触于无心,而诗乃随之,则其机皆天也,非人也。一曰重,
> 重者难也。蓄之厚矣,而又不以轻泄之焉;感之真矣,而天机又极
> 以人力,于是而人之知不知、后世之传不传,听之耳。②

魏源对诗歌"三要"的界定是极具审美意味的,无论是对诗文内容在
生活维度方面所强调的"厚",还是对诗文艺术在表达情感方面所规约的
"真",抑或是对诗文创作在技巧方面所要求的"重",都没有单纯地走向儒
家传统诗教的固有套路,而是在"经世"的面貌下体现了诗学注重生活、
情感、形式、审美等方面的美学追求,"魏源提出的'厚'、'真'、'重'三

---

① 魏源:《定盦文录叙》,《魏源集》,中华书局 2009 年版,第 238—239 页。
② 魏源:《跋陈沆简学斋诗》,《魏源集》,中华书局 2009 年版,第 913 页。

原则,既强调文学的思想性,也重视文学的艺术性"①。在总体上看,魏源诗学的"厚""真""重"虽然是为了重申其"诗以言志,取达性情为上"的诗学核心观念。但是,魏源在对"经世"诗学的调整中逐渐显现了近代诗学所具有的审美空间,即对诗情和诗歌形式在美学上的要求与展现。

综上所述,魏源的诗学观念也传承了其"经世"的"今文学"价值立场,将儒家传统诗教作为诗学建构的根基,形成了以"诗以言志,取达性情为上"为中心的"经世"诗学体系。所不同的是,魏源在传承儒家传统诗学的过程中又显现出一种求变的诗学维度,而这也正是其"今文学"学术研究理念在诗学方面的有效拓展。一方面,魏源虽然主张"文以载道"的诗学观念,却在诗学的价值构成、诗学的现实品格等方面,表现出与传统"道统"诗学的较大差异;另一方面,如同其"今文学"学术研究对传统的批判、突破与开掘一样,魏源的经世诗学也在对传统诗学认同危机的真切感受中彰显出诗学的美学维度,表现出经世话语与美学话语共在的诗学张力,并且体现出诗人界于传统与近代之间所需要承担的诗学焦虑和文化反思。

三 "泽古功深"的诗学实践与突破

作为诗人,魏源存诗约八九百首,其中尤以山水诗、政治诗和咏史诗为重。魏源的诗歌创作很好地贯彻了其经世的诗学主张,可谓"泽古功深"(钱仲联评魏源诗)。然而,魏源的诗学实践并不是如同一些学者所认为的那样"没有冲破儒家诗教的樊篱……往往在诗中一泻无余地倾吐自己忧国忧民的思想感情,而忽视艺术技巧。这样,不仅使他的诗论不可能像他的社会政治思想那样具有划时代的特色,而且也使他的许多诗歌不能登上艺术的高峰"②。其实,魏源的诗学实践在"泽古"的基础上,也显现出一定的"功深",即其所独有的诗学感受和努力。而这种在复兴经世传统的过程中所展现的新的诗学话语,也必将成就和奠定魏源诗学在晚清诗坛上的特殊贡献与地位。

我们先来看魏源的山水诗。在他的诗集中,山水诗占其现存诗歌总

---

① 陈其泰、刘兰肖:《魏源评传》,南京大学出版社 2005 年版,第 580 页。
② 李汉武:《论魏源的诗和诗论》,《船山学报》1987 年第 2 期。

数的近三分之二,共五百余首,可谓"十诗九山水""溺山水"而后人"对其诗歌、特别是山水诗研究为一大项,多认为魏源是山水诗大家"①。魏源的山水诗虽然也是沿着"泽古"的诗歌理路进行山水的歌颂与寄托。但是,他在模仿继承的基础上却有所突破,体现了诗人独有的个体情感和现世精神。总的来说,魏源的山水诗是与其经世的诗学体系相一致的,并且在经世的主张下彰显了晚清山水诗的可贵成就。

首先,魏源的山水诗传承了以往山水诗的传统,将山水自然景观艺术化地展现出来了,在一种嗜奇好游的个性追求中显现出诗人的高雅情致与审美感受,如《华山诗》《登太行绝顶》《庐山和东坡诗》《五夷九曲诗》《黄山诗》《嘉陵江中诗》《湘江舟行》《洞庭吟》《太湖夜月吟》《桂林阳朔山水歌》《香港岛观海市歌》《天台山梁雨后观瀑歌》等,无不在一种闲情雅致中刻画出了山水"如鼎铸象,如镜印影"② 之美。

其次,从魏源山水诗的整体创作来看,他还是有意"泽古"的,正如他所说:

> 太白十诗九言月,渊明十诗九言酒,和靖十诗九言梅,我今无一当何有!惟有耽山情最真,一丘一壑不让人,昼时能历梦同趣,贮山胸似贮壶水。渊明面庐无一咏,太白登华无一吟;永嘉虽遇谢公展,台荡胜迹皆未寻。昔人所欠将余俟,应笑十诗九山水。他年诗集如香山,供养衡云最深里。③

在此,魏源将陶渊明、林逋、谢灵运、李白等人的诗作作为山水诗的楷模,并且将其用以自比而力图进一步开拓山水诗的新境界。就具体的创作而言,魏源的《永嘉山水诗补谢》就在"欲以补谢展之憾"的初衷下,表达了对谢灵运的推崇与赞扬。其山水诗作中的田园、村居、菊象等也都渗透出陶渊明的踪迹。而其所著《蜀道行》《西洞庭石公山吟》,却是有意模仿李白之作。因此,魏源山水诗的"泽古",首先是延续了中国古代山水诗歌的传统理路。无论是体例、刻画、手法、气势、

---

① 陆草:《近代诗文研究的百年回顾》,《中州学刊》1999 年第 6 期。
② 徐世昌:《晚晴簃诗汇》,中国书店 1989 年版,第 8 页。
③ 魏源:《戏自题诗集》,《魏源集》,中华书局 2009 年版,第 755—756 页。

联想、抒情等维度，都显现出中国古代山水诗歌发展的传承性和一致
性。其次，魏源的山水诗歌实践还体现出对诗歌旨趣的传承与突破。中
国古代山水诗歌倡导寓情于景，在拟人、比兴等手法的运用下表达诗人
的个人情趣与理想抱负。魏源的山水诗同样传承了这种特征，展现了其
作为山水诗人所具有的诗学世界与个体空间。我们知道，魏源的山水诗
毕竟是与其经世诗学体系相一致的，作为时代转折点上的魏源不可能留
恋于自然山水而"不复返"，强烈的经世意识与现世精神又使他的山水
诗在光鲜的外表下面散发出一种忧世、慰藉、担当、逆反的诗学心态，
"魏源的山水诗并非仅是徜徉山水之作，他在对祖国山川江河，飞瀑流
云的吟咏中，时时透露出一个经世学者与诗人忧时感世的思想情怀，山
色水光，并没有使诗人忘却千疮百孔的社会现实与肩头的责任。"① 而
这，显然是魏源在"泽古"基础上的重要突破，也显现出其"功深"的诗
学实践与追求。为此，魏源的山水诗就于传统之外展现了诗人诸多现世情
结与时代特征，如整治山河、关爱民众、忧伤国事等诗歌主题的传达：

　　　　登日观，俯黄河，水荡荡，山峨峨，沧桑陵谷何其多！登岱岳，
　　俯齐鲁，川渎中条传自古。稽首黄河决北勿决南，川渎洪荒还大禹。②

　　　　登临不独贪春色，要看千家雨后田。何事终年最系情，晴多望
　　雨雨祈晴。湖云似堰当楼黑，春水浮天上树明。谁道登临宜作赋，
　　难忘忧乐是专城。农桑未暇还诗礼，空对前贤百感生。③

　　　　到此便筹归，应知与愿违。狼烟横岛峤，鬼火接旌旗。猰貐云
　　翻覆，骄兵气指挥。战和谁定算，回首钓鱼矶。……春在浮烟外，
　　帆穿绿树还。草光争赴水，浪影欲浮山。近海烽方徼，严城夜未
　　关。旅人非许国，忧患到鸥鹇。④

① 任访秋：《中国近代文学史》，河南大学出版社 1988 年版，第 72 页。
② 魏源：《岱岳吟上》，《魏源集》，中华书局 2009 年版，第 689 页。
③ 魏源：《登高邮文游台》，《魏源集》，中华书局 2009 年版，第 816 页。
④ 魏源：《自定海归扬州舟中》，《魏源集》，中华书局 2009 年版，第 781 页。

像这样的山水诗歌主题与情感的表达，在魏源的诗学实践中比比皆是。当然，魏源的山水诗在"泽古"的基础上更有突破，一个显著的表现就是，其山水诗超越了传统山水诗歌专注于个体情感与志向的抒发，将民族国家的危亡与现实苦难融化在一山一水的刻画中，体现出一个具有强烈经世意识的先觉诗人独特的时代感和民族性。也就是说，魏源的山水诗作不仅表现出"有裨益于经济，关系际会"的现实价值取向，而且在背离传统束缚的过程中彰显出较为浓厚的近代民族意识。因此，魏源的山水诗不仅在深层次上践行了其经世的诗学主张，而且也在力图跳出自我表现的传统诗学图囿中，彰显了特殊时代背景下的诗学精神与风貌，"魏源也像一切优秀的诗人一样，以自己诗作的'当代性'区别于其他诗人"①。而这却是谢灵运、陶渊明、李白等传统山水诗人之作所不具备的。

我们再来看魏源的政治诗和咏史诗。相对于山水诗而言，魏源的政治诗和咏史诗对经世诗学观念的体现则更为直接与具体，其受后人重视的程度也更大。从中国古代政治诗和咏史诗的传统来看，魏源这方面的诗歌创作仍然具有较强的"泽古"倾向，即面对满目疮痍的社会现实作一定的个体感怀与志向遥望；而这也是中国古代儒家传统士人之于诗学的最为重要的建构与表达。因此，从表层来说，魏源政治诗和咏史诗对民众苦难的感伤、对社会动乱的痛恨、对统治阶级的不满……似乎都暗合了儒家诗学的精神取向。显然，其经世的诗学主张也在他对儒家诗学精神的"复兴"中得到了极大的体现：

食鸩止渴饥，僵者乱如麻。冀此顷刻延，偿以百年嗟。投之北邙坑，聚土遂成坟。明年土依然，春风吹麦新。勿食荞麦花，复作坑中人。②

分野错三辅，煌煌燕豫齐。鼎峙岳牧伯，胡耀挽枪旗？慧贯紫微垣，水溃银潢堤。孰分真宰忧，号令丰隆驰？③

照残今古秦淮水，磨灭英雄晋石头。地气辄随王气尽，前人留

---

① 丘振声：《一个爱国者的行吟——魏源的山水诗》，《学术论坛》1991年第3期。
② 魏源：《北上杂诗七首同邓湘皋孝廉》，《魏源集》，中华书局2009年版，第577页。
③ 同上。

与后人愁。春秋吴越灯前垒，台榭齐梁雾里讴。凄绝多情天上月，年年长恋冶城秋。①

由上面的诗学实践，我们可以看出，魏源的政治诗和咏史诗传承了儒家诗学一贯的诗教传统，将经世的诗学主张以现实主义的诗风直接地表现出来了，"魏源政治诗的成就在于'实'，把脱离现实的诗风拉回到反映现实的道路上来"②。但是，从发生学角度来看，魏源的政治诗和咏史诗是与其特殊的时代背景与主体维度密切相关的，"默深诗如雷电倏忽，金石争鸣，包孕时感，挥洒万有"③。强烈的现世精神和主体意识又使魏源的诗学实践"达到了中国古代诗歌所不曾具有的思想高度"④。他的政治诗和咏史诗在某些内容刻画及其诗情的表达方面，已经进入近代诗学的范畴，在鲜明时代特征的映衬下显现出浓厚的近代面向。

首先，魏源的政治诗和咏史诗在内容上广泛地反映了鸦片战争这一历史事件，《寰海》《寰海后》《秋兴》《秋兴后》《普陀观潮行》《钱塘观潮行》《秦淮灯船引》等诗篇执着于现实，以"梦中疏草苍生泪，诗里莺花稗史情"⑤的立场成功地演绎了一部鸦片战争的"诗史"：

> 谁奏中宵秘密章，不成荥貔不汪黄。已闻狐鼠神从托，那望鲸鲵溘渤攘。功罪三朝云变幻，战和两议镂冰汤。安邦只是诸刘事，绛灌何能赞塞防。⑥

> 争战争和各党魁，忽盟忽叛若棋枚。浪攻浪款何如守，筹饷筹兵贵用才。惊笑天公频闪电，群飞海水怒闻雷。漫言孤注投壶易，万古澶渊几寇莱。⑦

---

① 魏源：《金陵怀古》，《魏源集》，中华书局 2009 年版，第 803 页。
② 孙静：《何不借风雷，一壮天地颜——论魏源的思想及其政治诗》，《北京大学学报》（哲学社会科学版）1983 年第 6 期。
③ 林昌彝：《射鹰楼诗话》卷二，上海古籍出版社 1988 年版，第 36 页。
④ 陈其泰、刘兰肖：《魏源评传》，南京大学出版社 2005 年版，第 593 页。
⑤ 魏源：《寰海后》，《魏源集》，中华书局 2009 年版，第 808 页。
⑥ 魏源：《寰海》，《魏源集》，中华书局 2009 年版，第 805 页。
⑦ 魏源：《寰海后》，《魏源集》，中华书局 2009 年版，第 807 页。

大漏卮兼卮小漏，宣防市舶两倾脂。每逢筹运筹边日，正是攘琛攘赆时。海若蛟宫奔贝族，何宗宝藏积冯夷。莫言象数精华匮，卦气爻辰属朵颐。①

但看封豕离大江，依然画鹢出横塘。玉树重开花月夜，羯鼓宁惊霓羽裳。鲸波化作桃花浪，兵气销为明月光。阿芙蓉风十里香，销金锅里黄粱场。衣香鬓影天未霜，酒龙诗虎争传觞。今夕何夕银河苍，万岁千秋乐未央。惜哉不令英夷望，应叹江南佳丽胜西洋。②

魏源将鸦片战争这一重大政治题材引入诗篇，不仅增强了其诗歌的现实性与感染力，而且使其诗学实践在内容刻画方面具有了近代特色。

其次，魏源的政治诗和咏史诗的近代面向还主要体现为诗情的表达上。从深层次上看，魏源的政治诗和咏史诗贯穿了高昂的爱国主义激情和民族意识，深藏着对清王朝的猛烈批判，以及对民族危亡的担忧与自觉担当。这种诗情的表达，显然超越了传统士人的爱国情结与忠勇观念，体现出诗人对诗情的独特感受与经营。我们看到，魏源政治诗作对阶级矛盾的揭露，对封建权威的抨击与披露，对劳苦大众的同情与悲悯，都在一种远离传统"忠君""爱国"的思想观念中走向了对诗歌本身以及现实意义的开启与表露，其近代色彩仍旧是十分鲜明的。也就是说，同样是政治诗和咏史诗，魏源在诗情的表达方面比传统经世诗人表现出更高的精神取向，这种诗情不是期望重新建立一个封建王朝，而是在对衰世的深刻感受与批判、对民众体恤与关爱的基础上积极寻求变革，真正祈求一种能够实现国富民强的现实出路。因此，魏源的政治诗和咏史诗在诗情表达方面，仍然可以直接归纳到其以"诗以言志，取达性情为上"为核心的经世诗学体系。虽然魏源诗学实践的近代面向在自觉性与彻底性方面还远远不足。但是，其毕竟在对儒家诗教的传承与突破，对后世诗学的发展与转换等方面，也确有其功。

从魏源的诗学实践来看，虽然其在艺术上以及传承与革新方面，仍有不少让后人诟病之处。但是，无论是数量众多的山水诗，抑或是影响较

---

① 魏源：《秋兴》，《魏源集》，中华书局 2009 年版，第 809 页。
② 魏源：《秦淮灯船引》，《魏源集》，中华书局 2009 年版，第 727 页。

深的政治诗和咏史诗，都在同一层面具有某种开拓与突破之功——魏源的诗学实践最大特色之一就是在经世的基础上对作诗者"情"的拓展，进而对诗学的审美特质做了深层次的凸显和张扬。魏源的诗学实践已经有意或无意地越出了传统诗学吟咏自我的狭小天地，而将个体情感放大到对民族精神、民族意识的现实展现，显现了其经世诗学体系所特有的近代面向。

　　总的来说，魏源对儒家诗教的经世致用传统是抱有极大期望的，其也试图传承儒家"依经立义"的诗学原则和诗学厚重的社会伦理道德；但是，正如其"今文学"学术研究之于"复古"与"革新"的意义一样，他的诗学观念在没有很好地解决传统与现实之间有效对接的前提下，却体现出溢出经学话语之外的诗学审美特质，而这也正是魏源诗学之于晚清诗坛最为重要的贡献之所在。

第三章 通经以立本 追古以治情："今文学"影响下的晚清复古诗学

　　作为一种"复古"的学术思潮，"今文学"的变易观和革新维度也往往容易被淡化与遮蔽。这正如其对诗学领域的影响一样，具有"今文学"学术背景的诗人并不一定显现出对传统诗学观念和价值取向的突破与超越，特殊的治经原则与个性反而使一部分诗人彻底走向了"复古"，他们将诗学的知识谱系和价值维度局限在了传统领域，体现出晚清诗学之于传统诗学理路的遵循和操守。19 世纪中后期的"今文学"家在学术研究上又有了进一步的拓展，以王闿运、皮锡瑞、廖平等人为代表；而兼治"今文学"又在诗学方面颇具造诣和影响的，则当属王闿运了。从总体来看，王闿运的诗学属于复古诗学范畴，"古人之诗，尽美尽善矣。典型不远，又何加焉"① 的诗学复古立场，使其在复古的道路上走得格外深远。然而，王闿运的诗学在复古的前提下又体现出与同时代复古诗学不一样的路径与特色，这不仅得益于诗人特殊的诗学个性，也自然离不开其"今文学"之于诗人"提供了一个与以往复古或宗唐诗学不同的维度，因而使得湘绮诗学呈现出一种崭新的面貌"②。就其具体的诗学立场和诗学价值来看，虽然王闿运的诗学实践主观上仍然没有丝毫越出古典诗学堡垒的意图，甚至还在传统诗学所构筑的诗学世界里获得了较高的声望和认同，"沉酣于汉魏六朝者至深，杂之古人集中，直莫能辨，正惟其莫能辨，不必其为湘绮之诗矣"③。但是，在一定程度上

---

① 王闿运：《说诗》卷七，《湘绮楼诗文集》，马积高主编，岳麓书社 1996 年版，第 2327 页。

② 朱洪举：《王湘绮诗学思想研究》，华东师范大学博士论文，2007 年。

③ 陈衍：《陈衍论诗合集》，钱仲联编校，福建人民出版社 1999 年版，第 886 页。

讲，王闿运的复古诗学仍然可以看作是晚清具有"今文学"学术底蕴的诗人为晚清诗学演变面向所做的现实努力和贡献。

第一节　晚清复古诗学及其价值取向

清代是中国封建社会的最后发展阶段，清代诗学也在古人丰厚的诗学遗产中走向了回顾和总结。从整体来看，清代诗学在总结性的诗学话语中处处充溢着较为浓厚的复古情结。即使时光延至晚晴，诗学的复古情结仍然占据着诗坛的主流。

一　尊唐抑或袮宋：清中后期的诗学复古路径

晚清诗学的复古倾向大致延续了前期诗学的发展理路，其首先体现出袮宋的诗学立场和风貌，"长公之诗自南宋风行，靡然于金、元，明中息，清而复炽，二百余年中大人先生殆无濡染及之者"[①]。可以说，至有清一代诗学，都是在这种袮宋的风气下发展的。而"诗至晚清同、光以来，承道、咸诸老，蕲向杜、韩为《变风》《变雅》之后，益复变本加厉"[②]。在清代中后期，袮宋诗学更是演变成一场声势浩大的"宋诗运动"，"有清二百余载，以高位主持诗教者，在康熙曰王文简，在乾隆曰沈文悫，在道光、咸丰则祁文端、曾文正也……祁文端学有根柢，与程春海侍郎为杜、为韩、为苏黄，辅以曾文正、何子贞、郑子尹、莫子偲之伦，而后学人之言与诗人之言合，而恣其所诣"[③]。清代中后期的袮宋诗学的发展与兴盛，不仅传承了前期诗学"对明代诗歌和诗学的反思、批判……从明诗及其诗学表现的偏狭和固陋中引出的教训"[④] 的初衷，而且也是诗人志士面对内忧外患的衰世景象，而不得不重拾以发露无余、泄纵横之气

---

① 陈衍：《知稼轩集叙》，《石遗室诗话》，人民文学出版社 2004 年版，第 808 页。
② 陈衍：《小草堂诗叙》，《石遗室诗话》，人民文学出版社 2004 年版，第 827 页。
③ 陈衍：《近代诗钞叙》，《石遗室诗话》，人民文学出版社 2004 年版，第 823 页。
④ 刘诚：《中国诗学史》清代卷，鹭江出版社 2002 年版，第 1 页。

为特色的宋诗的客观选择。清代中后期的祢宋复古诗学倡导重学问、追求诗人与学人之言合一的诗学主张,在艺术风貌上推崇杜、韩、苏、黄等人,形成了近乎宋诗的诗学立场与价值维度,并积极地进行诗学实践,实为清代中后期的一大诗学复古潮流,其主要以宋诗派、桐城诗派及宋诗派的后续者同光体诗人为代表。总的来看,祢宋的复古诗学长期占据着清代中后期的诗坛,它在迎合诗人和诗学家总结性言说与世情感发的同时,也显现出"复古"之于清代诗学选择与阐发的现实理路和传统根基。

　　作为对以往诗学观念和体系进行选择与总结的结果,清代诗学虽然明确了以宋诗为楷模的复古对象与原则。但是,有清一代诗学的复古倾向并不是如此单一,尊唐的诗学呼声在清代诗坛仍然不绝于耳。且不说清代诗坛长期以来的唐、宋诗学之争,在其整个诗学发展过程中也蛰伏着不少尊唐的诗学主张与追求,而这种现象时至晚清仍然存在,"自咸、同以来,言诗者喜分唐、宋,每谓某也学唐诗,某也学宋诗"①。陈衍虽然只是在"宋型诗"的范围内强调诗学复古的唐、宋之分,但不可否认的是,对于清代中后期的诗人来说,唐、宋之诗的界限还是较为明晰的。就清代诗学尊唐的复古倾向而言,前有王夫之、吴乔等人的开创之功,后则有王士禛、沈德潜等人的倾力相随:

　　　　船山《夕堂永日绪论》痛诋七子之诗,而持论尊唐挑宋,于七子不啻应声践迹。世人每以为推唐斥宋者必取七子,特见沈归愚辈如是耳;船山即推唐斥宋而不取七子者,吴修令亦然。②

　　　　要在别出盛唐真面目与世人看,以见盛唐之诗原非空壳子大帽子话,其中蕴藉风流,包含万物。③

　　　　德潜于束发后即喜抄唐人诗集,时竞尚宋元,适相笑也。迄今几三十年,风气骎上,学者知唐为正轨矣。④

----

① 陈衍:《石遗室诗话》卷十四,人民文学出版社 2004 年版,第 226 页。
② 钱钟书:《谈艺录·补订本》,中华书局 1984 年版,第 144 页。
③ 王士禛:《燃灯记闻》,转引自萧华荣《中国古典诗学理论史》,华东师范大学出版社 2005 年版,第 314—315 页。
④ 沈德潜:《原序》,《唐诗别裁集》,中华书局 1975 年版,第 1 页。

于清代"祢宋"诗风之外，王夫之等人开辟了与之相左的尊唐诗学倾向。尔后，其影响也逐渐深远，而王士禛等人则是其殿军，"自王渔洋倡神韵之说，于唐人盛推王、孟、韦、柳诸家，今之学者，翕然从之"①。及至晚清，其虽无法与主流的宋型诗派相并举。然而，作为一种诗学倾向，尊唐之风仍然在一定程度上客观存在，如刘熙载、王国维等人诗学的某些尊唐倾向。刘熙载的诗学话语既没有介入风靡当下的祢宋诗风，也没有纠缠于中西诗学话语的纷争，而是在传统诗学话语里做了一次巡礼。他关于诗教的言论、对诗之"情"与"兴"的重视、对诗境的追求等方面，仍可见出其尊唐的诗学旨趣。王国维的诗学话语交织着中西诗学的因子，其对诗美的探讨也尤为重要和影响深远。但是，王国维对诗学话语的近代开拓并没有完全越过传统诗学的知识谱系，其对诗"境"的言说就主要传承了中国古典诗学审美理论的相关范畴，特别是唐代诗学的"兴""意""境"等范畴。从诗学地位和影响来看，尊唐的诗风虽然始终都难以成为晚清诗坛的主流。但是，作为诗学复古的一种倾向，以含蓄蕴藉、深沉高远为旨趣的唐代诗歌创作与主张仍旧是晚清诗人进行诗教言说和诗美探寻的重要凭借与参照。

从大的方面梳理清代中后期的复古诗学倾向，尊唐抑或祢宋是两条基本路向，其尤以祢宋为重心。虽然在诗学的发展进程中还夹杂着学明、尊汉魏六朝、既尊唐又崇宋、既反唐又批宋等诗学复古倾向，但其并没有从主流上改变清代中后期诗学复古的基本路径。

二 传统之维：复古诗学的知识谱系与价值生成

作为一种文学传统，复古历来受到传统文人的重视和认同。就诗学领域而言，自古就存在着复古与革新的交替，"诸如此类，莫不相循，参伍因革，通变之数也"②。面对既已形成的诗学传统，以及诗学之于唐代的兴盛与高度，再加上宋人的独辟蹊径，后世诗学似乎已到了无法逾越前人的地步。为此，明代诗学复古倾向极为昌盛。而时至清代，复

---

① 梁章钜：《退庵随笔卷二十一·学诗二》，《笔记小说大观》第十九册，江苏广陵古籍刻印社 1983 年版，第 222 页。

② 刘勰：《文心雕龙·通变》，周振甫：《文心雕龙今译》，中华书局 1986 年版，第 274 页。

古仍然是其诗学生发的基础之一,有清一代诗学(包括晚清复古诗学)也正是在传统的规约中寻找到了自身复古的知识谱系和诗学价值构成。

(一) 清代复古诗学的知识谱系

诗学发展至清代,已经过了其鼎盛期与衍化期。而且,在长期的诗学实践中,由于诗学性质、范畴、内涵等已经逐步得到认定和阐释,清代诗人所要做的,就是在对其进行回顾和总结的基础上选择合乎自身发展的诗学理路,而"复古"无疑是一种比较理想与合乎实际的选择。"一个时代的文学思潮中,复古总是占据着相当显著的地位。而且,整个文化的观念体系都包含着对于复古的有力支持的成分。"①

中国传统诗学发展至清以前,已经形成了一套比较完善与自足的观念和体系,并且内在地构成了诗学传统得以传承的知识谱系,如古诗、汉诗、魏晋六朝诗、唐诗、宋诗、元诗、明诗及其核心理念。显然,这些既有的诗学话语都为清代诗学的复古提供了多种选择。面对一长串的诗学知识谱系,清代诗人基本明确了其知识选择的法则:典型性、相似性、现实性。典型性是清代复古诗学进行知识选择的第一要义,"仆尝谓六朝无诗,陶公有诗趣,谢公有诗料,余子碌碌,无足观者。至李、杜而诗道始大。韩、柳、元、白、欧,诗之圣也;苏,诗之神也"②。对于清代诗学而言,复古自然要取"格高",抑或是顶峰的唐代诗学,抑或是有所突破的宋代诗学,才足以担当复古之大任。相似性主要是针对清代诗学的复古情境而言。清代重实学的学术风气、重经史的文学与文化观念、"文变染乎时序"的现实主义立场等,都与宋代诗学的现实情境产生了某种共鸣,从而将清代诗学的复古路径引向了淋漓广奥的宋代诗学。现实性主要是指清代诗学复古的可行性与操作性。无论是从世变进而到世衰的客观社会现实,还是偏向于实践与经世的时代精神,抑或是力道学问而一泻无余的诗学价值旨趣,都使便于操作与模仿,且合乎清代诗学取向的宋代诗学,成为清代诗人膜拜的对象,正所谓"诗之不得不趋于宋,势也"(邵长蘅《研堂诗稿序》)。由此可见,清代诗学的复古以祢宋为主导而兼宗唐诗的理路,是其对中国古代诗学知识谱系

---

① 刘诚:《中国诗学史》清代卷,鹭江出版社 2002 年版,第 36 页。

② 袁宏道:《与李龙湖》,《袁宏道集笺校》卷二十一,上海古籍出版社 1981 年版,第 750 页。

进行选择、比照、阐发的必然结果。作为一种合情合理的选择，清代诗学的复古在知识层面上形成了总结性的诗学话语，这也是有清一代诗学在复古的道路上所能见出的重大贡献之一，"从清人的诗学活动中可以领略其对古代诗学遗产的继承与总结，也能窥见会通性的主张在诗学观念中同样占有一席之地"①。如"天地之降才，与吾人之灵心妙智，生生不穷，新新相续。有'三百篇'，则必有'楚辞'；有汉、魏建安，则必有六朝；有景隆、开元，则必有中、晚及宋、元"②。就是在整体上不薄任何时代之诗学及其诗歌创作，且态度较为公允和辩证。

由此可见，诗学的复古，即使时至晚清，仍然主要传承了清代诗学复古所倚仗的知识谱系，并且在总结性的话语中显现出诗学的多样性和会通性。

（二）清代复古诗学的价值生成

清代诗学的复古，必定是以特定的诗学价值为准绳的。正如其复古之于知识谱系的选择一样，清代复古诗学的价值生成同样离不开其对传统诗学价值和社会现实价值要求之间所进行的抉择。从整体来看，清代复古诗学在价值生成的维度、意义等方面，都展现出较为浓厚的传统维度，体现出一定的出入传统与现实之间的诗学努力与魅力。

就晚清复古诗学价值生成的维度而言，其主张以"应时"和"复古"作为诗学价值的两个层面。"应时"强调了复古诗学价值生成的现实客观性与历史生成性。同样是对诗情的重视，清代复古诗学则更加侧重于表达一种"万古之性情"，而不只是个体的性情的自我宣泄，这显然是清代诗人根据社会现实与诗学传承理路在"应时"方面所做的变通。"复古"是清代复古诗学价值生成的权威保证与源泉。在价值层面追求托诸传统"诗道"，则是中国古典诗学复古理路的基本法则。自"诗言志"开始，中国古典诗学就形成了一套固有的儒家诗学价值体系，"文以载道"是其主要表征形态。虽然"道"历经各代会有所变化，而诗学之于教化、怨刺、明理的传统却仍然得到了有效的传接。从清人的诗学实践中，我们处处可见其诗学厚重的使命感、责任感和忧患意识：

---

① 刘诚：《中国诗学史》清代卷，鹭江出版社 2002 年版，第 9 页。
② 钱谦益：《题徐季白诗卷后》，《牧斋有学集》，上海古籍出版社 1994 年版，第 1563 页。

诗以道性情,夫人而能言之。然自古以来,诗之美者多矣,而知性者何其少也。盖有一时之性情,有万古之性情。夫吴歈越唱,怨女逐臣,触景感物,言乎其所不得不言,此一时之性情也。孔子删之以合乎兴、观、群、怨、思无邪之旨,此万古之性情也。吾人诵法孔子,苟其言诗,亦必当以孔子之性情为性情,如徒逐逐于怨女逐臣,逮其天机之自露,则一偏一曲,其为性情亦末矣。故言诗者不可以不知性。[①]

总的来看,清代复古诗学以"应时"与"复古"作为诗学价值生发的维度,从而游走在现实与传统之间,形成了重传统而显当下、重诗教而显世变、重传承而显变通的诗学价值取向。当然,清代复古诗学价值的生成是有独特意义的,它对于复兴风雅而保存诗道,重振诗坛以扭转诗风,都具有十分重要的作用,这即是"复"之于清代诗学的价值之所在。

从知识谱系的选择,再到价值体系的生成,清代复古诗学对传统做了很好的继承和发挥。其以称宋为主流兼宗唐诗的复古路径,也正好迎合了清代诗人之于传统的认同与发现。然而,清代诗学的复古路径在晚清出现了较大的背离,宗汉魏六朝的诗歌创作与主张在当时也产生了较为深远的影响,而这种复古诗学倾向在一定程度上则应归因于诗人们特殊的个性及其所具有的学术底蕴。

第二节　王闿运保守杂采的治经原则及其诗学抉择

同样作为晚清复古诗学的代表,王闿运的诗学观念却没有延续晚清诗学复古所固有的路径,而是于传统之中选择了尊崇汉魏六朝诗学。显然,除去诗人固有的个性特质,王闿运的此种诗学抉择是有着特殊的学术背景的。具体来说,保守杂采的治经原则使王闿运在诗学领域始终没能逾越传统诗学的藩篱,而"今文学"的学术立场又使其诗学复古呈现出不与今人

---

① 黄宗羲:《马雪航诗序》,《黄梨洲文集》,陈乃乾编,中华书局 1959 年版,第 364 页。

同语的复古理路与视野。从学术思潮与诗学的关系来看，王闿运以经济世的"今文学"学术体系，正是其进行诗学抉择的价值依据和方法论基础。

一 兼综古今的经学体系

晚清"今文学"由庄存与、刘逢禄等人肇始，后经龚、魏等人的进一步发展，于当时产生了极为重大的影响。而后来承接其学术理路并有所推新的，则是王闿运及其弟子的"今文学"学术研究。作为湖湘之地有名的才子学人，王闿运在经学、文学、史学等方面皆有所建树。相对于文学、史学研究的受重视程度，王闿运的经学研究还存在着受重视程度不足和诸多争论。目前，无论是对其经学所属派别的分歧，还是对其经学研究有无新意的辩驳，抑或是对其治经价值的怀疑与认定，都在一定程度上将其经学体系置于一种相对复杂的阐发境地。纵观王闿运经学实践以及后人对他的评价和阐释，笔者倾向于将其经学研究归宗于主"今文学"而兼综古今的学术体系，正如学者支伟成所言，"先生于学，初由礼始，考三代之制度，详品物之所用，然后达《春秋》微言，张公羊，申何学"①。

王闿运一生注经颇多，其著述种类也存在不少争议②。而关于王闿运兼综古今的经学体系，皮锡瑞有过这样的总体概述和评价：

> 王先生说《易》先通文理，不用象数爻辰，其旨亦本于焦里堂而推阐之；《诗》不主毛，亦非尽用三家；《春秋》兼用《公羊》《谷梁》新义，间出前人之外；礼经尤精，说《易》说《诗》，皆以《礼》，故其说虽新而有据，异于宋明诸人，与予说经之旨相同，惟予不敢过求新异耳。③

在此，皮氏虽将王闿运的经学研究用以自比。但是，他却在治经原则和方法上认同了王氏这种出入古、今文之间而杂采二者的经学体系。王闿运以今文之义遍注群经，而在治经的起点上，则沿用了古文经学的

---

① 支伟成：《清代朴学大师列传上·王闿运》，1925 年 10 月初版，第 264 页。
② 可具体参见刘少虎于《求索》（2005 年第 11 期）发表的《王闿运经学研究综述》一文。
③ 皮名振：《皮鹿门先生锡瑞年谱》，台湾商务印书馆 1978 年版，第 26—27 页。

套路。也就是说,他将重视名物训诂、典章制度的考辨作为义理生发的必然阶段,并由此形成了主微言大义而不拘今、古文门户的学术理路。而且,从王闿运的治经成就及其价值取向来看,其主《春秋》而宗《公羊》以显"非常异义可怪之论"的"今文学"立场仍旧是十分鲜明的,但"就内容来看,仍然属于乾嘉汉学音训考辨传统的继续"①。因此,兼综古今的经学体系还是比较符合王闿运经学研究的实际情况的,后世学者如支伟成、朱维铮、田汉云等,也皆持此种观点与立场。具体而言,王闿运也作过如此自述:

> 治经必先知礼,经所言皆礼制。唯讲礼倍难于古,故自汉以来,唯重《礼》学,《官》例是典制本原,《礼记》推其宜变。诸经所言,有明见三《礼》者,引而释之。有不见三《礼》者,旁推以通之。余所著八笺,略发其例矣。②

通观王闿运的经学研究,我们发现其是主张由礼入经的学术套路的;而重礼不仅延续了清初以来以礼反理的学风,而且明显地传承了朴学家将重实取向贯穿于礼学的遗风。更有甚者,王闿运是以考据、训诂入手来窥春秋大义,将古、今文的学术底蕴做了一定程度上的嫁接,在力主"今文学"的立场下显现出古文经学的遗泽。此外,在"事义观"上,王闿运的经学研究也显现出兼综古、今文的学术立场:

> 论学只须论事,事乃见学也。通经不致用,孔子谓之小人儒。……不依经则不能立,故思而不学则殆,殆者,劳也,危也,上智徒思则劳,高材行事多弊,唯以经义断之,沛然无疑,毅然不回,有物来顺应之妙,非道家所谓劳身以役物者矣。③

在此,王闿运在通经致用的"今文学"立场下表现出与同时代"今

---

① 朱维铮:《中国经学史十讲》,复旦大学出版社 2008 年版,第 174 页。
② 王闿运:《论习礼》,《湘绮楼诗文集》,马积高主编,岳麓书社 1996 年版,第 519 页。
③ 王闿运:《论学须论事》,《湘绮楼诗文集》,马积高主编,岳麓书社 1996 年版,第517—518 页。

文学"家不同的"事义观",并且对"重义不重事"的"今文学"法则进行了衍化,从而推崇一种"重事"又"重义"的治经立场,正所谓"事乃见学也""徒思则劳""行事多弊"。当然,王闿运对"事"的重视也可归于对"史"的重视,其在现实操作层面上则体现为对名物、制度、典章、史籍、字句等的考究和训诂。显然,这种"事义观"于"今文学"的面目下又彰显了古文经学的治学风气与蕴含。而对于王闿运的治经路径来说,这又是其兼综古、今文的一大实践与确证。

兼综古今是王闿运经学体系的总体特色,有学者据此以为其"经学思想并不措意于学术史中今、古文门户的争辩"①,甚至认为"湘绮治经,颇能自树一帜,不落前人窠臼"②。相对于刘逢禄、宋翔凤、龚自珍、魏源等人的"今文学"学术研究,王闿运治经确有较浓的学问含量,客观上也显现出放弃前人今、古文门户分明的观点和立场。然而,"今文学"发展至王闿运之手,其批判现实、微言大义、革故鼎新的学术价值理路也逐渐弱化与消沉。王闿运主"今文学"的学术立场虽使其还能在阐发模式上实现一定程度的微言大义,乃至以"自得"来注解;但是,从表面上看,其主"今文学"的学术研究所展现的价值取向与时代精神似乎已经有点相去甚远了。

由此看来,王闿运力主"今文学"而又兼综古文经学的治经路径,并不是简单地祛除门户之见的主观意向,其在通融古、今文的学术表象下更显露出一个末世文人相对保守与矛盾的文化心态;而这种心态不仅表现为学术上较为保守杂采的治经原则,而且体现在诗学复古的传承与突破等多种向度上。

二 以经淑世的"今文学"复古立场与诗学抉择

作为晚清学术思想变迁史中不可忽视的环节,王闿运的"今文学"研究仍旧崇尚依经立义、通经致用的宗旨,将致用的为学理念极力张扬,形成了以经淑世的"今文学"复古立场。王闿运的"今文学"学术研究在微言大义的阐发模式下尤其注重"内省",主张由圣人经典出发,在对既有的社会系统和价值体系的内部思考中寻求面对衰世的现实出

① 刘平、李克琴:《王闿运兼综今古文的公羊学风格》,《求索》2008 年第 4 期。
② 李行之、何孝积:《王闿运》,《求索》1983 年第 3 期。

路,以求"拨乱反正"而通经立本。王闿运以经淑世的"今文学"复古立场也深刻地影响了其诗学抉择,他的诗学在现实出发点、复古立场、价值意义等方面,均体现出较为明显的"今文学"价值话语印痕。

(一) 王闿运的"今文学"学术研究及其复古立场

王闿运的"今文学"学术研究涉及面较广,其著有《春秋公羊传笺》《诗经补笺》《尚书笺》《礼记笺》《周易说》《穀梁申义》等十余种。而就其"今文学"学术研究的主要思想而言,学界一般将其归纳为三个方面:一是寻求一种通经致用的治学理路;二是倡导一种循序渐进的社会进化观念;三是标榜一种天下大同的未来理想。作为"今文学"学术研究体系的三个层面,"通经致用"是出发点和基本原则,也是其社会进化观和大同理想的价值基础和理论源泉。为此,"通经致用"可以看作分析与阐释王闿运"今文学"学术体系的一把钥匙。王闿运关于社会进化观的立论可见其"夷狄渐进""为政以渐"等解经言论中,如"必张三世者,见为政以渐,亦以三世异词,明美恶同词"①。而关于天下大同的未来理想,王闿运在遍注群经的过程中都有过不少流露,如其王道思想、"三世"说,以及其以礼自治的套路等,都在一定层面昭示了天下大同的社会价值取向。王闿运的社会进化观和天下大同的未来理想,是其通经致用的解经原则所必然推演出来的结果。由此可见,由通经立本、致用为实所形成的以经淑世的"今文学"复古立场,才是王闿运经学研究的重心,也是最能见出其"今文学"特色的关键部分。王闿运是极力主张通经致用的:

> 因时设教,故六经异用。殊途同归,圣而已矣。依经者谓之圣,非圣者谓之狂,狂则必乱。而时有治者,得其一端,失其本体也。论者苟知小康之足乐,大贤之可法,而曰治何必唐、周,士何必舜、孔,曾不知我躬不阅,大乱已成。守常有余,兴权则惑。自非通经致用,安能曲成不遗?……治经致用,莫切《春秋》,非谓其政法多也。②

---

① 王闿运:《春秋公羊传笺》卷一一,《续修四库全书》,上海古籍出版社 2003 年版,第 348 页。

② 王闿运:《答吕雪棠问》,《湘绮楼诗文集》,马积高主编,岳麓书社 1996 年版,第 504 页。

> 圣人词无不章，学则垂经，虽自天生，亦由人力。用以应世，沛乎奂乎！①

> 通经不致用，孔子谓之小人儒。②

> 士君子在野不仕进，唯通经明理而已，不必留情于无用之俗事。③

在王闿运的治经体系里，通经致用是一条根本的内在理念。在他看来，经学是圣人垂法于后世的典范，具有永恒不变的性质。因此，"通经"就是效法圣人、追寻天道的必然途径，而"致用"则是经学价值的现实显现。作为晚清衰世中的文人，王闿运以经学研究而折入救治社会的方案的思索中，体现出较强的现世精神和忧患意识，而这也正是晚清主"今文学"的学人所共有的价值取向。然而，王闿运的"今文学"学术研究的通经致用理念是有其特有内涵的，首先，王闿运强调"突破传注，返回经文"的治经特色，在回归原典中直接探究经文的经世致用旨趣，并加以自我诠释，其"所作经、子注解，既不效宋儒的奢谈义理，也不效乾嘉学者的专尊古注，崇尚考证，而是根据自己的体会作简要的诠释"④，体现出浓厚的回归经典的倾向，也许"大抵王氏说经，想摆脱旧有传注，自成一家"⑤。显然，王闿运舍传求经的为学路经所表现出来的返回原典，再以己意阐发的为学理路与风格，相对于以往的学术研究套路，无疑称得上是一种经学"复古"之风，这甚至是在远离前人训诂的基础上走向了一种更为彻底的复古。其次，与以往力主通经致用的"今文学"家所不同，王闿运选择了以"自治"为核心的方案，"经学以自治，史

---

① 王闿运：《论经学词章人品之异》，《湘绮楼诗文集》，马积高主编，岳麓书社 1996 年版，第 512 页。

② 王闿运：《论学须论事答李砥卿问》，《湘绮楼诗文集》，马积高主编，岳麓书社 1996 年版，第 517 页。

③ 王闿运：《论通经即以治事答张佩仁问》，《湘绮楼诗文集》，马积高主编，岳麓书社 1996 年版，第 522 页。

④ 李文海、孔祥吉：《清代人物传稿》（第五卷下篇），辽宁人民出版社 1989 年版，第 335 页。

⑤ 张舜徽：《清儒学记》，齐鲁书社 1991 年版，第 348 页。

学以应世"①,是将通经致用的作用对象用于对世道人心的拨正和救治。王闿运深信传统经典的致用功效,他也确实把经世的主张完全寄托于对圣人原始经义的传承和阐释上,以求先正人心,由内省而后外王:

> 天下自乱,吾心自治,即定、衰太平之说也。②

> 海南吏治久顽,民风不靖,先求自治,必能被以廉风,严处倾听,敢效一得。③

为此,他对龚、魏等人以技求变的"外营"丝毫不予认同:

> 道光中始有经济之学。包慎伯、龚定庵、魏默深,皆博通经史,文章尔雅,以己不富贵,讥切公卿,干预时政,多设方法。草野之士颇为所惑,皆有厝火积薪之忧,并心外营,不知自治。迤及今日,变乱政刑,海内骚然,愈益乱矣!④

当然,王闿运是主张通经以"自治"的,而龚、魏等人却通经以求变革,注重"外营",这显然是不符合王闿运的治国方案和为学理路的。在王闿运看来,唯有依经立义和从圣人原始经典出发寻求致用之道,才能解决当世的内忧外患:

> 伏冀坚其志虑,无随俗推移,亲履行间,必确知船坚炮利之不足畏,他日并机器船厂一切裁之,乃后知经术之不诬矣。⑤

---

① 王闿运:《论经史之分示周涣舟》,《湘绮楼诗文集》,马积高主编,岳麓书社 1996 年版,第 514 页。
② 王闿运:《论时事答陈复心问》,《湘绮楼诗文集》,马积高主编,岳麓书社 1996 年版,第 492 页。
③ 王闿运:《致吴抚台》,《湘绮楼诗文集》,马积高主编,岳麓书社 1996 年版,第 851—852 页。
④ 王闿运:《论道咸以来事》,《湘绮楼诗文集》,马积高主编,岳麓书社 1996 年版,第 529 页。
⑤ 王闿运:《致吴抚台》,《湘绮楼诗文集》,马积高主编,岳麓书社 1996 年版,第 853 页。

　　总的来看，一方面，王闿运在"今文学"学术研究过程中十分注重通经致用，将以经淑世的立场较为明显地表达出来了，尤其是对《春秋》微言大义的阐发，更能显现出他在这方面的努力，如"《春秋》先自治，拨乱而反正"理念的传达；另一方面，王闿运的通经致用又是以"自治"来实现的，具有较强的以原始经典来匡正心性的传统教义指向。也就是说，如何将经学原典之义理诉诸己身，再由此推及一般民众和社会生活中，最终达到太平之盛世，这才是王闿运所关心与热衷的。由此我们也可以看出，王闿运虽然主"今文学"且以经淑世，但是其尊古、崇古的倾向当是极为严重的。在内忧外辱的晚清社会，这就看上去甚至显得过于迂腐、刻板和落后了，而这也从侧面映射出王闿运复古之决心。

（二）"今文学"影响下的诗学抉择

　　王闿运的"今文学"学术研究以通经致用为中心对群经进行了遍注，阐发出不少新奇的论点。而其社会进化观和天下大同的未来理想，也正是在以经淑世的"今文学"价值体系下对现实社会所作出的正面回应。然而，相对于既有的研究成果，王闿运的"今文学"学术研究于相通之外又显现出其学术路经与价值立场的特殊性——复古倾向，并且深层地影响到其诗学的抉择。

　　首先，王闿运"今文学"学术研究的复古倾向为其诗学复古提供了理论基础和话语来源。在王闿运的"今文学"学术体系中，经典占据着极为重要的位置。回归到经文原典，复兴经典义理的治经套路，使其"今文学"学术研究于理论来源之中深藏着浓厚的复古倾向。而就学术研究与诗学的关系来看，王闿运"今文学"学术研究所倚仗的复古立场不仅是其诗学复古的现实依据，而且也内在地构成了其诗学复古的理论基础和话语源泉，如"今所以不及古者""不学古，何能入古乎？"的学术立场与"古人之诗，尽善尽美矣"的诗学立场，在理论取向与话语资源上就具有内在的一致性和传承性。也就是说，王闿运"今文学"学术研究的复古倾向，是其诗学选择以复古为路径的重要因素，甚至是关键因素。

　　其次，王闿运"今文学"价值体系所生发的"自得"阐发模式与其诗学复古路径选择的特殊性之间具有某种关联性。王闿运解经似只在乎心得，甚至不惜以己意流于附会，这种"自得"的阐发模式使其学术价值的生成具有较强的变动性、差异性和独特性。而王闿运对复古路径以及诗学模仿的独特认识，无疑与此种阐发模式密切相关。其不与同时代同语而最终选择独宗汉魏六朝诗学，也似乎印证了"自得"之于王闿运学问体系与诗学体系所共有的重要意义和地位。

第三，王闿运"今文学"学术研究所展现出的复古之决心也反映在其诗学复古上，其诗学彻底的复古立场成为晚清复古诗学的一大特色。与那种简单的复兴前人经学研究成果不同，王闿运治经却不传传注而唯返经文，这就使其"今文学"学术研究的复古倾向尤为明显。而且，此种复古之决心渗透到了其诗学领域，也促使王闿运的诗学在复古的道路上走得较为深远和彻底，甚至在模拟前人诗学的基础上似能达到"直莫能辨"的境地。

最后，王闿运以经淑世的"今文学"价值体系是其复古诗学经世意识建构的内在依据。其一，王闿运的"今文学"研究是要以经淑世的，这种经世意识也渗透到其诗学中。当然，王闿运选择以复古为诗学的基本要义，本身就隐含了借古人诗学来力挽晚清诗坛衰败局面的意愿。其二，王闿运选择以"自治"作为"今文学"学术研究价值的实现方式，将正心性作为改变社会现实的首要议题。同样，王闿运的诗学不尊诗教传统浓厚的唐宋诗学而独尊汉魏六朝诗学，似有以寻回诗心为起点，进而拨正世道人心的意图，实际上将"自治"的经世理念在诗学领域做了进一步的渗透与衍化。其三，王闿运"今文学"的价值体系毕竟是以浓厚的复古面貌出现的，这就注定了其必然带有滞后性、落后性和保守性的一面。与此相对应，王闿运的诗学虽能于复古中真似汉魏六朝诗学。但是，也正因为其强烈而彻底的复古意识，又使其诗学在面对晚清社会现实的时候显得尤为不合时宜和看似陈腐保守，而这也正是王闿运诗学复古所必然要付出的代价。

由此看来，王闿运以经淑世的"今文学"复古立场对其诗学复古具有深层的影响，王闿运以汉魏六朝诗学为宗的诗学复古倾向，正是对其"今文学"学术理路与价值的尊崇和传接。虽然学人们对王闿运"今文学"学术研究存在着较大非议，以为其"以说经为表面，语无实证"①，

---

① 　章太炎:《言评注》，上海古籍出版社 2000 年版，第 158 页。

"经学造就实不足称"①，"较之龚自珍、魏源具有鲜明进步意义的学说来，是大为退步了"②。然而，王闿运的"今文学"学术研究却不仅为经学研究提供了另一个思维向度，即突破了旧有的解经套路与诠释方式，展现了一种更为本源和更具个性特色的治经理路。而且深层地影响到其诗学领域，为其诗学价值的客观生发与生成做了学术背景和理论话语上的双重准备。

第三节　王闿运复古诗学的建构与价值衡估

王闿运诗学的复古与其"今文学"的复古立场是一脉相承的。为此，复古不仅是其诗学观念生发的关键环节，而且是其诗学地位与诗歌成就得以认同的最大保证，"今所传《湘绮楼诗》，刻意之作，辞采巨丽，用意精严，真足上掩鲍谢，下揖阴何，宜其独步一时，尚友千古矣"③。王闿运的诗学选择独尊汉魏六朝诗歌及其主张，力主通经、治情、主文的诗学本体，诗法上尽法古人，在近乎服膺于古人诗学的立场下建构起了复古的诗学体系。虽然后人对王闿运诗学的复古颇有微词，以为"古色斓斑真意少"，认为其诗学往往游离于社会现实之外，"极端地模仿古人，几乎没有'我'在，几乎跳不出他所生活的时代空气以外"④。但是，"王氏之诗，尚有不可磨灭者在"⑤，他的诗学复古背后深藏的是晚清衰世文人的"为文之用心"，而这也正是王闿运以经淑世的"今文学"学术研究所体现出的价值取向之于其诗学的启发和渗透，明白了这一点，不仅有利于我们在深层次上摒弃对其诗学复古的主观偏见，而且能够凸显出诗人在传统诗学内部于晚清诗坛和现实所做的回应和努力。

---

① 周予同：《周予同经学史论著选集》，上海人民出版社 1996 年版，第 21 页。
② 陈其泰：《清代公羊学》，东方出版社 1997 年版，第 271 页。
③ 汪辟疆：《汪辟疆说近代诗》，上海古籍出版社 2001 年版，第 21 页。
④ 陈子展：《中国近代文学之变迁》，徐志啸导读，上海古籍出版社 2000 年版，第 31 页。
⑤ 胡先：《评胡适〈五十年来中国之文学〉》，《学衡》1923 年第 18 期。

一　诗学生发的古典维度

作为晚清传统文人的代表，王闿运在诸多方面表现得较为保守，如反对太平天国运动、洋务运动、维新变法和革命运动等。但是，具有强烈自负且深藏"帝王之学"的王闿运，又往往表现出一种爱国者的形象，并且使其学术和文学在复古的基点上显现出一定的创见和变通。关于王闿运复古诗学的建构，我们需要首先明确其诗学生发的古典维度，即王闿运关于诗学复古对象与范围的界定，而这也是王闿运诗学复古所首先要面对的问题。

（一）观既有复古诗学之态度

王闿运既然选择以复古作为诗学生发的基础，那么，他自然不会无视既有的复古传统，特别是明七子的诗学复古和晚清诗坛的祢宋诗学。而恰恰是在对它们的态度中，王闿运才逐渐明确了自身诗学复古的对象。为此，他如是评说明七子的复古诗学：

明人号为复古，全无古色。①

何、李工夫在七言，却依汉、魏傍高门。能迥坡、谷粗豪气，岂识苏、梅体格尊。……七子重将古调弹，潜挽唐、宋合苏、韩。诗家酿蜜非容易，恐被知音冷眼看。②

近人卤莽，谬许明七子为优孟，以杨诚斋、陆务观配苏、黄。不知七子全不能《文选》，杨、陆之未足成家数也。③

可看明七子诗，殊不成语，大似驴鸣犬吠，胆大如此，比清人

① 王闿运：《论文法答张正旸问》，《湘绮楼诗文集》，马积高主编，岳麓书社1996年版，第538页。
② 王闿运：《说诗》卷二，《湘绮楼诗文集》，马积高主编，岳麓书社1996年版，第2157页。
③ 王闿运：《说诗》卷六，《湘绮楼诗文集》，马积高主编，岳麓书社1996年版，第2273页。

尤笑也。①

　　明七子虽欲为优孟，中实无有，不足惜也。②

　　由上可以看出，王闿运对于明七子的诗学复古是持批评态度的。他认为，明代七子的拟古、复古并没有达到复古所应具备的要求与高标，尤其对他们模拟初盛唐诗学且只是"剽窃唐人皮毛"的复古路径颇为不满。为此，在诗学复古选择上，王闿运也就否定了一条习以为常的路径——由明七子所开创的宗唐诗学。当然，就晚清诗坛而言，复古仍然是主导潮流，以"祢宋"为主的复古诗学当为诗坛主流。而以复古自居的王闿运却不谙当时诗学复古之道，对宋型诗及其"祢宋"诗派表现出极大的抵触与不屑：

　　韩门诸子，郊、岛、仝、贺各极才思，尽诗之变，然罕能兼之。宋人虽跅弛如苏、黄，颓放如杨、陆，未有能泥沙俱下者。③

　　不失古格，而出新意，其魏、郑乎？两君并出，邵阳殆地灵也。零陵作者，三百年来，前有船山，后有魏、郑，鄙人资之，殆兼其长，比之何、李、李、王，譬如楚人学齐语，能为壮狱土谈耳。此诗之流派，自汉至今之雅音也。今则从容尔雅，自然同声，天下作者，无复鄙音庸调，虽工拙不同，而趋向已一，斯则风会使然，不由人力矣。④

　　无论何文，但属词成句，即自有章。……诗则不然，苏诗不成章，学苏诗者愈不成章。正使一二句偶似，于章则未也。……孟

────────────

① 王闿运：《说诗》卷八，《湘绮楼诗文集》，马积高主编，岳麓书社 1996 年版，第 2358 页。
② 王闿运：《湘绮老人论诗册子》，《湘绮楼诗文集》，马积高主编，岳麓书社 1996 年版，第 2379 页。
③ 王闿运：《说诗》卷四，《湘绮楼诗文集》，马积高主编，岳麓书社 1996 年版，第 2217 页。
④ 王闿运：《说诗》卷七，《湘绮楼诗文集》，马积高主编，岳麓书社 1996 年版，第 2327 页。

子、宋儒皆未成章也。九流之不及六艺，以无章耳。①

王闿运基于对诗学复古的认识，笔者以为，就算是当下占据主流的"祢宋"复古诗学也不足为道。其不仅认为他们的诗学复古不仅取法不宗，而且影响诗道发展和误导世风，甚至忽视了诗学之本于情和文的独特魅力：

> 近代儒生深讳绮靡，乃区分奇偶，轻诋六朝。不解缘情之言，疑为淫哇之语，其原出于毛、郑，其后成于里巷。②

由此可见，在诗学的复古对象的选择上，王闿运明确地表达了对尊唐与崇宋诗风的不满，从而表露出他所要进行的诗学复古，走的是一条不与同时代人而语的独特路径。

（二）寻诗学复古之古典维度

晚清时期，诗坛"祢宋"之风更甚。特别是同治、光绪年间，主张取法"三元"（开元、元和、元祐）的诗人比比皆是，真可谓"天下鹜逐"。面对如此情境，王闿运较为明确地表明了自己的立场，其对"矜其奇诡""歌诗失纪"的宋诗派表现出极大的鄙弃和不满。王闿运既不满明七子诗学复古的既有成效，又不主张"祢宋"诗学的复古路径，而是期望以一种更为高格和彻底的姿态进行诗学的复古。在王闿运看来，将复古的维度上溯到汉魏六朝诗歌及其主张，无疑更具本源性和可取性：

> 陈子昂、张九龄以公干之体，自抒怀抱，李白所宗也。元结、苏涣加以排宕，斯五言之善者乎。刘希夷学梁简文，超艳绝伦，居然青出，王维继之以烟霞，唐诗之逸，遂成芳秀。张若虚春江花月用西洲格调，孤篇横绝，竟为大家，李贺、商隐挹其鲜润，宋词、元诗尽其支流，宫体之巨澜也。杜甫歌行，自称鲍、庾……③

---

① 王闿运：《湘绮老人论诗册子》，《湘绮楼诗文集》，马积高主编，岳麓书社 1996 年版，第 2378 页。

② 王闿运：《论诗文体式答陈复心问》，《湘绮楼诗文集》，马积高主编，岳麓书社 1996 年版，第 544—545 页。

③ 王闿运：《论唐诗诸家源流答陈完夫问》，《湘绮楼诗文集》，马积高主编，岳麓书社 1996 年版，第 532—534 页。

王闿运认为，唐代诸诗派皆承汉魏而来，而后世之宋诗、元诗、明诗等，自当皆为末流。为此，王闿运就为其诗学复古树立了正宗——汉魏六朝诗歌及其主张。王闿运认为，诗法应该完备于魏晋，若复古，则当取最为本源者为上。由此，我们可以看到，王闿运诗学较之他人更为彻底的复古立场与决心。显然，王闿运对诗学复古对象的批评和选择体现了其"今文学"学术研究的复古立场，即彻底复古，返回本源，在追源溯流的基础上力求返本，追求一种更为正宗与本源的复古高标。可以说，王闿运最终以汉魏六朝诗歌与主张为复古楷模，是离不开其"今文学"学术研究的复古立场的规约和影响的。

王闿运以彻底的复古立场明确了其诗学效法的对象，之后，他又进一步对诗学复古的范围进行了界定：

> 七言较五言易工，以其有痕迹可寻，易于见好，李、杜门径尤易窥寻。然不先工五言，则章法不密，开合不灵，以体近于俗，先难入古，不知五言用笔法，则歌行全无步武也。既能作五言，乃放而为七言易矣。切记！太白四言之说，四言与诗绝不相干。作诗必先学五言，五言必读汉诗。而汉诗甚少，题目种类亦少，无可揣摩处，故必学魏、晋也。诗法备于魏、晋，宋、齐但扩充之，陈、隋则开新派矣。①

> 唐人初不能为五言，杜子美无论矣，所称陈子昂、张子寿、李太白、刘公干之一体耳，何足尽五言之妙！故曰唐无五言。学五言者，汉、魏、晋、宋尽之。②

我们可以清楚地看到，王闿运将诗学复古的范围主要框定在了汉魏六朝的五言古诗。他不仅从师法、诗律上强调拟古作需从汉魏六朝古诗来求之的客观论断，而且对既已公认的古诗代表诗家陈、李、杜等人进行了批评，形成了自身诗学复古的特殊价值取向。

---

① 王闿运：《说诗》卷六，《湘绮楼诗文集》，马积高主编，岳麓书社 1996 年版，第2273 页。

② 王闿运：《论汉唐诗家流派答唐凤廷问》，《湘绮楼诗文集》，马积高主编，岳麓书社 1996 年版，第 546 页。

从整体来看，在"今文学"学术研究复古立场的影响下，王闿运将诗学复古追溯至汉魏六朝，再从诗学创作与传接维度确立了五言古诗作为复古高标的首要地位，从而在对象与范围上找到了其诗学复古所需的古典维度。由此出发，王闿运"最终也形成了一套比较完整的复古体系，从严格意义上来说，王闿运的复古是一次彻底的真正的复古，同时也是对当时祧唐祖宋的诗歌风尚的有力抗衡"①。

二　通经、治情、主文的诗学本体

以汉魏六朝五言古诗为复古基点，王闿运建构了自己的诗学体系。在其诗学本体的营造上，王闿运以通经为起点，进而引出对"情"的阐发，再外化为"文"的形式，形成了一条较为完善的复古诗学路径。通经、治情、主文的诗学本体是进入王闿运复古诗学的关键词，它们不仅表现出其"今文学"价值体系在诗学领域的有效渗透，而且也体现了诗人之于复古诗学的独特认识和建构。

（一）"经术可入词章"的诗学起点

作为具有深厚学术背景的学人，王闿运的复古诗学必然打上了浓厚的学术底蕴。事实上，王闿运也确实如此，他将经义作为诗学生发的起点，并且在对世俗之见的纠正中为其诗学复古的展开奠定了基础。王闿运对前人论诗不取经义是颇为不满的：

> 俗人论诗，以为不可入经义训诂。②

> 今世所云经学、词章，即史家儒林、文苑，皆士人之一艺，入世之羔雁，曾非学也。圣人词无不章，学则垂经，虽自天生，亦由人力。……通经者未有不文，能文者未有无学。③

---

　　① 程彦霞：《论王闿运对明七子复古体系的重建》，《辽宁师范大学学报》（社会科学版）2008 年第 6 期。

　　② 王闿运：《说诗》卷三，《湘绮楼诗文集》，马积高主编，岳麓书社 1996 年版，第 2164 页。

　　③ 王闿运：《论经学词章人品之异答陈齐七问》，《湘绮楼诗文集》，马积高主编，岳麓书社 1996 年版，第 512 页。

在此，王闿运将不用经义论诗的做法称为俗人之见，并且以通经能文的圣人为楷模，极力主张"当依经以立本"的论诗立场，"所谓经术可入词章。一贯之学，为文家上乘"①。当然，王闿运将"经术可入词章"作为诗学复古的起点，并不是简单地复归到以经入诗和以经解诗的传统。而是试图突破世俗诗学浅薄的表层论诗之道，鄙弃拟古不深、解诗不入的复古通病，进而以经义阐发模式在诗学领域打通一条意义得以再生发的"通口"。也就是说，王闿运的诗学复古有意遵循了"今文学"学术研究的价值体系，力图以通经之微言大义来寻求诗学的现实意义和当下功效。因此，王闿运的"经术可入词章"，实际上是以经义阐发模式入"词章"，是一种思维模式、方法论和价值观上的承接，而这才是王闿运以通经为诗学本体建构取向之一的真实内涵之所在。这种诗学复古的通经维度在其诗作中当有具体体现，如

我更西寻黑水南，遥将蒟酱寄鞮擇。②

作为赠答诗作中的一联，此两句似乎于字句上无外乎友情的抒发和渲染。但是，考虑到王闿运复古诗学所具有的学术背景，它实际上又在外在层面之外传达出一定的微言大义，如"蒟酱"和"鞮擇"就于"春秋笔法"之中彰显了诗学的深层意蕴。"蒟酱"不仅化用了汉代"唐蒙开通夜郎古道"的典故，而且寄寓了诗人攘除外患之志向。而"鞮擇"更是直接地涉及诗人"今文学"学术研究的思想内涵，将诗人心中的夷夏之辨——华夏中心论、以夏化夷的观点鲜明地表达出来了。

王闿运将"经术可入词章"作为诗学复古的起点，以求在思维模式和方法论上跟进其"今文学"学术研究的路径，从而将诗学的经世立场用一种迂回的方式呈现出来了。我们应该明确，王闿运的复古诗学本身就是他的"今文学"学术体系中的重要一环，其以经淑世的经学价值取向，也势必会影响到其诗学价值的表达。为此，王闿运诗学本体的通经

① 王闿运：《说诗》卷八，《湘绮楼诗文集》，马积高主编，岳麓书社1996年版，第2370页。
② 王闿运：《帆海行，送刘伯固往法琅西，因寄曾劼刚公使，以示参赞陈松生、杨商农。余初约同往扬州，适得蜀书，遂先西迈》，《诗》第十一卷，《湘绮楼诗文集》，马积高主编，岳麓书社1996年版，第1520页。

维度同样指向了"治",是一种为"治"的诗学价值表达:

> 词赋似小,其源在《诗》,《诗》者正得失,动天地,吟咏情性,达于事变,观夫京都之赋,该习朝章。枚传之篇,隐为民俗,今馆阁作赋,赋岂易言? 诚能因流讨源,举隅知反,则山川形势、家国盛衰、政俗污隆、物产丰匮,如指诸掌,各究其由,故曰登高能赋,可以为大夫也。况赋者,兼通小学,尤近雅文,而子云叹其雕虫,宜德祖讥其老妄矣。夫赋无空疏之作,世鲜能通博之家,但患为不精,何至远而遂泥于此,留意是亦为政也。①

> 诗,承也,持也,承人心性而持之。风上化下,使感于无形,动于自然。②

　　由此我们可以看出,王闿运通经的诗学本体所倚仗的"今文学"微言大义阐发模式,仍旧是一种寻求"致用"的价值诉求。从王闿运的整个诗学体系来看,其诗学主张似乎沉迷古人至深,往往见不出诗学之于当世的积极态度。而实际上,王闿运的诗学是在复古的过程中承接了其"今文学"的学术理路,将诗学之"用"隐藏较深,有意"以词掩意",于不露声色中彰显出诗学为"治"之本色。因此,我们不能简单地将王闿运的诗学视之为"古董",其在通经的诗学本体建构中已经明确了其诗学复古的逻辑起点——"经术可入词章"。而这不仅仅体现在反映社会现实和自身苦难的少量诗作中,如《圆明园词》《发祁门杂诗》等,甚至其整个诗学体系均可作如是观。可以说,以经观之,以用通之,是我们进入王闿运复古诗学的路口。而真正支撑起其复古诗学大厦的则是"治情"的诗学本体与用心。

(二)"治情"的诗学本体与用心

　　王闿运不仅在其复古诗学中多次论及诗与"情"的关系,而且不吝以"诗缘情""诗贵情""诗主性情"等论断来表述自己的立场。"情"

---

① 王代功:《湘绮府君年谱》,书目文献出版社1999年版,第166页。
② 王闿运:《说诗》卷四,《湘绮楼诗文集》,马积高主编,岳麓书社1996年版,第2219页。

显然成为把握其复古诗学体系的核心。然而，王闿运诗学之"情"虽是以返回汉魏六朝"诗缘情"的诗学本体为基础的。但是，他并没有如汉魏六朝诗学那样只注重一己之性情的抒发，而是对诗之"情"做了形上层面的开拓，即在"为己"与"为治"的价值旨归中对"情"进行了生发和诠释，从而最终实现了对"治情"诗学本体的建构。

诗与"情"是一种什么关系呢？王闿运是有自己的看法的：

> 诗以养性，且达难言之情。①
> 古之诗以正得失，今之诗以养性情。虽仍诗名，其用异矣。②

> 情动于中而形于言，无所感则无诗，有所感而不能微妙，则不成诗。③

> 诗贵有情乎？序《诗》者曰：发乎情，而贵有所止；则情不贵。人贵有情乎？论人者曰：多情不如寡欲；则情不贵。不贵，则人胡以诗？④

在此，王闿运明确了"情"之于诗的重要性，将有无情性作为诗歌产生的基础，从诗学发生学的角度赋予"情"本体论的地位。从论诗的历史渊源来看，王闿运以情立论的诗学本体，显然是接受了陆机"诗缘情"的理论主张，而其也往往以"情"来品评诗歌：

> 晋浮靡，用为谈资，故入玄理。宋、齐、梁游宴，藻绘山川；梁、陈巧思，寓言闺闼，皆言情之作，情不可放，言不可肆，婉而多思，寓情于文，虽理不充周，犹可讽诵。……近代儒生深讳绮靡，乃区分奇偶，轻诋六朝。不解缘情之言，疑为淫哇之语，其原

---

① 王闿运：《说诗》卷六，《湘绮楼诗文集》，马积高主编，岳麓书社 1996 年版，第 2272 页。
② 王闿运：《说诗》卷七，《湘绮楼诗文集》，马积高主编，岳麓书社 1996 年版，第 2328 页。
③ 王闿运：《论诗法答唐凤廷问》，《湘绮楼诗文集》，马积高主编，岳麓书社 1996 年版，第 551 页。
④ 王闿运：《杨蓬海诗集序》，《湘绮楼诗文集》，马积高主编，岳麓书社 1996 年版，第 379—380 页。

出于毛、郑，其后成于里巷。①

> 见杨子之诗者，未见而揣之，既见忘乎己之何好，而不能舍也。善文情者，杨子耶？善文扬子之情者，杨子之诗耶？闿运与交廿年，读其诗，意其人穆穆温温，如在痦对。既又观其诸杂曲，诙嘲颇唐。初无以品题之，直以己之情知杨子之善治情，而后知诗之贵情也。②

王闿运是深信"诗缘情"的诗学法则的，我们从他的诗论中即可窥见一斑。而且，他力图恢复诗学"情"本体的努力，也确是相当执着与果敢的。为此，他甚至对奉为经典的《诗三百》予以否定，进而挑战具有深厚基础和传统的"诗言志"理论：

> 近人作诗，皆托源《诗三百》，此巨谬也。……论者欲以比古经，岂不谬哉？六义之旨，同于温柔敦厚，非以问世也。犹之"思无邪"，非五经有邪也。邪姑不论，而温柔敦厚固词赋之所同。诗不论理，亦非载道，历代不误，故去之弥远。③

王闿运做出如此论断，既是其诗学复古以汉魏六朝为高标的必然归宿，又是其试图对当世诗坛过于轻浮和势利的诗风进行纠正的努力。从诗学的历史传承以及王闿运诗学的表层维度来看，言"情"已不是什么新的主张，更难见出有何突破与创造，而王闿运复古诗学实现所谓的真似汉魏六朝诗学，即是其所能达到的最高境界了。倘若如此，王闿运也真就是个"活着的六朝人"。事实上，在既有的诗学评论中，王闿运仍然处于争论之中。为此，为了厘清其诗学复古之于传统的承接与突破，我们需要进一步明了王闿运复古诗学之"情"的真实内涵。在生涯晚期，王闿运有过这样的论述：

---

① 王闿运：《论诗文体式答陈复心问》，《湘绮楼诗文集》，马积高主编，岳麓书社 1996 年版，第 544—545 页。
② 王闿运：《杨蓬海诗集序》，《湘绮楼诗文集》，马积高主编，岳麓书社 1996 年版，第 380—381 页。
③ 王闿运：《湘绮老人论诗册子》，《湘绮楼诗文集》，马积高主编，岳麓书社 1996 年版，第 2376—2377 页。

> 已而看昨日日记，八十老翁自比林黛玉，殆亦善言情者。长爪
> 生云："天若有情天亦老。"彼不知情，老不相干也。情自是血气中
> 生发，无血气自无情。无情何处见性？宋人意以为性善情恶，彼不
> 知善恶皆是情。道亦是情，血气乃是性。食色是情，故鱼见嫱、施
> 而深潜，嫱、施见鱼而欲网钓，各用情也。①

王闿运复古诗学屡屡强调要"达难言之情"，而由上文我们还是可
以看出，其对"情"的建构仍是比较通达和宽泛的。无论是与生俱来的
秉性，还是道、善恶、食色等，都是人之"情"的应有范畴，也都是王
闿运复古诗学所力图想要传达之要旨。由此出发，王闿运复古诗学的
"情"就成为个体的人现实存在的表征，是人之为人的本然规定性所在。
因此，王闿运复古诗学之"情"，又表现出与汉魏六朝诗学一定的异质
性。它不再单纯地强调诗歌的抒情本质，也不再留恋于"非长歌何以骋
其情"的创作主旨，亦不再仅仅注重诗学意义生发的单一维度，而是力
图表征完整的个体本质及其本然存在状态。

显然，王闿运复古诗学对"情"的框定，是在传承汉魏六朝"诗缘情"
理论的表象下又做了一定的开拓，他的这种努力也是与其建构"治情"的
诗学本体所密切相关的。在王闿运看来，既然诗学是以表征个体的方式存
在的，那么，"为己"自然就是诗学的题中之意了。为此，诗学对"情"的
倚仗，以及"情"由诗发的理路，最终都离不开"为己"的价值旨归：

> 古以教谏为本，专为人作；今以托兴为本，乃为己作。②

> 亦以自发情性，与人无干。虽足以讽上化下，而非为人作，或
> 亦写情赋景，要取自适。③

---

① 王闿运：《说诗》卷八，《湘绮楼诗文集》，马积高主编，岳麓书社 1996 年版，第
2357 页。

② 王闿运：《论诗法答唐凤廷问》，《湘绮楼诗文集》，马积高主编，岳麓书社 1996 年版，
第 551 页。

③ 王闿运：《说诗》卷七，《湘绮楼诗文集》，马积高主编，岳麓书社 1996 年版，第
2325 页。

庄子以箕子、比干役人之役,以其随君上转移也。诗中则无此境。独立不惧,遁世无闷,所以动天地、感鬼神,为其无术也。三代后无乐,以诗为乐,学生、胄子精神寄焉。故《诗》通《春秋》,义取自治,谓风也,兴也,雅取比赋,义别于此。①

当然,王闿运复古诗学的"为己"向度并不是那种简单的吟咏风月与感怀伤悲式的"独语"或自言自语,而是寻求一种个体存在的本然状态。也就是说,诗歌如能展现个体本质,即是"为己",进而才能够实现"自治",而这也是其"治情"诗学本体的内在逻辑构成。虽然王闿运的复古诗学讲究"诗不论理,亦非载道"②。但是,他重"情""治情",将"情"的表征与彰显指向"为己"的诗学意义,把"诗以养性情"的主旨落实为个体本然状态的呈现,本身就暗合了其"今文学"学术研究的价值取向,即以"自治"达到"治天下"。作为对魏晋六朝诗歌及其主张的模仿,王闿运"为治"的诗学倾向往往是藏而不露的,我们往往只能从其诗学由"为己"而通达"治情"的路径中有所管窥,即以诗学正一己之"情"而正天下人之"情"。王闿运始终认为,古之学为己而诗学昌盛,世道亦不危。今之学为人而诗学凋敝,世道亦乱。但今人却不知反求诸己,诗心人心愈乱,诗道世道不盛亦已。王闿运别出心裁、大张旗鼓地复古汉魏六朝诗歌及其主张,似有以诗正诗心("为己")进而挽救世道人心的主观用心:

诗者,持也。持其所得,而谨其易失,其功无可懈者。虽七十从心,仍如十五志学,故为治心之要。③

诗,承也,持也,承人心性而持之。④

---

① 王闿运:《湘绮老人论诗册子》,《湘绮楼诗文集》,马积高主编,岳麓书社1996年版,第2379页。
② 同上书,第2377页。
③ 王闿运:《论文法答张正旸问》,《湘绮楼诗文集》,马积高主编,岳麓书社1996年版,第539页。
④ 王闿运:《论诗文体式答陈复心问》,《湘绮楼诗文集》,马积高主编,岳麓书社1996年版,第544页。

> 诗者，文生情。人之为诗，情生文。文情者，治情也。①

诗以达情为主，而情亦能为诗。诗情合一，则在于"治情"。王闿运复古诗学中的"诗""情"以及关乎二者的"为己""自治"等，最终都可纳入其"治情"的诗学本体。"治情"，即以诗歌来恢复人之常情与本性，而"非可快意骋词，自状其偏颇，以供世人之喜怒也"②。若社会个体皆能依诗而"自治"，整个社会亦能大治，而这即是"治情"诗学的最终归宿。王闿运的"治情"诗学本体在"为己"而"自治"的向度上是较为敞开的。可以预料的是，对于具有经世意识和现世精神的王闿运而言，这决然不是终点，"以词掩意，托物寄兴"的背后或许潜藏的是一位末世诗人的良苦用心，"然湘绮拟古，内容亦关涉时事"③。王闿运复古诗学"治情"本体的建构是相当隐讳和曲折的。但是，从整体来看，它仍然没有背离其"今文学"学术研究的价值立场，如"治情"本体对"诗缘情"的复兴、对"为己"的认同与营造，以及由此而孕育的诗学经世维度等方面，均可见出其"今文学"的深刻影响和渗透。

（三）主文的诗学追求

与"今文学"微言大义的阐发模式具有异曲同工之妙，王闿运复古诗学意义的生发也十分注重"文"对于"义"的掩饰，以求曲折婉转地表达诗学的"为治"倾向。为此，他尤其重视诗歌的外在形式——"文"，期望由模拟古诗之"貌"来进入古诗之"神韵"，进而完善其复古诗学本体的建构。总的来说，王闿运主文的诗学追求不仅迎合了汉魏六朝绮丽的诗风，而且也是其诗学意义表达的内在要求。

王闿运认为，"今之诗乃兴体耳"，"兴"既是诗人外感于物的情感媒介，又是性情感发的方式与特色：

> 兴者，因事发端，托物寓意，随时成咏。④

---

① 王闿运：《杨蓬海诗集序》，《湘绮楼诗文集》，马积高主编，岳麓书社 1996 年版，第 380 页。

② 王闿运：《论诗文体式答陈复心问》，《湘绮楼诗文集》，马积高主编，岳麓书社 1996 年版，第 544 页。

③ 钱仲联：《论近代诗四十首》，《社会科学战线》1983 年第 2 期。

④ 王闿运：《说诗》卷七，《湘绮楼诗文集》，马积高主编，岳麓书社 1996 年版，第 2325 页。

盖风、雅国政，兴则已情；风、雅反复咏叹，恐意之不显，兴则无端感触，患词之不隐。①

王闿运既要强调诗学的"情"本体，又要避免"情"之于诗学的伤害而滑向世俗诗学一端，再加上他对汉魏六朝诗学的膜拜立场。为此，其选择不同于汉儒诗教内涵且于晋魏六朝已逐渐深化的"兴"为诗之体，是具有很强的针对性的。"文已尽而意有余，兴也。"② 王闿运不仅看重"起情故'兴'体以立"③ 的诗学法则，反对诗学长期以来的浓厚载道传统。而且力求"兴"所赋予诗学之含蓄、婉转、深远的意义生发方式。在王闿运看来，"诗有六义，其四为兴"④，若要复兴"诗缘情"的诗学本体，就必然要倚仗诗之"兴"体。然后，再由"兴"所生发的诠释模式进入诗学之"情"，实现"情生文"与"文生情"的二元对生，从而建构起既符合诗学发展规律，又合乎自身诗学价值抉择的完善体系。

王闿运诗学复古的直接对象是汉魏六朝诗歌，绮丽、典雅、深情、华声的诗歌主张与风貌，自然是其首先效仿的对象，"夫神寄于貌，遗貌何所得神？"⑤，如何模拟古诗之"貌"就成为其复古诗学体系十分重要的维度。由此看来，除主张五言体式以及界定诗为"兴"体之外，王闿运复古诗学的主文倾向还体现在多方面，如辞采、用典、格调等。关于辞采之绮靡，王闿运是有过正面肯定的：

近代儒生深讳绮靡，乃区分奇偶，轻诋六朝。不解缘情之言，疑为淫哇之语，其原出于毛、郑，其后成于里巷。⑥

---

① 王闿运：《湘绮老人论诗册子》，《湘绮楼诗文集》，马积高主编，岳麓书社1996年版，第2376页。

② 钟嵘：《诗品序》，李壮鹰：《中国古代文论读本》，高等教育出版社2008年版，第172页。

③ 刘勰：《文心雕龙·比兴》，周振甫：《文心雕龙今译》，中华书局2005年版，第325页。

④ 王闿运：《说诗》卷七，《湘绮楼诗文集》，马积高主编，岳麓书社1996年版，第2325页。

⑤ 王闿运：《论文法答陈完夫问》，《湘绮楼诗文集》，马积高主编，岳麓书社1996年版，第540页。

⑥ 王闿运：《论诗文体式答陈复心问》，《湘绮楼诗文集》，马积高主编，岳麓书社1996年版，第544—545页。

> 诗涉情韵议论，空妙超远，究有神而无色，必得藻采发之，乃有鲜新之光。①

王闿运深知辞采之丽对于诗学"情"本体的重要性，而且躬体力行，不仅取"绮"而自命"湘绮楼"，且"湘绮自壮年喜学刘希夷体，以明艳响亮为宗"②。"今所传《湘绮楼诗》，刻意之作，辞采巨丽，用意精严，真足上掩鲍谢，下揖阴何，宜其独步一时，尚友千古矣。"③这些都暗示了其于模仿中求得古诗之"貌"的初衷。

与此相适应，王闿运的复古诗学也十分强调用典，"而在湘绮诗论中，这些正是道幽微之情的途径；为此，湘绮诗学不反对用典"④。作为诗歌表现形式的一个层面，王闿运所强调的用典，不是以典凑诗而使诗流于苦吟与意象经营，而是力主用典于无痕和自然。他更加反对直白浅显的俗典堆砌，所谓"一用俗典，通首减色"⑤。一方面，王闿运复古诗学的用典，固然是为了伸张缘情而绮靡的诗歌风貌；另一方面，用典之目的也是为了诗学"情"本体的建构，而不应该有损于"情"的本然状态及其现实显现。因此，王闿运复古诗学所强调的用典是有所选择性的，用而不乱、掩而不直、丽而不张是其主要准则，这在其大量的诗作和诗评中随处可见。如《过王家营感旧》中的"得鹿真如梦，悲麟敢问天"等。

王闿运复古诗学的主文倾向还突出体现为对格调的重视，其在诸多诗论中都透露出以格调论诗的取向：

> 诗主性情，必有格律。⑥

> 既不讲格调，则不必作；专讲格调，又必难作。于是人争避

---

① 王闿运：《论五言作法答陈完夫问》，《湘绮楼诗文集》，马积高主编，岳麓书社1996年版，第542页。

② 杨钧：《草堂之灵》，岳麓书社1985年版，第292页。

③ 汪辟疆：《汪辟疆说近代诗》，上海古籍出版社2001年版，第21页。

④ 朱洪举：《王湘绮诗学思想研究》，华东师范大学博士论文，2007年。

⑤ 王闿运：《说诗》卷一，《湘绮楼诗文集》，马积高主编，岳麓书社1996年版，第2105页。

⑥ 王闿运：《论诗法答唐凤廷问》，《湘绮楼诗文集》，马积高主编，岳麓书社1996年版，第551页。

难,多为七绝、七律,以为易成而又易入格也。①

　　看曾觚庵诗,浸淫六朝,格调甚雅,湘中又一家也。②

　　王闿运诗学"尽法古人之法",重模拟、讲功夫,其力图在"音""律""调"等方面重现汉魏六朝诗风的复古理路是可以理解的。但是,王闿运复古诗学所强调的格调并不是单纯地指"音""律""调",还包括辞采、体式、师法、诗境等层面,其是要在得古诗之气象与格调的标准下尽诗法之能事,从而最大限度而又不失章法地凸显"文"的作用和意义。

　　总的来看,王闿运复古诗学的主文倾向显然是与其模拟汉魏六朝诗学密切相关的。然而,主文对于其诗学体系来说还有更深层的意义,那就是他所说的"以词掩意":

　　故贵以词掩意,托物起兴,使吾志曲隐而达于自然,闻者激昂而思赴。其所不及设施,而可见施行,幽窈旷朗、抗心远俗之致,亦于是达焉。③

　　持其志,无暴其气;掩其情,无露其词。④

　　王闿运认为,诗之本体在于人之"情"的显现,而且诗与"情"相互依存和共生。好的诗歌是由诗人本然状态所孕之"情"自然生发的,即"情"的现实再现。而事实上,历来的缘情诗学似有一种以"义"取胜的误区,往往容易忽视本然状态的"情",而热衷"世情"和一时、一地之情。此种专注于"义"的主观抒发与暴露的诗学,显然是无法客观表征个体本质及其本然状态的,甚至会造成一种泛情、滥情的世俗诗

---

① 王闿运:《说诗》卷六,《湘绮楼诗文集》,马积高主编,岳麓书社 1996 年版,第2272 页。

② 王闿运:《说诗》卷七,《湘绮楼诗文集》,马积高主编,岳麓书社 1996 年版,第2324 页。

③ 王闿运:《论诗文体式答陈复心问》,《湘绮楼诗文集》,马积高主编,岳麓书社 1996年版,第 544 页。

④ 王闿运:《说诗》卷七,《湘绮楼诗文集》,马积高主编,岳麓书社 1996 年版,第2327 页。

学取向（如王闿运批陶尊谢的诗学取向），从而背离"为己"而"为治"的复古诗学主旨。因此，"以词掩意"的主文追求在避免以义曲情的基础上，不仅是对当世晚清诗坛功利主义诗风远离"诗心"与"情"的某种非难，也是王闿运表达其复古诗学之价值旨趣的内在要求，而这也足以见出其"今文学"学术研究的价值取向及其表征方式之于诗学的深刻影响，"湘绮屡言诗非小道、可以之治心约情，……'以词掩意'之法，重在以古人之情修持自己之情，如此，方能与湘绮所谓'《诗》通《春秋》，义取自治'之旨打通"①。

三 王闿运的诗学实践及其价值衡估

王闿运既然被称为"诗坛旧头领"，又被比之为"托塔天王晁盖"，除了其诗学主张于当时晚清诗坛而言实则独辟蹊径、影响深远且追随者众多外，如"当湘绮昌言复古之时，湘楚诗人，闻风而起。其湖外诗人之力追汉、魏、六朝、三唐与王氏作桴鼓之应者，亦不乏人"②。还与其笔耕不辍，且深得古韵古法的诗学实践相关。王闿运著有《湘绮楼诗集》14 卷、《湘绮楼诗集未刊稿》4 卷、《湘绮楼诗外集》2 卷、《湘绮楼诗钞》1 卷。虽现只存诗近千首，却也足以奠定其晚清诗坛的重要地位。然而，王闿运却始终是晚清诗坛遭后人非议较大的诗人，复古的诗学路径使其常常在古与今、传统与革新、理想与现实之间游离，有时甚至显得格外迷茫与纠结。王闿运复古诗学的价值有待于学界做进一步的衡估。

（一）王闿运的诗学实践

王闿运于晚清诗坛提出了以"治情"为本体而尊汉魏六朝的复古诗学主张，并且在诗学实践中无所不拟，"寝馈汉魏六朝诸家集"③，其内容涉及赠寄、哀挽、送别、写景、咏怀、游历、叹世、咏史等方面。而就其大致题材而言，则可以主要划分为三大类：田园山水诗、写景抒情

---

① 朱洪举：《王湘绮诗学思想研究》，华东师范大学博士论文，2007 年。

② 汪辟疆：《汪辟疆说近代诗》，上海古籍出版社 2001 年版，第 23 页。

③ 沈其光：《瓶粟斋诗话》，张寅彭主编《民国诗话丛编》（五），上海书店出版社 2002 年版，第 684 页。

诗、即事感怀诗。王闿运的诗学实践在"祢宋"诗风盛行的晚清诗坛自张一旗，于"另类"中显现出诗人独特的诗学体验和诗学理念。

1."山水养余心"

田园山水诗在王闿运的诗作中所占比重较大，这类诗作虽多专事模拟与刻画田园山水，却最能显现出诗人复古诗学的价值旨趣。在其众多田园山水诗篇中，诗人将"缘情"以"自得"，进而"自治"的创作主旨鲜明地表现出来了。王闿运的田园山水诗所涉内容较泛，但其笔触多着眼于故乡田园山水和游历所见田园山水，如《城上月夜》《君山》《晓上空泠峡》《华山诗》《从南昌至临川，一望平林沙田，作一首》等，皆能代表他的诗学主张，从而成就了其作为田园山水诗人的诗坛地位。如其写水之作：

> 浮烟暗一城，孤月四边明。渔火动多影，湘流静有声。风高寒望眼，漏水逼秋情。危磴荒池外，时清草自生。①

此五律以故乡的湘江及其月夜为描摹对象，将清幽、空灵、飒爽的深秋月夜下的湘江美景用极具锤炼性的辞采表现出来了。境中似无诗人之景与情，却恰恰在了无痕迹的"危磴"中深知意境美之所在而怡然自得。

> 猎猎南风拂驿亭，五更牵缆上泠空。惯行不解愁风水，瀑布滩雷只卧听。②

这首七言诗在王闿运的游历题材的诗作中较具代表性。在猎猎的南风吹拂下，"我"在纤夫的牵引下由驿亭溯流而上游览空泠峡景色，已经习惯了长久的奔波与漂泊而早已不在意风浪的侵扰，即使瀑布如电闪雷鸣般也毫不影响"我""卧听"的雅趣与心境。这首诗在山水游历中

---

① 王闿运：《城上月夜》，《湘绮楼诗文集》，马积高主编，岳麓书社 1996 年版，第 1146 页。

② 王闿运：《晓上空泠峡》，钱仲联《明清诗精选》，江苏古籍出版社 2002 年版，第 154—155 页。

将诗人"自得"的心态显现出来了，似有隐喻乱世中"洁身自好"以"自治"的诗学旨趣。又如其写山之作：

> 山色无远近，明秀湖天中。方屿浮片玉，扁舟拂神风。挂席六来过，清境未易逢。归尘既已浣，如得窥灵官。登陟未觉高，四望豁心容。惊涛汹茫茫，光映化冲融。珍木不知名，芳碧自成丛。丘壑情所止，鱼樵事已同。幽敞兼二奇，云水尽玲珑。平生广历览，神逸获更丰。当愿长来此，移石对乔松。①

"君山"亦是诗人对故乡山水刻画的又一力作。整首诗将"山"与"湖"相比照，在"幽敞"之中尽显山水之"清境"，从而在"神逸"的审美感受中实现"自得"的诗学用心。

> 雍、梁表天阙，维石发琦英。嵯峨涌厚地，巉削起重城。三陟五千仞，始见南厓平。法驾不能跻，跬步在精诚。苍陇伏其胸，自作天梯横。纠缦五色光，虚闻万松声。仙岳收视听，天池漾金晶。卓尔既有立，昭兹瞻仰情。②

此诗是诗人游历名山华山之作。诗人以大气的笔触尽写华山之奇、高、壮、美，其辞采绚丽，深得魏晋六朝诗学之貌。诗歌虽重在刻画华山，而诗人亲临华山则自然流露出本然的"瞻仰"之情，无丝毫矫揉造作之意，可以说是"自得"之典范。再如其写田园之作：

> 寒原送云日，空秀无远近。渺然恬澹意，浩若沧洲影。轻烟有余妍，夕照见低隐。遥瞻山渐微，回观势难尽。平林多贞姿，葱翠自相引。既得汀渚趣，庶觉尘劳泯。缁鬓何足矜，忘年托松菌。③

---

① 王闿运：《君山》，《湘绮楼诗文集》，马积高主编，岳麓书社 1996 年版，第 1351 页。
② 王闿运：《华山诗》，《湘绮楼诗文集》，马积高主编，岳麓书社 1996 年版，第 1622 页。
③ 王闿运：《从南昌至临川，一望平林沙田，作一首》，《湘绮楼诗文集》，马积高主编，岳麓书社 1996 年版，第 1286 页。

作为王闿运的田园诗作,该诗以冬日黄昏之田园为对象,将平原之林与沙田之绿作了一番远近描摹。而诗人于此幅田园风光中"自得"其"恬澹意""汀渚趣",且在瞬间中忘却了劳累与痛楚,"自治"之意亦溢于言表。

纵观王闿运的田园山水诗作,其"以词掩意"之意极为明显,况且诗人极力模拟汉魏六朝诗学而不自显,时人遂多以为"基本上是单纯的模山范水,或抒发一己之情怀"①。其实不然,"湘绮之志愿太高,几不许有一古人立己之上,而古人之所长,又有绝不能相通者"②。王闿运的田园山水诗作皆藏有较深的"自得"倾向,即诗"乃为己作",是以求在一种山水田园的描摹中实现自我身心的洗礼与拨正,达到"自治"进而"治情"的诗学之用心。显然,王闿运的田园山水诗作不仅是其"治情"复古诗学价值旨趣的主要承载体,而且也是诗人于乱世中所能寻觅的,且能够较为直接与现实地收容和治理个体性情的一方净土。

2. "林树月夜情"

在王闿运的诗集中,还有一部分写景抒情诗。此类诗作对仗工整,辞采华美,意境平和自然,极具汉魏六朝诗歌风范。一方面,这部分诗作在景色的呈现中将诗人"自得"的闲情与雅致流露出来了;另一方面,这些诗作是在景色的寄托与遥望中以诗人之本性的传达求而"自得",进而"自治"。总的来看,这些诗作仍然是其复古诗学的具体体现。

泉声入山静,林光近水秋。凝波受雨凹,轻云拥月留。③

这首诗用工整凝练的辞采描摹出了一组四景图:山下泉涌图、水中林影图、雨打水景图、月夜轻云图。全诗极尽视觉之所能,以泉、山、林、水、波、雨、云、月等景物要素相分类与组合,在多维的画面展示中体现出诗人优雅脱俗的自然心境,而这亦是诗人个体"自

---

① 王英志:《王闿运山水诗初探》,《中国韵文学刊》2005 年第 4 期。
② 杨钧:《草堂之灵》,岳麓书社 1985 年版,第 92 页。
③ 王闿运:《四景诗》,《湘绮楼诗文集》,马积高主编,岳麓书社 1996 年版,第 1325 页。

得"之所在。

> 举目悟秋色，晴光松翠鲜。凉风更梳掠，高兴对超然。叶底明堪数，云边淡已烟。不求遗世赏，荣艳自年年。①

在写景抒情诗中，王闿运常常会借物抒情。此诗辞采光鲜，借晴日之松明艳、超然而年年绽放，似有借此表达诗人即使孤芳自赏，也不求身后荣耀的决心。因而，就算"自得"而"自治"的用心不为世所道，亦要"自年年"。由此看来，王闿运的写景状物诗篇也很好地诠释了其复古诗学的理念与相关主张。

王闿运一生交友甚广，并由此留下了大量的赠寄、哀挽、送别之作。由于王闿运复古诗学力主"以词掩意"，其常常将哀悼、思念、愁苦、离痛等人之常"情"，寄予景物之中来进行传达。王闿运复古诗学之"情"本体是指向人的自然本性与本然状态的，人的生离死别与七情六欲亦是其诗学的表达对象。在王闿运看来，诗学之"情"不在于表达何种情性，而在于是否表达人的真"情"，其标准即是"自得"，以"自得"进而"自治"，达到心性的归复和修正。显然，从诗学"情"本体的范畴上来讲，王闿运的赠寄、哀挽、送别之作，也是人的自然本性的现实显现，其仍旧是期望于在这种情性的表达中实现自我身心的安顿和畅达，亦是一种"自得"的诗学实践。如《折杨柳》：

> 东城门外柳，最与别相宜。明知心慊慊，故作影依依。君子自兹远，春风不共吹。归来白日晚，素手理罗衣。但得长相送，殷勤未敢辞。②

诗人将友朋之间的离别之"情"寄托在"柳"上，在诸如影、春风、白日、罗衣等情境的渲染与刻画中，体现出情真意切的寄送之情。又如《夜半送客》：

---

① 王闿运：《晴松》，《湘绮楼诗文集》，马积高主编，岳麓书社 1996 年版，第 1569 页。
② 王闿运：《折杨柳》，《湘绮楼诗文集》，马积高主编，岳麓书社 1996 年版，第 1199 页。

宵驾寻野烟,前山暗深树。隔岸闻犬声,知君渡江去。秋夜萤火稀,孤光引归路。①

在静谧冷清的氛围中,诗人以一系列赋有意蕴和张力的辞采,如宵、野、暗、深、隔、犬、去、秋、稀、孤、归等,尽显其内心难以隐藏的依恋和不舍之情。虽情深而不直露,亦不做作。此乃诗人以人之常情入诗且"掩其情"的诗学主张的现实体现。再如《赠陈珮秋》:

诗酒风流四十年,归来相见各华颠。贫增傲骨难谐俗,老恋丹炉未得仙。荐椭不逢刘表送,游秦谁知马周贤。洞庭水满湘川阔,且逐闲鸥学信天。②

此诗作是赠友人,写见闻感受,而诗人却在相见之时深感岁月已逝而仍旧一事无成。与其蹉跎岁月,倒不如学洞庭"闲鸥"闲庭信步,其"自得"之心清晰可见。

从整体来看,王闿运的写景抒情诗尽管过多专注于景物的刻画与描摹,或寄情于景而常发一己之真情性。但是,其诗作中总是经意或不经意地流露出"自得"的诗学主旨。或许"王闿运摹古的目的,并不仅想囿于古人,而是想青出于蓝而胜于蓝"③,在于在自己的诗作中表达出个体的本然状态,在"自得"中求得"自治"。

3. "家国常有忧"

王闿运时常被人理解为不谙世事的"古董",其诗作所涉时事甚少。即使著有《圆明园词》《独行谣》这类的"诗史"之作,也往往被讥笑为"笨拙的时事歌括,不能算作诗!"④ 然而,王闿运的这类诗作终究是其复古诗学的有机组成部分,其尚能在"规古过甚""面目陈旧"中

---

① 王闿运:《夜半送客》,《湘绮楼诗文集》,马积高主编,岳麓书社 1996 年版,第 1253 页。

② 王闿运:《赠陈珮秋》,《湘绮楼诗文集》,马积高主编,岳麓书社 1996 年版,第 1875 页。

③ 何锦山:《王闿运诗文论略》,《社会科学辑刊》1990 年第 2 期。

④ 胡适:《五十年来中国之文学》,《胡适文存二集》卷二,上海书店 1989 年版,第 104 页。

自见情性，自成家数。

王闿运也创作了一定数量的有关家国之忧的诗作，其多是以现实出发而即事感怀。虽然它们不是王闿运诗作的主流，却仍然体现了诗人彰显人之本性与本然状态的诗学旨趣。王闿运是一个追求"帝王之学"的文士，其本身也具有浓厚的经国之志，"闿运平生志愿，满腹经纶，一不得申，每嗟感遇"①。因此，他的诗作绝不可能全然不顾世事兴衰。将个体内心忧国忧民、体恤生命之情本然地表达出来，亦是其诗学"治情"本体的内在要求。如《临川西洲》：

> 晨风吹游子，逶迤溯川折。畏途常早泊，非能候风色。眺步
> 得短杠，肃肃净秋迹。村虚寂萧条，败屋稍横栅。饥禽争落梧，
> 瘦犬卧寒石。污泥压死稻，穷妇抬残粒。揖掘终日间，难谋一杯
> 食。丁男尽逃徙，余此任漂泊。衣单天又寒，残夏遘凛栗。温凉
> 既乖错，复怪桃再实。干戈迫妖异，谁暇计时节？远客偶叹嗟，
> 还船理归楫。②

这首诗作将诗人触目所见，通过一系列的事件展现出来了，如"村虚""败屋""饥禽""瘦犬""穷妇""丁男"等，都在细致地描摹中勾勒出一幅社会衰败的景象。此诗深得汉魏慷慨悲凉的现实主义诗风，不仅在模拟曹操、王粲等人的五言古诗中尽得其韵，而且将诗人内心所固有的忧民之情本然地表达出来了。王闿运的家国之忧代表之作当属《圆明园词》，此诗叙述了诗人与友人游圆明园遗址的所见、所感与所思，字里行间渗透出浓厚的"诗史"观念与忧患意识：

> 东门旦开胡雏过，正有王公趋道左。敌兵未藏雍门荻，牧童已
> 见骊山火。……即今福海冤如海，谁信神州尚有神？百年成毁何匆
> 促，四海荒残如在目。丹城紫禁犹可归，岂闻江燕巢林木。③

---

① 王闿运：《致吴抚台》，《湘绮楼诗文集》，马积高主编，岳麓书社 1996 年版，第 853 页。
② 王闿运：《临川西洲》，《湘绮楼诗文集》，马积高主编，岳麓书社 1996 年版，第 1190—1191 页。
③ 王闿运：《圆明园词》，《湘绮楼诗文集》，马积高主编，岳麓书社 1996 年版，第 1410—1411 页。

这首长诗从历史着眼，在物象人事的对比叙述中显现出国家的一时之气运。其笔法宏大深远，且以诗作史，家国之忧更是溢于言表。此诗虽议论略显偏多，相对于诗人的诗学主旨而言，抒情也过于直露，似乎有悖"以词掩意"的诗法追求。但是，从诗学的"治情"本体来看，其仍然是以个体之真"情"的本然显现为前提的，是于此种纪实和感发中来寻求个体性情的本然状态的，其强调的是"情生文"而不是抑"情"而就"文"。王闿运的此类诗作深似汉魏诗风，且尤其注重一己之情性的抒发，将充盈的个体生命情绪本然地显现出来了。由此可知，"然其所作，于时事有关系者甚多"①，亦是其诗学体系建构的题中之意。

从诗学实践来看，由于王闿运将诗学之"情"做了较为宽泛的处理，这就使其诗学在模仿对象上较为自由。因此，其诗集中反映家国之忧的诗作亦不在少数。

王闿运的复古诗学强调在模拟古人的基础上建构以"治情"为本体的诗学体系。无论是通经致用的价值指引，还是主文而"以词掩意"的诗法处理，最终都是以求"情"——个体本质及其本然状态的自然显现，并且在这种"自得"中走向"自治"，从而通达"治情"的诗学主旨与用心。为此，当我们以"治情"诗学本体的建构为出发点，来审视王闿运的田园山水诗、写景抒情诗、即事感怀诗等诗学实践时，对其在诗歌对象的选择、个体情性的传达、复古传统的弊病、远离现实的诗风等焦点问题上的争论，也都能够迎刃而解了。也就是说，王闿运在诗学复古过程中的诸多抉择，都是围绕"治情"诗学体系的建构来展开的，其各种诗学实践也都能够最终回归到其诗学的主观用心及其价值旨趣中去。

（二）王闿运的诗学地位及其价值衡估

作为晚清湖湘诗派之首，王闿运在"祢宋"主流诗学之外所开辟的汉魏六朝诗风与主张受到了极大的追捧与跟从。而正是其诗学之于复古至深，且与晚清现实多有所隔膜与不入，又使其诗学所受非议较大。王闿运复古诗学的价值旨趣是以其"今文学"学术研究的价值体系为基准

---

① 陈衍：《陈衍论诗合集》，钱仲联编校，福建人民出版社 1999 年版，第 886 页。

的，若以其"今文学"的价值旨趣为切入点，我们或许能够从本源上还原王闿运复古诗学的意义维度，并且对其现实意义做出适当的价值衡估。

1. 毁誉参半的诗学评价

王闿运的复古诗学体系能够自成一家，其在晚清诗坛的地位也能从其毁誉参半的评价中见出。总的来看，学界对其诗学大致存在三种不同的态度和观点：

其一，"得有斯人力复古，公然高咏启宗风"，不少学者对王闿运诗学的开宗地位及其成就表示认同。袁思亮有这样的评价："以湘绮配昆天王，百世莫易矣。"[①] 而汪辟疆将王闿运看作"近代诗坛老宿，举世所推为湖湘派领袖也。……学赡才高，一时无偶"[②]。以为其诗学更是"得有斯人力复古，公然高咏启宗风"[③]。对于王闿运的诗学成就，由云龙称其"如人间五岳，气象光昌"[④]。钱基博认为，王闿运的"诗才尤牢笼一代，各体皆高艳"[⑤]。王闿运的弟子杨钧也以之为大家，"湘绮抱轹杜轹李之心，而各家所能，又复兼收并采，故多非直非横之制，而有非人非己之篇，不得不谓为大家，又不得谓为纯洁之大家也"[⑥]。显然，一方面，这些学者看到了王闿运复古诗学深得汉魏六朝诗学之貌的一面，认为其复古主张更为彻底与纯粹，诗作也近古人诗学之神韵。另一方面，王闿运在"祢宋"诗风充斥的晚清诗坛自张一军，形成了与"祢宋"诗学并举且似有盖过其势头的诗学发展趋向，"今天下之诗，盖莫盛于湘潭，尤杰者曰王壬秋、蔡与循"[⑦]。而且其"诗名倾朝野"，自然深受时人的追捧和称道。因此，对王闿运复古诗学做出肯定的评价，自当大有人在。

其二，"古色斓斑真意少，吾先无取是王翁"，一部分学者对王闿运尽法古人而游离现实之外的诗学主张表现出极大的反感和不屑。王闿运始终坚持尽法古人的诗学主张，在复古的道路上走得格外深远。而且他

---

① 转引自汪辟疆《汪辟疆说近代诗》，上海古籍出版社 2001 年版，第 50 页。

② 同上书，第 50—51 页。

③ 同上书，第 50 页。

④ 由云龙：《定庵诗话》卷下，张寅彭主编《民国诗话丛编》（三），上海书店 2002 年版，第 596 页。

⑤ 钱基博：《中国现代文学史》，岳麓书社 1986 年版，第 39 页。

⑥ 杨钧：《草堂之灵》，岳麓书社 1985 年版，第 92 页。

⑦ 郭嵩焘：《谭荔仙四照堂诗集序》，《郭嵩焘诗文集》，岳麓书社 1984 年版，第 71 页。

在动荡的晚清独尊汉魏六朝的缘情诗学,其于师法、创新、世用等方面都难以为世人所接受。陈衍以为"其墨守古法,不随时代风气为转移,虽明之前后七子无以过之也"①。而近人对王闿运的评价,则更为贬抑和直白。柳亚子称其"少闻曲笔湘军志,老负虚名太史公。古色斓斑真意少,吾先无取是王翁"②。胡适对王闿运复古诗学的评价尤为尖锐,称其诗作为"假古董","偶而发见一两首'岁月犹多难,干戈罢远游'一类不痛不痒的诗;但竟寻不出一些真正可以纪念这个惨痛时代的诗。这是什么缘故呢?我想这都是因为这些诗人大都只会做模仿诗的"③。此外,在近现代的一些文学史、文论史著作中,王闿运的复古诗学也大多不被认同。陈子展在《中国近代文学之变迁》中认为,王闿运"也只不过是个活着的六朝人……他们在诗国里辛辛苦苦的工作,不过为旧诗姑且作一个结束"④。游国恩等人的《中国文学史》称其"模拟古人诗,实际上只是脱离现实、自我麻醉而已。是一个典型的古董诗派"⑤。郭绍虞也认为,王闿运是诗坛守旧的"顽固派","他要求诗歌继续为腐朽没落的封建政治服务,无疑的是在当时通往旧民主主义革命道路上设置了障碍"⑥。总的来看,多数学者认为,"王闿运的泥古而不能自拔,重辞藻而轻意境,就其诗歌创作成就而言,盛名之下,其实难副"⑦。况且,在经世致用为主要价值取向的晚清至近现代的中国社会,这种复古诗学主张又似乎"无以知其时与世,章句虽工,末矣"⑧。其固然极易受到各种非议和贬斥。

其三,"粗有腔拍,古人糟粕尚未得尽者",还有一部分学者对王闿运的复古诗学持相对折中的看法。王闿运的复古诗学虽然极力主张模拟汉魏六朝诗歌,却在复古中取得了较大的诗学影响和社会反响,学者对其评

---

① 陈衍:《陈衍论诗合集》,钱仲联编校,福建人民出版社 1999 年版,第 886 页。

② 柳亚子:《论诗六绝句》,《柳亚子诗词选》,人民文学出版社 1959 年版,第 30 页。

③ 胡适:《五十年来中国之文学》,《胡适文存二集》卷二,上海书店 1989 年版,第 103 页。

④ 陈子展:《中国近代文学之变迁》,徐志啸导读,上海古籍出版社 2000 年版,第 32—33 页。

⑤ 游国恩:《中国文学史》(四),人民文学出版社 2002 年版,第 370 页。

⑥ 郭绍虞:《中国历代文论选》第四册,上海古籍出版社 1980 年版,第 107 页。

⑦ 马卫中、刘诚:《从湖湘派的兴衰看王闿运的诗坛地位》,《文学遗产》1999 年第 5 期。

⑧ 林庚白:《〈今诗选〉自序》,转自杨天石、王学庄《南社史长编》,中国人民大学出版社 1995 年版,第 646 页。

价也出现了较为折中的态度。李慈铭如是评价王闿运的复古诗学："诗文亦较通顺，而大言诡行，轻险自炫，亦近日江湖俍客一辈中人也。"[①] 他又在日记中称其"则粗有腔拍，古人糟粕尚未得尽者"[②]。李慈铭以"轻险"来贬低王闿运及及其诗歌创作与主张，却对其地位和成就还是留有一定余地的。章太炎认为王闿运诗学虽类似明七子以复古为路径，而"其文优于七子也"，当是一大突破与成就。钱仲联也认为，王闿运的"名篇如《圆明园词》，谭献《复堂日记》所谓'《连昌》、《长恨》，谈何容易'者，岂能一笔抹杀"[③]。而当下学者对王闿运的复古诗学则多持比较客观的态度，章培恒、骆玉明认为，王闿运诗学"虽感觉陈旧，但造诣颇高"[④]。后来有关王闿运诗学研究的论文也多如此，他们或者从诗法的角度肯定其成就而批评其诗作内容上的乏善可陈；或者从模拟古诗的角度肯定其深得汉魏六朝诗歌风貌而贬低其手法上的不善变化、拘泥不化；或者从诗学审美的角度肯定其对晚清诗坛的开拓而反对其求诸传统的诗学路径；……总的来看，当下的学者尚能够较为辩证地看待王闿运的复古诗学，对其诗学思想有了进一步的认识和深化，观念与态度也较为公允。

目前，学界对王闿运复古诗学的评价，可谓众说纷纭。其诗学地位的确立还有待我们对其复古诗学精神及其旨趣做进一步的深层把握与挖掘。

2. 诗学价值的现世努力与古典归宿

纵观王闿运复古诗学的历史评价与地位，其显然处于不断地阐释与建构之中。然而，当下的王闿运复古诗学研究在理解上仍然存在着不少的盲点与误区。我们对王闿运复古诗学价值的合理衡估，必须要深入诗人的学术背景与为学理路中去。为此，从王闿运"今文学"学术研究的价值体系着眼，将为"治"的价值基点作为其诗学意义生发的源泉，我们方能真正厘清王闿运复古诗学之于现世的努力与意义。

如前所述，王闿运是具有浓厚的以经淑世的"今文学"学术立场的，其也十分注重通经致用的为学理念，"余怀越甲耻，杖策献军谋。

---

① 汪国垣：《光宣以来诗坛旁记》，张寅彭主编《民国诗话丛编》（五），上海书店出版社2002年版，第391页。

② 徐一士：《一士类稿·一士谭荟》，重庆出版社1998年版，第39页。

③ 钱仲联：《论近代诗四十首》，《社会科学战线》1983年第2期。

④ 章培恒、骆玉明：《中国文学史》下卷，复旦大学出版社1996年版，第588页。

谬蒙忘年分，抵掌借前筹"①。然而，相对于晚清社会所兴起的经世致用思潮，王闿运则明显地表现得更为内敛和保守。他的"今文学"的为"治"路径不是立足于实体层面的器物致用，而是复归到更为原始和传统的心性层面，力求以"自得"来寻求"自治"，进而天下大治。也就是说，同样强调致用和为"治"的思想，只不过王闿运的"今文学"学术研究及其价值体系选择了不同以往的方式与路径。作为其"今文学"学术体系的重要组成部分与价值延伸，王闿运的复古诗学也传承了这一理论致思，将为"治"作为诗学的价值旨归，建构起以"治情"为核心的复古诗学体系。王闿运选择复古汉魏六朝诗学，不仅与其复古理念和认识维度密切相关，而且体现了诗人对"情"的独特理解与建构——个体心性（情）乱致天下乱，个体心性（情）治则天下治。为此，王闿运复古诗学就不只是单纯地沉迷"汉魏六朝至深"了。因此，当前学界对王闿运复古诗学的争论，往往将焦点过多地放在其复古诗学的手法和诗作的现实内容等问题的纠葛上，而没有在价值维度上对其诗学复古作更为深层的诠释和挖掘，这显然是不够的，也是有悖王闿运论诗之旨趣的。从本源上讲，王闿运的复古诗学，应当是为"治"的诗学，也首先是个体的诗学，这是符合其诗学价值的内在理路和发展趋势的。王闿运复古诗学的此种抉择是具有深刻的现实基础和忧患意识的，而不是如某些人所说的全然不知时世、毫无真意、迂腐落后和为模拟而模拟。作为衰世中的传统文人，王闿运在诸多方面是过于守旧和保守。但是，我们不能就此抹杀其对于现世的思考和努力。至少在诗学层面，王闿运的复古诗学不仅在"祢宋"诗风盛行的晚清诗坛别开生面，而且在价值旨趣上也深藏着为"治"的诗学用心，"是向内作自我的反省，并以此淑世、安排社会秩序，使民风淳美，以此挽救颓靡的衰世"②。这显然是尤其难能可贵的。

　　然而，王闿运复古诗学所开出的良方毕竟是传统的、回溯的和形上层面的，在一个需要变革、批判、破坏，且面对西方文化强烈冲击的动荡社会，这自然是不合时宜和难以被人接受与认同的。由此，我们不难

---

①　王闿运：《独行谣》其十，《湘绮楼诗文集》，马积高主编，岳麓书社 1996 年版，第 1427 页。

②　刘平：《论王闿运以礼自治的思想》，《湖南大学学报》（社会科学版）2008 年第 1 期。

理解，在剥离了诗学为"治"的价值旨趣后，王闿运复古诗学最终被界定为"古董诗派"，或者仅在诗法和审美方面有所复兴和开拓意义而已的处境了。这也可能是我们的误解。当然，王闿运复古诗学所彰显出来的古典归宿又是必然的。时至晚清，王闿运以诗心的回归来匡正和拨正世道人心的路径不仅不能有效实施，而且成为批判意识和创新意识生发的羁绊。况且，他也与寻求革新、倡导西化、放眼世界的晚清新型文人格格不入，其试图在传统价值体系中寻找可以为"治"的方案意图也就显得相当滞后了。从整体来看，王闿运复古诗学的现世努力和古典归宿是与其"今文学"学术研究的价值体系相统一的。而其所呈现的传统与现实、复古与开拓、形式与意义等方面的矛盾张力，都可以追寻到其以经淑世的"今文学"复古立场和价值旨趣中去了。

总的来说，王闿运在不分门户的经学研究中建立起了主"今文学"的学术价值体系，并且将通经致用和复古意识贯彻到了其诗学领域，形成了以"治情"为核心的复古诗学体系，为晚清诗学的演变提供了"新"的发展面向。王闿运复古诗学体系的建构，体现了具有"今文学"学术背景的诗人之于传统的专注、期望、迷惑与矛盾，而这也正是学术发展与诗学演变过程中所必须要面对与承担的。

第四章　疑经以通今　革新以世用："今文学"衍化下的晚清新变诗学

　　伴随着晚清封建政体的急剧没落，"今文学"在戊戌维新运动前后再次出现了高潮，"聪颖之士既喜其说之新奇，尤喜其学之简易，以至举国若狂，不可收拾"①。其讲变易、议时政、重阐释、寓批判、求革新的特点依然受到了学者的极大青睐，并且形成了声势浩大的"今文学"运动。与前期有所不同的是，"清室衰微益暴露。青年学子，相率求学海外"②。这一时期的文人志士大多沐浴了西方的某种学说与思想观念，表现出对传统经学思想及其价值体系的怀疑态度。因而，他们所具有的近代意识也更为张目和大胆。一方面，早期一部分具有"游历"背景的文人志士在接触西方文明的过程中，开始反思和怀疑通经致用的晚清"今文学"价值阐释模式，并且对其表现出一定的疏远与拒斥立场。由此，他们的诗学观念也在脱离传统束缚后于"见闻"中体现出较为开放的现世意识与进步理念，从而为晚清诗学的演变开启了一个更为广阔的发展面向。另一方面，一部分具有浓厚政治意图的文人志士将怀疑的精神运用到了对传统学术的改造与发挥，将"今文学"做了进一步的衍化，形成了力主革新和世用的"今文学"价值立场。作为他们"今文学"学术价值渗透的重要领域，其诗学理论也在价值取向与美学追求方面彰显出较强的变革维度与近代意识。从整体来看，这一时期的文人志士（主要指维新派）还是力图主张在传统之中寻找到与西方文化相接

---

① 叶德辉：《叶吏部与石醉六书》，《翼教丛编》卷六，台北文海出版社 1967 年版，第 405 页。

② 梁启超：《清代学术概论》，上海古籍出版社 1998 年版，第 97 页。

轨的因子，将革新与世用的价值立场在政治、思想、文化等领域作了极大的发挥和张扬。我们尚且不论其在政治上和思想上的成效与结果，这些保有“今文学”学术立场的文人志士在诗学领域的开拓，至少是富有成效的。他们的诗学努力不仅为晚清诗学的演变提供了多方面的可能向度，而且成为中国传统诗学向近代诗学转换所不可缺少的关键环节。

第一节　经学怀疑过程中的晚清诗学尝试

作为中国传统文化价值的承担者，晚清一部分有识之士对经学进行了反思与怀疑。一些文人志士利用“游历”的机会，不仅以一种亲身经历切实地感受到了西方国家形象所带来的惊羡体验，而且也引发了他们对传统经学价值阐发模式的质疑，从而形成了一种前所未有的近代意识和视野。作为寄身海外的先驱，王韬、黄遵宪等人的“游历”背景深刻地影响了他们对传统经学模式的看法，其价值观念的生成也随之发生了重大的调整和变化。显然，这种变化深刻地影响到他们诗学观念的形成和传变。就诗学领域而言，王韬、黄遵宪等人也取得了较大的成就。无论是对通经致用观念的非议而注重诗学的开放意识，还是对经史的不屑和舍弃而强调诗学的当世价值，都是他们基于“游历”背景，在对经学的怀疑过程中之于诗学所做出的重要开拓和努力。

一　“游历”与经学接受

中国古代文人历来就喜好“游历”，无论是寄情山水的恣意遨游，还是归隐田园的悠然潜游，抑或钟情庙堂的雅趣畅游，都是寄希望于将“游历”作为“游心于道”的凭借，显现出古人寻求一种惬意的生命存在方式的努力，正所谓“操缦清商，游心大象。倾昧修身，惠音遗响”[①]。时至晚清，文人志士的“游历”出现了新的动向。他们往往能

① 嵇康：《四言诗十一首》，殷翔、郭全芝注：《嵇康集注》，黄山书社 1986 年版，第 80 页。

够走出国门,以一个东方人的视角直接接触到西方国家形象,在一种近乎震惊和感愤的心态中慢慢弱化了"华夏中心"与"中优外劣"的主观幻象,从而使他们的"游历"具有较强的近代色彩和现代性体验。这种海外"游历"对他们所带来的影响是双重的,其不仅使其表现出对先进、新奇、美好、强大西方国家形象与价值体系的猎奇与羡慕心态,也使其流露出对传统文化及其价值体系的怀疑和反思,即对包括当时兴盛的"今文学"在内的整个经学价值阐发模式的质疑。因此,就晚清文人志士的海外"游历"而言,其与他们自身的经学接受往往是一种双向逆反的关系与发展趋势。

(一) 王韬的海外"游历"与经学接受

对西方国家形象的勾勒与描绘,早期的魏源、梁廷枏均有所贡献,《海国图志》《海国四说》等著作皆以一种印象化的笔法,间接地描述了己人所闻所想的西方国家形象。而真正首先以"游历"的形式来对西方国家形象进行亲身体验,并且具有较大影响的,则是王韬。作为一个游离于传统体制之外的文人,迫于清政府的压力,王韬于1867年开始游历欧洲,并且在器物与道层面逐渐亲身感受到了西方国家的"阛阓之盛":这里有车水马龙的城市形象、实用先进的生活生产器具、系统现代的科学制度、美轮美奂的自然风光、精妙绝伦的文化艺术、平等合理的人际关系与社会结构……王韬将其所见所感以一种美妙与认同的姿态记录在了《漫游随录》中。然而,"游历"也常常使王韬在价值取向上产生错位感与迷茫状态,"王韬的游览过程其实正时时伴随着这种时空裂变、抽离化和反思状态"[①]。也就是说,在这样一种热切体验西方国家形象的"游历"中,王韬越发感受到自身固有的传统价值体系受到了剥离,西方那种"咄咄逼人"的价值理念使其在接受新事物、新思想的过程中走向了焦虑与反思,"欲日出其技以与我争雄竞胜,絜长较短,以相角而相凌"[②]。显然,西方国家在器物与道层面所展现出来的先进性,是主张"通经致用"的传统价值体系所无法给予和企及的。于是,在传统与现代、中与西、新与旧、先进与落后的比照和交织中,王韬开

---

① 王一川:《中国现代性体验的发生——清末民初文化转型与文学》,北京师范大学出版社2001年版,第260页。

② 王韬:《答强弱论》,《弢园文录外编》卷七,中华书局1959年版,第200页。

始对数千年的价值生发机制与源泉——经学提出了质疑：

> 即有淹博之才，亦惟涉猎群圣贤之经籍，上下三千年之史册而已。故吾尝谓，中国之士博古而不知今，西国之士通今而不知古。然士之欲用于世者，要以通今为先。①

晚清经学，尤其是"今文学"的通经致用的观念是深受王韬怀疑的，"学区古今两门，古则通经术，谙史事；今则明经济，娴掌故；凡舆图算术，胥统诸此"②。在他看来，时至晚清，"今文学"的价值生发模式似乎已经远离了"今"用，通经已难以致用，其沉迷于"史事"的为学旨趣已经不适合晚清社会现实，并且也在与西学的比照中越发显露出自身的不足和缺陷：

> 六经载道，穷经所以行道。中国数千年精神悉具于六经。而西学者缵六经之未具，又非中国诸子百家所能言。故浅而用之西学皆日用寻常之事。扩而精之，西学即身心性命之原。③

随着海外"游历"所带来的现代性体验的加深，王韬逐渐越出了传统儒学的藩篱。其对于通经与致用关系的认识也不再是一成不变和简单对等的，并且对以通经为基础的传统学术丧失了兴趣，遂转而羡慕于更为实用与现实的西学。显然，王韬对经学的价值阐发模式发生了较大的转变，"一方面认为中国传统学术难以应用于现实，通经不能致用；另一方面认为六经并非是囊括宇宙一切真理的全书"④。因此，他认为，对当时兴盛的"今文学"及其价值体系，自然没有必要唯马首是瞻。

总的来说，王韬对经学的接受是相当保留的。而他在多大程度上对经学保持一定的距离与张力，则是与其海外"游历"紧密相关联的。可

---

① 王韬：《洋务在用其所长》，《弢园文录外编》卷三，中华书局 1959 年版，第 119 页。
② 王韬：《弢园尺牍·上丁中丞书》，生活·读书·新知三联书店 1998 年版，第 270 页。
③ 王韬：《万国公报》1892 年第 43 期，转引自［美］柯文《在传统与现代之间——王韬与晚清革命》，江苏人民出版社 1998 年版，第 152 页。
④ 王世光：《"通经""致用"两相离——论清代"通经致用"观念的演变》，《人文杂志》2001 年第 3 期。

以说,"游历"已经成为王韬价值观念转换的引线与契机,并且不断地剥离和冲击着王韬所固有的经学传统与意识,并最终导致了其对晚清"今文学"价值阐发模式的怀疑和拒斥。

(二) 黄遵宪的海外"游历"与经学接受

与王韬相仿,同样具有海外"游历"且较具影响的是黄遵宪。所不同的是,作为体制内的文人志士,黄遵宪的"游历"背景不仅没有给其带来羡慕与喜悦的心境,反而使其对动乱的晚清现实表现出较强的危机意识与悲愤情愫。并且在对依经立义和通经致用的晚清"今文学"的疏远与舍弃中,生发出"弃史籍而就近事"的现实主义立场和主张。黄遵宪身处历史巨变的晚清,然而,其仕途还算顺利,一直被委任为从事外交的官员。也正是得益于工作之便,黄遵宪的足迹遍及西方各国,并由此开始了一段以"游历"为底色的外交生涯。黄遵宪是从传统体制中出来的,其起先是对体制内的中心秩序和价值体系持遵循和肯定态度的:

> 盖圣贤之书,忠孝之道,习之者众,人人有忠君爱上之心,固结而郁发,不可抑遏,以克收其效也。彼若国政共主之治,民权自由之习,宁有此乎? 书固小道,然孔、孟之道,即于是乎属,此吾愿习字者益思精其义而察其理也。①

可以说,"忠君爱上""振邦济世""尊王攘夷""爱国忧民"等传统士大夫的思想观念和精神操守,仍旧是早期黄遵宪所极力认同的,所谓"儒生不出门,勿论当世事,识时贵知今,通情贵阅世。卓哉千古贤,独能救时弊,贾生《治安策》,江统《徙戎议》"②。面对晚清深重的民族灾难和现实危机,早期的黄遵宪以传统士大夫的担当姿态从现有体制的价值体系出发,力图寻找到可以"治平"的良方。为此,一种"包容着正义的民族自卫与'夷夏模式'为传统文化内涵的'攘夷'"③ 的思想观念和价值旨趣,就自然成为他力所能及的抉择。然而,黄遵宪所坚

---

① 黄遵宪:《〈中学习字本〉序》,《黄遵宪集》,天津人民出版社 2003 年版,第 374 页。
② 黄遵宪:《人境庐诗草·感怀》,《黄遵宪集》,天津人民出版社 2003 年版,第 80 页。
③ 魏中林:《近代文化意识的觉醒与拙长——论黄遵宪使外前后诗歌爱国主题的转变》,《暨南学报》(哲学社会科学) 1991 年第 4 期。

守的传统根基却在其"游历"过程中出现了转变，甚至发生了极为颠倒性的变化。在中西文化的比照中，他对自己先前所保有的传统观念与价值旨趣表现出"余滋愧矣"的悔意和纠正，从而踏上了揭露"中国"与灌注近代意识双向并举的历史征途。显然，海外"游历"在黄遵宪思想转换中起到极为重要的作用，其也是促使他对当时兴盛的晚清"今文学"学术价值产生怀疑与反思的关键性因素：

> 《春秋》之事，诚天下万世是非之准，得失之林矣。彼说经者
> 徒以辞求，穿凿附会，愈失愈远。至以断烂朝报疑《春秋》为无
> 用，亦未尝比其事而观之耳。……夫《春秋》之事夥矣，而后世儒
> 者谓专在尊攘，此亦南渡以来，愤宋室屡弱，有为之言，求之《春
> 秋》，未必悉当。……通经所以致用也，苟实事求是，归于有用，
> 则虽郢书燕说，而亦无不可，又何必一字一义之必求其当也哉？①

在此，黄遵宪虽然对《春秋》之微言大义保持一定的肯定和推崇，但已明显流露出对专事《春秋》和依经立义的为学宗旨的不满与质疑。在他看来，即使是晚清"今文学"，也似有"一字一义，必求其当"的通病和局限，这显然不利于"有用"立场的确立与发挥。为此，他认为，有必要的话，我们甚至可以"弃史籍而就近事"。事实上，黄遵宪将"致用"的主张做了最大限度的泛化，而不仅仅认为是"通经"之所得。黄遵宪以为，若为今世之用，"自群经三史，逮于周、秦诸子之书，许、郑诸家之注，凡事名物名切于今者，皆采取而假借之"②。显然，由于"游历"带来的开阔眼界和多维的价值取向，黄遵宪似乎有意跳出狭隘的经学价值阐发模式及其思维指向，力图从"现世"的立场去寻求一切可以言说的话语方式和价值系统，并且"凭借自身对感愤体验的表达而成为现代中国形象的卓越'发现者'之一"③。

由此看来，无论是王韬，抑或是黄遵宪，即使他们早期怀有对传统经

---

① 黄遵宪：《〈春秋大义〉序》，《黄遵宪集》，天津人民出版社 2003 年版，第 373—374 页。
② 黄遵宪：《人境庐诗草·自序》，《黄遵宪集》，天津人民出版社 2003 年版，第 79 页。
③ 王一川：《中国现代性体验的发生——清末民初文化转型与文学》，北京师范大学出版社 2001 年版，第 276 页。

学及其价值体系的热情与期望。但是,随着其海外"游历"的深入,他们开始对体制内的中心秩序及其运行机制产生了怀疑和反思,这当然包括对当时兴盛的"今文学"学术体系的质疑。王韬、黄遵宪价值取向的这种转换不再体现为体制内的小修小补,而是显现为异质领域两种强弱不同的文化及其价值旨趣相交融与冲突所带来的"巨变"将至的那种迸发态势。显然,这一过程中的文化碰撞是不对等的,并且时时伴随着深度的影响焦虑。

二 王韬的开放意识及其诗学实践

正是由于海外"游历"以及对传统经学价值的背离,王韬遂第一次形成了较为突出的开放意识。他不仅遁迹中国香港、游览日本、旅行欧洲、研究世界史志、重新构筑了多元的"天下观",而且身体力行地进行实践,如创办报刊、倡导新闻理论、积极开展文学创作等,成为冲击封建政体及其经学价值体系的勇士,以及认同与向往西方文明及其价值体系的鼓手。王韬的开放意识在政治、经济、外交、教育等方面均有所体现。就诗学领域而言,王韬的开放意识则显现为较为敞开的诗学价值维度,体现出一定的诗学近代演变面向。

王韬有着长时间的海外"游历",眼界的开阔不仅使他能够逃离当时盛行的通经致用观的束缚,而且成为其个人独特见闻与体验表达的依据。为此,在诗学实践上,王韬首先强调"为我之诗":

> 诗至今日,殆不可作。然自有所为我之诗者,足以写怀抱,言阅历,平生须眉显显如在,同此风云月露,草木山川,而有一己之神明入乎其中,则自异矣。①

显然,王韬将自己的海外"游历"渗透到了诗学方面,其不仅扩展了诗学的表现对象,而且还有意将"奇"作为诗学创造和意义生发的基础:

> 枕山序其诗,独以奇称之。余谓诗之奇者,不在格奇句奇,而

---

① 王韬:《蘅花馆诗录自序》,《弢园文录外编》卷七,中华书局1959年版,第311页。

在意奇。此亦专从性情中出，必先见我之所独见，而后乃能言人之
所未言。夫尊韩推杜，则不离于摹拟；模山范水，则不脱于蹊径；
俪青配白，则不出乎词藻；皆未足以奇也。盖以山川风月花木虫
鱼，尽人所同见；君臣父子夫妇朋友，尽人所同具；而能以一己之
神明入乎其中，则历于古而常新，而后始得称之为奇。①

　　王韬对诗学之"奇"有独特的体验和认识。总体来看，他并不是要
求语言上的"格奇句奇"，而是力求创造一种"意奇"，用以表达其海外
"游历"中所无法言说的现代性体验。王韬早期的诗学实践体现了浓厚
的现实主义情怀，坎坷的生活境遇、衰微的社会现实、悲惨的民生疾
苦、深重的民族危机等，均在其诗作中有所体现。然而，王韬真正之于
传统诗学变革所做的贡献，则是在其"游历"海外之后，即他所谓的
"西欧风土归诗笔"之时。这一时期，王韬的一些诗作才写出了前人未
写之物、未辟之境，以"一种现代独立个体的开放及进取姿态去体验西
方"②，将西方社会中的"道""器"用诗歌的形式表现出来了，为晚清
诗坛吹进了一股"欧美新风"；如

　　　　欧洲尽处此岩疆，浩荡沧波阻一方。万里舟车开地脉，千年礼
　　乐破天荒。③

　　　　两戎山川分北极，一洲疆域限南轮。④

　　　　润穷斗转更奇辟，恍惚别有一洞天。⑤

　　　　同治戊辰夏五月，我来英土已半年，眼中突兀杜拉山，三蜡游

　　① 王韬：《跋漱村诗集后》，《弢园文录外编》卷十一，中华书局 1959 年版，第 326 页。
　　② 王一川：《王韬——中国最早的现代性问题思想家》，《南京大学学报》（哲学·人文·
社会科学）1999 年第 3 期。
　　③ 王韬：《到英》，转引自李景光《简论王韬的诗》，《社会科学辑刊》1988 年第 4 期。
　　④ 王韬：《何日》，转引自李景光《简论王韬的诗》，《社会科学辑刊》1988 年第 4 期。
　　⑤ 王韬：《游伦伯灵园》，转引自李景光《简论王韬的诗》，《社会科学辑刊》1988 年
第 4 期。

屐听鸣泉。岩深涧仄势幽阻,飞泉一片从空悬;我临此境辄叫绝,
顿洗尘俗开心颜。……①

济胜渐无腰脚健,探幽陡觉心胸开。泉声若共石斗激,岚影时
与云徘徊。眼前已觉九霄近,足底忽送千峰来。天悦羁人出奇境,
家乡不见空生哀。②

　　王韬的诗学实践较为真实地记录了诗人在异域的所见所闻,将"奇
境"作为诗歌表现的对象,从而创造出"意奇"的诗学境界,"先生之诗,
尽洗而空之,凡意中之所欲言,笔皆随之,宛转屈曲,夭矫灵变而无不
达。古人中惟苏长工、袁子才有此快事,然其身世之所经,耳目之所见,
奇奇怪怪,皆不及君子远甚也"③。就王韬诗学表现对象和境界开拓方面
而言,这一评论还是有一定道理的。虽然由于时代的局限,王韬还不可
能将诗学的"奇"作为扭转诗坛的武器而进行自觉的诗学革命。但是,
"他确是黄遵宪、康有为之前第一个'吟到中华以外天'的诗人"④。
　　因此,王韬的诗学实践在表现手法和内容摄取方面充满了"想象"
意味,这不仅是诗人主观情愫的现实体现,更是传达出一种对新兴现代
文明的乐观主义态度与理想姿态,进而在一种比照中实现对民族国家形
象的体认与建构,"无论是作为再现的生活经验还是作为叙述者的态度
都无可置疑地在故意表达一种特殊文化群落的存在意识,或者说是在表
现着这种文化群落的自我想象"⑤。我们可以看到,王韬基于海外"游
历",在对既有的"今文学"通经致用观的怀疑与拒斥的前提下,形成
了较为开放的意识。而正是这种开放意识的生成,导致其诗学实践较之
传统诗学观念出现了新的变化,"这些作品虽然仍然依附于传统,但却
因时代的变化及王韬自身特殊的经历和际遇而有了新的内容、新的因

---

　　①　王韬:《漫游随录》,岳麓书社 1985 年版,第 118 页。
　　②　王韬:《独登杜拉山绝顶》,转引自《近代诗选》,人民文学出版社 1963 年版,第
196 页。
　　③　黄遵宪:《致王韬书》,《黄遵宪研究资料选编》,香港天马图书有限公司 2002 年版,
第 362 页。
　　④　李景光:《简论王韬的诗》,《社会科学辑刊》1988 年第 4 期。
　　⑤　高小康:《文学想象与文化群落的身份冲突》,《人文杂志》2005 年第 4 期。

素,具备了初步的近代意识"①。为此,无论是就整个晚清"今文学"接受与影响而滋生的诗学实践而言,还是对于后来具有"今文学"学术背景的维新派诗人而言,王韬都是一个"先行者";"不啻为前路之导,捷足之登"②的王韬之于晚清诗学的演变确有开拓之功。

三 黄遵宪"我手写我口"及其诗学实践

正如前面所述,黄遵宪历任清政府的外交官员,作为体制内的文人志士,他迫切需要从外面寻找到一条可靠和有效的途径——变法改良,来弥补日益衰微与萎靡的政体及其所依赖的经学价值旨趣。就诗学领域而言,亲身的海外"游历"与浓厚的忧民忧世情怀相结合,促使黄遵宪生成了更为感性与现实的价值立场。具体来说,黄遵宪不仅有意扩展了"今文学"通经致用观之于诗学的现实维度,在一定程度上自觉超出了依经立义的诗学经学旨归。而且在诗学实践上,他也传达出自造一片新天地的努力,它们共同体现出其诗学演变的近代面向。

作为晚清意欲"别创诗界"的诗人,黄遵宪有着明确的诗学志向和追求:

> 大块凿混沌,浑浑旋大圆,隶首不能算,知有几万年?羲轩造书契,今始岁五千。以我视后人,若居三代先。俗儒好尊古,日日故纸研,六经字所无,不敢入诗篇,古人弃糟粕,见之口流涎。沿习甘剽盗,妄造丛罪愆。黄土同抟人,今古何愚贤?即今忽已古,断自何代前?明窗敞流离,高炉蒸香烟。左陈端溪砚,右列薛涛笺。我手写我口,古岂能拘牵。即今流俗语,我若登简编,五千年后人,惊为古斓斑。③

黄遵宪在此提出了"我手写我口"的诗学主张,并且反对恪守"六经字所无,不敢入诗篇"的创作宗旨,表现出舍弃经史的诗学初衷。

---

① 党月异:《略论王韬的文学观念与文学创作的近代化》,《学术论坛》2009年第10期。
② 王韬:《漫游随录》,岳麓书社1985年版,第43页。
③ 黄遵宪:《杂感》,《黄遵宪集》,天津人民出版社2003年版,第89—90页。

"我手写我口"显然是一个极具创造性的口号,其不仅包含了"深有不为古人所束缚诚戛戛乎其难的体会"①,而且蕴藏着诗人立足个体体验、面对现实、不拘古法的决绝与勇气。在《人境庐诗草·自序》中,他将其诗学主张做了进一步的发挥:

> 仆尝以为诗之外有事,诗之中有人;今之世异于古,今之人亦何必与古人同。②

黄遵宪强调诗作重在写今之"人"和记今之"事",在于以自己之"手"和"口"写出自身的个体感受和体验,以求做到"诗之外有事,诗之中有人"。当然,黄遵宪是有着海外"游历"的,其价值观念也随之发生了转变。由于所面对的"今"是前所未有的,而诗中所入之今"人"、今"事"也是与众不同的,黄遵宪"意欲扫去词章家一切陈陈相因之语,用今人所见之理、所用之器、所遭之时势,一寓之于诗"③。为此,他的诗学实践也就自然显现出较强的创造性、新颖性、近代性,"他关于诗歌应当表现现代中国人的'人'和'事'、抒写'古人未有之物。未辟之境'的主张,具有开一代诗风的作用。……其实就是要表现出于现代性生存境遇中的现代中国人,抒写他们的现代性生存体验"④。总体来看,黄遵宪的诗学实践不仅大量地摄入新名词、新语句,如"地球捧问海中央,多少红毛国几方? 听说龙飞周甲宴,挽须要去问英皇"⑤ "宝塔高十层,巍峨天主堂。塞人欲上天,引手能扶将,指挥十字架"⑥ 等。而且还以传统的诗歌形式将自身的危机意识与悲愤情愫宣泄出来了,"盖先生之世,一危急存亡之世也;而先生之诗,一亡国之诗史也"⑦。因此,黄遵宪的诗学实践充满着前与后、古典与现代、中与西、形式与内容等方面的矛盾张力。正如近人丘逢甲所说:"四卷以

---

① 刘诚:《中国诗学史》清代卷,鹭江出版社 2002 年版,第 302 页。
② 黄遵宪:《人境庐诗草·自序》,《黄遵宪集》,天津人民出版社 2003 年版,第 79 页。
③ 黄遵宪:《1902 年 4 月致梁启超》,《黄遵宪全集》,中华书局 2005 年版,第 1582 页。
④ 王一川:《中国现代性体验的发生——清末民初文化转型与文学》,北京师范大学出版社 2001 年版,第 275 页。
⑤ 黄遵宪:《己亥杂诗》,《黄遵宪集》,天津人民出版社 2003 年版,第 249 页。
⑥ 黄遵宪:《寄女》,《黄遵宪集》,天津人民出版社 2003 年版,第 222—223 页。
⑦ 钱仲联:《人境庐诗草笺注·序》,上海古籍出版社 1985 年版,第 1 页。

前，为旧世界诗；四卷以后，乃为新世界诗。茫茫诗海，手辟新洲，此诗世界之哥伦布也。变旧诗国为新诗国，惨淡经营，不酬其志不已，是为诗人中加富洱；合众旧诗国为一大新诗国，纵横捭阖，卒告成功，是为诗人中俾斯麦。"① 而这种新旧杂糅、中西合璧的诗学表征既是黄遵宪自觉从事诗学实践与革新的必然结果，更是他体验"现代性境遇"较为直接的传达方式。对于黄遵宪的此种诗学张力，康有为有过如是评价：

> 及久游英、美，以其自有中国之学，采欧、美人之长，荟萃熔铸而自得之，尤倜傥自负，横览举国，自以无比。而诗之精深华妙，异境日辟，如游海岛，仙山楼阁，瑶花缟鹤，无非珍奇矣。……上感国变，中伤种族，下哀生民，博以环球之游历，浩渺肆恣，感激豪宕，情深而意远，益动于自然，而华严随现矣。公度岂诗人哉！②

我们可以清楚地看到，黄遵宪的诗学具有自觉地从传统诗学桎梏中寻求解放的主观用心，也在个体"现代性境遇"体验中夹杂着浓厚的现世情怀。一边是从传统根基中以求革新，一边是从现代性体验中重张文人士大夫精神。而黄遵宪将此种矛盾张力最终转化到诗学"精神"的革新上来，即新词语、新体验都是要在不破坏传统诗歌体式的前提下来实现诗学"精神"层面的变革，从而完善诗学的"通今"意图与现世价值旨趣。显然，海外"游历"的深层影响及其对传统经学接受的怀疑和舍弃后所留下的价值空缺，使黄遵宪在诗学领域实现了有效地弥补与转换，其诗学实践也在跳出晚清"今文学"的藩篱后显现出更为开阔的眼界和较为新颖的价值维度，"无愧中国诗界之哥伦布矣。近世洵无第二人"③。

相对于王韬的诗学对西方社会与文明的初涉，黄遵宪的诗学在主观上则要自觉得多，而且在一种影响焦虑中较为深刻地揭露出了近世国人的形象和生存境遇，其近代色彩也更为浓厚。但是，两者诗学的最大共

---

① 丘逢甲：《〈人境庐诗草〉跋》，《丘逢甲文集》，花城出版社1994年版，第316页。
② 康有为：《人境庐诗草·康序》，《黄遵宪集》，天津人民出版社2003年版，第77—79页。
③ 高旭：《愿无尽庐诗话》，《南社》1909年第1集。

同点在于，他们都是在海外"游历"的过程中逐渐淡化和舍弃了传统经学，特别是晚清"今文学"的价值体系，从而在诗学价值与精神层面为晚清诗学的演变提供了新的面向。虽然他们不算是"今文学"家，晚清影响深远的"今文学"学术研究也不是他们所热衷的，其诗作也往往容易出现"有新事物，而无新理致"①的通病。然而，恰恰正是这种弃经史而主"通今"的为学路径在反面上推动了他们以更为宽广的视野去寻求新的诗学体验和突破口，成为古典诗学近代转换的先驱者之一，"它是由古典走向现代的桥梁，是由旧诗走向新诗（白话诗）的必经之路，它的成功与失败，经验与教训，都是诗歌发展、变革历程中必然要付出的代价"②。尔后，真正具有"今文学"学术底蕴，且以之渗透诗学领域，并且传承王韬、黄遵宪等人的诗学实践，进而引领晚清诗学演变大幕的，则是以维新派诗人为代表的新型知识分子。

第二节　晚清维新派的"今文学"思想与诗学抉择

"今文学"在 19 世纪最后十年至 20 世纪初再次风靡于世，这不仅是学术研究传承与发展的历史惯性，更有着深刻的政治、思想、文化契机和渊源。这一时期，活跃在政坛上的维新派出于某种特殊的政治主张和目的，大力推阐"今文学"，以图发动一场变法图强的政治改良运动，并且同样在学术、思想和文化艺术领域掀起了一股"腥风血雨"。作为新型知识分子，维新派人士一方面倡导西学（主要是政治文明、器物文明），并以之嫁接到传统政体而求自强；另一方面又试图从传统文化中找到可以通融与对接的因子而力求变化。为此，当时盛行的"今文学"便以其特有的变易观、时政色彩、阐释维度成为维新派可以借用的思想武器和价值生发的基础。从整体来看，维新派的"今文学"思想较之前期有了进一步的衍化，其不仅与政治联系得更为紧密，而且成为"西学

---

① 钱钟书：《谈艺录·补订本》，中华书局 1984 年版，第 24 页。
② 郭延礼：《关于黄遵宪"新派诗"的评价问题——读〈谈艺录〉对公度诗的评价》，《文史哲》2007 年第 5 期。

东渐"的桥梁及其合法性依据。当然,维新派的变法改良主张也深入到了文化艺术领域,他们积极进行各种文学"革命",有力地推动了晚清文学的近代转型。就诗学领域而言,维新派人士的诗学主张与实践也极具近代色彩,其倡导的"诗界革命"对"如何使时代精神与意识纳入传统的诗歌格式中"① 展开了深入的阐发,并且加快了传统诗学近代转换的步伐与向度。维新派诗人的诗学抉择虽然是与其思想、文化、政治主张,乃至阅历相关联的,而就方法论、价值生发模式等诸方面而言,其显然离不开他们自身所保有的"今文学"学术价值体系。在一定程度上来讲,他们对"今文学"的衍化和认同成为他们进行诗学抉择的现实依据与价值准绳。

一 晚清维新派"今文学"学术研究的历史情境

晚清末期,"今文学"学术研究出现"当者披靡"的盛况绝不是偶然的,而是与所处的历史情境紧密相关联的。一方面,晚清社会的变革使有识之士迫切需要"今文学"作为思想武器与理论渊源,政治与学术的合谋遂成为"今文学"大行其道的现实历史情境。另一方面,由于国门大开,这一时期的知识分子大都接受了西方社会的某些学说与观念,且力图将其嫁接到传统社会中去。于是,面对中西两种异质文化,他们选择了以"今文学"作为两者相互融合与贯通的桥梁,并以此作为其倡导西学合法性地位的确证,从而生成了"今文学"学术研究的具体历史情境。

(一)政治与学术合谋下的晚清"今文学"学术研究

晚清"今文学"从朴学中裂变而来,经过龚、魏的发展,已经显露出针砭时政、变易出新、关注现实的维度,并由此形成了一种政治化的学术视野和发展路径。时至戊戌前后,面对晚清社会大变骤至的客观现实,"今文学"再次成为热衷社会批判与改良的文人志士所寄予厚望的思想武器:

> 今文家言,一种之怀疑派也。二百年间支配全学界最有力之一

---

① 刘诚:《中国诗学史》清代卷,鹭江出版社 2002 年版,第 297 页。

旧说,举凡学子所孳孳焉以不列宗门为耻者,而忽树一帜以与之抗,此机一动,前人之所莫敢怀疑者,后人之乃竟起而疑之。①

显然,晚清"今文学"在维新派人士眼中已经成为突破陈腐、泥古、落后、守旧的传统思想体系的有力武器。而这又不仅仅是学术层面的简单怀疑和否定,而是深入地触及对晚清政体的质疑和颠覆:

> 阅两千年岁、月、日、时之绵暖,骤百、千、万、亿衿缨之问学,统二十朝王者礼乐制度之崇严,咸奉伪经为圣法,诵读尊信,奉持施行,违者以非圣无法论,亦无人敢违者,亦无一人敢疑者。②

对传统学术研究依经立义的价值生成基础之"经",维新派人士进行了深刻反思,进而对其所推衍出来的上层建筑也予以否定。并且称为"奉伪经为圣法",从而将数千年的封建政体所赖以生存的思想文化与价值体系进行了抽离,彰显出政治上的改良与变法立场。也就是说,学术研究和政治主张在他们身上实现了高度的统一,学术与政治的合谋在晚清维新派的"今文学"学术研究过程中得到了极大的发扬。因此,从政治层面出发来考察晚清维新派"今文学"思想的现实历史情境,既是必需的又是合乎当时社会政治与学术发展趋势的。可以说,"今文学"之迅猛传播,"也正由于戊戌前后的政治形势提供了适宜的条件,……变易性和评论时政的特点正好在政治上符合时代的需要,所以显示出所向披靡的力量"③。

由此看来,"今文学"不仅在学术层面主导着晚清思想文化的变迁,而且在政治层面颠覆着旧有的统治秩序,其"直接促进了戊戌维新这场要求在中国实现资本主义的进步运动的发动,具有冲决禁锢人们头脑的旧传统观念的意义,推动中国历史向前进步,为推翻清朝专制统治立了殊功,这是历史已证明了的"④。二者互为表里地演绎出一部晚清末期

---

① 梁启超:《论中国学术思想变迁之大势》,《饮冰室合集·文集》第七,中华书局1989年版,第97—98页。

② 康有为:《新学伪经考》序《康有为全集》第一集,中国人民大学出版社2007年版,第355页。

③ 陈其泰:《清代公羊学》,东方出版社1997年版,第322—323页。

④ 同上书,第323页。

社会改良的大戏幕。

（二）中西文化碰撞中的晚清"今文学"学术研究

晚清维新派的"今文学"学术研究还离不开"西学东渐"的具体历史情境。对西方文明，尤其是西方制度文明的接纳与倡导，不仅是他们进行学术研究的出发点，更是其"今文学"学术体系所力图阐发的意义维度。也就是说，维新派人士往往将"今文学"学术研究作为西方文明"东渐"的桥梁，是以"今文学"这套"旧瓶"来盛装西学这股"新酒"，并且将其作为鼓吹改良和模仿西学的合理性与合法性确证。

> 孔子之为《春秋》，张为三世：据乱世则内其国而外诸夏，升平世则内诸夏而外夷狄，太平世则远近大小若一。盖推进化之理而为之。孔子生当据乱之世，今者大地既通，欧美大变，盖进至升平之世矣。异日，大地大小远近如一，国土既尽，种类不分，风化齐同，则如一而太平矣。①

> 《春秋》之立法也，有三世，一曰据乱世，二曰升平世，三曰太平世。其意言世界初起，必起于据乱，渐进而为升平，又渐进而为太平，今胜于古，后胜于今。此西人打捞乌盈（即达尔文）、士啤生氏（即斯宾塞）等，所倡进化之说也。②

> 大同之世，什器精奇，机轮飞动，不可思议。床几案榻，莫不藏乐，屈伸跃动，乐声铿然，长短大小皆惟其意。夕而卧息，皆有轻微精妙之乐以养魂梦。③

由此我们可以看出，维新派人士以"今文学"微言大义的阐发模式为基点，将西方文明的相关内容包容到"今文学"学术体系中去了，

---

① 康有为：《论语注》，《康有为全集》第六集，中国人民大学出版社 2007 年版，第 393 页。

② 梁启超：《论支那宗教改革》，《饮冰室合集·文集》第三，中华书局 1989 年版，第 58 页。

③ 康有为：《大同书》，《康有为全集》第七集，中国人民大学出版社 2007 年版，第 186 页。

"宜以六经诸子为经,而以西人公理公法之书辅之,以求治天下之道"①。无论是三世说、进化论,还是对西方器物文明的期望和遥想,都能很好地融入他们的"今文学"学术研究中去,进而为西学的"东渐"作了合理的铺垫与推广。而西学的摄入也为晚清"今文学"的衍化提供了发展动力与力量源泉。因此,晚清维新派的"今文学"学术研究实际上迎合了"西学东渐"的文化趋势。如何更好地在传统学术研究中融合西学新知,自然成为他们倡导"今文学"学术研究的具体历史情境。就维新派"今文学"学术研究的具体情境来看,一边是要遵循传统文化的基本套路,一边是要接纳和崇尚西学的现实成就。为此,在一定程度上如何实现二者兼得的学术与政治理想,成为摆在他们面前所迫切需要解决的议题。当然,维新派人士既不是要摧毁传统的思想文化体系,也不是要在西学的跪拜中迷失自我,当他们最终以改良的姿态来面对这一问题时,所有的焦虑和矛盾也都得到了安抚和缓解。但是,以传统为尊抑或以西学为尊的客观矛盾张力仍然长期存在,并且双向制约着他们"今文学"学术研究的衍化维度和西学新知的推进向度。

晚清维新派的"今文学"学术研究的历史情境已经发生了很大的变化,学术与政治的深度合谋、传统学术与西学的冲突与融合等,都使维新派的学术研究逐渐脱离了正统的"今文学"轨道,甚至有违"为经学而治经学"的传统为学旨趣。但是,它毕竟是"今文学"在退出历史舞台之前所做的又一次蜕变和努力,即使这种转变最终被证明只是一种掘墓行为。

二 廖平与晚清"今文学"

作为晚清"今文学"的大师,廖平从学术与思想层面以传统文人的姿态展现了其对传统文化的致思和努力。而就他的"今文学"思想而言,则主要体现为"六变"的经学主张,及其所渗透出来的以尊经尊孔为中心的强烈文化本位意识。一方面,廖平专注于学术与思想文化领域,欲从"今文学"中寻找与建立传统文化的"制高点",在恢复民族

---

① 梁启超:《变法通议·学校余论》,《饮冰室合集·文集》第一,中华书局1989年版,第63页。

自信心的主观意愿中固守既有的文化传统和价值体系，显现出与以往不同的"今文学"学术研究路径。另一方面，廖平的"今文学"思想上接其师王闿运，下则深刻地影响到了康有为等维新派人士，成为研究与梳理维新派"今文学"思想所不能绕过的必要环节。

廖平一生治学善变，且著述颇丰，共计约118种，其中尤以经学著作为多，《今古学考》《地球新义》《孔经哲学发微》《五变记》《诗经经释》《易经经释》等皆具有较大的影响。而真正奠定其晚清"今文学"大师地位的则是其经学"六变"的为学旨趣。廖平在《今古学考》中首先提出了"平分今古"的经学"一变"：

> 乃据《五经异义》所立之"今"、"古"二百余条，专载礼制，不载文字。"今学"博士之礼制出于《王制》，"古文"专用《周礼》。故定为"今学"主《王制》、孔子，"古学"主《周礼》、周公。然后二家以异同之故，灿若列眉。千溪百壑，得所归宿。"今"、"古"两家所依据，又多同出于孔子，于是倡为"法古"、"改制"，初年、晚年之说。然后二派如日月经天、江河行地，判然两途，不能混含。①

在此，廖平不仅追溯了今、古文学之异的渊源，而且力图扭转"混含"二派的为学习性，在"平分今古"的原则下还原今、古文学应有的历史地位。然而，廖平稍后又对其经学主张进行了修正，表现出"尊今抑古"的经学立场：

> 治经者当先治《春秋》，尽明微言，以四经实之，然后归本于《易》。此孔子作六艺之宗旨也。②

"古文家"孤行千余年，其害于学术政事与八股等。经始萌芽，

---

① 廖平：《四益馆经学四变记·初变记》，《廖平学术论著选集》（一），李耀仙编，巴蜀书社1989年版，第545—546页。
② 廖平：《知圣篇》，《廖平学术论著选集》（一），李耀仙编，巴蜀书社1989年版，第187页。

行之既久,不能无弊。经说有文质相救之法,文敝继以质,质敝继以文。……中国文法二千年而易以质,"古文"之说亦二千余年而易以"今"。事实相因,宗旨亦相同也。①

廖平认为,"今文学"应为孔子所创,其"微言"可传后世,今世定当"尊今抑古"而顺应学术发展规律,从而形成了其向经学"二变"的转化。尔后,廖平又在《地球新义》中提出了"古今大小"的经学"三变"思想:

> 故改"今古"之名曰"小大"。盖《王制》、《周礼》,一林二虎,互斗不休,吾国二千年学术政治,实深受其害;合之两伤,甚于洪水猛兽。今以《王制》治内,独立一尊,并无牵掣;而海外全球,所谓三皇五帝之《三坟》、《五典》者,则全以属之《周礼》,一如虬髯公与太原公子,分道扬镳。②

显然,廖平又将今、古文学在孔子说经的体系内进行了小大之分,使中国之法和全球之法都能够纳入到传统经学学术视野中,"一小一大,一内一外,相反相成,各得其所,于经学中开此无疆之世界"③。廖平的经学"三变"不仅自驳和推翻了其早期对古文学的非难与异议,而且进一步彰显了他尊经尊孔的为学宗旨,如其所谓"孔子乃得为全球之神圣,六艺乃得为宇宙之公言"④。当廖平将今、古文学作小大之分的同时,就已经预示了其经学思想的进一步演变——"天人之学"的经学"四变"。随着学术眼界和全球视野的深化,廖平不得不对其倍加信赖的传统经学价值旨趣在空间范围内进行有效的延展,而天学与人学无疑囊括了"六合"内外,"'人学'为六合以内,'天学'为六合以外"⑤,两

---

① 廖平:《知圣篇》,《廖平学术论著选集》(一),李耀仙编,巴蜀书社1989年版,第214页。
② 廖平:《四益馆经学四变记·三变记》,《廖平学术论著选集》(一),李耀仙编,巴蜀书社1989年版,第549页。
③ 同上。
④ 同上。
⑤ 廖平:《四益馆经学四变记·四变记》,《廖平学术论著选集》(一),李耀仙编,巴蜀书社1989年版,第551页。

者尽得人世制度与宇宙法则，从而彰显出以孔子为思想权威和理论渊源的中国传统文化在世界上的优势地位。在他看来，其"三变"还只是涉及"人学"的范畴，《尚书》《春秋》《礼》也只是内外兼治的世间政治学和伦理学。而"天学"则是"皆得其解"的宇宙法则，《诗》《易》《乐》即是典范，所谓的"六合"以外也当尽在其数。廖平的经学思想经过此四变，已基本上形成了由形而下而形而上的传统文化本位主义建构的为学路径。其后的经学"五变""六变"则主要是在"天人之学"内部进行必要的补充与纠正。如其经学"五变"之"天大人小"的思想对"天人之学"的扩大与深化，经学"六变"则以五运六气说《诗》《易》而凸显"天学"之理趣。相对于其前期的"今文学"思想，二者并无实质上的转变与衍化。

综上所述，廖平经学"六变"的思想历程主要包含了对今、古文学的态度、对孔经人学、孔经天学的发现与阐发等几个方面，体现了站在文化焦虑点上的传统文人对传统学术所做的开拓和努力。然而，廖平"今文学"思想的这种特色，也成为其受后人所诟病之处，即他强制地将经学引入尊孔的结穴，"先立一见，然后搅扰群书以就我，不啻'六经皆我注脚'矣"①，以主观臆想的方式来造就世界之孔圣人，及其无所不包、无所不在的传统学术思想体系，这显然过于自大和盲目自信了。当然，联系到廖平所处的时代，这种文化本位的中心论色彩也正反映出传统文人面对中西文化碰撞时所表现出来的文化焦虑感和自我认同意识，"在廖平经学'六变'的背后，是传统士大夫对本民族文化传统的无条件认同，一旦这一传统受到挑战，这种认同面临危机，他们力图从内部调整以应时变的能量是巨大的"②。当然，廖平的这种致思与努力最终将学术和思想导向了末路，其"不经之谈"与"荒诞之论"也的确是一次不成功的实践。但是，这种努力、心态、用心及其尝试之决绝，则是值得怜悯和敬重的。更为重要的是，廖平经学"六变"中所体现出的改良主义立场深刻地影响了康有为等维新派人士，康有为的《新学伪经考》《孔子改制考》等著作，就体现出廖平"今文学"思想的踪

---

① 钱穆：《中国近三百年学术史》，商务印书馆 1997 年版，第 723 页。
② 马睿：《从经学到美学：中国近代文论知识话语的嬗变》，四川民族出版社 2002 年版，第 220 页。

迹。虽然他们的为学宗旨存在较大差异(尊经尊孔与变法纳新),但是,其经学的基本思想却是较为接近与相承的。按照晚清"今文学"的发展理路,廖平的"今文学"思想理应成为其发展的第三个阶段。可是就经学与诗学之关联而言,廖平只是一个书斋式的学者,于文学、诗学领域并无多少建树,而受其直接影响的康有为也热衷于政治,诗学成就也较为有限,为此,也就没有必要将其分开而单独成章。然而,他们在学术与政治上所积郁于心的焦虑感和自我认同意识,及其对"今文学"的衍化,却最终在梁启超的身上以诗学话语演变的方式集中地呈现出来了,这且当是后话。

三 康、梁等人的"今文学"改造与世用立场的确立

晚清末期,作为活跃在学术与政坛的新型知识分子,康有为直接接受了廖平的"尊今抑古"的观念,大力倡导"今文学",并且对其积极地加以改造,成为晚清"今文学"运动的核心人物。梁启超、谭嗣同等人也跟随康有为参加了"今文学"运动,共同推动了晚清"今文学"的纵向发展及其价值体系的衍化。一方面,康、梁等人的"今文学"思想具有强烈的政治倾向与变革维度。为此,他们对晚清"今文学"进行了适时的发挥和改造,从而形成了不同于以往的传统世用立场——民族国家复兴与思想启蒙。另一方面,康、梁等人的"今文学"思想又充满了矛盾张力。就以"今文学"而张扬变法而言,维新派人士的"今文学"思想很好地实践了学术为政治服务的为学宗旨(政治运动的失败并不能掩盖"今文学"为政治而鼓吹的现实功效)。而就"今文学"自身发展而言,维新派人士将"今文学"发展为一种批判武器,并且最终导致了对"今文学"自身的怀疑和颠覆,其结果无疑只会促使"今文学"最终走向历史的终结。

(一)康有为的"今文学"思想

早期的康有为是尊周公、崇尚《周礼》的,具有鲜明的古文经学倾向:

周制以时王为法,更新之后,大势转移,大周之通礼会典一

颁，天下奉行，前朝典礼废不可用。……然周制之所以熔铸一时，
范围百代者，盖自文、武、周公义理精纯，训词深厚，而制度美
密，纤悉无遗，天下受式，遏越前载，人自无慕古之思也。①

在此，康有为对古文经学家所信奉的周公表现出极大的认同，将其
作为"纲维天下"的准则。但是，康有为的这种古文经学倾向明显不同
于传统古文经学家之于经学的琐屑考据，而是暗藏着改革现状、寻求自
强的深层动机。康有为早期虽治古文经学，却认识到考据之学似乎无济
世用，"以日埋故纸堆中，汩其灵明，渐厌之。日有新思，思考据家著
书满家，如戴东原，究复何用？因弃之"②。为此，他力图把学术与政
治密切地联系起来，使学术能够面对现世危机与民族苦难。尔后，康有
为逐渐形成的经世意识和现实精神，又使其由古文经学最终转向了"今
文学"，而这一切都看似如此顺理成章。当然，康有为最终转向"今文
学"，还离不开廖平的影响，其与廖平在广州的两次会面颇具意味和历
史意义。此外，我们也应该看到，康有为的"今文学"思想也是在其吸
收和借用西方学说的过程中所逐渐形成的。在康有为那里，接受西学与
转向"今文学"，二者具有某种同构的关系，即西学的接受加剧了其对
传统学术改良变革的期望，而"今文学"的生成则为西学的进一步"东
渐"提供了合理性与合法性依据。

康有为转向"今文学"之后，遂在学术界掀起了一场思想解放运
动。从整体来看，其"今文学"学术体系主要阐发了托古改制的为学宗
旨和新的"三世"说，建立起了革新以世用的"今文学"价值立场。康
有为的《新学伪经考》《孔子改制考》不仅集中地阐发了其托古改制的
"今文学"主张，更是成为其"今文学"思想体系的核心构成部分之一。
《新学伪经考》作为一部"发古文经之伪，明今学之正"的辨伪专著，
其大力攻击古文经学而议论时政，在当时产生了巨大的影响。在书中，
康有为不仅歧视古文经，认为《周礼》《春秋左氏传》等均是伪作，而
且将其认为是刘歆假借孔子之名为篡逆之权服务的新莽之学，实无孔子

---

① 康有为：《教学通议》，《康有为全集》第一集，中国人民大学出版社 2007 年版，第
44—45 页。
② 康有为：《康南海自编年谱》（外二种），楼宇烈编，中华书局 1992 年版，第 8 页。

"微言大义"之面目：

> 始作伪乱圣制者自刘歆，布行伪经篡孔统者成于郑玄。……凡后世所指目为"汉学"者，皆贾（逵）、马（融）、许（慎）、郑（玄）之学，乃"新学"，非"汉学"也；即宋人所尊述之经，乃多伪经，非孔子之经也。①

康有为断定，这些被"伪造"的古文经只是"记事之言"而无任何"大义"，甚至两千年来所例行的礼乐制度都不是"圣统"。于是，他欲敢为天下怀疑之第一人，将古文经统统数落为捏造之作，以彰孔经之本来面目，从而"动摇了古文经学的'述而不作'的传统观念，打击了顽固派的'恪守祖训'的古旧礼制，冲荡了阻碍变法维新的'笃守旧法'的保守思想，引导知识界去怀疑古代的经典，……树立起今文经学的学术权威"②。而康有为的《孔子改制考》则进一步拓展与衍化了《新学伪经考》的相关主张，将对"今文学"学术权威的树立过渡到对孔子改革家权威的树立，为其变法改良的学术活动与政治运动寻找到了理论渊源和权威保证。康有为确信孔子为"改制之王"，其所作"六经"皆是"微言大义"之论，即遥托古圣先贤的改制行为与政治理想，"'六经'中之尧、舜、文王，皆孔子民主、君主之所寄托，所谓尽君道，尽臣道，事君治民，止孝止慈，以为轨则，不必其为尧、舜、文王之事实也"③。从而将孔子树立为中国改革"始祖"的新型形象。在此，康有为不仅较《新学伪经考》更进一步地打破了既有"道统"与学术价值体系，而且也为这种撕裂的学术情境预备了新的时代内容和新式理念，这就是其容纳新知的"三世"说。与传统的士人不同，康有为接受了诸多西方新学说和观念，其"三世"说就是化用了传统的理论模式而注入了西方近现代的政治理念与进化意识，最终形成了不同于传统的新"三世"说，即君主专制式的"据乱世"、君主立宪式的"升平世"、民主共

---

① 康有为：《新学伪经考》，《康有为全集》第一集，中国人民大学出版社 2007 年版，第 355—356 页。

② 马洪林：《康有为评传》，南京大学出版社 1998 年版，第 143 页。

③ 康有为：《孔子改制考》，《康有为全集》第三集，中国人民大学出版社 2007 年版，第 150 页。

和式的"太平世"。当然，在一些著作中，康有为对其"三世"说有过诸多具体的阐释和建构，并且将《礼运》、儒道、西学等纳入其中，从而勾勒出一幅经由小康到"大同"的美好社会蓝图，"大同之义，见于《礼运》。孔子答言之问以'天下为公'当大同，以'天下为家'当小康。有为合二传之旨，以太平世当大同，以升平世当小康，附以西洋新说，推演引申，其进化之社会理想，遂大体成立"①。由此看来，作为晚清末期的"今文学"大师，康有为的"今文学"思想无论是立足于打破已有的封建权威，抑或是重新树立新的高标和权威，还是最终指向乌托邦式的理想社会构想，都无疑充满了"新变"与世用的维度，体现出较强的革新意识和现实精神。

总的来说，康有为最大限度地拓展了"今文学"微言大义的阐发模式，将西学的新知包裹在"今文学"的外衣下而予以传播和发挥，甚至不惜突破和背离传统的学术理路与价值体系，而且，其行为也多武断与牵强之处，对经学的处理也缺乏客观公正的立场。但是，"他的做法乃是善意地使中国的道德遗产现代化以保存之，使清廷的思想基础合时以挽救它的危亡"②。因此，其仍然取得了巨大的学术影响、政治效应和社会效应。

（二）梁启超等人的"今文学"思想

在经学研究方面，晚清末期的梁启超也同样持有"今文学"的学术立场与观点。这一时期的梁启超不仅积极参加"今文学"运动，而且在学术思想上秉承了康有为的相关主张。一方面，梁启超著有《春秋界说》《孟子界说》等，以此来呼应康有为的孔子改制说，将《春秋》说成是孔子改制以"教万世之书"，"《春秋》为孔子改定制度以教万世之书……《春秋》为名义之书，非记事之书。……故因其行事而加吾王心焉，假其位号以正人伦，因其成败以明顺逆，此盖圣人警时忧世之苦心也"③。而且，他认为，《孟子》深传"大同"之义，且以"保民"而显经世之旨，以井田制而显"大同之纲领"，体现出不同于荀学传经的新路径，即属于"今文学"体系下的"微言大义"之论。此时的梁启超力

① 萧公权：《中国政治思想史》，台北中国文化大学出版部 1980 年版，第 700 页。
② 萧公权：《康有为思想研究》，汪荣祖译，新星出版社 2005 年版，第 63 页。
③ 梁启超：《读〈春秋〉界说》，《饮冰室合集·文集》第三，中华书局 1989 年版，第 15—17 页。

主"今文学"的价值阐发模式和服务现实的传统,为当时的"今文学"运动摇旗呐喊,引起学界的广泛异议。另一方面,梁启超的"今文学"思想同样借用了传统的外衣而广采西学。其不仅对传统的"今文学"实行了积极的改造,而且为西学新知的"东渐"创造了条件:

> 今中学以经义掌故为主,西学以宪法官制为归。远法安定经义治事之规,近采西人政治学院之意。①

> 《春秋》大同之学无不言民权者,盍取六经中所言民权者编集成书,亦大观也。②

> 《春秋》三世之说,谓文明世界,在于他日,其象为未来。谓文明已过,则保守之心生;谓文明为未来,则进步之心生。故汉世治《春秋》学者,以三世为义,为《春秋》全书之关键。诚哉其为关键也!因三世之递进,故一切典章制度,皆因时而异,日日变异焉。③

梁启超公然将民权、自由、革新、进化等思想观念融入"今文学"的学术体系中,并且以"今文学"的面目对其进行极力宣扬和传播,在学术界和思想界引起了较大的震动,"湘中一二老宿,睹而大哗,群起掎之。新旧之哄,起于湘而波动于京师"④。与康有为相似,梁启超的"今文学"思想同样具有较强的政治倾向和现实精神,其以"今文学"宣扬变法的意图仍然十分鲜明。虽然,他的这种尝试和用心不可避免地超越了经学所固有的体系范畴,将"今文学"最终改造为批判之学和异端之学,引起了"今文学"体系的自我解体与崩散。但是,其对晚清末

---

① 梁启超:《湖南时务学堂学约》,《饮冰室合集·文集》第二,中华书局1989年版,第28页。
② 梁启超:《湖南时务学堂课艺批》,《戊戌变法》(二),上海人民出版社1957年版,第548页。
③ 梁启超:《论支那宗教改革》,《饮冰室合集·文集》第三,中华书局1989年版,第58页。
④ 梁启超:《时务学堂札记残卷集》,《饮冰室合集·文集》第三十七,中华书局1989年版,第70页。

期"今文学"的繁盛仍不乏扛鼎之功。当然,梁启超的思想是比较复杂和多变的,其后来所保有的"新史学"思想更为世人所称道。然而,他在治经原则上却始终坚持"今文家言,一种之怀疑派"的论点,强调微言大义的经学阐发模式和价值生发体系,基本上延续了早期一贯的"今文学"主张和立场。为此,其整体经学研究大体上都可作如是观。

对晚清末期"今文学"运动有所贡献的维新派人士还有谭嗣同。他首先以"一个理性的佛教徒,一个入世的修行者的矛盾形式"①,在融会中西学说的基础上创立了"仁学界说",从而走上了批判现实、寻求改革的异端道路。而就其"今文学"思想而言,则主要体现在以下几个方面:一方面,谭嗣同不仅积极参加"今文学"运动,而且其思想的核心"仁学",也广泛借用了中国传统思想资源,尤其是《易》《春秋公羊传》等经学底蕴深厚之作,如其思想之义"多取义于《春秋》,以太平世远近大小若一固也"②,就使其学说显现出较为鲜明的"今文学"学术倾向。另一方面,谭嗣同接受了康有为的孔子改制说,"方孔之初立教也,黜古学,改今制,废君统,倡民主"③,大力宣扬孔经之微言大义,并且将西学新知包裹其中,顺应了晚清末期"今文学"的逻辑发展趋势。此外,谭嗣同还创造性地提出了新的"三世"说,以"逆三世"和"顺三世"较为完整地阐述了整个人类社会的演进历程,具有一定的开创意义,"谭嗣同的逆三世说则对孔子以前的中国历史进行了说明,使得三世说与传统的接榫更为契合"④。

对"今文学"思想有所涉及的维新派人士还有夏曾佑、唐才常等人,他们基本上认同了晚清末期"今文学"的阐发模式与价值生发体系,并且于"今文学"的外衣下容纳新知,体现出与康、梁、谭等人较为相近的为学倾向和治经旨趣。

(三)康、梁等人"今文学"世用立场的确立

就学术影响与社会影响而言,晚清维新派人士的"今文学"研究是

---

① 何新:《康有为谭嗣同经学佛学哲学思想新论下篇·论谭嗣同〈仁学〉及其对佛哲学的改造》,《学习与探索》1982年第6期。

② 谭嗣同:《仁学界说》,《谭嗣同全集》下册,中华书局1981年版,第291页。

③ 谭嗣同:《仁学》,《谭嗣同全集》下册,中华书局1981年版,第337页。

④ 王秋:《康有为、谭嗣同三世说的差异》,《燕山大学学报》(哲学社会科学版)2010年第1期。

富有成效的。康、梁等人从崇尚变易、讲究微言大义、评议时政的"今文学"中积极吸取资源,进行一定的改造与推进,形成了晚清"今文学"发展的新阶段。但与此同时,维新派并不是单纯的学术界人士,他们都深藏着强烈的政治抱负和改革倾向,他们对"今文学"的改造就标榜了较为鲜明的政治维度,体现了较为浓厚的世用立场及其为学旨趣。康、梁等人"今文学"的世用立场是不同于以往的,它不再是仅仅从经学内部挖掘可以为世所用的话语资源,在经学内部进行有效的学术批判和社会批判。而是超越了传统学术资源本身,假借"今文学"的外衣来包裹西学中可以"东渐"的因子,并且积极地加以整合与吸收,从而传达出寻求民族国家复兴与思想启蒙的双重世用主张。也就是说,康、梁等人的"今文学"学术研究的重心并不全在经学本身,其所体现出来的"革新"维度,都是最终指向一种特殊的世用立场,体现出站在文化焦虑点上的新型知识分子之于传统政治和思想的近代转换所做的遐想和努力。当然,康、梁等人寄希望于以改造"今文学"而复兴传统学术和吸收西学的初衷是美好的。但是,由于时空的差异以及异质文化间的冲突,他们的这种改造也仅仅是一种强牵硬引,无论是对传统学术的衍化和阐发,还是对西学及其精神的传播和接受,其效果都是十分有限的,尤其是对传统学术——"今文学"而言,他们的努力却恰恰走向了一种二律背反,对"今文学"的"过度"改造,导致了其最终走向了历史的终结。当然,我们应该看到,康、梁等人的"今文学"学术研究影响是较为深远的,其特殊的世用立场也深刻地影响到文化艺术领域(包括诗学),从而为晚清文学艺术的演变和发展提供了内在动力和价值基础。

四 "今文学"的衍化与诗学变革维度的生成

晚清末期,一批具有近代意识与理念的文人志士在思索救国图强方案的同时,似乎从来没有忽视和放弃对传统文学艺术的探讨。他们力图对传统文学艺术进行适时的改造与转换,以期实现其特有的文学艺术宗旨和为学旨趣。就诗学领域而言,晚清末期的诗学演变则显然离不开维新派所做的努力和贡献,尤其是他们自身所保有的"今文学"思想,无疑对他们的诗歌创作及其诗学主张的阐发起到了至关重要的作用。具体来讲，维新派"今文学"思想的衍化与他们诗学变革维度的生成具有某种关联性，在一定程度上甚至存在着同构对应的发展态势。

如前所述，维新派人士对"今文学"的改造总体上是积极的和多方面的，他们往往将"今文学"作为传统学术复兴与西学东渐的媒介，其虽使"今文学"最终衍化为一种异端之学。然而，他们对"今文学"的这种衍化所体现出来的变革维度，却深刻地渗透到了诗学领域，成为诗学演变得以进行的动力来源与理论保证。第一，从诗学变革的生发层面而言，维新派的"今文学"衍化思想具有巨大的牵引与规范作用。维新派人士大多接受了"今文学"中的变易观念，并将其推演到社会、文化、思想等领域，形成了突破传统、力主变革的思维逻辑和现实主张。而其诗学变革维度的生发也自然肇始于这一思维转换的过程之中。第二，从诗学变革的方法论层面而言，维新派以"今文学"容纳新知的路径为诗学的变革提供了方法论来源。维新派人士对"今文学"改造与衍化的重要特色，就在于他们在"今文学"的外衣下广采西学，将西学中的民主、人权、自由及其现实形态融入"今文学"学术体系中，实现了中西学术与文化的表层嫁接和通融。与此相对应，维新派的诗学变革在方法选择上也采用了这一路径，将西方的"语句""意境"及其现实形态大量地摄入其诗歌创作中，以改造传统诗学"千篇一律""似曾相识"的面貌和习性，力求在这种中西元素杂糅中独辟诗学之新境界。第三，从诗学变革的价值层面而言，维新派"今文学"特殊的世用立场为诗学的变革提供了价值依据。维新派倡导"今文学"，发动"今文学"运动，已经远远超出了学术的范围，其中夹杂着浓厚的政治倾向与现世情怀。因此，在价值生发方面，"今文学"俨然成为他们实现民族国家复兴与思想启蒙的重要武器，成为其特殊世用价值的表征方式之一。维新派的诗学变革也传承了这一价值旨归，他们不再把诗学仅仅作为个体性情的表达，局限于传统内部的社会揭露与批判，而是将其上升到民族国家形象的建构上来，从而赋予诗学宏大的叙述模式与强烈的政治色彩，如"新民""新声""革命"等理念的传达。第四，从诗学变革的效果层面而言，维新派人士对"今文学"的衍化所体现出来的二律背反，也在一定程度上造成了其诗学变革的现实困境。维新派试图将"今文学"衍化为一种批判的思想武器，却在客观上逾越了传统学术所固有的理论边界和视野，最终导致"今文学"走向了历史的终结。与此相一致，维新派的诗学革新试图改造传统诗学而求复兴，却造成了传统诗学形式与内容的过度紧张，容易导致诗学审美与诗学价值之间断裂与冲突的产生，从而在客观上开启了诗学转换的近代面向。显然，这种诗学矛盾与诗学现状，是他们以立足于传统诗学根基而改造旧有诗学的这一路径所无力调和与解决的。也就是说，传统诗学的历史退场以及诗学变革的现实困境，使维新派的诗学革新行为充满了悖论与张力，这自然是他们主观上所不希望也不愿意看到的。第五，从诗学变革的现实层面而言，维新派的"今文学"将学术与政事合一的立场，主观上改变了其诗学的应变方式及其诗学经学话语的呈现态势。维新派的学术研究自始至终都没有跳出其固有的政治立场与视野，"今文学"在他们那里已经被提升到了政治的高度，成为宣扬变法的主要手段之一，并且成功地整合到其救国图强的政治运动中了。在诗学领域，维新派的变革主张在一定程度上似乎弱化了传统经学话语的显现方式，其不再仅仅唯依经立义而马首是瞻，而是从现实层面出发，有意将诗学提升到了经学的高度与层面，来践行古时只有经学才能发挥与担当的角色和姿态。从一定意义上讲，由于经学的嬗变与衰微，及其引导社会思想文化、造就社会意识形态等功能的退缩，这就无疑需要在现实功效层面寻求一种经学诗学化或诗学经学化的意义阐发模式，其实质上彰显出"今文学"深度影响下诗学与政事合一这种新的诗学显现形态与话语表征方式。

综上所述，当介入晚清末期维新派诗学主张的时候，我们不得不深入考究其"今文学"的衍化对诗学所带来的影响与规约。显然，维新派的"今文学"思想所体现出来的经学话语的分裂与重组，形成了他们进行诗学选择、改良、建构的内在依据，也彰显出他们以传统学术逻辑为轴之于晚清诗学演变所做出的努力和探索。

第三节 "新意境"的诗学理论与实践

诚如前面所述，参照维新派人士对"今文学"的衍化，他们的诗学革新应该是多维度、多方面的，在时空上也是较为敞开的，其诗学主张也因此极富启发性、多义性、复杂性与建设性。一方面，他们不忘传统诗学的逻辑理路及其经学话语背后的价值生发模式，寄希望于回归传统、张扬传统，积极寻求诗学复兴的现实道路；另一方面，出于特殊的诗学目的与世用立场，他们又义无反顾地举起了革新传统诗学的大旗，发动了一场极具历史意义的"诗界革命"。由此可见，维新派的诗学主张又似乎具有新旧杂陈的双重性质。即便如此，他们的诗学革新在当时的诗坛，仍旧称得上是一种"革命"。从诗学的整体演变来看，维新派诗人主要在诗学精神和形式两个层面推动了诗学的近代转换。而就诗学精神的革新而言，维新派诗人提出了"新意境"理论，用以弥补传统诗学精神的失位所带来的价值真空，在中西新旧交媾的场域中重塑新的诗学价值立场以及话语方式，并且积极地进行了颇富创造性的诗学尝试。

一 传统诗学精神的失位与"新意境"理论的提出

中国传统诗学精神向来都是一个众说纷纭的论题，而学界也似乎比较热衷对这一"显学"的探讨和阐发。长期以来，我们基本上形成了对传统诗学精神研究的几种倾向：一是于 20 世纪 80 年代出现的"意识形态化解读"，将传统诗学精神纳入特有的社会意识形态领域进行所谓的意识形态阐发与文化批判。二是就传统诗学领域进行狭隘的内部研究，单纯地探讨诗学的自有规律和精神形态。三是在"大文化"背景下对传统诗学精神形态进行哲学、史学、心理学、社会学等方面的关联与辐射，力求在一种宏观审视与多元体验中把握传统诗学的内在本质及其历史意蕴。学者们关于传统诗学精神的研究是富有见地的，也能在一定的理论构架和思维指向中抽象出传统诗学精神的某些具体形态。然而，何谓"传统诗学精神"这一问题仍然没有得到有效的解决。在此，本书不是，也无力将这一问题明晰化，而是在既有的"共识"下转向对传统诗学精神失位的关注。可以说，这一探讨对于处于近代转型时期的晚清诗学而言，尤为关键和重要。传统诗学精神的失位正是晚清诗学演变所必须面临的重大议题，而且也是维新派诗学革新的出发点与突破口。

（一）传统诗学精神的建构与失位

"文学史，就其最深刻的意义来说，是一种心理学，研究人的灵魂，是灵魂的历史。"① 事实上，文学正是在成为"人学"的过程中才得以生成的。同样如此，诗学也是以其特有的诗性方式展现了人的生命体验与意义世界。为此，我们对诗学精神的追寻就无法规避和超越其所孕育的生命维度，而这也是我们有可能基于传统诗学精神所能达成的基本"共识"之一，"中国诗学的基本关注点不是别的，乃是诗性生命的建构，说得确切些，是指人的诗性生命体验如何由萌发、成形、超升并最终通过诗歌作品而得到适切的表达，这也正是民族诗学传统的生命论主旨所在"②。就中国诗学发展史而言，传统诗学精神所体现的这种生命言说在本根上则是由"诗言志"与"诗缘情"来共同完成的。"诗言志"作为中国诗学的"开山纲领"，自其滥觞之始就彰显了浓厚的生命话语；无论是从早期的"神示"，进而发展为"引诗者"之义，还是最后深化为"作诗者"之志，都实现了对生命意义的开启与言说。尔后，"诗言志"经过儒学的"洗礼"，便逐渐转换为与哲学、政治、伦理、教化等相统一的"诗言道"，从而生发出"载道""明理""见性""经国"等诗学话语，实际上，这仍是一种以"道德形而上学的语言在隐喻中以抽象的道德伦理概念替代诗之感性活动的权力"③，在"类"的层面践行着传统诗学精神旨趣。"诗缘情"作为中国诗学发展的又一路径，展现了诗学对生命情感的直接诉说。虽然深受"止乎礼义"的约束与规化，但是，其长期与"志"相分合，形成了志与情、道与艺相通融的诗学境界，二者共同构成了相对完善的传统诗学精神形态——生命本原观，"此种诗学，庶几相当于宗教，相当于文化哲学"④。当然，传统诗学精神毕竟肇始于特殊的社会形态，与中国几千年的封建政治文化休戚与共。也就是说，即使是精神方面的呈现，其仍旧具有一定的边界意识。从整体来看，传统诗学精神之于生命的言说主要体现在两个层面：吟咏

---

① ［丹麦］勃兰兑斯：《十九世纪文学主流》，人民文学出版社 1980 年版，第 2 页。

② 陈伯海：《"生命之树常青"——论中国诗学精神之返本与开新》，《中文自学指导》2006 年第 1 期。

③ 杨乃乔：《"诗言志"与批评的话语权力——论儒家诗学的隐喻对经学的承诺》，《天津社会科学》1999 年第 1 期。

④ 胡晓明：《中国诗学之精神》，江西人民出版社 1990 年版，第 269 页。

性情、修身诚意、生命苦难抒写等个体的维度与原道宗经、礼乐教化、社会意识再造等"类"的维度。就具体而言，传统诗学精神的显现显然深受社会意识形态的影响，特别是以经学为中心的儒学的影响。无论是个体维度，还是"类"维度，生命的言说都无法超越传统封建社会所提供的内在秩序及其价值体系，即依经立义的价值生发模式为传统诗学精神预设了可以展开的现实维度，从而使其受制于"温柔敦厚"与"和平中正"思维模式的引导和规化。总的来说，中国几千年的封建社会及其价值体系为传统诗学精神的彰显提供了强大的闭塞装置，促使其生命的言说成为特定历史阶段的固有表征方式，而不具有超越历史和社会的普适性。

中国诗学历经数代发展，时至清中期以前，仍然保有传统诗学精神的固有品性。而这种现状却随着晚清社会的衰微走向了分裂与突变。社会形态的转型与变迁使晚清面临着"亡国亡种"的现实困境，并且深刻地影响到文学艺术领域，"当时的封建旧政治处于崩溃中，中国人的民族国家想象亦处于极度混乱与漂移中，文学不是受制于政治不能发展，相反，因为缺乏民族国家的强大依托，文学与人心一样，同样成为时代焦虑中失去方向的迷惘现象之一种"①。晚清诗学同样如此，它摆荡在各种矛盾之间，在精英与大众、正统与边缘、启蒙与颓废、革新与守成、教化与游戏、暴露与伪善等张力中受到各种幻想与打量，并且在多元与复杂的现场下昭示了自身所潜伏的价值碎片化危机。而与此同时，在一批新型知识分子眼里，传统诗学精神已经难以在价值层面担当起生命言说的重任，那种由经学而生发出的意义维度，对于他们所面对的现实问题而言，则是无效的和力不从心的。长期所遵奉的传统诗学精神出现了"失位"，并且无法在诗学价值层面准确地表达出诗人复杂的"存在"意识和"在场"感受。相对于个体苦难与命运的吟咏，他们更加热衷对新事物、新体验的羡慕与向往。相对于"不平则鸣"与"主文谲谏"的操守，他们更加迷恋于对民族国家形象的重构。因此，诗学精神的生命言说不再指向传统经学的结穴，而是延伸到更为宽广的时空视阈，而这些都是处于经学闭塞装置中的传统诗学精神所无法给予

---

① 刘锋杰、高磊：《文学转型与政治纠结的诗学意义》，《学习与探索》2009 年第 2 期。

和企及的。

(二)"新意境"理论的提出

传统诗学精神的失位使那些具有"世界"意识和"良知"的诗人产生了焦虑与危机,一种积极寻求新的诗学精神的冲动弥漫在晚清诗坛,而维新派诗人无疑担当起了急先锋的角色。为了应对传统诗学精神失位所留下的价值空缺,维新派诗人提出了他们所寄予厚望的诗学"新意境"理论:

> 故今日不作诗则已,若作诗必为诗界之哥仑布玛赛郎然后可。犹欧洲之地力已尽,生产过度,不能不求新地于阿米利加及太平洋沿岸也。欲为诗界之哥仑布玛赛郎,不可不备三长。第一要新意境,第二要新语句,而又须以古人风格入之,然后成其诗也。不然,如移木星金星之动物以实美洲,瑰玮则瑰玮矣,其如不类何?……宋明人善以印度意境语句入诗,……今欲易之,不可不求之于欧洲之意境语句,甚繁富而玮异。得之可以凌轹千古,涵盖一切,今尚未有其人也。①

作为维新派诗学理论的主要阐发者,梁启超在此比较鲜明地提出了"新意境"理论,并且将其作为"诗界革命"的第一要义。当然,他所认可的"新意境"并不是简单地对传统诗学的主观营造和意义延展,而是涵盖了深刻的时代精神与革新意识,是诗学过渡时代下传统诗学精神失位后所"不可不求"的一种诗学行为,"过渡时代,必有革命。然革命者,当革其精神,非革其形式"②。一方面,梁启超所倡导的"新意境"之"新",黄遵宪等人早已做出了一定的回应与实践,"公度负经世才,少游东西各国,所遇奇景异态,一写之以诗"③。可以说,在黄遵宪的诗学实践中,他也能创作出一些零碎新奇的诗学意境,展现出不同

---

① 梁启超:《夏威夷游记》,《饮冰室合集·专集》第二十二,中华书局1989年版,第189页。

② 梁启超:《诗话》,《饮冰室合集·文集》第四十五(上),中华书局1989年版,第41页。

③ 徐世昌:《晚晴簃诗汇》,转引自钱仲联《人境庐诗草笺注》,上海古籍出版社1981年版,第1282页。

于传统诗学精神的新趋向。而且梁启超也以为，"时彦中能为诗人之诗而锐意欲造新国者，莫如黄公度"①。另一方面，梁启超的"新意境"又不是单纯地落脚于诗学物质层面之"新"，而是寻求背后的精神更新，是在精神层面对西学的转换与再造。为此，在他看来，即使是黄遵宪这样的新派诗人，也"勉避之也"。而这恰恰是时人所难以做到的：

> 以上所举诸家，皆片鳞只甲，未能确然成一家言；且所谓欧洲意境语句，多物质上琐碎粗疏者，于精神上思想上未之有也。虽然，即以学界论之，欧洲之真精神、真思想，尚且未输入中国，况于诗界乎？此固不足怪也。②

由此看来，梁启超的"新意境"理论是有着更高的诗学追求的，而这也成为大多数维新派诗人的共识。康有为也明确地表达了"新世瑰奇异境生，更搜欧亚造新声"③ 的诗学革新宗旨，谭嗣同则寄出"上九天而下九地，魄万生而魂万灭，长与旧学辞矣"④ 的诗学革新之决绝用心。他们之所以能有如此的见解，不仅在于其对传统诗学精神失位的深刻认识，更是与其特殊的政治使命与文化危机意识紧密关联。当然，"新意境"理论的提出自然离不开维新派"今文学"思想的规约和促进，无论是寻求诗学变革之"新"，还是化用西学精神而成其"境"，抑或是众采中西新旧之长的诗学新形态的生成，都在发生原理、方法选择、理论源泉、意义凸显等方面体现了"今文学"的浓厚踪迹。

二 "新意境"理论的世用立场及其建构

"新意境"理论的提出是遵循了维新派人士对"今文学"衍化的进程的。更为重要的是，维新派"今文学"思想所体现出来的世用立

---

① 梁启超：《夏威夷游记》，《饮冰室合集·专集》第二十二，中华书局 1989 年版，第 189 页。
② 同上书，第 190 页。
③ 康有为：《与菽园论诗，兼寄任公、孺博、曼宣》，《康有为全集》第十二集，中国人民大学出版社 2007 年版，第 311 页。
④ 谭嗣同：《与唐绂丞书》，《谭嗣同全集》上册，中华书局 1981 年版，第 260 页。

场——民族国家复兴与思想启蒙,也为"新意境"的诗学理念所传承。可以说,维新派诗人对"新意境"的建构,实则是在诗学价值层面践行了"今文学"的价值旨趣。

(一) 民族国家复兴的世用立场及其建构

维新派诗人对"新意境"的倡导,并不是单纯着眼于诗学自身的发展,而是寄希望于以诗学"新意境"的创造来推动民族国家的复兴。对于诗学的这一世用立场,他们有着清晰的认识:

> 上感国变,中伤种族,下哀生民,博以环球之游历,浩渺肆恣,感激豪宕,情深而意远,益动于自然,而华严随现矣。①

> 吾虽不能诗,惟将竭力输入欧洲之精神、思想,以供来者之诗料可乎? 要之支那非有诗界革命,则诗运殆将绝。虽然,诗运无绝之时也,今日者革命之机渐熟,而哥仑布玛赛郎之出世,必不远矣。上所举者,皆其革命军月量础润之征也,夫诗又其小焉者也。②

> 成吉斯之乱也,西国犹能言之;忽必烈之虐也,郑所南《心史》纪之;有茹痛数百年不敢言不敢纪者,不愈益悲乎!③

维新派诗人鼓吹"欧洲之精神、思想"而以之发起"诗界革命",显然不只是关注于"诗运殆将绝"的诗学困境,更是看到了诗学背后所深藏的"革命之机"。但是,这种"革命"又不仅仅指向诗学的变革,更是潜在地指向了整个社会文化与政体的转变和革新,"诗虽小道,然欧洲诗人,出其鼓吹文明之笔,竟有左右世界之力"④。为此,维新派诗人也试图以此"小道"而显"世界之力"。在他们眼中,这种"力"即是复兴民族国家之力量与凭借。作为应对传统诗学精神失位的策略,维新派

---

① 康有为:《人境庐诗草·康序》,《黄遵宪集》,天津人民出版社 2003 年版,第 79 页。
② 梁启超:《夏威夷游记》,《饮冰室合集·专集》第二十二,中华书局 1989 年版,第 190—191 页。
③ 谭嗣同:《仁学》,《谭嗣同全集》下册,中华书局 1981 年版,第 341 页。
④ 黄遵宪:《与丘菽园书》,《黄遵宪文集》,郑海麟、张伟雄编校,京都中文出版社 1991 年版,第 189 页。

诗人是力图将"新意境"理论改造成涵盖西学精神的强大装置。而从其具
体来源来看，无论是西方的自然景观、城市人文、机械利器，还是西方的
政治制度、思想学说、文学艺术等，都在一定程度上可以自然而然地内化
为新的诗学精神。当然，我们也应该看到，这些西学精神与其说是他们进
行诗学革新的必选，不如说是他们心中用以实现民族国家复兴的良药：

> 诗道本心声，歌有诗，哭有怀，以故东西南朔，莫不有诗。
> 有志之士勉为其难，抗怀希古，毋迷其途，毋绝其源，终其身
> 而已。①

> 读泰西文明史，无论何代，无论何国，无不食文学家之赐，其
> 国民于诸文豪亦顶礼而尸祝之。若中国之词章家，则于国民有丝毫
> 不影响乎？推其原故，不得不谓诗与乐分之所致。……自今往，更
> 委身于祖国文学，据今所学，而调和之以渊懿之风格，微妙之辞
> 藻，苟能为索士比亚弥见顿，其报国民之恩者，不已多乎。②

维新派诗人深知诗学之于时代的感发与回应，并且将"诗"与
"乐"相关联，试图在彰显诗乐为治的诗学传统的同时，为以新的诗学
精神来重造"国民"，进而实现民族国家的复兴寻找到理论渊源，"盖欲
改造国民之品质，则诗歌音乐为精神教育之一要件，此稍有识者所能知
也"③。我们必须指出的是，在具体操作上，维新派诗人仍旧是以景观
塑造的方式来营造"新意境"的。他们将西方物质文明与精神文明的成
果作为诗学的表现内容，用羡慕性的情愫推动诗歌创作和发表主张，并
打破了传统诗学的"言志"功能而将诗学导向以"革命"为中心的宏大
叙事模式，在一种"想象"的视阈中彰显了以民族国家复兴为中心的诗
学世用立场。事实上，在这一诗学价值的转换过程中，维新派诗人实则
是以对异国形象的塑造来作为"新意境"的表层依托，用以区别传统诗

---

① 康有为：《文章》，《万木草堂遗稿》卷六下，台湾成文出版社 1976 年版，第 32 页。
② 梁启超：《诗话》，《饮冰室合集·文集》第四十五（上），中华书局 1989 年版，第
47—48 页。
③ 同上书，第 47 页。

学所建构的诗学意象,并且将对异国形象的创造看作"是一个借助他者发现自我和认识自我的过程,是对自我文化身份加以确认的一个过程"①,进而由此进入中西民族国家形象的"比较视阈"中,最终将强烈的文化落差感与民族危机意识转嫁为对异国形象的羡慕与崇拜,以期借用与参照"他者"(异国形象)来重塑民族国家形象,从而实现民族国家的复兴。显然,民族国家形象的建构已经超越了传统诗学的功用之旨,在新的世用层面体现了维新派诗人"新意境"理论的独特视野与近代意识。

(二) 启蒙的世用立场及其建构

从逻辑发展来看,维新派诗学的"新意境"理论仍可看作是其政治启蒙与文学启蒙的延伸,是民族国家复兴世用立场的拓展与深化。就启蒙世用立场的建构而言,"新意境"理论蕴含了诗学内外两个维度,分别在诗学思想与国民思想的双重开辟和探寻中实现了启蒙的意义旨归。

从诗学发展历史来看,"新意境"理论本身就承担了为诗学另辟蹊径、进行诗学思想启蒙的重任。中国诗学传统从先秦开始,经由秦汉、魏晋的发展,至唐代繁盛,再经宋、明的开拓,再由清代的总结,至晚清末期,已经到了难以创新与推进的境地。也就是说,在特殊的社会形态与价值体系所提供的强大闭塞装置中,中国传统诗学的生命力早已消磨殆尽了,"传统"已经无法维系诗学前进所需的全部动力与价值源泉。因此,我们看到,时至晚清时期,即使是富有变革意识的龚自珍、魏源、王闿运等人,在面向"传统"、回归"传统"的诗学进程中,也只能首先由"传统"内部生发出批判与经世的诗学旨趣,抑或干脆在复兴"传统"的名号下进行适度的选择和重组。显然,这已是单纯依靠"传统"之于晚清诗学变革所能给予的最大话语资源。我们看到,在整体上,晚清诗坛仍旧是在尊古、摹古、拟古的路径下蹒跚而行,其诗学风貌与价值旨趣都无以应对风云变幻的现世社会与时代精神。对此,维新派诗人深有体会:

予虽不能诗,然尝好论诗。以为诗之境界,被千年来鹦鹉名士

---

① 杜平:《异国形象创造与文化认同》,《西华师范大学学报》(哲学社会科学版) 2004年第5期。

（予尝戏名词章家为鹦鹉名士，自觉过于尖刻）占尽矣。虽有佳章佳句，一读之，似在某集中曾相见者，是最可恨也。①

维新派诗人已经俨然意识到，长期以来的拟古对诗学创造与接受造成了极大的伤害，诗学的发展已经到了必须改良与变革"传统"，特别是要跳出"尚古"的传统诗学归宿而不得不"别求新地"的地步。如何另辟蹊径，实现诗学思想的启蒙与解放？他们将这一重任寄期望于"新意境"理论："意境几与无李杜，目中何处着元明。"② 以求在题材的开掘、境界的开拓、思维的突破、眼界的扩展等方面，将传统诗学思想的"尚古"旧习引向创造"欧洲之意境、语句"的诗学新路径上来。而这些主张，对于当时的诗学主体、诗学思想构成，以及诗学实践等方面来说，都达到开启与引领风气先之的思想启蒙意图，"谓必取泰西文豪之意境之风格，熔铸之以入我诗，然后可为此道开一新天地"③。因此，就诗学的内在维度而言，"新意境"理论确实起到了思想启蒙的效果。至此，诗学题材与境界才始大，其精神旨趣也渐合时代脉搏。

维新派诗人的"新意境"理论还具有诗学之外的启蒙意义，即开化民众、进行文化思想启蒙的外在维度。维新派诗人向来不是书斋式的纯粹文人，其之于诗学的建构，是离不开他们作为维新志士和启蒙先驱的立场和地位的。可以说，他们已经将启蒙作为一项基本任务渗透到各个领域中了，如"率先提出了文学与国民性的关系问题"④，将"新民"的创造作为文学，乃至诗歌进行启蒙的题中之意，等等。就中国传统诗学及其生存土壤而言，维新派诗人认为，由于难以形成"硬朗"的诗风，其自然无益于国民精神的提升，并且容易造成民众身心柔弱而导致国运不济：

① 梁启超：《夏威夷游记》，《饮冰室合集·专集》第二十二，中华书局1989年版，第189页。
② 康有为：《与菽园论诗，兼寄任公、孺博、曼宣》，《康有为全集》第十二集，中国人民大学出版社2007年版，第311页。
③ 梁启超：《新中国未来记·总批》，《饮冰室合集·专集》第八十九，中华书局1989年版，第56页。
④ 马睿：《从经学到美学：中国近代文论知识话语的嬗变》，四川民族出版社2002年版，第236页。

吾中国向无军歌，其有一二，若杜工部之前后《出塞》，盖不多见，然于发扬蹈厉之气尤缺。非徒祖国文学之缺点，抑亦国运升沉所关也。①

正因为深系国运，维新派诗人意识到诗歌创作及其主张对民众开化与启蒙的紧迫感与重要性，遂发出"若中国之词章家，则于国民岂有丝毫之影响耶"②的历史追问。当然，重振国运还得先从国民改造入手，维新派诗人试图在"新意境"理论中融入"尚武""强势""高大"的因子，来开化与启蒙当下民众，引导他们进入中西文化交流的视阈，并且积极地进行自我思想的转换与蜕变。为此，我们可以清晰地看到，轮船、潜艇、汽车、飞机、大炮、电话、电灯、电报、照相机、无线电、留声机、报纸、西餐、民主、科学、制度、政治、法律、习俗、史地、文化……一系列具有西方文明印痕的新名词，皆能进入他们诗学所力主的"新意境"中去，"遁迹海外，五洲万国，靡所不到，风俗名胜，托为咏歌"③。虽然其在艺术手法上还显粗糙与肤浅。但是，它无疑能够粗略地勾勒出一个高大的、强势的、先进的、无可比拟的异国形象。而在维新派诗人看来，这些正好是开化和重塑国民精神的依托与凭借。其能够促使与引导民众在接受新事物、开阔视野的同时，完善自身的身心建构，以适应现代性的国家形态的要求。总的来看，一方面，维新派诗人以"新意境"作为开化民众的手段，在"新民"创造的基础上客观上确实起到了思想启蒙的效果。另一方面，在"西学东渐"的文化趋势下，作为新型知识分子的维新派诗人也确有以诗学来介绍与引进西学的主观意愿，以求在思想文化领域掀起广泛地以"西化"为主导的启蒙运动。当然，就思想文化启蒙而言，梁启超的小说理论较诗学理论更为明晰地传达了这一主旨：

欲新一国之民，不可不先新一国之小说。故欲新道德，必新小

① 梁启超：《诗话》，《饮冰室合集·文集》第四十五（上），中华书局1989年版，第34页。
② 同上书，第48页。
③ 康有为：《诗集自序》，《康有为诗文选》，人民文学出版社1958年版，第108页。

说；欲新宗教，必新小说；欲新政治，必新小说；欲新风俗，必新
小说；欲新学艺，必新小说；乃至欲新人心，欲新人格，必新小
说。何以故？小说有不可思议之力支配人道故。①

梁启超等人将中国古代地位最低、受经学体系最为轻视的小说作为
其文论价值阐发的核心，显然与其政治倾向、文论策略、革新理念等密
不可分。但是，即便如此，他们仍然没有放弃中国古代最为重要的文论
话语方式——诗学，反而将其作为启蒙的手段予以重新建构。因此，我
们在梳理维新派诗人"新意境"理论的启蒙立场的同时，必须注意其以
文学、诗学作为先导来行使政治文化意识形态的特殊理路。

综上所述，维新派诗人的"新意境"理论体现了民族国家复兴与启
蒙的特殊世用立场，并且展现出与其"今文学"较为一致的价值抉择和发
展理路。所不同的是，相对于"今文学"衍化所不得不面对的经学话语约
束，其在诗学领域的价值革新和路径选择，则要直白与自由得多。也就是
说，维新派"今文学"学术体系中需要依经才能阐发与接受的西学文明与
精神，在"新意境"理论中都可以直接地加以呈现与宣扬，如康有为的
"搜欧亚造新声"、梁启超的"欧美之真精神、真思想"、谭嗣同的"惜西学
太甚"、夏曾佑的"无从臆解之语"等。然而，"新意境"理论毕竟不是彻底
背弃传统诗学精神与话语，而是采西学之所长而"荟萃熔铸"以自得，其
出发点与立足点仍旧是复兴传统诗学的，这实则与他们的"今文学"研究
具有异曲同工之妙。作为维新派诗学理论的核心，"新意境"游走在中西新
旧之间，在诗学领域将维新派"今文学"的学术理念很好地延展下来了，
在异质同构的基础上彰显了其"今文学"之于诗学的深刻影响与渗透。

三 不学"鹦鹉名士"的诗学实践

在诗学理论的建构上，维新派诗学无疑主要得益于梁启超。而在诗学
实践上，维新派诗人大都积极参与，以不学"鹦鹉名士"的诗歌创作彰显
了"新意境"理论特殊的世用立场，形成了晚清诗坛一股新的发展潮流。

---

① 梁启超：《论小说与群治之关系》，《饮冰室合集·文集》第十，中华书局1989年版，
第7页。

（一）康有为的诗学实践

作为晚清时期叱咤风云的人物，康有为的成就着实不在诗学方面。就其洋洋洒洒的千万字著述而言，其有关诗歌创作及其主张的也只能算寥寥数语。据统计，康有为一生共创作诗赋约 2000 首，而现收录的只有 1500 余首。正是这不算“太多”的诗学实践，也让时人大为称赞，“元气淋漓，卓然称大家”①，“先生确为近代一大诗家”②。康有为的诗学实践所涉及的内容较多，而影响最深的，则是其遵循“元气”论而感发的有关民族国家兴亡的诗作，以及大量具有启蒙意义的海外诗篇。

康有为认为，诗是来源于宇宙的“元气”，再经由主体所遇之“境”的生发，进而才形成“瑰异”的诗境。考虑到诗人所面对的现实情境，其“元气”论诗学主张应该是在“继承我国现实主义文艺理论传统”③的基础上，表现出了诗学强烈的关注民族国家兴亡的世用立场。如：

> 眼中战国成争鹿，海内人才孰卧龙？抚剑长号归去也，千山风雨啸青峰！④

> 喜马来山云四飞，山河举目泪沾衣。此通藏卫无多路，万里中原有是非。⑤

> 今为万国竞争时，惟我广土众民霸国资，遍鉴万国无侣之。我人齐心发愤可突飞，速成学艺与汽机。民兵千万选健儿，大造铁舰游天地，舞破大地黄龙旗。⑥

康有为将个人不幸遭遇与民族国家苦痛所造之“境”和宇宙自有之

---

① 梁启超：《清代学术概论》，上海古籍出版社 1998 年版，第 102 页。

② 王森然：《近代二十家评传》，书目文献出版社 1987 年版，第 117 页。

③ 马洪林：《康有为评传》，南京大学出版社 1998 年版，第 485 页。

④ 康有为：《出都留别诸公》，《康有为全集》第十二集，中国人民大学出版社 2007 年版，第 165 页。

⑤ 康有为：《望须弥山云飞，因印度之亡，感忘故国，闻西藏又割一地》，《康有为全集》第十二集，中国人民大学出版社 2007 年版，第 229 页。

⑥ 康有为：《爱国短歌行》，《康有为全集》第十二集，中国人民大学出版社 2007 年版，第 139 页。

"元气"相"交压",在诗歌中大力宣扬民族危亡、变法图强、国家复兴等理念,充分发挥了诗歌有关世用的价值旨趣。当然,康有为这类诗歌的世用立场,不全然类似于传统诗学的功用观,其中夹杂了不少西学的相关因子,所造"瑰异"之"新意境"所体现的世用主旨,也着实带有浓厚的近代意识与色彩——由民族国家复兴而生发的对现代性国家形态的建构。

康有为诗作中数量最多的是他的海外诗,这部分诗篇除了展现其个人感怀、民族国家复兴等思想之外,更为重要的是践行了启蒙的诗学世用立场。在大量的诗篇中,康有为以中国传统诗歌所固有的形式尽情讴歌西方社会中的新事物、新景观、新文明,不仅开拓了诗歌的境界,而且在思想文化领域也起到了引导与开化之功。如:

> 碧松遍山草芊芊,碧绿丘壑白峰峦。山巅成千湖,明漪动紫澜。小湖柳欹波,荡桨饶风烟。大湖数百里,诸渚侵其间。虹桥苔矶间绿阑,万千楼阁枕湖干。抗山架壑高下繁,白塔红亭冠山巅。汽船翻浪穿湖边,铁轨穴隧上山巅。欧洲诸国程途便,帝王妃主微行先,将相公侯贵王孙,骚人名士挤袂连。大贾富商随喜迁,相将蜡屐赋游仙。……①

> 汽机创自英华试,水火相推自生力。汽船铁轨自飞驰,缩地通天难推测。万千制造师用之,卷翻天地先创极。汽机制器日日新,凡十九万五千式。力比人马三十倍,进化神速可例识。②

对西方"新"世界的呈现,康有为在诗歌中可谓竭尽所能。这些诗篇跨越时空,在形下器物与形上精神等方面对西方"形象"皆有触及,其对诗学境界开拓之功和思想文化启蒙之意溢于言表,"从南洋到北冰洋,从东方到西方,从异国的奇景异俗到声光化电的时代之光,都发为他诗歌吟咏的新声,这种把古代人从未创造的事物,从未开辟的新境

---

① 康有为:《瑞士国在阿尔频山中湖山之胜为天下第一。吾两过之》,《康有为全集》第十二集,中国人民大学出版社 2007 年版,第 243 页。
② 康有为:《游苏格兰京噎颠堡见创汽机者华试像感颂神功不可忘也》,《康有为全集》第十二集,中国人民大学出版社 2007 年版,第 258 页。

界，通过耳目的感受，经过头脑的思考，而融入诗歌的创作实践，正是晚清'诗界革命'的特色之一"①。因此，康有为的这类海外诗，就其价值选择上，绝不仅仅限于游记写真之法，或传达个体感伤羡慕之情。其所造"新声""异境"已经迎合了"新意境"理论的特殊世用立场，因而具有现代意义上的思想启蒙功效。为此，我们也不难理解康有为何以能够获得"能以神行更奇绝，此诗应与世长存"②的极高评价了。

（二）梁启超的诗学实践

梁启超是"新意境"理论的提出者，也是维新派诗学建构的主将；然而，他却常常宣称自己"不能为诗""绝少为诗"。梁启超现存诗作近400首，在数量上确实不多。但是，这些诗却"表现了一种积极进取和追求理想的精神，有启蒙思想家的气魄和风范"③，它们集中体现了梁启超所倡导的"新意境"诗学理论的价值旨趣——民族国家复兴与思想启蒙。

就早期的梁启超而言，其阐述诗学问题的出发点并不是诗学本身，而是源于现实与政治。这就注定了他的诗学实践必然带有强烈的世用立场。当然，这种世用立场不是传统价值维度的吟咏性情、润色鸿运与揭露批判，而是直接指向民族国家复兴的现实诉求。如：

> 献身甘作万矢的，著论求为百世师。誓起民权移旧俗，更研哲理牖新知。④

> 诗界千年靡靡风，兵魂销尽国魂空。集中什九从军乐，亘古男儿一放翁。⑤

> 泱泱哉我中华！最大洲中最大国，廿二行省为一家。物产腴沃甲大地，天府雄国言非夸。君不见英日区区三岛尚崛起，况乃堂尔

① 马洪林：《康有为评传》，南京大学出版社 1998 年版，第 487 页。
② 汪辟疆：《光宣诗坛点将录》，《汪辟疆说近代诗》，上海古籍出版社 2001 年版，第 108 页。
③ 郭延礼等：《中国近代文学发展史》第二卷，山东教育出版社 1991 年版，第 1001 页。
④ 梁启超：《自励》，《饮冰室合集·文集》第四十五（下），中华书局 1989 年版，第 16 页。
⑤ 梁启超：《读〈陆放翁集〉》，《饮冰室合集·文集》第四十五（下），中华书局 1989 年版，第 4 页。

吾中华！结我团体，振我精神，20世纪新世界，雄飞宇内畴与伦。
可爱哉我国民！可爱哉我国民！①

梁启超在诗歌中明确地表达了变法维新的思想，并且呼唤"国魂"
以造"新民"，以极大的热情和决心来呼告民族国家的复兴。梁启超的
这类诗歌比较彻底地坚持了其"陶写吾心"的创作原则，而此"心"无
疑是他寄期望于诗作中的民族国家复兴之夙愿。为此，梁启超的诗歌似
乎兼具了诗人之诗与学人之诗的特性，表现出"情"与"理"的共持。
由其"情"，我们可以感受到诗人忧患、爱国、危机、求变的心境与心
态。由其"理"，我们可以巡视到诗人藏于其中的救国方案与强国之策。
具体来讲，"情"负载"理"，"理"引导"情"，"情""理"相融而生"新
境界"。因此，梁启超的诗学实践在整体上是与其"新意境"理论相符的，
而寻求民族国家复兴则是其大多数诗篇基本的世用立场和价值抉择。

梁启超是有着较为自觉的启蒙意识的，这在他的许多诗篇中都有所
反映。为了配合启蒙，梁启超也是大量摄取新事物、新名词，以达到
"文藻亦二千年所未有也，诗界革命之能事至斯而极矣"②的境地，进
而使其所造"新意境"在诗学与思想领域齐开启蒙风气之先。如：

京华十丈软红尘，繁樱团锦浓于运。香车宝马照九陌，家家花
下扶醉人。③

少年悬弧四方志，未敢久恋蓬莱乡。誓将适彼世界共和政体之
祖国，问政求学观其光。乃于西历一千八百九十九年腊月晦日之夜
半，扁舟横渡太平洋。……吁！太平洋！太平洋！君之面兮锦绣壤，
君之背兮修罗场，海电兮既设，舰队兮愈张，西伯利亚兮铁道卒业，
巴拿马峡兮运河通航，尔时太平洋中20世纪之天地，悲剧喜剧壮剧

---

① 梁启超：《爱国歌四章》，《饮冰室合集·文集》第四十五（下），中华书局1989年版，
第21页。

② 梁启超：《诗话》，《饮冰室合集·文集》第四十五（上），中华书局1989年版，第
35页。

③ 梁启超：《雷庵行》，《饮冰室合集·文集》第四十五（下），中华书局1989年版，第
3页。

惨剧齐鞞鼙。吾曹生此岂非福,饱看世界一度两度为沧桑。①

　　　拍拍群鸥相送迎,珊瑚湾港夕阳明。澳洲沿南太平洋岸,珊瑚
　　岛最多,亦名珊瑚海。远波淡似里湖水,列岛繁于初夜星,蘯胃海
　　风和露吸,洗心天乐带涛听,此游也算人间福,敢道潮平意未平。②

　　作为世纪之交的新型知识分子,梁启超对"鹦鹉学舌"的晚清诗坛
颇为不满。其力求新变,打破传统诗歌习性的愿望极为强烈,甚至标榜
以"哥仑布""玛赛郎"之精神来别创诗界。为此,我们可以明显地看
到,梁启超在其诗学实践中对于西学因子的有意接纳,其确为诗学境界
的开拓起到了引导之功。但是,梁启超的这种诗学努力"根本目的在于
思想革命,也就是说,诗界革命是服从于思想启蒙,输入'欧洲之精神
思想'的总体目标的"③。其诗篇中的"香车宝马""共和政体""太平
洋""巴拿马峡""铁道"等,对于当时尚未完全开放与开化的普通民众
而言,无疑具有极为震撼与惊俗的效果,这种思想文化启蒙上的意义则
要远远胜过对诗学本身的开拓。

　　因此,作为对自己所创"新意境"理论的印证,梁启超的诗歌在民
族国家复兴与思想启蒙的世用立场上是较为坚决的,甚至有时不顾诗歌
体系的完善性与通融性而执意为之。当然,在一个"内容决定形式"的
诗学时代,这已经成为当时诗歌的一种通病,梁启超也在其诗学理论的
阐发中始终保持着较为清晰的认识。

(三) 谭嗣同、夏曾佑等人的诗学实践

　　对"新意境"理论有所贡献的还有谭嗣同、夏曾佑等人,"盖当时所
谓新诗者,颇喜挦扯新名词以自表异。丙申、丁酉间,吾党数子皆好作此
体。提倡之者为夏穗卿,而复生亦綦嗜之"④。他们以大量的新名词及自
造隐语入诗,力创诗学之"新意境",确在晚清诗坛产生了较大影响。

―――――――

　　① 梁启超:《二十世纪太平洋歌》,《饮冰室合集·文集》第四十五(下),中华书局
1989年版,第17—19页。
　　② 梁启超:《澳亚归舟杂兴》,《饮冰室合集·文集》第四十五(下),中华书局1989年
版,第15页。
　　③ 杨晓明:《梁启超文论的现代性阐释》,四川民族出版社2002年版,第233页。
　　④ 梁启超:《诗话》,《饮冰室合集·文集》第四十五(上),中华书局1989年版,第40页。

谭嗣同在诗歌创作上有较大的投入，著有《莽苍苍斋诗》及其收编于其他集子中的一些诗篇，共计160余首。谭嗣同对西学较为狂热，而且颇喜佛学，反而对旧学极为厌恶。这种思想倾向也反映在其诗歌创作上，成为其建构"新意境"理论的重要话语资源。如：

> 大成大辟大雄氏，据乱升平及太平。五始当王讫麟获，三言不识乃鸡鸣。人天帝网光中见，来去云孙脚下行，漫共龙蛙争寸土，从知教主亚洲生。①

谭嗣同不仅将"亚洲"等新名词摄入到诗歌中，更是以佛家之智生造"讫麟""云孙""龙蛙"等词语，确实创造出与传统诗学相迥异的"新意境"，"惟奇思古艳，终近定庵，且喜摭西事入诗。当时风尚如此，至壮飞乃放胆为之，颇有诗界彗星之目"②。由于借用佛语佛理，谭嗣同的诗作过于晦涩难懂。但是，就开辟诗学境界与倡导思想启蒙方面而言，其还是达到了预想的效果。

与谭嗣同诗学实践颇为类似的是夏曾佑，他不仅提出"新诗"的口号，而且以"怪话"作诗而博得了"近世诗界三杰"的名号。夏曾佑的诗作大多散见于他人著作或报刊上，至今所存较少，共200余首。但是，我们仍然可以从这部分诗作中窥见其对"新意境"理论的贡献。如：

> 冰期世界太清凉，洪水茫茫下土方。巴别塔前分种教，人天从此感参商。③

> 有人雄起琉璃海，兽魄蛙魂龙所徙。天发杀机蛇起陆，羔方婚礼鬼盈车。南朝文酒韬乾战，西婉山川失宝书。君自为繁我为简，白云归去帝之居。④

---

① 谭嗣同：《赠梁卓如诗四首》，《谭嗣同全集》上册，中华书局1981年版，第244页。
② 汪辟疆：《光宣诗坛点将录》，《汪辟疆说近代诗》，上海古籍出版社2001年版，第89页。
③ 夏曾佑：《无题》，见赵慎修《夏曾佑诗集校》，《近代文学史料》，中国社会科学出版社1985年版，第36页。
④ 夏曾佑：《沪上赠梁启超》，见赵慎修《夏曾佑诗集校》，《近代文学史料》，中国社会科学出版社1985年版，第33页。

"巴别塔""参商""兽魄蛙魂""韬乾"……夏曾佑的这些诗作显然有意以新词语来制造意义玄机与迷宫,进而创造出能够标新立异的"新意境",在诗歌革新的基础上宣扬西学,以实现启蒙的意义旨归。

总的来看,由于过度专注于诗歌"新意境"的营造,以奇、异、生、杂等作为网罗诗歌话语资源的标准,谭嗣同、夏曾佑等人的诗歌创作与主张也最终走入了理论误区,以致渐渐被世人所遗忘和抛弃。当然,就当时诗学情境而言,诗歌的好坏已不是他们最为关心和在乎的,其诗歌创作的宗旨当是实践"新意境"理论的世用立场。为此,鲁迅也深感其"故用僻典,令人难解,可恶之至"[①],可谓正中其病。

综上所述,维新派诗人大有突破传统诗歌创作旧习而进行诗学革新的创作实践,并且取得了一定的成效。虽然他们在个体诗歌创作上还存在某些差异。但是,其对"新意境"理论的遵循与操守却是较为一致和统一的。他们的诗歌创作在彰显"新意境"理论的世用立场的同时,也在具体实践层面印证了"今文学"学术价值以及话语方式对诗学演变的深刻影响。

第四节　新旧杂陈的形式理念与美学追求

维新派人士在对"今文学"的衍化进程中,无论其阐发的价值与意义多么背离"经义",他们始终都没有放弃对"今文学"这件"外衣"的坚守。显然,在他们眼中,传统的"形式"经过长时间的筛选已经完成了合法化、经典化的发展历程,并且作为一种维护和表征意识形态与社会权利的方式而客观存在。因此,对于仍然保有较深传统根基与情结的维新派人士而言,从一定程度上讲,传统的"形式"成为他们进行身份确证和价值表述的出发点与归宿。也就是说,传统"形式"相对于"内容"的稳固性、秩序性使它具有更为大众接受与认同的可能,并且作为一种方式彰显着个体对既有模式与成规的现实态度。与他们对"今

---

① 姜德明:《鲁迅与夏穗卿》,《书叶集》,花城出版社 1981 年版,第 98 页。

文学"学术体系的阐发和操守一样，维新派人士的诗学革新在"革其精神"的主旨下，也是对其形式变革表现出较为"暧昧"，甚至是保守的立场。从整体来看，维新派人士的诗学形式理论体现出新旧杂陈的总体特色。而"新语句"与"旧风格"共存的困境与张力，则显现出他们之于形式及其背后意识形态话语的看法与态度，这也似乎预示了维新派诗学的审美理念只能是一种"在路上的言说"。

一 纠结的形式：闭塞的古法与难产的新式

中国数千年的诗歌发展历程已经形成了一套固有的诗学话语体系。就形式方面而言，其演变还是比较缓慢的，尤其在诗体上，可谓数代才变。中国传统诗歌在形式上所生成的一些古法，使其具有很强的排斥力与封闭性，并由此导致了新形式出现的迟缓与相对空缺。时至晚清末期，这种情境造成了诗歌发展的内在紧张，闭塞的古法与难产的新式之间的纠结，成为晚清诗人必须要面对的现实问题。

我们知道，在现代西方形式主义理论家所倡导的理论体系里，"形式"一般被"视为一个总体文本系统之间的相关元素或'功能'"，"包括声音、意象、节奏、句法、音步、韵脚、叙述技巧，等等，实际上它包括了文学的全部形式元素"[①]，其往往被等同于"文本"自身，体现为一系列"手段"的集合，并且在本体论上体现着文学的潜在意义。我们这里所讨论的形式，则是一般意义上的形式概念，它是指诗歌的表层物质组织方式及其现实显现，通常体现为诗歌的语言和体式。关于中国古代诗歌形式的演变，从不同的角度则会得出不同的结论。如从流派划分的建安体、正始体、诚斋体、宫体、西昆体等，从格律上划分的古体、律诗，从体式划分的五言、七言、杂言等，……从总体来看，这些划分过于简单和局限，而且受形式之外的因素影响较大，难以准确明了地体现出诗歌形式的变迁。为此，本书立足于从语言和体式两个维度介入到中国传统诗歌形式的演变。之所以这样做，一是因为语言和体式仅仅属于诗歌的形式范畴，二是因为语言和体式更能体现中国传统诗歌形

---

① ［英］特雷·伊格尔顿：《二十世纪西方文学理论》，伍晓明译，陕西师范大学出版社1987年版，第4—5页。

式的民族特性。就中国传统诗歌形式的语言演变而言,它是由早期的生活化、俗化迅速置换成经典化与雅化的语言形态的过程。我们发现,在《诗经》《离骚》《古诗十九首》等早期诗作中,尚能见到俚俗、口语、习语等语言表达方式。而随着诗歌创作逐渐进入士大夫阶层,特别是经由永明年间的精致化努力,中国传统诗歌的语言已经走向了经典化与雅化的建构历程,一种以精练性、经典性、音乐性、想象性等为底色的词语最终成为诗歌语言的主流形态。也就是说,中国传统诗歌形式在语言形态方面几乎是单向度的线性演进,是将诗歌的语言向纵深方向逐渐经典化和雅化,如江西诗派、宋诗派等的诗歌语言形态。但是,中国传统诗歌形式语言形态的演变与其说是"变",还不如说是"固",它在走向经典化、雅化的历史进程中实质上营造了一个强大的传统闭塞装置,并拒斥一切非经典化语言形态的介入与在场。就中国传统诗歌形式的体式演变而言,情形则相对简单与具体了。胡应麟在《诗薮》中表达了这样的诗歌体式演变观点:

> 四言变而离骚,离骚变而五言,五言变而七言,七言变而律诗,律诗变而绝句,诗之体以代变也。[①]

胡应麟对中国传统诗歌体式演变的概述在不少地方是有失公允的。但是,他却向我们传达了一个较为明确的信息,即中国传统诗歌体式主要有四言、五言、七言等几种形态。当然,在具体形态上,中国传统诗歌体式还有六言、八言、九言等杂体,但已算不上主流形态。从表面来看,中国传统诗歌体式似乎较为丰富与多样,可是其还远没有达到自由的程度。更何况,它还主要是以四言、五言、七言为模板而进行适度的延展,体式上的封闭性、保守性、自足性还是显而易见的。因此,从语言与体式维度来看,在长期发展历程中,中国传统诗歌的形式已经形成了较为稳定与自足的"古法"。而且在相对一致与固定的诗歌发展情境下,"古法"逐渐走向经典化,进而形成强大的闭塞装置,成为古代诗人形式选择的金科玉律。

---

① 胡应麟:《诗薮·内编》,上海古籍出版社 1979 年版,第 1 页。

原本已经模式化的形式"古法"随着晚清社会现实的急剧变动而受到了怀疑与反思,一种寻求"新式"的形式追求或隐或现地出现在晚清诗坛。面对沉重的民族苦痛以及西方文明的刺激,黄遵宪较早地提出了"我手写我口"的诗学创作口号,并且在语言和体式方面进行了一定的革新,如以俗语入诗以及对诗体的探索而求突破传统诗歌形式之"古法"。在诗体上,黄遵宪"以为不必仿白香山之《新乐府》、尤西堂之《明史乐府》,当斟酌于弹词与粤讴之间,或三、或九、或七、或五、或长短句"①,试图在传统诗歌体式外另创诗体而"采近事"。在语言上,黄遵宪敢于将"流俗语"与"歌谣"入诗,以之丰富诗歌的语言表现形态。黄遵宪的诗歌形式诉求是极具影响力的,但是,由于其出发点与归宿均不是致力于诗歌形式的彻底变革,而只是在现有形式"古法"的前提下进行一定的修补与完善,况且,黄遵宪的这类诗歌创作也只是极少数。为此,他的主张仍然是处于传统的压抑与闭塞下,"未能完全冲破旧诗体的束缚,成为一种全新的形式"②。当然,黄遵宪的努力却造成了诗歌"古法"与"新式"纠结的局面,这在晚清维新派的诗学主张中,则表现得尤为明显。

二 "新语句"与"旧风格"共存的现实抉择与困境

维新派诗人虽然力主"诗界革命",积极地进行诗学革新。然而,他们自始至终都为传统诗歌形式保留了一席之地。维新派诗人对诗歌形式的看法也不是一成不变的,"新语句"与"旧风格"共存的现实抉择不仅体现了他们对传统诗歌形式的复杂心态,而且展现了其于诗学之外的现实焦虑与价值张力。

梁启超在阐发"诗界革命"理论内涵时,提出了要"备三长",除了"新意境"之外,"第二要新语句,而又需以古人之风格入之,然后成其为诗"③。"新意境"作为"革其精神"的实际承载者,体现了维新

---

① 黄遵宪:《致梁启超函》,《黄遵宪全集》,中华书局 2005 年版,第 432 页。
② 郭延礼:《中国前现代文学的转型》,山东大学出版社 2005 年版,第 246 页。
③ 梁启超:《夏威夷游记》,《饮冰室合集·专集》第二十二,中华书局 1989 年版,第 189 页。

派诗人之于诗歌内容与价值层面的努力。而"新语句"与"旧风格"则更多地体现了他们之于诗歌形式的态度与看法。"新语句"作为诗歌形式的语言层面,一直被维新派诗人寄予厚望。在具体诗学实践中,他们往往大肆从经学、佛学、西学之中借用词语,"当时吾辈方沉醉于宗教,视数教主非与我辈同类者,崇拜迷信之极,乃至相约以作诗非经典语不用。所谓经典者,普指佛、孔、耶三教之经"①。甚至不惜违背常理生造出许多新词,来达成"新语句"的形式效果。维新派诗人之所以对"新语句"极为热衷,倒不是因为他们自觉地意识到,并且主动愿意进行诗歌语言形式的革新,而是仅仅将"新语句"作为创造"新意境"的手段,或者说只是一种权宜之策和在工具论层面的运用。因此,维新派诗人虽然主张"新语句",但是他们能够在多大程度上突破传统诗学的语言形式宿命,则是需要大打问号的。事实上,维新派诗人诗歌创作中的"新语句"并没有从总体上改变传统诗歌语言的经典化与雅化属性,他们所谓的新名词对诗歌意义层面的贡献要远大于其语言形式的变化。更何况,他们仍然没有伤及传统诗歌语言的组织原则与表达方式。如果说"新语句"在形式上还留有一定的求"变"维度,那么"旧风格"则是比较直白地表达了一种保守与自封的形式理念。"旧风格"作为诗歌的形式层面,包括格调、音律、体式等诸方面。为此,对"旧风格"的坚守就成为维新派诗人保持传统诗学底蕴的重要面向。维新派诗人主张"诗界革命",是要成为"20 世纪支那之诗王",而不是进行彻底的、颠覆性的革命,其立足点首先还是力图复兴传统诗歌。也就是说,就传统诗歌形式而言,维新派诗人是着眼于改良与复兴,而不是颠覆与重构。从一定程度上讲,"旧风格"已经成为维新派诗人对传统诗歌存在的一种确证与感受。如果丧失了这层传统根基,对于维新派诗人的"诗界革命"来说,无疑是釜底抽薪而失去了应有的意义。总的来说,"新语句"与"旧风格"体现了维新派诗人之于诗歌形式的基本态度,两者的共存是他们面对现实而从自身理论体系出发所作出的主观抉择。

维新派诗人对传统诗歌形式较为"暧昧"的立场,虽然无碍于他们对诗学价值的阐发与张扬。但是,却实实在在地造成了诗歌内容与形式

---

① 梁启超:《诗话》,《饮冰室合集·文集》第四十五 (上),中华书局 1989 年版,第40—41 页。

的紧张，也使他们的诗歌创作遁入困境。

> 盖由新语句与古风格常相背驰，公度重风格者，故勉避之也。
> 夏穗卿、谭复生，皆善选新语句者，语句则经子生涩语、佛典语、
> 欧洲语杂用，颇错落可喜，然已不备诗家之资格。①

事实上，在维新派诗人眼中，即使是黄遵宪的诗作，也难免出现
"不能两全"的矛盾裂痕，而真正能够兼具"新意境""新语句""旧风
格"三者之所长的"今尚未有其人"。维新派诗人对诗歌内容与形式的
态度在当时看来应该不算落后。但是，就其形式要求与诗歌内容和价值
的匹配而言，则还是显现得较为保守与陈旧，这就注定了他们诗歌创作
艺术的相对粗糙与内在缺陷，其必然为后世所诟病，"此类之诗，当时
沾沾自喜，必然非诗之佳音，无俟言也。吾彼时不能为诗，时从诸君子
后学步一二，然今既久厌之"②。我们应该看到，维新派之所以对诗学
精神与形式的"革新"表现出迥异的态度——价值与精神上的跃进和形
式上的保守，除了将诗歌的价值阐发作为思想政治革新运动的助手而行
使政治意识形态功能的现实抉择外，也源于他们对诗歌形式背后秩序的
认同与坚守。而这两者之间的差异与抵牾体现在诗学上，则是内容与形
式的紧张与矛盾。因为诗歌形式"在一定程度上是一种意识形态的载体，
合法化和经典化的诗歌形式在一定程度上成为特定社会主流政治的同谋，
而诗人对待诗歌形式的态度也体现出他/她对待这种意识形态的态度——
认同、妥协、改良或者对抗，诗人正是在这种想象的政治舞台上自觉或不
自觉地进行自己的政治表述"③。为此，维新派诗人之于诗歌形式的保守
立场应该源于他们对主流意识形态的那种态度，即改良与复兴。

由此看来，维新派诗人所面对的诗歌内容与形式的困境，确实不是
他们所能完全解决的，正如他们以"今文学"的衍化来实现民族国家复

---

① 梁启超：《夏威夷游记》，《饮冰室合集·专集》第二十二，中华书局 1989 年版，第
189 页。

② 梁启超：《诗话》，《饮冰室合集·文集》第四十五（上），中华书局 1989 年版，第
41 页。

③ 罗良功：《诗歌形式作为政治表达：索妮亚·桑切斯诗歌的一个维度》，《当代外国文
学》2009 年第 2 期。

兴与启蒙的立场一样,即使他们已经将"今文学"发展与演变为一种异端之学,也仍然无法解决"旧瓶装新酒"的内在矛盾,也无法决然抛弃"今文学"这件"外衣",因为他们的出发点是从传统开始的,最终的归宿也是要回归传统的,而中间的改良与革新则只是这一过程的手段与凭借而已。当然,这样的理路同样体现在维新派的诗学理论上,"新语句"与"旧风格"的共存,不仅在形式层面体现了维新派诗人的保守立场,更是在与"新意境"的比照中彰显出他们自身价值体系的内在张力以及沉重的现实焦虑感。

三 在路上的言说:形式诉求与审美追求的历史进程

在"革其精神"的诗学价值体系的建构过程中,维新派诗人凸显了诗歌内容与形式的矛盾。虽然他们无法现实地解决这一困境。但是,他们却潜在地传达出了调和二者的致思,尤其在形式诉求与审美追求方面还是体现出一定的发展维度。

维新派诗人以"新语句"作为手段来营造"新意境",并且配之以"旧风格",表现出对诗歌形式演变较为传统与守旧的立场。然而,在具体的诗学实践中,我们不能全然否定其对于诗歌形式创造所做的努力。维新派诗人往往在诗作中"杂一二新名词",虽然在整体上难以撼动诗歌的既有风貌,却在一定程度上弱化与破坏了传统诗歌较为完善的形式,如"尔时太平洋中 20 世纪之天地,悲剧喜剧壮剧惨剧齐輹輵"[①]等。此外,维新派诗人还"以民间流行最俗最不经之语入诗"[②],强调对通俗化、自由化的词语的借用,"显然是符合中国诗歌走上白话道路的现代趋势的"[③]。因此,维新派诗人在诗歌的形式方面还是有所新变的,这不仅源于他们意识到传统诗歌形式在表达"新意境"上的现实困境,而且与他们"暧昧"的形式立场,以及改良的价值取向密切相关。当然,维新派诗人的诗歌形式诉求还有浓厚的传统痕迹,其虽然离现代

---

① 《二十世纪太平洋歌》。

② 梁启超:《诗话》,《饮冰室合集·文集》第四十五(上),中华书局 1989 年版,第 24 页。

③ 杨晓明:《梁启超文论的现代性阐释》,四川民族出版社 2002 年版,第 233 页。

性诗歌形式还有较大距离；但是，我们却从中能够看到他们对诗歌内容与形式分裂现状的一种致思和所做的努力，这都是难能可贵的。

维新派诗人关于诗歌审美的追求同样值得关注。在中国诗歌发展历程中，由于经过经典化的过程，传统诗歌与社会政治意识形态紧密相关联，从而在美学追求上形成了"温柔敦厚"的诗风，并且力求将诗歌的精神与价值以比较"中和"的方式传达出来，以期达到"哀而不伤"的境地。时至晚清末期，面对"天崩地裂"的社会变动以及"西学东渐"的文化格局，维新派诗人在一些诗篇中以较为直白与简易的手法抒发己怀、己见、己闻，甚至以类似口号的方式直接表情达意，较大地突破了传统诗歌的审美规范，折射出具有现代意味的诗歌美学追求。如"汽机制器日日新，凡十九万五千式"①，"可爱哉！我国民。可爱哉！我国民。闻英寇云南俄寇伊犁感愤成作涕泪已消残腊尽，入春所得是惊心"②等，几乎在一种直抒胸臆的状态下尽情地展现了诗人的所思所感，而毫无"温柔敦厚"的传统诗歌美学踪迹。当然，我们应该看到，维新派诗人的这种美学追求是与其"新意境"的诗学价值体系相统一的，其或者可以看作是由新的诗学精神传达才造就了这种美学风貌上的差异，而与诗歌形式本身并无多少瓜葛。因此，就诗歌现代审美理念的生成而言，维新派诗人还距之较远，其并没有形成完整的现代诗歌审美理念。

综上所述，就传统诗歌形式与审美追求而言，维新派诗人已经走到了近代演变的路口，他们对诗歌形式与美学上的努力可以称得上是一种"在路上的言说"。然而，由于自身价值体系的张力，以及由此带来的诗歌形式与内容的矛盾困境，他们显然不可能在这条路上走得太远。

第五节　维新派诗学的地位与历史功效

维新派诗人以其保有的"今文学"价值体系对诗学进行了积极的探讨，从而掀起了一场声势浩大的"诗界革命"运动。维新派所发动的政

---

① 《游苏格兰京噫颠堡，见创汽机者华忒像，感颂神功不可忘也》。
② 《爱国歌四章》。

治运动失败了，而关于"诗界革命"的"失败"与否，学界存在着较大的争论。考虑到维新派诗学价值来源与方法论抉择上的"今文学"根底，倘若把传统诗学近代转换的任务全部寄托在维新派诗人身上，显然是不切实际的。维新派诗学在晚清诗学演变历程上应该具有自身应得的地位与功效。

一　争议中的诗学坐标：维新派诗学的地位与评价

维新派诗人虽然自称要作诗界的"哥仑布""玛赛郎"，进行"诗界革命"。但是，他们的诗学行为却是颇受争议的，当下学界大致存在以下几种看法：

其一，认为"诗界革命"失败了，维新派诗学的影响实在有限。柳亚子以为，"辛亥革命算是成功了，但诗界革命是失败的。……同光体依然成为诗坛的正统"[①]。朱自清认为，"诗界革命"在"观念上"对"民国七年"的新诗运动产生了很深远的影响，但是"这回'革命'"仍旧是"失败了"[②]。曾铎认为，维新派诗人"从统治阶级的利益出发，倡导政治改良。为使诗歌能给他们的改良主义服务，又倡导'诗歌革命'，这基本上是诗体改良。不可能形成真正的'诗界革命'"[③]。陈子展认为，维新派诗人"不徒想把政治革新，还要闹着诗界革命，……好像徒以新军阀代替旧军阀的革命一样，自然不彻底，自然要失败。"[④]当代学者对维新派"诗界革命"的质疑也大有人在，陈邦炎对"诗界"的"革命"表示异议，认为"无论是梁启超所提出的诗界革命主张，还是黄遵宪所阐发的诗歌创作理论，无论是夏曾佑、谭嗣同等人的那些失败的尝试，还是《人境庐诗草》中那些成功的篇章，都不宜称为我国诗歌史上的革命。有些文学史和专论把它真看成一次革命而做出过高的评价，似未曾循名以责实"[⑤]。陈建华则认为，维新派的诗学在"一九〇

---

① 柳亚子：《柳亚子的诗和字》，《人物》1980 年第 1 辑。
② 朱自清：《中国新文学大系·诗集导言》，上海文艺出版社 2003 年版，第 1 页。
③ 曾铎：《诗谈——中国诗歌史略》，江西人民出版社 1979 年版，第 168 页。
④ 陈子展：《中国近代文学之变迁》，徐志啸导读，上海古籍出版社 2000 年版，第 8—10 页。
⑤ 陈邦炎：《诗界革命质疑》，《中国韵文学刊》1987 年总第 1 期。

二年冬季之后，它的性质变为改良主义诗歌运动，与时代要求不相适
应，失去了进步意义"①。以上学者从其与传统诗学的断续、与政治的
合谋、与"五四"新诗的比较等维度，对维新派诗学及其"诗界革命"
持保留与质疑的态度，显然是对其过于寄予了厚望。但是，考虑到维新
派诗人的价值体系构成和当下语境，如果将其放在中国传统诗学近代转
型的历史进程中，无论局限与"失败"，则都是合理的、合规律的。

其二，认为维新派诗学在诗学史上具有"过渡性"特征，其意义主
要集中在对后世诗学的启示与影响上，"晚清诗歌变革通常被看作过渡
时期的历史事件，因此虽不成功却意义重大……作为'过渡'的晚清诗
歌变革这一历史事件很容易被看成一个踏板，历史踏着它、通过它，进
入另一个时段"②。朱德发认为，"'诗界革命'是同中国传统旧体诗
'断裂'的开始，是中国新体诗孕育诞生的开始"③。张永芳认为，"晚
清的诗界革命正处于传统旧诗向白话新诗转变的中间阶段，因而有着承
上启下的历史意义"④。龙泉明更是直接指出，"晚清'诗界革命'是诗
史上的一次重大变革，且离'五四'新诗运动最近，因而它为中国诗歌
向现代转型提供了不少直接的启示和教训"⑤。将维新派诗学作为一种
"过渡性"的诗学历史事件，成为近当代大多数学者的共识。但是，"过
渡"并不是一个可有可无的状态和可以忽略的过程，学界那种简单的由维
新派诗学直接"滑向""五四"诗学，或者由"五四"诗学"发明"维新
派诗学的倾向与思维定式，从某种意义上来看，也是有失公正与客观的。

其三，当下有些学者从诗学之外的视点出发，在新的论域中赋予维
新派诗学应有的意义。如王一川从文化与发生学的角度，将维新派诗学
看作"全球化东扩的一种本土诗学工具"，具有"幻影"和"阴影"的
双重作用，极具启发意义。⑥ 杨经华从地理空间角度阐发了维新派诗学

① 陈建华：《晚清"诗界革命"盛衰史实考》，《福建论坛》（人文社会科学版）1987年第3期。
② 李玥：《在日常生活中遭遇现代性》，《江苏社会科学》2003年第2期。
③ 朱德发：《从"诗界革命"到白话新诗崛起》，《山东师范大学学报》（人文社会科学版）1985年第6期。
④ 张永芳：《试论诗界革命评价中的几个问题》，《社会科学集刊》1985年第5期。
⑤ 龙泉明：《中国新诗流变论》，人民文学出版社1999年版，第18页。
⑥ 王一川：《全球化东扩的本土诗学投影——"诗界革命"论的渐进发生》，《北京师范大学学报》（社会科学版）2008年第2期。

由"革命""精彩"走向"沉寂"的原因，在特殊的时空视阈中给予其应有的地位与意义，这种视角也是一种较新的尝试。① 王珂从政治体制与文人心态的双重话语维度分析了维新派诗学保守改良性质的生成与演变，并且对他们的诗学抉择寄予一定合理性的理解和认同。② 这些学者将维新派诗学置于一个更为宽广与开放的平台进行阐释，并且获得了一些新的看法与观点，为我们全面历史地评价维新派诗学提供了新的切入点。

综上所述，维新派诗学的历史坐标仍旧是不确定的，还处在争议之中。无论是将其作为一个失败的诗学演变事件，还是将其作为一个过渡阶段的历史事件，抑或将其作为一个开放而可以阐发的具体事件，都难以在学界形成关于维新派诗学地位的广泛认同。

二　由它说开去：维新派诗学的历史功效

对维新派诗学的分析与评价，离不开其背后深藏的价值体系与话语方式——"今文学"的影响与制约。维新派诗人以"今文学"价值体系为基点所阐发的诗学理论在晚清诗学的演变史上具有重要的历史功效。

维新派诗人将"今文学"的世用立场拓展到诗学领域，其诗学精神则直接影响到后来的南社诗人。虽然由于复古与形式主义的倾向，南社诗人时常被人讥讽，"夸而无实，滥而不精，浮夸淫琐"，"不过为文学界添几件赝鼎"③。但是，他们呼唤"国魂""唤醒国民"的民族国家复兴与思想启蒙的诗学立场却是来源于维新派诗学，如"国魂乎！盍归来乎！"④"唐宋元明都不管，自成模范铸诗才。须从旧锦翻新样，勿以今魂托古胎"⑤ 等，无疑都是对维新派诗学精神的传承和张扬。也就是说，维新派诗人的"新意境"理论所展现出来的启蒙面向，在当时看来虽然有点"表异"与"惊俗"，其寄予诗歌的宏大叙事也为传统诗人所

①　杨经华：《"诗界革命"文学地理考察》，《广州大学学报》（社会科学版）2010 年第 6 期。

②　王珂：《诗界革命采用保守方式的原因探微》，《汕头大学学报》（人文社会科学版）2007 年第 1 期。

③　胡适：《寄陈独秀》，《胡适文存》卷一，上海书店 1989 年版，第 3 页。

④　《南社启》。

⑤　《寄南社同仁》。

不屑。但是，它却实实在在地迎合了晚清诗学与近代诗学的价值趋向，在一种历史传承与呼应中显现出自身的影响功效。同样，维新派诗人关于形式的探讨也具有十分重要的历史意义：其一，维新派诗人在较为保守的形式理论下所透露出的"求变"维度为当时众多诗人所接受和模仿，即"以旧风格熔铸新语句"成为新型知识分子在诗歌创作上的形式准则。其二，维新派诗人以"新意境"为核心建构世用的诗学体系，却在坚守传统诗学形式面貌的前提下，于无意中发现和凸显了内容与形式的矛盾与张力，当这种情境到了不得不解决的临界点的时候，新的诗学革新自然就应运而生了。"五四"白话诗歌运动之于诗歌形式的革新和成功，显然不能忽视维新派诗学的发现与推动之功。因此，无论是从诗学精神，还是从诗学形式上来看，维新派诗学都在其"今文学"的价值体系下为晚清诗学的演变做了应有的回应和努力，其已经构成了诗学近代转换的重要组成部分。由它说开去，中国传统诗学近代转换的历史进程才算完整与统一。当然，就诗学形式创造与审美追求而言，维新派诗人显然做得还不够，但这已经超出了他们的范围，我们不能对其苛求。

由于维新派诗学是以"今文学"为根底而进行意义生发与阐释的，当明了作为"传统"的"今文学"之于晚清社会、文化、思想等领域的深刻影响与制约后，我们应该对维新派诗学的探索与努力深表钦佩，这已是他们在传统价值体系与话语情境的规化下对诗学演变所能做出的最大贡献。

总的来说，面对日益加剧的民族苦难与社会动乱，维新派人士选择了以"今文学"作为自身的学术体系与价值生发体系，在对"今文学"的改造与衍化中形成了以民族国家复兴和思想启蒙为核心的世用立场，并且将这种价值抉择及其方法论延伸到诗学领域，建构了世用的诗学体系。然而，维新派人士在浓厚的世用立场中将诗学的演变引向了进退维谷的境地，这是他们基于"今文学"衍化而进行诗学演变所必然会面对的历史境遇。

第五章 晚清诗学演变的历史反思 与诗学知识范式的嬗变

从龚自珍、魏源，到王闿运，再到维新派诗人，晚清诗学经由这批"今文学"家的努力，大致形成了一条一以贯之的演变路径，即与"今文学"的价值体系对诗学的蔓延、渗透、规约等过程相始相终，在传统社会变迁与文化信仰危机的背景下生成了一套新的诗学话语应变方式——"今文学"诗学话语。我们之所以称为新的诗学话语方式，是相对于传统诗学演变动力的阙如与枯竭而言的。晚清具有"今文学"学术背景的诗人于传统之中开辟出适合自身价值取向的诗学演变向度，从而上演了晚清诗学演变的大戏。然而，由于晚清诗学地位的不确定性以及相关问题研究的空缺，我们从"今文学"的维度来梳理晚清诗学，其本身就面临着对既已形成的诗学演变立场的某种反思。当然，作为一种传统的经学形态，"今文学"在其力所能及的范围内已经为晚清诗学的演变竭尽全力了。尔后，随着晚清社会的崩散以及"今文学"的衰落，中国传统诗学及其价值取向也在这一历史进程中与之一损俱损，诗学知识范式发生了嬗变，诗学美学话语开始成为时代的内在诉求与表征。

第一节 晚清诗学演变的历史反思

长期以来，关于晚清诗学之于传统诗学而出现的新质，我们往往习惯将其归结为"外在化"的激发或者西方镜像的东方投射，如晚清"诗界革命"，不少学者仅仅将它看作是"在欧洲资产阶级思想精神的刺激下，认识到了中国传统诗歌非有诗界革命，诗运殆将绝的紧迫情况"①而生发的。事实上，以龚自珍、魏源、王闿运、维新派等"今文学"家为代表的诗人，仍然是以传统"依经立义"的思维模式建构起了各自的"今文学"诗学话语体系的，并且在一定时空和限度之内以"今文学"作为诗学发展与转换的内在动力与理论源泉。"外在化"是晚清诗学演变的传统看法与定位，这里既有时代背景的影响，更有思维定式的烙印。我们以"今文学"切入晚清诗学的演变，不仅在于为晚清诗学演变"外在化"的探究补上"内在化"的思考。而且力图走出经学的阴影，还原晚清诗学演变的真实面貌和历史现状。"现代性"作为晚清诗学演变的"衍生物"与"新品"，正好为我们晚清诗学演变的反思提供了一个历史性考察的视野与维度。

一 "外在化"：晚清诗学演变的传统看法和定位

"外在化"是一种求诸"他者"的思维指向与行为方式。学界将晚清诗学演变进行"外在化"的思考与定位，首先是基于晚清社会与文化所遭遇的现实危机和西学冲击的。一方面，晚清社会与文化的现实危机是空前的，无论是政治的凋敝、文化的衰败，还是社会矛盾的激化、外辱的深化，都将晚清社会与文化推到难以为继的深渊。也就是说，这种危机到了"依靠其自身的力量已经难以消除"②的地步。另一方面，西学作为一种异质文明与先进思想体系，不仅猛烈地冲击着晚清的社会与文化，而且以其无以比拟的优越性成为晚清知识分子效仿与崇拜的对象，"然而，至于至今之西洋，则与断断乎不可同日而语矣。彼西洋者，无法与有法并用而皆有以胜我者也"③。正是源于此种境遇，晚清知识分子从早期的"中体西用"，到"中西融合"，再到"全盘西化"，总体上形成了对社会与文化建构的一种"外在化"方向与路径。晚清知识分子关于社会与文化建构的这种"外在化"诉求和努力，在深层次上影响

---

① 周颂喜：《论"诗界革命"理论的意义》，《求索》1988 年第 5 期。
② 陈国庆：《晚清社会与文化》，社会科学文献出版社 2005 年版，第 3 页。
③ 严复：《原强》，《严复集》（诗文卷上），中华书局 1986 年版，第 11 页。

了人们对晚清诗学演变的看法，即当人们习惯将晚清诗学作为晚清社会与文化建构的一个有力侧面的时候，那种诗学演变中所出现的那种远离传统主流的新质，则将会毫不怀疑与自觉地落入某种"外在化"的归宿——对西方诗学及其价值体系的跟随与模仿，"晚清诗坛发生了明显的变化，这突出表现为对外来思想文化的接收越来越自觉、越来越深刻，在创作意识、创作题材、创作形式以至诗歌语汇上，都增添了传统诗坛从未有过的新质素"①。因此，我们可以看到，在对晚清诗学演变的定位中，认为其是"在西学东渐的影响下提出的，而且革新的宗旨也是以西方文学为圭臬的"② 论断比比皆是，甚至容易得出其"不同于旧诗的新面目，走的是努力接受外来思想文化影响的新路，……反映了当时先进的中国人渴求吸收新思想、新文化的要求"③ 的价值评判，这显然是将晚清诗学的演变做了一种"外在化"的解读，并且是将其同晚清社会与文化建构的路径相关联和统一，而没有深刻地介入对晚清诗学演变内在话语方式及其价值维度的历史考察，从而以之确立其演变的合理性与必然性。

对晚清诗学演变的"外在化"看法与定位，还与我们所形成的思维定式密切相关。长期以来，学界往往习惯用"以西格中""二元对立"的思维模式切入晚清诗学的研究，即将晚清诗学的演变放置到西方文学价值体系中进行审视与判断，从而确立其演变的合理性与现实性意义。在这种思维定式中，学者们关注的重心首先是"西"，是在一种西学价值的理想预设中凸显晚清诗学演变的西学基础与踪迹。这种研究路径尤其体现在对维新派诗学演变的定位上，如黄遵宪诗学"吟到中华以外天"的视野往往被当作是一种西方民主、价值等理念的转达，"在没有彻底打破旧诗形式以前，要使诗能够容纳一定的民主主义内容，而又不至破坏诗的表现力量，使诗仍能够发生艺术的作用，这就是新派诗所可能达到的最高成就。从这种意义讲，黄遵宪可以说是中国旧民主主义革命时代的代表诗人"④。"他把当日世界那些最新的观念和信息，以及他

① 张永芳：《外来文化的影响与晚清诗坛的新变》，《中国现代文学研究丛刊》2003 年第 3 期。
② 郭延礼：《中国前现代文学的转型》，山东大学出版社 2005 年版，第 100 页。
③ 张永芳：《诗界革命与文学转型》，中国社会科学出版社 2004 年版，第 7 页。
④ 王瑶：《谈晚清新派诗》，《光明日报》1955 年 11 月 27 日。

所亲历而又为国人所陌生的异域风光展现在中国那些封闭的耳目之前，他使中国诗歌甚至使中国社会着实地经受了一次强刺激"①。而康有为、梁启超、谭嗣同、夏曾佑等人的诗学则往往被直接与他们所倡导的维新运动相对接。为此，当他们的政治运动失败了，其起因于和立足于传达西方价值理念的诗学演变就似乎变得无足轻重了，且必然最终走向失败，"'诗界革命'是资产阶级改良派领导的，改良派在政治上失败了，他们的诗歌运动自然也要失败"②，"正是他们自己所提倡的变法维新的软弱性和不彻底性，决定了他们的'诗界革命'运动的失败"③。显然，不少学者以西学价值在中国社会与文化中的接受为参照，将晚清维新派诗学演变的历史意义纳入到他们的政治蓝图的实施过程中，仅仅做出一种"以西格中"式的价值判断，而全然没有顾及他们之于传统诗学所做出的力所能及的开掘，这对于维新派诗学而言，本身就是有失公允的，也是不符合维新派诗人之于诗学演变的现实努力的。

事实上，对于晚清诗学演变的定位，这种思维定式的消极影响是较为深远的。首先，它形成了我们关于晚清诗学演变的习惯立场，即从是否对西学价值的反映与跟随来判断晚清诗学的演变及其诗学新质的出现。我们看到，由于缺乏一定的西学价值旨趣，龚自珍、魏源、王闿运等人的诗学演变及其诗学新质往往不被重视，甚至在这种"以西格中"的思维模式中被全盘打入传统诗学领域。因此，龚自珍诗学的批判精神与现代特质、魏源诗学的传变立场与危机意识、王闿运诗学的独辟蹊径与现世努力、维新派诗学的价值转换与审美张力等，在当下的晚清诗学研究中抑或得不到彰显而被做了简单的"二元"化处理，抑或难以得到深度阐释而走向了一种遗忘。其次，这种思维定式容易将晚清诗学的价值体系作一种"二元对立"的分化，看不清诗学价值的历史传承与转换。从龚自珍、魏源，到王闿运，再到维新派诗人，其诗学主张基本上都是遵循其"今文学"的价值体系的，是在对传统诗学价值生发模式进行传承的基础上做出的适度发挥和创造。而"以西格中"的思维定式则造成了一种"二元对立"的价值鸿沟，不仅使我们看不到龚自珍、魏源

---

① 谢冕：《19 世纪中国最后一位伟大诗人》，《嘉应大学学报》1999 年第 2 期。
② 徐鹏绪、张俊才：《中国近代文学研究概论》，天津教育出版社 1992 年版，第 152 页。
③ 舒芜等编注：《康有为诗文选》，人民文学出版社 1958 年版，第 102 页。

等诗学价值的现代面向，也容易忽视维新派诗学价值的传统面向，形成了晚清诗学演变看似较为杂乱与多义的价值格局。最后，更为重要的是，这种思维定式人为地忽略了诗学演变的内在机缘，直接越过或弱化了晚清诗学"依经立义"的话语方式，将晚清诗学的演变看作是"平地起惊雷"式的突变模式。这显然是过于简单与理想化了。晚清诗学向近代的发展与转换，其本身经历了一段并不算短的酝酿期。晚清诗学演变过程中所展现的某些现代面向，最初并不是在"外在"力量与价值的冲击下而生发的，而是首先源于诗学话语及其价值体系自身的裂变与张力，如龚、魏诗学中的新质。也就是说，晚清诗学的演变应该是一种渐进式的方式，而且是在以"传统"为轴的过程中逐步进行诗学价值的生发和转换的。总的来看，"以西格中""二元对立"等构成了我们分析晚清诗学演变习以为常的思维模式，形成了当前学界关于晚清诗学演变源于外来文化影响的一般共识。并由此对晚清诗学演变的深入研究产生了诸多不利影响，甚至是成为一种羁绊了。

　　当然，我们必须承认，由于特殊的历史境遇，晚清社会与文化出现了"数千年未有之巨劫奇变"，对晚清诗学演变进行"外在化"的探寻自然是十分必要的。但是，我们也不能"一叶障目"，无视晚清诗学演变的内在维度。那种关于晚清诗学演变过于"外在化"的看法与定位，不仅无益于透析晚清诗学演变的内在动力与理论源泉，而且也难以厘清晚清诗学之于传统与现代之间所存在的各种矛盾张力和艰难抉择。

二　走出经学阴影：晚清诗学演变的"今文学"视角的现实意义

　　在当前的学界，将晚清诗学演变纳入传统视阈，尤其是纳入被当作传统社会意识形态与价值体系的承担者——经学的视阈中予以阐释，往往极易受到诟病。况且，长期以来，经学形态往往被视为晚清诗学向近代转换的羁绊与束缚，甚至被认为是诗学演变所要极力摒弃的因素。俨然，经学形态已经成为学者对晚清诗学演变进行分析研究的一个巨大阴影。为此，我们尝试以"今文学"为切入点，将晚清诗学的演变置于其传统固有的"依经立义"诗学话语及其价值生发模式中，就是力图走出经学的阴影，为当前的晚清诗学演变研究补上传统文化本位主义的思考。

以"今文学"视角对晚清诗学演变进行阐释，本身面临着极为复杂与困难的处境。经学在中国传统社会中的地位及其在近现代社会中的接受，都现实地形成了以经学形态切入晚清诗学演变研究的巨大阴影。

一方面，经学在长期作为统治意识形态与主流价值体系的过程中已经固化为一种传统权威，而正是经学的这种地位使其往往被当为一种排除异质、扼杀新质的闭塞装置而进入研究者的理论视野。从汉武帝"罢黜百家，独尊儒术"开始，经学就在体悟天道与成就世道的过程中被赋予了一种神圣而崇高的地位。"圣人见道，然后知王治之象，故画州土，建君臣，立律历，陈成败，以视贤者，名之曰经。"① "'经'也者，恒久之至道，不刊之鸿教也。故象天地，效鬼神，参物序，制人纪；洞性灵之奥区，极文章之骨髓者也。"② 可以说，中国数千年封建社会的运行机制及其价值体系的建构都离不开对经学的依赖。而且伴随着经学神圣感与权威性的与日俱增和逐渐稳固，其已经彻底成为压倒其他一切学问及其价值体系而自身则从不陨落的"显学"。时至晚清，即使经学内部支派横生、观点林立，经学的权威性仍旧得到广泛地认同与遵守，并且在自我营造的闭塞装置中担当着社会意识形态与价值体系的历史使命。为此，对于经学研究者而言，具有权威性、稳定性、传承性、排他性的经学似乎难以孕育与之价值相左的因子。具体到晚清诗学领域，晚清诗学演变过程中出现的诗学新质也必然会被当作与经学无涉来对待。也就是说，在众多学者眼中，经学的权威性是与它的保守性同构对应的，它们共同造就了经学强大而古典的闭塞装置。因此，若将晚清诗学的演变与经学形态相关联，就看似不合情理与实际。其既不符合我们对经学的传统定位，也远离我们关于晚清诗学演变的习惯看法。

另一方面，"五四"以来，一直存在着一股反经学的思潮，学者们将经学作为社会转型与文化现代化的"毒瘤"予以批判与否定，由此造成了经学在中国近现代社会中长期受到冷落的现状。"五四"时期的文化战将们秉承"重新估定一切价值"③ 的原则，对传统社会中奉为万古

---

① 班固：《汉书·翼奉传》卷七十五，中华书局点教本 1962 年版，第 3172 页。
② 刘勰：《文心雕龙·宗经》，周振甫《文心雕龙今译》，中华书局 1986 年版，第 26 页。
③ 胡适：《新思潮的意义》，《胡适文存》卷四，上海书店 1989 年版，第 161 页。

不刊、宰制天下的经学进行了彻底地批判。其不仅摧毁了经学身上的神圣光环与权威魅力，而且也将经学作为一种封建专制的"护身符"与"渊薮"匆匆地放到历史的车轮下进行撵压与鞭笞，"经学作为一个整体的意识形态被彻底瓦解消亡，它对中国的历史文化发展的诠释也因为经学的虚妄而被描述为一部造假、欺骗、虚妄的历史过程"①。当然，他们对经学的批判和否定是以孔子为突破口的，"故余之掊击孔子，非掊击孔子之本身，乃掊击孔子为历代君王所雕塑之偶像的权威也；非掊击孔子，乃掊击专制政治之灵魂"②。显然，"偶像权威""专制政治之灵魂"即指借孔子之名目而大行其道的经学，"故这块孔丘的招牌——无论是老店，是冒牌——不能不拿下来，槌碎，烧去！"③ 陈独秀认为，经学定于一尊必然阻碍思想文化的自由发展，"尤与近世文明社会绝不相容"④；邹容痛斥汉学者"为六经之奴婢"，宋学者"于东西庑上一瞰冷猪头"⑤；钱玄同也宣称"我们要结三千年来经学的账，结清了就此关店"⑥。在一定程度上来看，"五四"时期的《新青年》是要给"传统经学出具了死亡证书"⑦。虽然后来将经学进行哲学、史学、教育学、社会学等维度的研究还大有人在。但是，经学的这种纯学术的转换，不仅极大地消解了学者们研究经学的热情，而且基本上宣告了经学时代的终结。正如周予同在 20 世纪 30 年代所说，"经学成立于前汉，动摇于 1919 年"五四"以后，而将消灭于最近的将来"⑧。尔后，随着中国思想界马克思主义的盛行，经学的处境就自然更为艰难了，"用马克思主义清算经学"⑨ 成为当时思想文化界关于经学研究最为可能的成果了。实际上，经学在中国文化的现代化进程中受到了前所未有的冷遇，其已经逐渐淡出了我们的视线。经学在中国现代学术中的长期缺位自然有其

① 严正：《论儒学、经学与经典诠释研究》，《河南社会科学》2007 年第 1 期。

② 李大钊：《自然的伦理观与孔子》，《李大钊文集》（上），人民出版社 1984 年版，第 264 页。

③ 胡适：《〈吴虞文录〉序》，《胡适文存》卷四，上海书店 1989 年版，第 259 页。

④ 陈独秀：《答吴又陵》，《〈独秀文存〉选》，贵州教育出版社 2005 年版，第 243 页。

⑤ 邹容：《革命军》，华夏出版社 2002 年版，第 18 页。

⑥ 顾颉刚：《玉渊潭忆往》，《苏州史志资料选辑》1984 年第 2 辑。

⑦ 朱维铮：《中国经学的近代行程》，《复旦学报》（社会科学版）1989 年第 4 期。

⑧ 周予同：《怎样研究经学》，《周予同经学史论著选集》（增订本），上海人民出版社 1996 年版，第 627 页。

⑨ 毛泽东：《致范文澜》，《毛泽东书信选集》，人民出版社 1983 年版，第 163 页。

内在原因，但也与我们对经学价值的认识不足有关。因此，当我们将经学作为糟粕一并剔除出去的时候，也顺带剔除了我们以经学为切入点进行其他文化、文学研究的可能。也就是说，经学自身的现状尚且如此，将经学的视角引入晚清诗学的演变研究则更是难上加难。从以上两个方面可以看出，当我们寻找晚清诗学演变的内在因缘及其价值基础，将视角转向传统维度的时候，必将会面临经学的巨大阴影，从而不敢"越雷池一步"，造成一种反经学或去经学化的诗学研究惯性与视野。

我们以"今文学"为切入点介入晚清诗学的演变研究，就是尝试走出经学的阴影，为我们的研究补上传统文化本位主义的思考。就晚清诗学现状而言，"依经立义"仍旧是诗学价值的主要生发模式，宋诗派力主汉宋兼融而大张"学人之言与诗人之言合"[①]的诗学理想，桐城派力主宋学而推重义理、考证、文章"苟善用之"[②]的诗学标准，"今文学"派力主"今文学"而倡导世用与批判的诗学立场。可以说，晚清诗学虽然派系分立，诗学主张也存在着较大差异。但是，就某一具体诗学流派而言，仍旧在共同的经学信仰体系下进行着诗学观念的传承与建构。因此，以经学为立足点来审视晚清诗学，不仅合乎中国古代诗学"依经立义"的价值生发模式与传统，而且也是符合晚清诗学发展的基本面貌的。更为重要的是，我们不只是重申与凸显诗学经学话语这一客观价值立场，而是将重心放在作为诗学价值承担者——经学形态，如何在社会激变、文化信仰危机、西学价值冲突等情境下之于诗学的现实建构。显然，各种经学形态都在自身的价值体系中对其做出了相应的回应。而"今文学"作为经学中极具变革意义的形态，对具有"今文学"底蕴的晚清诗人的诗学努力与变革是具有基础性意义的，尤为值得关注。具体而言，龚自珍以"今文学"的批判立场建构起批判的诗学体系，魏源以"今文学"的世用立场进行了诗学的传变，王闿运以"今文学"价值立场为核心建构了独特的复古诗学体系，王韬、黄遵宪等人在对"今文学"的怀疑过程中走向了新的诗学尝试，维新派诗人以对"今文学"的衍化建构起了以世用和启蒙为中心的诗学价值体系。总的来说，晚清"今文学"家的诗学之于传统的传承与变革，基本上遵循了其固有的

---

① 陈衍：《近代诗钞叙》，《石遗室诗话》，人民文学出版社 2004 年版，第 823 页。
② 姚鼐：《述庵文钞序》，《惜抱轩全集》卷四，中国书店 1991 年版，第 46 页。

"今文学"学术体系，是将"今文学"的价值在诗学领域做了渗透与延展。也就是说，就晚清诗学演变的具体现状来看，龚自珍、魏源、维新派等诗人的诗学无疑最具代表性，也是我们考察晚清诗学近代转换的主要对象之一。而就其演变的内在动力及其理论基础而言，却又是离不开其"今文学"的推动与规约的。在我们看来，晚清时期，时代选择了"今文学"作为主流思想文化形态和价值旨趣，而具有"今文学"底蕴的诗人则选择了"今文学"的价值体系作为诗学建构的"前理解"，即使变革"传统"、接纳"西方"、移植"西方"，他们都是遵循着"依经立义"的传统诗学逻辑的，"盖固有之旧思想，既根深蒂固，而外来之新思想，又来源浅觳，汲而易竭，其支绌灭裂，固宜然矣"①。由此可见，"传统"已经内化为晚清诗人思维中的深度装置了，并且成为他们审视、考究诗学现状及其发展态势的主线与过滤器。为此，"今文学"不只是对晚清"今文学"家的诗学思想的生成具有基础性意义，而且在自我发展与衍化中造成了晚清诗学之于传统的传承和转换，之于西学的接纳和吸收的多维抉择，形成了一条以"今文学"价值体系为主导的晚清诗学演变路径。在这里，我们实际上倡导的是一种类似文化本位主义的立场，即认为西学对晚清诗学演变的意义不应该是一种平地惊雷式的破坏或一种空白地带下的殖民，而是在寻找晚清诗学本身所固有的、与之相近的，且能够与其进行某种影响和嫁接的因子。晚清诗学对西学的接纳和吸收应该首先是基于自身的文化土壤的，在某种程度上说，它是将西学作为自身近代转换的工具与手段的。当然，这种摩擦、碰撞与交流虽是双向性的，却又是不对等的。至少在晚清时期，作为主流意识形态与价值取向的"今文学"及其所建构的民族国家形象，仍然是晚清诗人的价值源泉与信念支撑，而西学价值及其思维模式在诗学中主导地位的获得，则是在"五四"以后了。

　　综上所述，"今文学"为我们从传统维度审视晚清诗学的演变提供了一个极好的视角与切入点。其不仅有利于破除晚清诗学演变过于"外在化"的迷信，走出经学的阴影，进行文化本位主义的思考，而且也是还原晚清诗学演变真相，进入晚清诗学演变现场的客观化努力与尝试。

---

①　梁启超：《清代学术概论》，上海古籍出版社 1998 年版，第 97 页。

三 "现代性": 对晚清诗学演变的一个历史性考察

"现代性"往往被作为一种舶来品而进入晚清以来的诗学演变研究。事实上，晚清某些"今文学"家诗学现代性特质的生成与表征则彰显出较为浓厚的"传统"踪迹。对晚清诗学现代性的定位与探寻，为我们从"今文学"角度审视晚清诗学演变提供了一个历史性考察的视野。

晚清具有"今文学"学术背景的诗人以"今文学"的价值体系来建构自身的诗学体系，却于无意或有意之中传达出其诗学的某些现代性特质，如龚自珍、维新派的诗学就体现出一定的现代性面向。龚自珍以"今文学"的批判精神为基础建构了以"尊情"为中心的批判诗学体系，就其诗学的价值表现而言，则在一定程度上体现出较为明显的现代性特征。一方面，龚自珍的"尊情"诗学强调个体人格和自我真情的彰显，突破与超越了传统道统诗学观念中的勇儒型人格和道德性情，传达出个体解放的现代意识与启蒙理念，"从文化思想史的角度看，龚自珍思想中更具'近代最初'意义和启蒙性质的，是'人'的意识的觉醒和精神解放要求"[①]。龚自珍从"皆诗与人为一，人外无诗，诗外无人，其面目也完"[②] 的诗学立场出发，将"我""童心""情""完"等范畴作为诗学摒弃传统束缚和表达个性自由的内在标准，流露出对传统世俗人情的不满与批判，以及对现代自由主体人格的萌发与向往。另一方面，龚自珍的"尊情"诗学观念是具有极强批判视野的，对封建衰世的批判、对传统权威的漠视、对人性压抑的痛斥、对理想人格与个性的张扬等，都是其诗学批判的重要内容。它们共同体现出作为一个"先驱者"或"启蒙家"的龚自珍的诗学观念本身厚重的价值旨趣与社会重担，"不但带有由古代异端思想发展而来的叛逆倾向，而且具有近代启蒙主义的个性解放特征；既是理性的，也是非理性的；既是由个人出发向外部扩展的社会批判，也是由自我开始向本体内部开掘的精神拯救"[③]。更为重要的是，

---

① 王飚：《"人"的觉醒对传统文学原则的挑战——论龚自珍文学思想的近代意义》，《安徽师范大学学报》（人文社会科学版）2002 年第 6 期。

② 龚自珍：《书汤海秋诗集后》，《龚自珍全集》，上海古籍出版社 2007 年版，第 241 页。

③ 左鹏军：《龚自珍"尊情"三层面说》，《华南师范大学学报》（社会科学版）1995 年第 3 期。

在龚自珍的诗学中，隐藏着强烈的生命存在意识和感受，其"泄天下之拗怒"的诗学观念在张扬个性人格的同时，更是一种于个体沉重的幻灭感和悲剧感之中来寻求保持个体生命现世存在的有效途径。为此，我们看到，龚自珍的诗学虽"仅引其绪而止，又为瑰丽之词所掩，意不豁达"①。事实上，正是由于其诗学所传达出的有关生命存在的现代意识，使其必须采取"迂言"和"诞言"等大放厥词的方式来进行诗学的现实建构，从而以"不豁达"的诗学效果和面貌展现出前人之前所未有的现代性体验。总的来说，龚自珍的诗学作为晚清"今文学"影响下诗学演变的一大起点，其现代性特征不仅使他成为"我国资产阶级民主革命前夕的第一位启蒙主义诗人"②，并造成了"光绪间所谓新学者，大率人人经过崇拜龚氏之一时期。初读《定庵文集》，若受电然"③的局面，从而体现出其诗学的启蒙现代性在后世诗学演变历程中被接受与认同的地位，而且显现出传统学术价值之于诗学现代性的发现与开掘之功，其显然具有深远的历史意义。

晚清维新派诗学现代性的表达是较为明显的，也容易受到众多学者的关注。维新派诗人是以"今文学"世用价值立场为中心来建构其诗学体系的，为此，我们可以从两个层面来考察其诗学的现代性特质：其一，维新派诗人提倡"吟到中华以外天"的诗学视野，在一种世界意识的萌发中体现出以"世用"为核心的启蒙现代性立场。康有为强调诗歌要体现"遁迹海外，五洲万国"④的广阔视野，梁启超则深感诗歌"生产过度，不能不求新地"⑤的现实困境，谭嗣同也发出诗歌要"上九天而下九地"⑥的强烈呼声。因此，在他们的诗歌创作中，对"异域"景观的展现与描摹不仅是对传统诗歌表现题材的突破与革新，更是具有传播西方文明、开化民众、进行文化思想启蒙的意义。也就是说，他们的诗学主张在一种反传统诗学内容与形式的前提下，意欲传达出"思想

---

① 梁启超：《清代学术概论》，上海古籍出版社 1998 年版，第 75 页。
② 陈铭：《略谈龚自珍诗歌的艺术特色》，《浙江学刊》1980 年第 1 期。
③ 梁启超：《清代学术概论》，上海古籍出版社 1998 年版，第 75 页。
④ 康有为：《诗集自序》，《康有为诗文选》，人民文学出版社 1958 年版，第 108 页。
⑤ 梁启超：《夏威夷游记》，《饮冰室合集·专集》第二十二，中华书局 1989 年版，第 189 页。
⑥ 谭嗣同：《与唐绂丞书》，《谭嗣同全集》上册，中华书局 1981 年版，第 260 页。

新、学问新、政体新、法律新、工艺新、军备新、社会新、人物新，凡全世界有形无形之事物，皆辟前古所未有，而别立一新天地"①的"新世界"意识，在传承诗学经世维度的同时彰显出诗学的启蒙现代性立场。其二，维新派诗学的现代性特质更体现为对"现代国家形象"的表达与建构，是在一种中西民族国家形象的比较视阈中走向了关于启蒙现代性的言说。正如我们所看到的，维新派诗学围绕着"现代国家形象"所表现出来的现代性特质其实并没有超越其"今文学"的世用价值立场，即仍旧是遵循着中国传统诗学的工具论维度，是对"传统工具之思的现代改造，这种改造并不是要丢掉工具之思的基本原则，而只是更换其时代内容"②。因此，维新派诗人往往将诗学作为先导来行驶政治文化意识形态的使命，将"现代国家形象"，诸如民主、制度、政治、科学等元素融入具体诗歌中，力图在一种惊羡、倾慕的现代性体验的营造中传达出对传统民族国家形象进行变革的现代性诉求。总的来说，维新派诗学的现代性特质具有鲜明的启蒙色彩，这也是与他们在晚清思想文化领域所倡导的革新运动相一致的，体现了近代先进知识分子之于民族国家的现代性想象。更为重要的是，维新派诗学的启蒙现代性并不是以背离和超越"传统"为代价的"革命"，就其以经世致用、诗以言志等层面所推导出来的诗学现代性而言，这种启蒙宁勿说是一种传统思维逻辑的近代表征。

对晚清"今文学"家诗学现代性面向的局部考察，我们发现，其并不是一种单纯的舶来品与外在植入，而是具有深刻的传统特质和底蕴的。首先，就西学对中国古代诗学的实际影响而言，龚自珍诗学的启蒙现代性表达更应该归因于对传统诗学的演变与突破，而与西学本身并无多少瓜葛。为此，晚清诗学"现代性"的生发到底是一种"传统"的衍化？或只是一种"外在"的迫降？则是值得深思与探讨的。③至少在龚自珍这里，无论是从方法论或者价值抉择上来看，其诗学的启蒙现代性

---

① 梁启超：《灭国新法论》，《饮冰室合集·文集》第六，中华书局1989年版，第32页。

② 余虹：《晚清文学革命的两大现代性立场》，《文学前沿》2000年第1期。

③ 王一川在《中国现代性体验的发生——清末民初文化转型与文学》一书中就指出中国现代性体验的发生"经历了长期的缓慢变化过程，其源头甚至可以上溯到宋明时代。(《中国现代性体验的发生——清末民初文化转型与文学》，北京师范大学出版社2001年版，第37—38页。)

面向主要是基于其"今文学"价值体系的，是以"今文学"的批判立场对传统诗学价值进行某种衍化与转换来实现的。其次，就诗学现代性的选择而言，龚自珍、维新派诗学则体现出较强的传统逻辑，即他们诗学现代性的具体表征是在与其"今文学"价值旨趣相融合与嫁接中才得以生成的，从而构成了晚清诗学现代性的启蒙"宿命"。关于审美现代性与启蒙现代性在晚清诗学领域的呈现态势，长期存在着争论，如晚清诗学的审美现代性是否缺失？晚清诗学启蒙现代性为何能够长期存在并且发生巨大功效？事实上，晚清诗学的"现代性"面向是由"现代性"与晚清文学场①的本质规定性之间的斗争与融合来决定的。晚清文学场的价值立场是一种对"传统"的"共谋"或者"演变"，而不是"断裂"与"颠覆"，尤其对"今文学"的经世致用、变易怀疑、启蒙革新等价值立场，几乎全然接纳与遵循，并由此导致了传统价值取向之于晚清文学场"本质"的决定性意义。我们看到，"审美现代性"与晚清文学场的本质规定性之间存在着巨大的矛盾张力，从本源上受到文学场"本质"的排斥或规约。而启蒙现代性本身具有教化性、功用性、去蔽性、革命性（政治性）的相关立场，它与晚清"今文学"的价值取向在本源上具有相通之处。因此，启蒙现代性进入晚清文学场不仅没有背离既已达成的"默识"，而且能够在与"今文学"价值取向的现实纠葛中显现出自身的理论维度。当然，在晚清文学场中，诗学"现代性"的二重张力是客观存在的，王国维、梁启超等人的努力都是值得肯定与关注的。然而，就晚清诗学的现状来看，"启蒙现代性"才是符合晚清文学场的逻辑发展方向。为此，即使具有"今文学"学术底蕴的龚、魏、维新派诗人在其诗学主张中流露出一定的诗学审美诉求以及一些新的诗学美学特质。但是，其仍然无法从总体上动摇和逃离以经世致用、变易怀疑、启蒙革新等价值立场为核心的"今文学"价值体系。而审美现代性与启蒙现代性在文学场中对比力量的改变、空间位置的变动、相关权利的再分配等，当是发生在"五四"时期了。因此，从晚清文学场的结构体系来看，"现代性"只能主要以"启蒙"的姿态表现出来，"启蒙"成为晚清"今文学"家诗学现代性的现实选择与"宿命"。

---

① 关于晚清文学场及其具体论述，请参见拙作《晚清文学场及价值抉择——兼论晚清文学的"现代性"面向》[《山西师范大学学报》（社会科学版）2011 年第 1 期]。

综上所述，对晚清某些"今文学"家诗学现代性的探寻与定位，也同样将我们的视线引入了传统维度，即他们自身所保有的"今文学"价值体系。也就是说，"今文学"不仅为他们诗学现代性的生发提供了价值基础与方法论，而且在某种程度上决定了他们诗学现代性面向的现实选择。由此看来，以"现代性"介入晚清"今文学"家的诗学研究，在彰显他们关于诗学演变的努力与贡献的同时，更是为我们提供了一个考察晚清"今文学"与诗学相关联的历史视野，而这本身也是对"今文学"之于晚清诗学演变影响和规约的一个有力确证。

第二节　晚清"今文学"的衰落与诗学知识范式的嬗变

作为一种学术思潮与意识形态，晚清"今文学"无论如何发展与衍化，也最终不可避免地走向了衰落。这不仅源于传统封建政体的覆灭造成了"今文学"权威性的丧失，"今文学"的衍化对自身的消解、各种反经学思潮的存在、西学的冲压等，都在一定程度上加速了"今文学"的衰落进程。与之相适应，以"今文学"为基础建构起来的诗学话语也面临着严重的现实困境，"依经立义"的诗学原则受到了极大的冲击和挑战，形式要求之于内容主张的滞后性与保守性所带来的巨大诗学矛盾张力，以及诗学近代转换的历史必然性，都预示了"今文学"诗学话语的失落与终结。尔后，随着"今文学"话语退出诗学的历史舞台，原先受到压抑与排挤的诗学美学话语开始从边缘走向中心，中国诗学知识范式发生了嬗变，诗学也由传统彻底走向了近代。

一　晚清"今文学"的衰落

晚清"今文学"由"当者披靡"到"日薄西山"，首先是与其赖以生存的政治土壤的巨变密切相关的。虽然"今文学"并没有随着清王朝的覆灭而销声灭迹，如近代保皇派的尊孔读经仍然成为一股颇具影响力的复辟思潮，"是以国有治乱，运有隆污，惟此孔子之道，亘古常新，与天无极"①。但是,"今文学"头顶的神圣光环与绝对权威却随着清王朝的被推翻而烟消云散了。也就是说,在失去政治依托与制度保证后,"今文学"就成为无源之水、无本之木,最终走下了神坛。

今文经学自汉儒们的创立与修订,就开始行使着政治意识形态的使命,承担着社会制度和伦理纲常的制定,并且作为主流价值形态而全面影响着整个汉代社会,如"以《禹贡》治河,以《洪范》察变,以《春秋》决狱,以三百五篇当谏书,治一经得一经之益也"②。正所谓"两汉之世,户习七经,虽及子家,必缘经术"③。总的来说,今文经学在汉代受到了前所未有的尊崇,它将知识、信仰、人心以及封建社会一切可以整合的因素都转化到以君权为中心的权力场中,从而借助君主权威来生成一元化的学术思潮与意识形态,"各种今文经学派别在皇权开出的利禄导向的有意指引下,逐渐聚焦于对于君主绝对专制合法性与刘姓王朝永久性的论证,并借助统治者内部权力斗争的偶然因素,得以升格为统治所有思想的轴心意识形态"④。当然,今文经学对专制与王朝的"永久性"论证是双向性的,其结果也是对自身合法性与永久性存在的辩护和伸张。如汉代的《白虎通》就被当作君王"称制临决"的"国宪",其在阐释经典的一般意义旨趣的同时,又在政治意识形态上将君权制度化与神圣化了,并且最终将自身置于一种"受命而王"的权力场中,作为主流意识形态与价值取向而发生着现实功效。时至晚清,"今文学"再次复兴,虽然这一复兴过程有着特殊的学术背景与理论维度。但是,与政治权力的结合仍旧是其大行其道的基本依托,"今文学"仍是在对专制制度与王朝永久性的探寻和论证中才获得"当者披靡"的地位与认同的。然而,这一情形却随着清王朝的覆灭而发生了根本性的变化。丧失了与之结合的君权神威及其制度权威,对于"今文学"而言,无异于釜底抽薪,"制度化的儒学已经死亡了,它已成为一个'游魂'"⑤。因此,清王朝的覆灭不仅宣布了"今文学"权威性与神圣性的

---

① 袁世凯:《大总统祭圣告令》,《中国近代政治思想论著选辑》,中华书局1986年版,第991页。

② 皮锡瑞:《经学历史》,中华书局1981年版,第90页。

③ 刘师培:《中国中古文学史讲义》,上海古籍出版社2000年版,第7页。

④ 程勇:《汉代经学文论叙述研究》,齐鲁书社2005年版,第98页。

⑤ 朱维铮:《中国经学史十讲》,复旦大学出版社2008年版,第44页。

现实终结，使其成为如同失去躯体的"游魂"，而且同时预示了"今文学"必将彻底走向衰落的历史宿命。虽然这个"游魂"还在一定范围内"东飘西荡"，但是，那似乎已经只是其于留恋与缅怀之中所谱下的一首挽歌——"曲终散"。

晚清"今文学"的衰落还与其衍化之于自身的消解密切相关。晚清"今文学"经过几个阶段的发展，逐渐由一种源于社会内部的"自改革"诉求，转变为"否定现存统治传统的一种原教旨主义的形式"① 以及"容纳资产阶级民主思想"② 的"容器"，这种衍化虽然使"今文学"获得了一定的时代意义与现实意义，但也使"今文学"走向了一种异端之学，最终造成了自身存在基础的动摇与消解。晚清"今文学"发展到维新派那里，其眼界始大，而潜藏的危机也更重。维新派治"今文学"，大力改造其内容，进行变法改制与思想启蒙的宣传，将"今文学"衍化为一种纯粹的手段和工具。这种做法超越了"今文学"本身所具有的内在学理及其意义的限度，其结果无异于否定了"今文学"，促使"今文学"在这种自我矛盾与悖论中走向了衰落。我们可以从当时的反对声音中明显地窥见这种危机，"近世所谓微言大义之说者，亦正坐蹈斯病。家无藏书而欲使海内学人同安于固陋；生已盗名，而欲使天下后世共趋于欺罔，一人唱，百人和。……公羊之学，以之治经，尚多流弊，以之比附时事，是更启人悖逆之萌。……其书空言改制，有害于道，其学谬于圣人，不切于用"③。这番话虽存在着派系之争以及对维新派的诋毁和诘难；但是，它也道出了晚清"今文学"到维新派之手，确实已经发生了重大变化，这种变化在为"今文学"赢得"举国若狂"的影响与地位的同时，更是造成了对"今文学"自身的伤害和颠覆。"旧瓶装新酒"的"今文学"模式不仅会随着西学的深入而难以担当重任，甚至会最终成为"西学东渐"的羁绊，而且也会在逐渐消解自身学理根基的衍化过程中必然走向一种万劫不复的境地。

在"今文学"盛行的时候，晚清社会一直存在着一股反"今文学"

① 朱维铮：《中国经学史十讲》，复旦大学出版社 2008 年版，第 182—183 页。
② 陈其泰：《清代公羊学》，东方出版社 1997 年版，第 304 页。
③ 叶德辉：《叶吏部与石醉六书》，《翼教丛编》卷六，台北文海出版社 1967 年版，第 405—407 页。

的思潮。其不仅表现为儒学内部不同派别之于"今文学"的非难，而且来源于各种异质思潮的清算与批判，它们之间的激烈斗争加速了晚清"今文学"的衰落进程。晚清时期，以刘师培、章太炎等为代表的古文经学家从学术传统的角度对"今文学"进行了大力的批判，表现出对晚清"今文学"发展与衍化之与汉学伤害的强烈不满。刘师培不仅认为龚自珍的"今文学"多是荒谬怪诞之语，不足以信。而且认为，"魏氏之学，长于史而短于经。……乃颠倒群经，济以博辨，故并今、古文之同异，亦晰之未明，乃欲假西汉经学之名，以凌驾戴、王、惠、段，妄谓西汉之学胜于东京，则其说又迥出宋氏之下矣"①。对于维新派的"今文学"，刘师培更是严加批判与指责，以为其不过是"以优伶扮演古人之法施之于孔子"②。并且背离了"以经治经"的学术原则，必然会给经学和史学带来一场浩劫，"非惟经学厄，亦且中国史学之一大阨矣"③。章太炎站在古文经学的立场上对晚清"今文学"进行了全面否定。总的来说，章太炎认为，晚清"今文学"的先驱刘逢禄之辈素有"虏酋"之志，所学之经更是非《公羊》旧说；他讽刺魏源等人"思治今文为名高，然素不知师法略例，又不识字"④。其甚至攻击维新派治经主要依附君权，对他们"甘与同壤，受其豢养，供其驱使，宁使汉族无自立之日，而必为满洲谋其帝王万世祈天永命之计"⑤的学术立场与政治倾向表现出尤为不满和厌弃。同时，晚清"今文学"还遭到了宋学家的非难，如朱一新批评"今文学"家"蔓衍支离，不可究诘，凡群经略与《公羊》相类者，无不旁通而曲畅之，即绝不相类者，亦无不锻炼而傅合之，舍康庄大道，而盘旋于蚁封之上，凭臆妄造，以诬圣人，二千年来，经学之厄，盖未有甚于此者也"⑥。

---

① 刘师培：《左盦外集·汉代古文学辩诬》，《刘申叔遗书》，江苏古籍出版社 1997 年版，第 1389 页。

② 刘师培：《左盦外集·论孔子无改制之事》，《刘申叔遗书》，江苏古籍出版社 1997 年版，第 1398 页。

③ 刘师培：《左盦外集·汉代古文学辩诬》，《刘申叔遗书》，江苏古籍出版社 1997 年版，第 1374 页。

④ 章太炎：《清儒》，《章太炎全集》卷四，上海人民出版社 1985 年版，第 158 页。

⑤ 章太炎：《驳康有为论革命书》，《章太炎全集》卷四，上海人民出版社 1985 年版，第 175 页。

⑥ 朱一新：《无邪堂答问》卷一，引自孙文光、王世芸编《龚自珍研究资料集》，黄山书社 1984 年版，第 109 页。

此外，各种来自经学系统外的思潮对晚清"今文学"的质疑也加速了它的衰落。晚清一批先进知识分子从兴办实业中获得了超越经学之外的实用主义思想，从而使读经不再成为知识分子入仕和处世的唯一途径和旨趣，形成了与当时盛极一时的"今文学"相左的思潮。如晚清"工商立国"的思潮，"居今日地球万国相通之世，虽圣人复出，岂能不讲求商务为汲汲哉？"① 就大有突破"今文学"价值观念的意图。值得注意的，还有太平天国的文化政策之于"今文学"的背离与否定。作为反抗清朝而"当开创新朝"的太平天国运动，虽然它自身难逃阶级局限而必然最终走向失败。但是，其在这种反抗运动中明显表现出对传统经学系统（包括"今文学"）的唾弃。无论是声势浩大的捣毁圣人庙宇运动，还是将儒家经典斥为"妖书"而一概焚化的具体行为，抑或是倡导人人平等、基督教义的现实主张，都随着太平天国运动的声势而影响深远，并由此造成了对晚清整个经学系统的极大破坏与颠覆。

当然，晚清整个经学系统都受到了西学的强大冲击，晚清"今文学"的衰落还离不开西学的影响。明末清初，以利玛窦为代表的西方传教士曾掀起过中西文化交流的小高潮，而以经学为核心的中国传统文化真正受到西学的打击与冲压则当是源于晚清。西学及其价值体系随着鸦片战争的炮火强行进入中国社会的政治、思想、文化等领域，在深刻改变中国传统社会形态的同时，颠覆与瓦解着既已存在的经学系统。

一方面，西方的文化与学说，如器物文明、城市形象、自然人文景观、艺术风貌，以及政治体制、法律、制度、科学等，以一种强烈的感官体验刺激着中国传统经学（包括各种经学形态）的神经，其不仅生造出诸多经学自身所无法解决和企及的问题与现象，而且在这种文化殖民的过程中不断蚕食着经学的领地，促使经学不断地走向败退与萎缩，如"家家言时务，人人谈西学"② 局面的出现。

另一方面，西学的冲击还主要体现在对晚清知识分子结构的分化与

---

① 薛福成：《出使四国日记》卷一，湖南人民出版社 1981 年版，第 17 页。
② 欧榘甲：《论政变为中国不变之关系》，《中国近代史资料丛刊戊戌变法》第 3 册，上海人民出版社 1957 年版，第 156 页。

重组上，"英国人野蛮地用现代化的火炮在牢固的帝国城垣上轰开了一个缺口，首先被震醒的就是传统价值观的载体——'士'集团"①。晚清一部分知识分子开始有意识地走出经学的藩篱，大量阅读与吸取西学知识，并且身体力行地进行自我改造和社会改革，成为一批具有近代意识的新型知识分子。而他们所接受与生成的价值观念则在一定程度上肢解了经学的价值体系。也就是说，西学在对治经群体进行分化的基础上，也同时为经学内部的瓦解埋下了祸根；"五四"时期的"新青年"对经学的猛烈批判和扫荡，就与这一新型知识分子群体及其价值观念的生成密切相关，在此不再赘述。总的来看，西学的冲击对晚清经学造成了前所未有的伤害。即使是风靡一时的晚清"今文学"，也在中西文化的碰撞中彻底暴露出自身的弱势地位及其落后的价值体系，并且在这种冲突的持续展开中逐渐走向了衰落。

由此看来，晚清"今文学"的衰落是多种合力的必然结果，而时至清王朝的覆灭，"今文学"事实上已经走向了终结。虽然其在近现代还如同一个"游魂"于政治和学术上还不乏受人关注与追随，但那显然已经不是真正意义上的"今文学"了。

二 "今文学"诗学话语的现实困境

"今文学"的衰落对中国社会历史进程的影响是巨大的。而就诗学领域而言，若以"今文学"的价值体系再来建构各种诗学话语，无疑将会面临重重困境。"依经立义"的诗学原则受到了怀疑和冲击，诗学自身矛盾张力的激化，以及诗学全方位的近代转换等，都使"今文学"诗学话语再也无法承担起中国古代诗学近代转换的历史重任。也就是说，"今文学"在中国近现代社会中的终结，同时也宣告了其在中国近现代诗学中地位的消失与意义的终结。

在晚清诗学的历史发展进程中，"今文学"确有其功，以魏源、龚自珍、王闿运、维新派人士等为代表的"今文学"家以"依经立义"的原则建构起各自的诗学体系，形成了一些不同于传统诗学及其发展路径

---

① 陈国庆：《晚清社会与文化》，社会科学文献出版社 2005 年版，第 199 页。

的诗学新特质、新面向，从而掀起了晚清诗学演变的大幕。然而，具有"今文学"底蕴的诗人所依赖的"依经立义"的诗学原则，则随着"今文学"的衰落受到了极大的冲击和冷落，并且受到了后来"五四""新青年"的彻底清算与全然否定。

一方面，晚清"今文学"的衰落进程同时也是多元价值生发的过程，"今文学"价值体系所保有的儒家伦理道德，如忠、孝、节、义等在诗学领域受到了一定程度的弱化，各种新型价值冲击与挑战着传统"依经立义"的诗学原则。由于晚清社会已经不再单一指向传统，其充满着启蒙、革命、理性、欲望、正义、真理等话语维度。而晚清诗人也正是在这种现实情境中不断地推陈出新，进行各种实验冲动，形成了各种新的诗学话语阐释方式和新型价值基础。张际亮、张维屏、朱琦、姚燮、李慈铭等诗人为代表的以民族意识、理性正义为表征的诗学价值，新派诗人为代表的以启蒙革新、科学真理为表征的诗学价值，以及众多新旧诗人为代表的以吟咏自我、展现个体欲望为表征的世俗人生式的诗学价值等，都在一定程度与限度上背离了传统经学诗学话语的生发路径，体现出一定离经叛道的异端色彩与维度。这一状况或许与晚清小说相类似，"它们的作者大胆嘲弄经典著作，可以模仿外来文类，笔锋所至，传统规范无不歧义横生，终而摇摇欲坠"①。

另一方面，当"今文学"随着清王朝的覆灭而走向终结以后，原来只是在晚清受到冲击与肢解的"依经立义"诗学原则也受到了彻底批判。"五四"时期的"新青年"认为，"盘踞吾人精神界根深蒂固之伦理道德文学艺术诸端，莫不黑幕层张，垢污深积"②，其主张把"文学等等旧思想，完全洗刷得干干净净不可"③，实际上是将矛头对准了传统文学（包括诗学）所遵循和赖以生存的"依经立义"原则，是以"必覆孔孟，铲伦常为快"④的"道德觉悟"来剔除文学与诗学身上厚重的经学话语烙印。钱玄同要求"一切'圣功'、'王道'，'修、齐、治、平'

---

① ［美］王德威：《被压抑的现代性——晚清小说新论》，北京大学出版社 2005 年版，第 2 页。

② 陈独秀：《独秀文存》卷一，安徽人民出版社 1987 年版，第 137 页。

③ 陈独秀：《独秀文存》卷四，安徽人民出版社 1987 年版，第 151 页。

④ 林纾：《答大学堂校长蔡鹤卿书》，《林琴南文集·畏庐三集》，中国书店 1985 年版，第 52 页。

的鬼话，断断用不着再说"①，胡适强调未来的哲学、文学、诗学都"有赖于从儒学的道德、伦理和理性的枷锁中得到解放"②，周作人认为"凡是载道的文学，都得算作遵命文学"③，对于这种依靠"依经立义"的原则所产生的文学的"反动"才是"五四"文学的精神所在，茅盾也批判"文以载道的以为文学必包含圣贤之大道"④ 的主张。总的来说，他们极力挑战与颠覆传统儒教精神的权威性，在质疑与否定经学（包括"今文学"）的价值生发模式及其意义旨趣的可行性与合理性同时，也将文学与诗学的"依经立义"原则予以清算和抛弃，从而在一种相对"科学化""自由化"的历史语境中走向了"人的文学"和"人的诗学"。也就是说，在"五四"时期，晚清时期那种宗经推原、重道轻文的经学话语霸权遭到了彻底的清算与扫荡，文学与诗学的"依经立义"原则在根本上是行不通的，这种话语阐释方式，以及以之所确立的价值体系，也必然随着"今文学"（包括整个经学系统）的终结而落入受鞭笞和否定的历史宿命中了。

龚自珍、魏源、王闿运、维新派等诗人以"今文学"的价值体系为基础来建构各自的诗学理论，本身就预示了其关于晚清诗学演变的选择性、单一性与排他性，即晚清"今文学"家的诗学理论主要在价值层面更新了对诗歌内容的要求与主张，凸显出以价值衍化为主导的诗学发展路径。然而，随着晚清"今文学"家对诗学价值的深度开掘与开启，诗歌形式要求之于内容主张的滞后性与保守性则带来了巨大的诗学矛盾张力，遂成为"今文学"诗学话语所无法回避，更是无法解决的现实困境。也就是说，当诗学演变对价值的诉求溢出了形式所能承载的限度，就必然会造成诗学自身存在的合法性危机。我们看到，"今文学"的价值体系尚能在龚自珍、魏源、王闿运等人的诗学体系中较为收放自如，这不仅得益于其"今文学"与诗学所具有的同构对应关系，更是源于诗歌形式对诗学价值衍化的承受与包容。而这一切在维新派诗学那里则出现了转变，当他们以"今文学"的衍化来寻求一种"传统"之外的诗学

---

① 钱玄同：《随感录二十八》，《中国近代政治思想论著选辑》，中华书局 1986 年版，第973 页。
② 胡适：《先秦名学史》，学林出版社 1983 年版，第 8 页。
③ 周作人：《中国新文学的源流》，人文书店 1932 年版，第 90 页。
④ 茅盾：《什么是文学》，《茅盾文艺杂论集》上集，上海文艺出版社 1981 年版，第 147 页。

价值指向——民族国家复兴与启蒙的同时，就业已打破了诗学价值与诗歌形式那种原初相对脆弱的平衡关系，造成了二者之间无法弥合的裂痕。维新派诗人对此已有着清醒的认识，他们所提出的"新意境"与"新语句""旧风格"，以及关于诗体、语体的一些初步尝试，就蕴含着对自身诗学体系存在合法性的忧虑，并且显现出较为复杂与矛盾的诗学心态。当然，这一状况是维新派诗人以"今文学"为基础所建构起来的诗学体系所无法解决的。因为诗歌形式在一定程度上已经固化为一种既有的社会秩序与文化逻辑，成为他们回归传统、寻求根基的主要诗学维度之一，这也从侧面体现了"今文学"对维新派诗人的深刻影响。由此看来，"今文学"对晚清诗学演变的影响主要是一种价值渗透与担当，而其对诗歌形式的要求并无多少介怀。况且，就自身存在的合法性而言，它对诗歌形式的变迁还存在着较强的遏制与抵触面向。因此，诗学价值与诗歌形式矛盾张力的显现和激化，是晚清"今文学"家诗学发展道路上所必然会面临的困境。尔后，"五四"前后的战将们在清算晚清"今文学"（包括整个经学系统）的同时，在对诗学的建构上则明确地提出了革新诗歌形式的主张，应该是在看到了"今文学"诗学话语中诗学价值与诗歌形式的分裂局面而对症下药的，"而况文体革迁，已十余年，辛壬之间，风气大变。此酝酿已久之文学革命主义，一经有人道破，当无有间言。此本时势迫而出之，非空前之发明，非惊天之创作"①。而且他们也没有维新派诗人之于诗学价值和诗歌形式相纠结的特殊感受，反而对其有了更为清晰的认识与方向。"我们认定文学革命须有先后的程序：先要做到文字体裁的大解放，方才可以用来做新思想新精神的运输品。"② 显然，在早期"今文学"诗学话语那里受到掩埋与约束的诗歌形式要求，随着"今文学"的衰落与终结而得到了集中喷发，并且在这种喷发的历史进程中更加暴露了"今文学"诗学话语的现实困境。

此外，我们需要明确的是，中国古代诗学的近代历程应该体现为一

---

① 傅斯年：《文学革新申议》，《回眸〈新青年〉》语言文学卷，河南文艺出版社 1998 年版，第 303 页；原载《新青年》1918 年第四卷第一号。

② 胡适：《我为什么要做白话诗》（《尝试集自序》），《回眸〈新青年〉》语言文学卷，河南文艺出版社 1998 年版，第 412 页；原载《新青年》1919 年第六卷第五号。

种全方位的、多角度的、多层面的转换，如价值、精神、认识、形式、方法、手段等方面的全面转换。而晚清"今文学"虽然以其特有的价值旨趣在一定时期内迎合了诗学演变的精神取向，但是，其无法从整体上承担起诗学近代转换的历史重任。也就是说，由于晚清诗学与"今文学"的密切关系，人们已经习惯了从"今文学"价值体系中寻找诗学演变的因子。然而，正是这种"天经地义"的思维逻辑，促使人们忽视，甚至遗忘了诗学演变与其他知识话语结盟的可能性，也漠视了诗学近代转换的全面性与多维性，从而造成了诗学演变的诸多盲区。况且，在出发点上，中国古代诗学的近代转换正是以逐渐逃离与否定经学系统为旨归的。晚清"今文学"的价值体系即使为诗学的演变倾尽全力，不仅无法营造出诗学全面近代转换的理想局面，而且还会在这种势穷的过程中将自己予以埋葬。因此，"今文学"诗学话语在中国古代诗学的近代转换进程中是处于一种较为尴尬的境地的。我们看到，当全方位诗学近代转换的要求被提上日程以后，如"年来思虑观察所得，以为今日欲言文学革命，须从八事入手，八事者何？一曰不用典。二曰不用陈套语。三曰不讲对仗（文当废骈，诗当废律）。四曰不避俗字俗语。五曰须讲求文法之结构。此皆形式上之革命也。六曰不作无病之呻吟。七曰不模仿古人语，语须有个我在。八曰须言之有物。此皆精神上之革命也"[①] 的文学（包括诗学）主张与要求，"今文学"诗学话语也必将在一种无法应对与承担的态势中为其长期的排他性、独尊性的霸权行为背负永久的诘难。

综上所述，在中国古代诗学的近代转换进程中，"今文学"诗学话语也是随着"今文学"的衰落而一损俱损了。尽管它曾经引领了晚清诗学演变的潮流，也为晚清诗学的近代转换竭尽所能。但是，其毕竟不是中国古代诗学近代转换的正途。既非正途，其本身又存在着选择性与片面性，"今文学"诗学话语终于在一阵训斥声中走下了神坛，并由此为中国诗学的发展腾出了一片广阔的空间。

---

① 胡适：《文学革命之八事》，《回眸〈新青年〉》语言文学卷，河南文艺出版社1998年版，第256页；原载《新青年》1916年第二卷第二号。

三 从边缘到中心：诗学美学话语的时代诉求

由于经学话语长期盘踞于诗学之中，中国诗学的美学话语往往只能作为一种副产品游走在边缘，并且受到经学话语极大的压抑与排挤。而"今文学"（包括整个经学系统）的终结，却为诗学美学话语从边缘走向中心提供了内在机缘，中国诗学在美学话语的合法性建构中，最终完成了知识范式的现实转换。

经学（包括"今文学"）的终结，宣告了中国数千年的经学诗学话语体系的崩溃。然而，对于中国诗学发展而言，这或许同时意味着一种"新生"。当"今文学"为诗学的演变而油尽灯枯的时候，正好为一些原先处于边缘化的诗学话语方式的彰显创造了机会。我们认为，中国诗学的后经学时代，其发展历程体现为将过去在经学诗学话语中受到压抑与排挤的诗学美学话语从边缘引向了中心。从整体来看，中国诗学对美学话语的选择与确立可以从以下几个方面见出：

首先是"人"的诗学发现。"五四"时期的战将们对经学系统的诘难方式之一，就是以个性解放和自由，即"人"的发现来对抗与反叛经学价值体系及其表现形态——礼教。他们认为"新文化运动是人的运动"①，"'五四'的建设就是'人的发现'和'个性的解放'"②。因此，"五四运动的最大成功，第一要算'个人'的发见"③，"人"的发现与解放在某种程度上来说，成为"五四"运动的代名词。而在诗学建构上，他们将长期受到遮蔽与忽视的诗学的"人"的维度发掘出来了，并且予以重视和张扬，从而实现"辟人荒"的诗学现实要求。胡适强调作诗"须语语有个我在"，"把从前一切束缚自由的枷锁镣铐一切打破：有什么话，说什么话；话怎么说，就怎么写"④。俞平伯认为，"诗底解

---

① 陈独秀：《新文化运动是什么》，《陈独秀文选》，林文光编著，四川文艺出版社 2009 年版，第 10 页。

② 矛盾：《"五四"的精神》，《茅盾全集》第 16 卷，人民文学出版社 1988 年版，第 143 页。

③ 郁达夫：《中国新文学大系·散文二集导言》，《中国新文学大系导论集》，上海良友复兴图书公司 1940 年版，第 205 页。

④ 胡适：《我为什么要做白话诗》（《尝试集自序》），《回眸〈新青年〉》语言文学卷，河南文艺出版社 1998 年版，第 411 页；原载《新青年》1919 年第六卷第五号。

放，第一步要解放作诗底动机"，即在破除诗人身上的"桎梏"后，"只趁着'兴会'做我们底诗"①。郭沫若甚至发出了"狂人式"的诗学呐喊，"我效法造化底精神，我自由创造，自由地表现我自己。我创造尊严的山岳、宏伟的海洋，我创造日月星辰，我驰骋风云雷雨，我萃之虽仅限于我一身，放之则可泛滥乎宇宙"②。"五四"文人从传统的经学桎梏中走出来，其诗学主张鲜明地体现出他们力图突破经学诗学话语的努力；然而，他们寄予诗学的"人"的维度，不仅仅是针对经学诗学话语，而是对以经学系统为中心的整个传统诗学话语的否定与背弃，"对儒家文学的合群性与道家文学的消解个性融入自然的双重反叛，成为新文学传统的实质性内容"③。

其次，诗学多重价值的肯定与认同。在传统的经学诗学话语中，诗学的价值取向是较为单一的，其最终必然指向一种道统，即"经夫妇、成孝敬、厚人伦、美教化、移风俗"的道德说教与伦理纲常。而随着经学逐渐走向终结，及其价值权威的被解构，多样化的价值抉择也涌现在近代诗坛。王国维批评"吾国之文学，以挟乐天的精神故，故往往说诗歌的正义，善人必令其终，而恶人必离其罚"④ 的传统，主张追求一种审美非功利性的诗学话语及其价值形态，"然物之能使吾人超然于利害之外者，必其物之于吾人无利害之关系而后可；易言以明之，必其物非实物而后可。然则非美术何足以当之乎？"⑤ 王国维以其丰富的批评实践颠覆了传统诗学（包括整个文学艺术）经学话语的思维定式及其价值基础，于中国诗学从晚清至近代转换的这一过程中形成了一种异质性的话语方式——诗学美学话语，并且在对经学话语的排斥中彰显出诗学独特的审美价值。鲁迅认为，中国古代诗学的"言志"与"持情"共在，实则是一种经学诗学话语下的假象和虚晃，最终还得落入礼教的窠臼，"许自繇于鞭策羁縻之下，殆此事乎？"⑥ 为此，鲁迅极力呼唤一种"摩

① 俞平伯：《做诗的一点经验》，《回眸〈新青年〉》语言文学卷，河南文艺出版社 1998 年版，第 418 页；原载《新青年》1920 年第八卷第四号。

② 郭沫若：《湘累》，《郭沫若文集》上，华夏出版社 2000 年版，第 174 页。

③ 高旭东：《五四文学与中国文学传统》，山东大学出版社 2000 年版，第 172 页。

④ 王国维：《〈红楼梦〉评论》，《王国维文集》第一卷，中国文史出版社 1997 年版，第 11 页。

⑤ 同上书，第 3 页。

⑥ 鲁迅：《摩罗诗力说》，《鲁迅全集》第一卷，人民文学出版社 1981 年版，第 68 页。

罗诗魂",以"撄"的方式实现"污浊之平和,以之将破。平和之破,人道蒸也"①的诗学主张与价值诉求。随着晚清王朝的覆灭,诗学的价值取向也更为多元化。如胡适、刘半农、郭沫若等人在反对传统诗学悲观精神的过程中所寄予诗学的乐观精神与价值批判;徐志摩诗学对爱、美、自由的生命抒写和价值呼告;郁达夫诗学中所表露的落魄潦倒、放浪不拘的诗情,以及深显浪漫与颓废的价值旨趣;冰心诗学所体现的宗教情怀与仁爱情结,以及充满温情爱意的价值表露;……它们共同造成了一种多义杂陈的诗学价值格局,并且在消解和背离传统经学诗学话语一尊与一统局面的同时,在当时诗坛得到了广泛的接受与认同。

最后,诗歌形式的重视与革新。"五四"文学革命是从白话文取代文言文肇始的,语体的革命或者说"国语的文学"成为当时最为响亮的口号之一。而就诗学领域而言,诗学家之于形式的要求和变革无疑尤为值得关注。相对于传统经学诗学话语较为固定的形式要求,"五四"文人则主张在语体和文体上革新传统诗歌的形式观念,并且将诗歌形式置于更为重要的地位。胡适认为,"文字是文学的基础,故文学革命的第一步就是文字问题的解决"②,其主张用一种"实验精神"进行白话诗的创作。朱希祖以为,"白话的文是不妆点的真美人,自然秀美","既能容纳一国的全社会,又能容纳外国的各社会,运用自在,活泼泼地"③,其主张以"白话"代替"文言",对文学,包括诗歌的形式进行必要的革新。傅斯年强调成就一种"欧化国语的文学",制造一种有"创造精神"的诗文,甚至指出"文学革命论者,苟不能制作模范,发为新文,仅至于持论而止,则其本身亦无何等重大价值"④。而在诗歌文体上,郭沫若、李金发、闻一多、徐志摩等人进行了持久的拓展与革新,他们不仅将诗体扩展至九言乃至十几言,而且形成初具现代意识的诗歌文体观念。此外,鲁迅、周作人、钱玄同、俞平伯、沈雁冰等人皆

---

① 鲁迅:《摩罗诗力说》,《鲁迅全集》第一卷,人民文学出版社 1981 年版,第 68 页。

② 胡适:《我为什么要做白话诗》(《尝试集自序》),《回眸〈新青年〉》语言文学卷,河南文艺出版社 1998 年版,第 412 页;原载《新青年》1919 年第六卷第五号。

③ 朱希祖:《白话文的价值》,《回眸〈新青年〉》语言文学卷,河南文艺出版社 1998 年版,第 402—403 页;原载《新青年》1919 年第六卷第五号。

④ 傅斯年:《文学革新申议》,《回眸〈新青年〉》语言文学卷,河南文艺出版社 1998 年版,第 303 页;原载《新青年》1918 年第四卷第一号。

有关于诗歌形式方面的相关要求和主张，从而形成了"五四"时期关于诗歌形式重视与革新的一股潮流。总之，"五四"文人将诗歌的形式革新看作诗学革新的"第一要义"，甚至将其作为不同于传统经学诗学话语下诗歌存在形态的第一表征，赋予了诗歌形式极大的审美意蕴。

我们看到，当"五四"文人将"人"的诗学、诗学的多重价值、诗歌的形式提上日程，并且进行积极地强调与革新的时候，事实上就已经开启了中国诗学知识范式的近代转换——从经学到美学的嬗变。而说到底，这种转换既有历史必然性，又存在着偶然性。其不仅是经学诗学话语在社会转型过程中落空后的一种诗学的现实努力，而且也是一种否定和背离经学诗学话语的诗学革新运动，更是在西学冲击与影响以及诗学困境下诗学家的一种适时抉择和可行策略。

综上所述，"人"的诗学发现、诗学多重价值的肯定与认同、诗歌形式的重视与革新，大体上构成了中国诗学美学话语建构的几个维度。虽然诗学价值的多元化、诗歌形式的新要求在晚清时期就肇始了。但是，那只是一种游离于边缘的诗学美学话语，其在存在方式与表现形态上仍然依附于经学诗学话语。因此，我们强调，只有当诗学彻底脱离经学话语的束缚与规约，诗学美学话语由边缘走向中心而成为一种时代的诉求和表征，诗学知识范式经由经学转为美学，中国诗学才从传统正式进入了近代，从而开始了美学话语下的诗学演变历程。

结　语

任何文化、文学、文论的演变与转换，都离不开其生存的民族土壤及其所提供的知识范式。由于中国古代特殊的文化政治语境，作为一种学术思潮的经学逐步进入意识形态的神庙，并且成为中国古代文化、文学、文论生发的主要知识范式，从本源上规定和制约着文化、文学、文论的发展方向与趋势。即使是风云突变、多义杂陈的晚清社会，情况同样如此。为此，就晚清诗学的演变而言，我们认为，只要"今文学"仍然作为一种主要知识范式而存在，它就在其理论框架与话语维度内现实地发挥着自身的功效，诗学的演变也必然离不开"今文学"的规约。事实上，晚清诗人如龚自珍、魏源、王闿运、康有为、梁启超等，正是从其"今文学"学术研究中获取了诗学演变的内在动力及其所需的话语资源，建构起了各自的诗学体系。这是本书以"今文学"为切入点来介入晚清诗学演变所力争要表达的第一种立场，即晚清诗学无论如何演变，首先都是基于其主要知识范式的。也就是说，当"今文学"的权威与神圣光环还没有退却前，它仍旧是晚清"今文学"家诗学存在及其发展所必须遵循的金科玉律。此外，本书还试图表达另外一种立场，那就是对于"传统"的定位与评价不能过于简单。在科学高度发达与技术分工更为细致的现代社会，人们似乎已经习惯了以一种非此即彼的二元对立思维来看待问题，如新与旧、古与今、过去与现在、传统与现代，等，都被在一种进化与直线历史的叙述模式中进行了简单化的分析与处理。也就是说，当优胜劣汰的进化铁律和时间的不可逆性成为探讨问题的出发点时，我们所面对的问题则不再是纷繁与多绪的，其往往被以今胜于昔的标签方式刻在了时间的流程表上。其实不然，传统并不是与现代决然对立的，也不是必然体现为保守与落后。从某种程度上来说，传统不仅是作为现代的对立面而存在，而且是作为一种推动力与把手在自我的调整中为现代的到来做足了准备，其更应该是现代得以确立的基础与保证。因此，我们认为，作为一种传统学术思潮与意识形态的"今文学"，并不是必然作为晚清诗学演变的羁绊和对立面而存在的。恰恰相反，晚清"今文学"在自身的发展与衍化过程为诗学的演变可谓竭尽所能。在叙述立场上，本书一直强调"今文学"对晚清"今文学"家诗学演变及其诗学新质出现的基础性意义。但是，我们也应该看到，作为诗学生发的传统知识范式，"今文学"在其发展与衍化过程中本身面临着难以解决的困境，甚至最终走向了终结，这就客观上造成了"今文学"诗学话语在晚清诗学近代转换过程中的合理性与合法性危机，而诗学知识范式由经学向美学的历史嬗变即是确证。对此，本书也试图对"今文学"之于诗学的演变始终保持一定的距离和价值限度，力求获得一种较为客观、公正的叙述立场。

此外，需要说明的是，本书以"今文学"与诗学的关联来介入晚清诗学的演变研究，虽然在研究对象和研究范围上具有一定的选择性。但是，这种研究意义却是普适的、广泛的、深远的。也就是说，我们试图表达出对本土文化自我反思和自我改造努力一定的关注与认同。由于晚清社会充斥着各种思维与观念，研究者往往容易滋生出一种对本土文化较为悲观的意识，即认为晚清社会文化中的某些"新"及"变"非单一的、传统的、本土的文化所能担当与给予的，以为其必须"借贷"西方文化方能解释与为继。当然，我们不可否认晚清文人对西方知识和技术的极大热情。但是，就出发点及其归宿而言，他们的文化本位主义立场还是较为明显的，于传统中求"新"求"变"，这应该是晚清文人所更加乐于接受的基本方式，也是晚清一代文人共同的精神操守。因此，当我们将视野主要投向于西方文化殖民及其"显赫战绩"的同时，另外一种思维向度和研究视野也不应当被过度弱化与淡忘，那就是本土文化的回应与自我改造。基于这样一种现状与事实，从研究意义上讲，本书应该可以算作是"晚清传统文化的变动与转型"的子课题，在深层次上指向对晚清传统文化业已形成的故步自封、刻板守旧等浅显观念的纠偏。

当然，就晚清诗学现场而言，它同样在晚清社会这个"大染缸"中被附上了层层外衣，这就使得我们对其定位显得极为艰难。虽然我们一再强调作为知识范式的"今文学"之于晚清"今文学"家诗学演变的基础性意义。但是，面对既不纯粹等同于传统诗学形态，又不同于现代诗学形态的晚清诗学，我们的研究与定位也怕遭遇那种"一说即错"的尴尬境地。只是，在现有的晚清诗学研究成果中，"今文学"之于晚清诗学演变的基础性意义不仅没有得到足够的重视，甚至受到长期的遮蔽，这就使本书的言说具有某种开拓性。正是有鉴于此，我们自以为，本书在对晚清"今文学"家诗学演变的阐发中应当会有所创获。

参考文献

龚自珍：《龚自珍全集》，上海古籍出版社 2007 年版。

魏源：《魏源集》，中华书局 2009 年版。

王闿运：《湘绮楼诗文集》，岳麓书社 1996 年版。

廖平：《廖平学术论著选集》，巴蜀书社 1989 年版。

王韬：《弢园文录外编》，中华书局 1959 年版。

黄遵宪：《黄遵宪集》，天津人民出版社 2003 年版。

康有为：《康有为全集》，中国人民大学出版社 2007 年版。

梁启超：《饮冰室合集》，中华书局 1989 年版。

谭嗣同：《谭嗣同全集》，中华书局 1981 年版。

陈铭：《龚自珍评传》，南京大学出版社 1998 年版。

刘逸生：《龚自珍己亥杂诗注》，中华书局 1980 年版。

孙文光、黄世芸：《龚自珍研究资料集》，黄山书社 1984 年版。

陈其泰、刘兰肖：《魏源评传》，南京大学出版社 2005 年版。

陈耀南：《魏源研究》，（香港）乾惕书屋 1979 年版。

杨慎之、黄丽铺：《魏源思想研究》，湖南人民出版社 1987 年版。

张堂锜：《黄遵宪及其诗研究》，（台北）台湾文史哲出版社 1991 年版。

马洪林：《康有为评传》，南京大学出版社 1998 年版。

萧公权：《康有为思想研究》，汪荣祖译，新星出版社 2005 年版。

陈鹏鸣：《梁启超学术思想评传》，北京图书馆出版社 1999 年版。

夏晓红：《觉世与传世——梁启超的文学道路》，上海人民出版社 1991 年版。

金雅：《梁启超美学思想研究》，商务印书馆 2005 年版。

罗义华：《论梁启超的"流质性"与转型期中国文学的现代品格》，华中
　　师范大学出版社 2007 年版。

杨晓明:《梁启超文论的现代性阐释》,四川民族出版社 2002 年版。

皮锡瑞:《经学历史》,中华书局 1981 年版。

支伟成:《清代朴学大师列传上·王闿运》,民国十四年十月初版。

梁启超:《清代学术概论》,上海古籍出版社 1998 年版。

周予同:《周予同经学史论著选集》(增订本),上海人民出版社 1996
    年版。

陈其泰:《清代公羊学》,东方出版社 1997 年版。

朱维铮:《中国经学史十讲》,复旦大学出版社 2008 年版。

黄爱平:《朴学与清代社会》,河北人民出版社 2003 年版。

马宗霍:《中国经学史》,上海书店 1984 年版。

吴雁南、秦学颀:《中国经学史》,福建人民出版社 2001 年版。

何耿镛:《经学概说》,湖北人民出版社 1984 年版。

王葆玹:《今古文经学新论》,中国社会科学出版社 1997 年版。

田汉云:《中国近代经学史》,三秦出版社 1996 年版。

彭林:《经学研究论文选》,上海书店出版社 2002 年版。

黄开国:《清代今文经学的兴起》,巴蜀书社 2008 年版。

张昭军:《晚清民初的理学与经学》,商务印书馆 2007 年版。

李开、刘冠才:《晚清学术简史》,南京大学出版社 2003 年版。

尹继佐、周山:《中国学术思潮兴衰论》,上海社会科学院出版社 2001
    年版。

冯天瑜、邓建华、彭池:《中国学术流变》,华东师范大学出版社 2003
    年版。

钱谦益:《牧斋有学集》,上海古籍出版社 1994 年版。

翁方纲:《复初斋文集》,(台北)台北文海出版社 1963 年版。

姚鼐:《惜抱轩全集》,中国书店 1991 年版。

袁枚:《随园诗话》,人民文学出版社 1998 年版。

赵尔巽:《清史稿》,中华书局校点本 1977 年版。

叶德辉:《翼教丛编》,(台北)台北文海出版社 1967 年版。

王国维:《王国维文集》,中国文史出版社 1997 年版。

胡适:《胡适文存》,上海书店 1989 年版。

李大钊:《李大钊文集》,人民出版社 1984 年版。

鲁迅：《鲁迅全集》，人民文学出版社 1981 年版。

陈独秀：《独秀文存》，安徽人民出版社 1987 年版。

刘师培：《刘申叔遗书》，江苏古籍出版社 1997 年版。

章太炎：《章太炎全集》，上海人民出版社 1985 年版。

钱锺书：《谈艺录·补订本》，中华书局 1984 年版。

钱穆：《中国近三百年学术史》，商务印书馆 1997 年版。

余英时：《中国思想传统及其现代变迁》，广西师范大学出版社 2004 年版。

王森然：《近代二十家评传》，书目文献出版社 1987 年版。

范文澜：《中国通史》，人民出版社 1978 年版。

李泽厚：《中国古代思想史论》，人民出版社 1986 年版。

戴逸：《简明清史》，人民出版社 1982 年版。

史革新：《中国社会通史·晚清卷》，山西教育出版社 1996 年版。

郑大华：《晚清思想史》，湖南师范大学出版社 2005 年版。

李斌：《顿挫与嬗变：晚清社会变革研究》，四川大学出版社 2006 年版。

袁伟时：《晚清大变局中的思潮与人物》，海天出版社 1992 年版。

陈国庆：《晚清社会与文化》，社会科学出版社 2005 年版。

郑师渠：《社会的转型与文化的变动：中国近代史论》，商务印书馆
    2006 年版。

林昌彝：《射鹰楼诗话》，上海古籍出版社 1988 年版。

陈衍：《石遗室诗话》，人民文学出版社 2004 年版。

徐世昌：《晚晴簃诗汇》，中国书店 1989 年版。

汪辟疆：《汪辟疆说近代诗》，上海古籍出版社 2001 年版。

阿英：《晚清文学丛钞》，中华书局 1960 年版。

张寅彭：《民国诗话丛编》，上海书店 2002 年版。

中国社会科学院近代史资料编辑组：《近代史资料》，中国社会科学出版
    社 1981 年版。

张宝明、王中江：《回眸〈新青年〉》语言文学卷，河南文艺出版社
    1998 年版。

吴组缃等：《中国近代文学大系》（1840—1919），上海书店 1994 年版。

朱东润：《中国文学批评家与文学批评》，（台北）台湾学生书局 1984
    年版。

钱基博：《中国现代文学史》，岳麓书社 1986 年版。

袁行霈：《中国文学史》，高等教育出版社 1999 年版。

游国恩：《中国文学史》，人民文学出版社 2002 年版。

郭绍虞：《中国历代文论选》，上海古籍出版社 1979 年版。

章培恒、骆玉明：《中国文学史》，复旦大学出版社 1996 年版。

任访秋：《中国近代文学史》，河南大学出版社 1988 年版。

徐鹏绪、张俊才：《中国近代文学研究概论》，天津教育出版社 1992 年版。

黄霖：《中国文学批评通史》（近代卷），上海古籍出版社 1996 年版。

陈子展：《中国近代文学之变迁》，上海古籍出版社 2000 年版。

郭延礼等：《中国近代文学发展史　第二卷》，山东教育出版社 1991 年版。

郑振铎：《晚清文选》，中国社会科学出版社 2002 年版。

郭延礼：《中国前现代文学的转型》，山东大学出版社 2005 年版。

袁进：《近代文学的突围》，上海人民出版社 2001 年版。

张永芳：《诗界革命与文学转型》，中国社会科学出版社 2004 年版。

谭彼岸：《晚清的白话文运动》，湖北人民出版社 1956 年版。

王济民：《晚清民初的科学思潮和文学的科学批评》，中国社会科学出版
　　社 2004 年版。

单正平：《晚清民族主义与文学转型》，人民出版社 2006 年版。

王一川：《中国现代性体验的发生——清末民初文化转型与文学》，北京
　　师范大学出版社 2001 年版。

张健：《清代诗学研究》，北京大学出版社 1999 年版。

李世英、陈水云：《清代诗学》，湖南人民出版社 2000 年版。

刘诚：《中国诗学史》（清代卷），鹭江出版 2002 年版。

胡晓明：《中国诗学之精神》，江西人民出版社 1990 年版。

叶维廉：《中国诗学》，生活·读书·新知三联书店 1992 年版。

袁行霈、孟二冬、丁放：《中国诗学通论》，安徽教育出版社 1994 年版。

余荩：《中国诗学史纲》，浙江古籍出版社 1995 年版。

陈良运：《中国诗学体系论》，中国社会科学出版社 1992 年版。

陈良运：《中国诗学批评史》，江西人民出版社 1995 年版。

张伯伟：《中国诗学研究》，辽海出版社 2000 年版。

蒋寅：《中国诗学的思路与实践》，广西师范大学出版社 2001 年版。

萧华荣：《中国古典诗学理论史》，华东师范大学出版社 2005 年版。

李春青：《在文本与历史之间：中国古代诗学意义生成模式探微》，北京大学出版社 2005 年版。

龙泉明：《中国新诗流变论》，人民文学出版社 1999 年版。

奚密：《从边缘出发——现代汉诗的另类传统》，广东人民出版社 2000 年版。

王光明：《现代汉诗百年演变》，河北人民出版社 2003 年版。

谢谦：《经学与中国文化》，三环出版社 1989 年版。

彭林：《清代经学与文化》，北京大学出版社 2005 年版。

蔡方鹿：《经学与中国哲学》，华东师范大学出版社 2009 年版。

刘再华：《近代文学与经学》，东方出版社 2004 年版。

马睿：《从经学到美学：中国近代文论知识话语的嬗变》，四川民族出版社 2002 年版。

马积高：《清代学术思想的变迁与文学》，湖南出版社 1994 年版。

陈居渊：《清代朴学与中国文学》，百花洲文艺出版社 2000 年版。

程勇：《汉代经学文论叙述研究》，齐鲁书社 2005 年版。

赵宪章：《汉语文体与文化认同研究》，中华书局 2008 年版。

朱国华：《文学与权利——文学合法性的批判考察》，华东师范大学出版社 2006 年版。

刘安海、孙文宪：《文学理论》，华中师范大学出版社 1999 年版。

李壮鹰、李春青：《中国古代文论教程》，高等教育出版社 2005 年版。

童庆炳：《文学理论教程》，高等教育出版社 2008 年版。

［美］费正清、刘广京：《剑桥中国晚清史》，中国社会科学出版社 1985 年版。

［美］费正清：《美国与中国》，商务印书馆 1987 年版。

［英］特雷·伊格尔顿：《二十世纪西方文学理论》，伍晓明译，陕西师范大学出版社 1987 年版。

［美］韦勒克、沃伦：《文学理论》，刘向愚等译，生活·读书·新知三联书店 1988 年版。

［美］吉尔伯特·罗兹曼：《中国的现代化》，上海人民出版社 1989 年版。

［法］艾德加·莫兰：《社会学思考》，阎素伟译，上海人民出版社 2001

年版。

［法］布迪厄:《艺术的法则:文学场的生成和结构》,刘晖译,中央编
    译出版社2001年版。

［英］阿雷恩·鲍尔德温等:《文化研究导论》,陶东风等译,高等教育
    出版社2004年版。

［美］艾尔曼:《从理学到朴学——中华帝国晚期思想与社会变化面面
    观》,江苏人民出版社1995年版。

［美］艾尔曼:《经学、政治和宗族——中华帝国晚期常州今文学派研
    究》,赵刚译,江苏人民出版社1998年版。

［美］柯文:《在传统与现代之间——王韬与晚清革命》,江苏人民出版
    社1998年版。

［美］王德威:《被压抑的现代性——晚清小说新论》,宋伟杰译,北京
    大学出版社2005年版。

后　记

　　当我再次合上书稿之时，已经是第四个深秋时节了。漫步于磁湖畔，秋风拂面，百感交集，三年前于斯种种历历在目。

　　本书是以我的博士学位论文为基础最终形成的。泉城济南的灵秀沉稳，矿冶黄石的安逸厚重，以及两所大学校园的俊美安宁，不仅成为我一生学习、工作、生活的理想乐园，而且为我长期思索"晚清诗学演变"这一课题提供了难得的契机。从做博士论文开始，我就深深有感于"晚清"这一时空概念的特殊性，在长期的研究中，其甚至被贴上了复杂、多元、杂义、分裂等标签，而这一特殊时空概念下的文学、文论也必然十分值得关注和研究。在中国文学发展史上，诗歌与诗论长期居于正统和主流地位，时至晚清，这一现象似有改变，晚清小说及理论等其他文类发展兴盛，大有后来居上之势。面对此种形势，晚清某些诗人及理论家仍然首先试图从传统主流知识范式（"今文学"知识话语体系）中寻找其内在发展动力及其变化所需的话语理论资源，从而体现出诗歌与诗论的一定发展演变面向。然而，这一发展演变态势却被学术界长期外在化、西方化了，进而造成我们关于"传统"认识、定位、评价出现某种偏差和失误，而这又是令我极为不解和遗憾的。因此，本研究力图标榜一种价值立场——"传统"之变化或退场可能首先表现为作为一种推动力与把手在自我的调整中为"现代"的到来做足了准备。当然，对于这一价值立场的论证与举证，本研究主要选取"晚清诗学演变"与"今文学"之关联为考察对象，这在研究范围上还只是一隅；如这一研究理路可行、可为、可用，当有后续成果续上，这也是我在以后的研究道路上需要长期思考和从事的。

　　本研究课题申请到了教育部人文社科基金青年项目，湖北师范学院文学院中国语言文学省级重点学科，以及湖北师范学院科研奖励项目的资助。在此，我尤其要感谢我的博士论文指导老师周波先生，先生的无私帮助和悉心教导，才使我有幸跨入学术门槛，进而从事自己所喜爱的学术事业。此外，我还要感谢湖北师范学院文学院全体同仁的关心和帮助。

选择"晚清"这一大染缸中的相关事物作为研究对象，本身就是极为费劲而又难以言说清楚的，甚至可能会走上一种"一说即错"的尴尬学术研究道路。但家有儿女初长成，我仍然乐意将其放飞出去，在现实砥砺和各种挑剔之中实实在在地走上那么一遭，亦不枉此生了！

王　成

2014 年 10 月记于黄石磁湖畔